展示了古骆越神秘的
风土人情和文化风貌

# 红人传奇

好彩——著

天津出版传媒集团
天津人民出版社

**图书在版编目（CIP）数据**

红人传奇 / 好彩著 . -- 天津：天津人民出版社，2021.1

ISBN 978-7-201-16529-5

Ⅰ . ①红⋯ Ⅱ . ①好⋯ Ⅲ . ①长篇小说 - 中国 - 当代 Ⅳ . ① I247.5

中国版本图书馆 CIP 数据核字（2020）第 219994 号

**红人传奇**

HONGREN CHUANQI

好彩 著

出　　版　天津人民出版社
出 版 人　刘　庆
地　　址　天津市和平区西康路 35 号康岳大厦
邮政编码　300051
邮购电话　（022）23332469
电子信箱　reader@tjrmcbs.com

责任编辑　谢仁林
封面设计　武　艺

制版印刷　天津雅泽印刷有限公司
经　　销　新华书店
开　　本　710 毫米 ×1000 毫米　1/16
印　　张　17.75
字　　数　281 千字
版次印次　2021 年 8 月第 1 版　2021 年 8 月第 1 次印刷
定　　价　58.00 元

# 目　录

1　狩猎 …… 1
2　瘖鸡对那些事 …… 8
3　面见僠王 …… 13
4　趁歌坡 …… 18
5　蟠龙屯的僠琓 …… 25
6　追呀追 …… 30
7　小干栏 …… 38
8　过三朝 …… 44
9　遭遇情敌 …… 50
10　走夜 …… 57
11　守夜 …… 63
12　原来是为了七彩软石 …… 69
13　连体大干栏的秘密 …… 75
14　种代接班 …… 81

15 上滩 …… 87
16 做仙排场 …… 92
17 黄狳走旧路 …… 98
18 两只狼 …… 104
19 大战狼 …… 110
20 迪狼 …… 116
21 被血洗的屯子 …… 122
22 细师傅 …… 128
23 遭遇恶人 …… 134
24 追！追！ …… 140
25 开口先说“宁”的地方 …… 146
26 都蛤节 …… 152
27 大洪水 …… 158
28 夺命漂流 …… 163
29 从头再来 …… 169
30 夜里黑手 …… 174
31 死亡 …… 180
32 两家人，一家人 …… 186
33 危险一个接一个 …… 192
34 野人 …… 198
35 进退两难 …… 204
36 命悬一线的冲滩 …… 210
37 花斑大老虎 …… 216

38 凶恶的大家伙 …… 221
39 血口大嘴巴 …… 226
40 奇怪的地方 …… 232
41 只认通牌的哥大 …… 238
42 哥大和哥大 …… 244
43 晴天霹雳 …… 250
44 一场大浩劫 …… 257
45 废墟 …… 263
46 重整旗鼓 …… 269
47 惊世骇俗 …… 274

后记 …… 278

# 1 狩猎

鸡刚刚啼第三遍，傩达和水生就各带一个家仆汇合到一起出了僠王城。很快，四处的鸡鸣渐渐消沉，僠王城在他们的身后融入了山野，分不清哪是山哪是僠王城。世界显得格外静谧。天空，像一口大锅倒扣在头上，几颗闪烁的星星好像锅出现了沙眼，鬼鬼祟祟地透过沙眼注视着他们。一路上，他们经过了三个屯子。最后的那个小屯子是傩达家的家奴们住的屯子，这个屯子很小，只有十几户人家。傩达跟着大舅来过几次，他知道家奴屯子的每一家每一户。过了这个小屯子，乌黑的森林便慢慢向他们靠近，渐渐浓密，他们沿着森林中的羊肠小道往大石山的另一边赶。黎明前的黑暗，森林的覆盖，天黑得伸手不见五指，五步之外不见人影。他们没带火把，摸着黑赶路，虽走得小心翼翼，却还免不了磕磕碰碰，因此时不时地有人发出不协调的惊叫声，把人吓得一身鸡皮疙瘩。他们默默地走，沙沙的脚步声，傩达在前面开路拨动草木，以及小道两旁的草木跟衣服相摩擦发出的窸窸窣窣的，听起来让人心虚的声响成了他们相互间交流的语言，知道相互间的存在。黑暗的天地，乌黑的大石山和森林，成了从来没有过的压迫，甚至连空气都墨黑得使人透不过气来。

跟在傩达家仆后面的水生终于忍受不住，开始嘟嘟囔囔起来，抱怨傩达不让带火把，傩达，我们应该带一把火把来，老虎呀，狼呀，狗熊呀，我们倒是不怕。我们有尖枪，有大刀，我们怕什么怕。只是，这样摸黑行路，我们要是踩中了毒蛇怎么办！？

傩达本来不想搭理水生，任由水生去说，他都不吭声。水生就是这个性格，说也没有用，一旦他要说什么，他总觉得自己有道理，他是不会住嘴的。这时候，水生说到了毒蛇，傩达就忍不住了，他压低了声音，回头对水生说："真要是碰上毒蛇，先咬到的是我，不会轮到你水生。"

水生说："咬到谁都是咬啊。"

阿十说："我带着蛇药呢。"

水生说："要是碰上山鳗蛇，山鳗蛇担头一口毒气喷过来，我们大家都被毒气毒迷了，身子都软得像一摊烂泥涎，跌倒在地上，人软喋喋，怕连拿蛇药的力都没有了，蛇药还有什么用。"

傩达喷了口气道："水生，就你个张臭嘴真会说话。"

水生知道傩达不高兴了，不好再吱声，他知道自己不该这样说。有些禁忌，就是心里想着都是罪过，更何况说出来。

傩达走在最前面，双手抓着一支尖枪，他不时使尖枪搅动小道两边的草木，弄得嚓嚓，目的是想吓唬路上的野兽和毒虫。阿十紧紧跟着傩达，右手抓着一把大刀，注意看着傩达身边的情况，尽着一个家仆的职责保护傩达。水生也双手抓着一支尖枪，因为有傩达和阿十在前面开路，他就显得轻松得多，因为心里轻松所以注意力就不集中，还因为走夜路磕磕碰碰，不是发一声尖叫，就是发一些牢骚。水生的家仆阿四也使一把大刀，走在最后，为了安全起见，他时不时地回身拿大刀横扫一下。就算有什么精灵魔怪跟在身后，他时不时横扫的一刀会使这些精灵魔怪吃不了兜着走。

傩达和水生这是第一次独立组队出猎。他们都没有多少野外搏杀的经验，之所以双枪双刀的布置，完全是听前辈说教。前辈的经验告诉他们，一般情况下，搏杀时，尖枪比大刀好使，不论是跟人还是跟野兽搏杀，尖枪都是大家的首选。使尖枪善在进攻，尖枪的优点使对方无法靠近自己，每一挑每一刺，几步之外就可制敌。当然，尖枪也有缺点，尖枪在没有障碍物空旷的地方好使，身边有障碍时尖枪就很难舒展了。比如，身边树木丛生，夹道小巷，尖枪就难于发挥作用。碰到这样的时候，大刀就起大作用了。所以，尖枪和大刀的配合，能够取长补短。

离开小屯子小半炷香以后，傩达估计差不多到目的地了，就不时地停下来，看看天，看看大石山，看看周围的森林，辨别着地方。傩达估计，再走大约半支香的路，就是他家的山薯地了。按照原先的约定，傩达和家仆阿十做一组，水生和家仆阿四做一组，分在两头埋伏。在他们埋伏地的中间，是傩达家的家奴种植的一块山薯地，山薯地把他们分隔开十五竹竿左右。傩达和阿十在山薯地南边这一头，水生和阿四在山薯地北边的另一头。他们预计，如果这一头发起攻击，另一头予以配合，就可以前后夹击，左右堵路。傩达和水生的目标是山猪，却不得不考虑可能碰到其他情况，比如碰上老虎，比如碰上狼，比如碰上狗熊等。如果真碰上吃人的野兽该怎么办。傩达的意见，不要惊动吃人的野兽，以免惹来麻烦，偷鸡不到蚀把米，搞不好还弄了一身屎。水生不以为然，认为猎到吃人的野兽他们就会名声大振，俸王城的英雄也有他们一分子了，还有谁敢说不。傩达耐心地说："我们这是第一次出猎，不能太贪心，捕猎山猪才是我们的真正目的。至于大老虎、大灰狼、大狗熊这些吃人的野兽，我们有的是机会，不愁以后碰不上它们。"水生见争不过傩达，就勉勉强强地同意了傩达的意见，不吱声了。到了山薯地，他们各自往身上涂了一种从家里带来的药水，以防蚊防虫。这种药水散发着一种青草的味道，能够驱赶蚊虫，又可以利用散发的味道掩盖人身上发出的汗味，骗过野兽灵敏的嗅觉。

傩达和阿十匍匐在一丛小枫树底下，傩达负责观察山薯地方向，阿十负责观察傩达身后。傩达叮嘱阿十，要眼观六路，耳听八方，周围一丝一毫的动静都不要放过，一有情况要马上互相用手示意。水生和阿四埋伏在山薯地的另一头，选择在一棵大叶子的洗手果树底下伏着，洗手果树叶子大，伏在树下比较隐蔽，不容易被发现。如果是大白天，也不怕日头晒，比在枫树底下要凉快好多。为什么要在小树底下埋伏，是有些儿讲究的。高大的树木底下，野草和灌木长的稀疏，不好隐蔽自己，很容易被发现。相反，小树木低矮，枝繁叶茂，正好把人给覆盖了，小树旁边的杂草也比较茂盛，便于埋伏而又不容易被发现，也不妨碍人在里面通过枝叶缝隙观察外面的情况。

不久，天开始蒙蒙亮，山下鸡啼此起彼伏。山峰和天开始分明，湿润的树叶和草丛由乌黑变成绿色。白雾开始从山坳慢慢涌出来，向山上四处弥漫。大山变得朦朦胧胧，大山和天的界限再次模糊不清，渐渐地，天和大山融为一体，一片白蒙蒙，分不清哪是山哪是天。雾水在树叶和草尖上凝集，形成了晶莹的水珠，水珠越来越大，开始往下滴，滴得背脊发凉。慢慢地有种侵入骨髓的凉酥酥的感觉。

从猎户那里获得的出猎方式和方法，他们知道山上的野兽夜晚也要睡觉，至少后半夜都要睡觉，像人一样。野兽早上起来肚子饿了，要出来觅食，这是猎捕野兽的好机会。守株待兔，往往可以成功。终于等到天光，傩达开始兴奋起来，感觉双手发痒。要是狩猎成功，人们对他和水生将刮目相看。

从山薯被拱翻的情况来看，傩达觉得拱翻山薯地的野兽肯定是个大家伙。也许，这个大家伙真的就是一头大山猪。是大山猪的话，他和水生就逅得值了。老虎和狼天性肉食，应该不会闲得无聊地来拱翻山薯地。能够猎到大山猪，准够僠王城里大户人家的大家伙一顿吃。再说，老虎、狼和狗熊，就算猎捉到了，也没有人吃，顶多做其他用途。想起吃山猪肉，傩达口水就嘟嘟地从喉咙里泅出来。傩达吞了吞口水。

想不到的是，天越来越光，雾水反倒越来越浓，天和地好像都混沌起来，一团的白色。原先还能模模糊糊地看见周围树木的影子，此刻十步外的景物都几乎看不见了，连五步以内的都很朦胧，不走到面前都不知道是什么物件。天光已经很久了，浓雾仍然没有散去，傩达等得都有些不耐烦起来，他希望这样的情况很快就过去。

匍匐久了，傩达和阿十的身子都被露水滴的湿了，感觉身子也麻木了。

“这样子不成，”傩达悄声对阿十说。“我们全身都麻了，那大家伙真的一过来，怎么对付得了。”

阿十小声说：“要不，我们起来动动手脚？”

阿十的声音刚刚落下，傩达就感觉到前面不远处传来沙啦啦的声响，傩达和阿十都被吓了一下，耳根发麻。傩达马上伸出手来抓住阿十的大腿，叫阿十止住不动。

沙啦啦的声响还在继续着，很明显，声响越来越靠近傩达和阿十埋伏的地方。不能说话，傩达只得紧紧抓住阿十的大腿，很用力，他担心阿十有所动作，暴露目标。阿十转过头来看傩达，傩达示意他注意观察，不要出声。傩达瞪大了双眼，死死盯着声响传来的方向，心里在猜测是什么物件发出响声，会不会就是野兽呢？或者是水生在那边耐不住寂寞了，要走过来跟自己聊聊天？这不可能啊，事先都约定好了的，要不，怎么可能捕捉得到野兽？

就在傩达胡思乱想的时候，猛然地，在傩达前面四五步外的地方，出现了一个朦胧的黑影。傩达心头跳了一下，右手紧张地抓住尖枪，做好搏杀的准备，主要一确定是计划捕捉的野兽，他就马上飙起来刺向野兽。傩达想再次抓一下阿十的大腿，再给阿十暗示。但是，他马上放弃了这个想法。这个黑影距离太近了，如果是野兽，他这一抓可能使阿十有所动作，而只要阿十稍稍动一下，就可能引起野兽的警觉。何况，还不知道前面的这个家伙是个什么呢。

黑影在原地徘徊，有时候立起来，好像人一样，差不多有人一样高，有时候又伏下来，好像人趴在地上手脚撑地的样子，行为有些古怪。傩达一下子还想象不出这到底是个什么，他有些心急，急切地希望黑影再往自己这边移动过来，以便看清黑影的真实面目。在没有分辨出是什么野兽的时候发起攻击，那是个傻瓜笨蛋。偏偏，黑影在那里磨磨蹭蹭，好长时间了都没有向傩达这边移动过来，好像在跟傩达斗气。

傩达的耐心没有白费，黑影终于向傩达这边移动过来，身影虽然有些模糊，仍然可以看得出这是一只狗熊。狗熊继续往傩达这边挪过来，傩达的心要从喉咙里蹦出来了。狗熊不是傩达要猎取的目标。从狗熊的行为可判断出，狗熊没有发现傩达和阿十。让傩达毛发倒置的是，狗熊在傩达面前突然立起来，使两只后腿撑地，把小枫树叶弄得哗啦啦响。傩达感觉到阿十颤抖了一下，他马上反手摁住阿十的大腿，暗示阿十不要动。

枫树叶很好玩吗。不可能吧？难道枫树上面有什么，把这头狗熊吸引过来了？

还好，狗熊只是玩了那么一会儿，就转身走开，慢慢地挪着身子，扭着屁股走了。

周围恢复了平静。又是长长的无聊的等待。

不知等待了多长时间，雾水终于慢慢地散去。一轮黄色的日头慢慢地露了出来，高高地挂在两杆高的天上。山野也慢慢地明亮了起来。山薯地真实地呈现在傩达的面前。

山薯地一片狼藉，小半的山薯还没到收获时节，就被拱翻了嚼了，只剩下白闪闪的根茎，早些被嚼去的根茎已经开始发霉发黑。可以想象，到山薯收获时节，也没剩下多少山薯了，家奴一家人的这一年的血汗也付诸东流了。

水生也沉得住，一直没有露出头来。这时候，傩达发现水生和阿四埋伏的洗手果树丛里有黄色的闪光，傩达断定那是枪尖。只见枪尖在空中画了一个圆圈，傩达马上也将尖枪从枫树里伸出去，来回摆了两摆，然后收回尖枪。水生那枪尖停住了一下，很快也缩了回去。

一支香之后，突然出现了骚动。一头乌黑的母山猪带着七八只小山猪崽出现在山薯地里。母山猪像个成年人一般大小，喘着粗气，小山猪像一群小精灵，东窜西跑。傩达一阵欣喜。

小山猪抢着去啃剩下的山薯根茎。母山猪抬头东张西望了一会儿，见山薯地没有异样，就开始使用它那有力的吻鼻把山薯的根茎拱翻。每拱翻一蔸，小山猪就疯狂地呜呜呜叫着冲去抢吃。母山猪专注地吻拱，拱翻起来的山薯根茎全部让小山猪吃，小山猪吃得很开心。

“这是个很好的机会，”傩达对阿十小声地说，“我们慢慢地从后面猫着腰摸过去，不要让山猪发现，接近了山猪再动手。”

水生那边见傩达和阿十猫腰摸出来，也从洗手果树里出现了，仿效着傩达和阿十，慢慢地向山猪摸过去，形成两面夹攻的态势。

先是小山猪发现了他们，抬头看着他们。不知道小山猪是怎么把信息传递给了母山猪，母山猪突然把吻鼻从泥土里拱出来，鼻头上带着一堆黄色的泥土，转过头来。母山猪呜呜地叫唤了一下，小山猪马上跑到母山猪的身后去。

傩达知道，带崽的母山猪比一般山猪凶狠，是为了保护小山猪，不仅凶猛，还拼命，会不管不顾地跟猎捕者进行殊死搏斗。

傩达左右扫了一眼，见阿十跟在自己后面几步远的地方，阿四同样跟在水生后面几步远的地方。傩达知道是时候了，就发出了攻击的号令，“水生，留着小山猪……”话没说完，母山猪就嗷嗷地向傩达张开獠牙冲过来，把傩达吓了一惊，他没有估计到母山猪会主动向猎人发动攻击。

“注意呀，快跑……”水生见母山猪冲向傩达，张嘴就喊，奔过来要为傩达解围。

傩达准备不足，双手的力头还没有来得及使在尖枪上，只好抽回尖枪同时往旁边跳开，以免被母山猪那双獠牙伤着。

水生斜刺里向母山猪刺过来，却因为紧张，尖枪抬高了一些，尖枪从母山猪的背脊刺过去，只擦伤了母山猪背脊上的一层皮。

母山猪受了伤，嗷叫得更加厉害了，一个甩尾回转身就向水生冲过去，水生使尖枪挡着，被母山猪张口咬住尖枪，甩了甩，企图把尖枪咬断。

傩达见状，大吼一声，持尖枪向母山猪刺过去，噔一声，枪尖刺中了母山猪的后腿上部，尖枪被母山猪骨头弹到一边去，没有刺中母山猪的腹部。

母山猪再次受了伤，更加暴跳如雷，嗷嗷大叫。这个声音让人毛骨悚然，它把水生的尖枪甩一边去，甩尾转身向傩达冲过来。傩达抽回尖枪，大声叫阿十偏开，自己则往后退去，刚刚扎好马步，母山猪就躬身腾空飙起，张着獠牙向傩达冲过来。傩达没有马上躲开，看准母山猪的血盆大口，想一枪插到它的喉咙里去，致母山猪于死地。

母山猪好像成了精了，飙起冲过来的时候，竟然甩头偏开了傩达的尖枪，使傩达惊得全身发麻。傩达赶紧往一边抽走尖枪，跳到一边去，避开凶猛的母山猪。想不到，母山猪嘣地落地的时候由于惯性的作用直直往后面的阿十冲去。阿十惊得啊啊大叫，赶紧横着跑开，向着傩达的身后跑去。

母山猪向前冲出好远，回身时花了好长时间。这时候，傩达已经转到了它刚才发起攻击时的位置了。一来一往，连续几次攻击以后，母山猪显得有些累了，它喘着粗气休息了一会儿。它一边嗷嗷叫，一边左顾右盼地看看傩达，看看水生，好像在考虑到底向谁发起攻击。最后，母山猪再次选择攻击傩达，大概是因为那群小山猪就在傩达和阿十的背面。

母山猪的这次攻击更加猛烈，冲向傩达飙起得比哪次都更高更猛，使傩达想使尖枪插入它喉咙去的计划落了空。却鬼使神差地，刺中了它的下脖子。母山猪猛烈的冲力通过尖枪柄传递到傩达手上，傩达抵不住，仰面跌倒，头重重地砸在山薯地上。尖枪柄同时从傩达手中弹开，深深地扎在地上，把母山猪撑抵到空中，咔嚓一声，尖枪柄折成两节，挣扎中的母山猪重重地砸在傩达的双腿上，在傩达的身上打滚，乱踢，使傩达浑身受伤。突然，一股滚热的液体喷洒在傩达的脸上、身上，没等傩达弄明白是什么，他就什么也看不见了，慢慢地什么都不知道了。

## 2　猏鸡对那些事

这一年，傩达十八岁。

傩达家在僠王城里也算是大户人家，拥有两个屯子。这两个屯子的几十户奴家帮他家打理农牧事。傩达家生活优裕，不愁吃不愁穿。打从傩达识事起，家里的农牧事儿由管家去打理，家务事儿由家仆去做，永远轮不到他，他精力充沛却又整日里无所事事。无所事事的傩达却没心没肺，虽说什么事情都没有他的份，而事实上又什么他都有份，他不做事儿，他却要看看人家怎么做事儿。他整天像个小混混，本来没事却有事似的这里瞧瞧，那边看看，不管在哪里，人们大都能看到他和他身边一帮小哥们的身影。平日里，嬚佬千叮万嘱，富贵人家，得注意礼节，人有人样，不能像个小混混。呵呵，什么礼节，什么仪表，什么人样，傩达把嬚佬的话只当是水过鸭背，只当是耳旁风，毛也不湿，不入耳，就算是入了耳朵也是这边耳朵进那边耳朵出。他老和一小帮玩得来的伙伴，不是在附近的山上犸猴似的东窜西奔做陷阱捕捉小猎物，就是到江边去戏水捉鱼，整个人儿被日头晒得黑不溜秋。像犸猴，也像水里的泥鳅，也像塘角鱼，更像穷小子。说像犸猴，还便宜了傩达，他更像山上的乌猿。那乌猿，是白头叶猴，跟犸猴是亲戚。嬚佬很是不爽。按说他完全用不着为了什么猎物啊，河鱼啊，亲自去抓，去捕，他那样的家庭要什么有什么，只要他一哼声，家仆就忙得团团转，不大一会儿就什么都会拿到他的面前来。傩达却不稀罕这些，他就好这样，有什么办法。也正因为这样，使他练成了一个头脑简单四肢发达的小哥，大概连山上的老虎老狼见他都惧三分。

头脑简单四肢发达的傩达还像一头猪，除了白天没心没肺的到处玩，天一黑就睡，并且一觉能睡到天大亮，完全没有他这个年龄应该有的样子。那一次和水生去捕猎山猪，虽然浑身是血，浑身是伤，还差点被那母山猪弄死了，却因此使他赢得了僠王城人的赞誉，使他成了人们心目中勇敢的小哥。别家的小哥一到十五六岁，就千方百计地混到姑娘们中间去，想方设法地讨姑娘们欢心。尤其一到晚上，就拿上一把干松脂，或者火把，把松脂点着，把火把点着，呼啦啦的到他们经常活动的地方去，或者在城里的广场上，或者在城外的开阔地上，男一帮，女一堆的，嬉闹，对歌，热烈得不亦乐乎，不玩到深夜不散。傩达的嬷佬眼看人家的儿子自己会去找姑娘，舸鸡对，自家的傩达老像长不大，只好亲自张罗起来，为傩达寻个姑娘舸鸡对。她不能眼睁睁地看着自己的儿子打光棍，到处托媒婆，托熟人，为傩达张罗舸鸡对。但是，她张罗得并不怎么顺利，她一只手掌打不响，傩达连姑娘都没见上过一面就摇摇头，这个不行，那个不行，总表示不中意。就算见过面了，过后总对嬷佬说，这样的妹子那么难看，叫人家怎样跟她舸鸡对。傩达说的也是事实，好看的姑娘早就被滑头的小伙子舸鸡对抢走了，剩下的不是难看就是蹩的瘸的。这些，傩达的嬷佬心里也有数，也真以为儿子为此挑剔，嫌弃城里人家的姑娘不够靓，她只好通过媒婆到城外的乡下去物色姑娘。终于，媒婆物色到了一个乡下的漂亮姑娘。姑娘叫阿俏，年方二八，人见人爱，是十里八乡一枝花。十里八乡的小伙子们早已垂涎欲滴，自告奋勇却往往碰了一鼻子灰。托的媒婆，早把阿俏家干栏的阶梯都磨钝了，都不能获取阿俏姑娘的芳心。

阿俏家里人知道傩达家在城里，并且家道殷实富裕，一根杆子就热了一头，竟不介意傩达的呆头呆脑，没心没肺。加上媒婆本就长着三寸巧舌，竟被媒婆说服，最后同意了。至于阿俏姑娘这头，见面后是不是也能热起来，阿俏家里人似乎就不怎么管了。只是听说傩达太挑剔，怕见面时傩达逃弃，舸鸡对不成，怕晒自己的面子，怕晒自家姑娘的面子，就提出了一个要见面礼的要求。这在当时，是一个十分过分的要求，并且是破天荒的事情。阿俏家里人认为，就算傩达逃弃，两头大猪，两笼鸡，两笼鸭，一担糯米，两担尖米，一担糍粑，这多少也能挽回一点点面子。由于这是破天荒的事情，傩达的家里也不大张旗鼓，告诉媒婆不要声张，悄悄地为傩达筹备着舸鸡对，以免傩达万一逃弃，大事办不成，成人家的笑柄。偷鸡不成蚀把米不要紧，要紧的是不能晒了自家的面子。

阿俏家住在乡下的蟠龙屯。从城里去蟠龙屯，虽是顺水路，撑竹排也得要大半天。

傩达嫲佬计划让傩达在蟠龙屯歌坡的时候和阿俏鸡对。她可是真落下了大本钱的。

傩达不知是计，一听说也能去赶蟠龙屯歌坡，尽管他自己不怎么会唱歌，对歌这事对他来说是赶鸭子上架，心却还是真动了，傩达自己就喜欢热闹。傩达家里人估计，傩达那野性，这个事儿只有些儿的把握，不敢说能够成功。

这天，天刚刚有些儿迷蒙蒙的时候，管家就把家里的仆人都叫了起来，悄悄吩咐大家为张罗傩达的喜事儿做准备，家里开始嚷哄哄起来。后来，家里人也都起来了，开始洗漱装扮。眼见天大亮了，傩达却仍然还打着鼾，睡得正甜正香。阿十叫了好几次，傩达只是不应，看情况，除非天打霹雳，不然谁都没有办法把他弄醒。他这样的一个人也不会这个时候就醒。他常常跟人说，日头还没有照到西山头呢，紧什么紧。傩达嫲佬没见到傩达，就大声嚷嚷着叫阿十再去把傩达叫醒。阿十从来胆小，怕挨傩达骂，挨傩达扇脸，敲竹榻门时动作都不敢使力，轻轻的，也不敢大声叫，当没有敲门，当没有叫喊一样。傩达当然依然故我，仍然呼呼大睡，大声打着鼾。

傩达嫲佬见此竟恼恨恨起来，拿手指头使力指捻阿十的额头，把阿十捻歪到一边去，狠狠道："阿十，你十足的不中用，猫比你叫得还大声。"傩达嫲佬顿顿走过去，使拳头擂着竹榻门，啪啪响，大声喊道："傩呀，傩，都什么时候了，燕子都出窝捉虫寻食了，日头都晒屎股了，你还摊在铺上啊，还不赶快起身打理整装。昨晚跟你说得好好的，你都嗯嗯嗯地应了，你怎么还不起身。你看你看，阿十都叫你几多次了你还不起身，还摊在铺上。傩，傩呀，傩，快起身，傩，傩呀，快快快起身，你大舅老早起来了，都在厅邸里等着你了。还不赶快起身啊，日头一照到西山头你就要跟你大舅去僠王那里道早安辞行，迟了僠王怪罪下来有你的好看。大舅不打死你也有你的好看。"

事实上，嫲佬拳头擂竹榻门啪啪响的时候傩达就醒了，他只是懒得理嫲佬，假装睡着打鼾，直到听嫲佬说僠王要怪罪了的时候他才惊吓地呕了一声。谁都可以不怕，但是，僠王谁都怕。他睁眼往窗口看了一下，见天边还没有彩霞出现，知道离日头照到西山头的时候还早得很，他并没有马上起身，或者是暂时不想起来，他懒洋洋地把双手伸过头顶，伸懒腰，同时打了一个长长的哈欠，贪恋地呼吸着干栏里新鲜的茅草香味，以及新鲜的泥篱笆香味。

几个月来，傩达家的干栏重新翻新了一番，把家仆们弄得都瘦了一圈。刚刚翻新不久的干栏，盖着新鲜的茅草，糊上新鲜的泥巴壁，铺上了新棚板，到处散发着迷人的香气，棚板也香，茅草也香，泥篱笆壁也香。现在，整座干栏除了被烟火熏得乌黑的櫶木立柱和横梁，已经焕然一新。整栋干栏清新干净，使傩达感觉很舒心。

按着傩达的心意，这个时候他真的还不想起来，可是又不得不起来。傩达知道，日头晒到西山头意味着什么。他家这样的境况，不同于一般平民，平民外出一般跟保长说一声就行，他们这个阶层的大户人家不同，他们外出都要到王宫里去向僠王道早安辞行。这是礼节，免不得，大家都不敢惹僠王不高兴。傩达还怕大舅，大舅是一家之主，平时就很严肃，少见他有笑的时候，连傩达嬷佬都怕他三分。小时候傩达常常因为调皮挨大舅打屁股，有时候打的那个恨，那个毒辣，傩达仍记忆犹新。俗话说，天上雷公，地上舅公。真是的。在家里，傩达怕大舅不怕小舅，小舅跟傩达总是有说有笑，总是嬉戏玩耍，嘻嘻笑个不停，小舅从来不打不骂傩达。傩达嬷佬都说小舅不教傩达，把傩达宠坏了。平时，傩达不听话的时候，他嬷佬常常拿大舅来恐吓他，他都习惯了，也听的疲了，就皮了，这会儿他就不相信大舅会在厅邸地等着他。

阿十在前面迈着碎步，小心翼翼地诚惶诚恐地走着。傩达大摇大摆跟在后面，嘴上还不时地唠叨，说自己还没睡够。傩达一走进厅邸，发现大舅真的就坐在里面等自已，他还是真吓了一惊。都说天上雷公，地上舅公，谁个不怕！阿十低着头急忙倒退出厅邸，到外边去站着等着，给傩达让出地方来。

傩达和阿十走进厅邸之前，大舅脸朝祖先牌位，若有所思的样子。傩达一到，他就转过脸来，爆着眼，像一头牛牯，脸拉得老长，嘴巴紧闭，皱着动了动，张嘴说话的时候却咬着牙，他说的话好像是从牙齿缝间喷出来，大舅恶狠狠地说：“你看看，你看看，昨晚是怎样说的，你又是怎样答应的。雀子都不知道飞哪里去寻食了你还在铺上睡，你看你看，你抬头转眼看一看，你自己总是睡睡睡，睡的头都扁了！”

傩达条件反射地抬手摸了摸头壳，对着大舅强挤出一丝笑来，呵呵了一下。

大舅皮笑肉不笑地跟着傩达呵呵了一下，接着又呵呵一下，把傩达笑得一身鸡皮疙瘩。紧接着，大舅马上把脸收敛起来，乜眼扫了傩达一下，大声喝道：“成什么体统，你多大了，说好了的事，水过鸭背，拖拖沓沓，我们家还能巴望你成什么人，你将来能成得了什么大事！”

“是，僠爷，我以后早起。”傩达吓了一跳，赶紧挺胸站直身子。大舅站起来，背手要走出厅邸，跨过门槛的时候又回头对傩达说：“这是最后一次，以后再这样我打断你的脚骨。”说完话，跨过门槛，走下干栏阶梯。傩达赶紧跟在大舅的后面走下干栏来，阿十低着头在后面也迈着碎步亦步亦趋。

# 3　面见僠王

大舅走路脚下生风，飒飒响。侏达生怕挨骂，紧紧跟着。阿十自然不敢怠慢，不敢落后，步步紧跟。

他们一个跟着一个走出院子，来到街上。

这时候，说早不早，说迟不迟。日头还没有从东山头上升起来，城里街道还遮罩在东山的阴影里，初升的日头却已经照在西山头上，好像谁给西山头铺了一层黄金，西山头变得金晃晃，耀眼得很，好像戴上了金冠。僠王城里的大多数人家像侏达家一样，用矮矮的竹篱笆把庭院围起来，独门独户，使得街上到处是路口。许多人已经在街上走动，大多是大户人家的家仆。他们要么是到城外去采摘瓜果蔬菜回来做食，要么就是跟人讨价还价的交易食品。碰到大户人家主人，侏达和大舅得和人家打招呼。阿十更加忙乎，不是点点头，就是小声向人问好。

水生家的管家正好从街面穿过，见侏达三人，赶紧停下来等他们，和他们打招呼，他说他要到城外的家奴屯去，有些农牧事要安排一下。水生家的管家利用和侏达大舅说话的空闲时间看着侏达问："阿侏，听说你要跟水生一起去蟠龙屯赶歌坡？"没等侏达回答又看着大舅继续说："爷，你看真是的，我们这样的人家能像他们穷小子一样吗？也要去趁热闹？趁什么热闹哦，你看你看，这还得去向僠王说去，麻烦不麻烦。"又转头对侏达说："你大舅做后生哥那时，规规矩矩，哪像你们这些后生。那个野呃，嗨，不说了不说了。你看你看，阿侏，你都这么大了还要爷带去见僠王……"

见侏达大舅没有好脸色，又嘿一声，跟侏达大舅告辞，然后对侏达挥挥手，一边走一边说："去吧，阿侏，刚刚，水生去跟僠王说了。去吧去吧，看看，日头都照西山头上了。"

按理说，大舅完全可以不去搭理水生家的管家。大舅站住跟他说话，估计傩达大舅也有话要跟水生家的管家说，这样做已经是给水生家的管家很大的面子了。水生家的管家好像不太理会这个，他好像很忙，说话像山上落瀑布，哗啦啦没有个停顿，大舅根本没有插话的时间，等到傩达大舅脸色不好，想要说话的时候，水生家的管家心惶惶的了，急忙告辞向城门方向走去。

小半支香的工夫不到，他们就来到了王宫外面。王宫是一个大庭院，比一般人家的庭院大得多。到底有多大，傩达想象不出来。在傩达看来，起码占了半个城池。王宫围院用的材料不是普通人家的竹篱笆，而是一截截直立着的两人多高的大木头，一根接着一根，跟僠王城城墙的木头一样粗大，只是没有像僠王城城墙那样用两层大木头。从围墙外往里看，只能看到王宫中央一栋高大的干栏那尖尖的茅草顶。这座高高的干栏的茅草顶上，矗起一杆黑色的三角旗帜。三角旗迎风飘扬，旗帜中间画着一个大大的蛤蝤头，蛤蝤头上瞪着鼓鼓的双眼。

王宫的门口有一班手握尖枪，手把佩剑的护卫。他们守着王宫门口，还来来回回地轮流走动着。护卫们把傩达三人拦在王宫门口外面，不让他们进去，大舅向他们陈说着缘由。不一会儿，护卫室走出一个人来，这个男人的腰杆挺得笔直，头箍上插着一根鸡尾巴羽。鸡尾巴羽随着人的走动，一抖一抖，颤飘飘。他满脸威严，一副不可侵犯的模样。傩达知道这就是王宫的护卫长。听人说，这样的护卫长王宫里有好几个，头箍上都插着一根鸡尾巴羽。护卫长是王宫里最底层的一级军官，这从他头箍上插着的鸡尾巴羽的根数可以看得出来。

护卫长官气十足，他板着脸瞪着傩达三人喝道："你们，到王宫去见僠王有什么事？"

大舅把跟护卫说的缘由对护卫长重新陈述了一遍。护卫长抬手指指他们三人问道："是你还是你？或者是你要进去？谁去？快快报告过来。"

大舅指着傩达说："大人，是阿傩去，只是他后生生性粗野惯了，不识体统，我怕他惹僠王不高兴，所以想跟着一起进去向僠王报告，也好给阿傩指点指点礼数。"

护卫长把脸偏开去，不高兴地说："不成，谁去谁进去报告！"

知道自己不能进王宫，大舅就抓紧时间给傩达面授机宜，叫他注意这个，记住那个，都是些烦琐的礼节，傩达记得一个，记不得第二个，弄得傩达头都大了。然而，这也是没有办法的事，王宫的规定，谁也不能违反。大舅只能眼巴巴地看着傩达一个人在一个护卫的带领下走进王宫。大舅还真是很担心，隔着护卫伸长了脖子探着头往里看，直到看不到傩达的身影。

傩达是第一次进王宫，心里忐忐忑忑的同时，也感觉到什么都新奇，一双眼睛好像不够使。王宫里有很多干栏，除了顶上盖着的茅草跟一般干栏相同外，每座干栏都是红彤彤的色彩，雕梁画栋。那飞禽和走兽，栩栩如生，好像就是真的动物。说实在话，傩达常常在山上蹿，常常在水里滚，见过的野物比不上王宫干栏上雕绘的多。跟城里比，跟城外比，真是一个天上，一个地下。每座干栏的旁边，长满了小巧的灌木丛，灌木丛盘缠着假石山，假石山旁边是潺潺的流水。干栏内不断传出男人和女人的嬉笑声，和仙琴悠扬的乐声。人就好像进入了仙境。好在傩达文墨少，对琴棋绘画没有多大的兴趣，要不来到这儿可就真要走不动了。

傩达跟着护卫在王宫里拐来转去，沿着石板铺成的小路和石桥，走过一栋栋干栏。真数不清走过了多少栋干栏，绕过了多少栋干栏。王宫里的干栏真是多得很啊，王宫里到底有多少人住啊。

不知不觉间，傩达跟着护卫来到一座高大的干栏前。哦，这就是城里城外都能够看得见的干栏吧。傩达猜，肯定是了，因为这座干栏总共三层，比其他干栏整整高出一层呢，并且，干栏的茅草顶上插有一杆黑色的三角旗帜。傩达这是第一次走近这座干栏。过去，他对这座建筑有所向往，总想走近了目睹一番。现在，这座高大的干栏就逼逼真真地摆在眼前。这座干栏不但高大，还跟傩达所有见过的干栏都不同。傩达以为这就是僠王住的地方了。其实不然，这是僠王办公打理公事的地方。僠王住的地方跟王宫内其他干栏一样，也只有两层，跟王宫里的其他干栏没有太大的区别。一般人家干栏的阶梯大多架在中间，是横着走上干栏去的。这座高大干栏的阶梯虽然也架在干栏的正中间，却是直走上去的，阶梯又大又宽，足可以连着横躺两个人。干栏阶梯下面有两个护卫，左边的护卫手握长剑，右边的护卫手握尖枪。阶梯上面也有两个护卫，左边的护卫手握尖枪，右边的护卫手握长剑。他们昂首挺胸，很精神的样子。

傩达从来没有见过这个阵势，身子有些发软。来到宽阔的阶梯前，带傩达进来的护卫叫傩达停住，要傩达在阶梯底下等着，他说他先上去向大总管报告。

护卫迈着方步，一步一步走上阶梯，轻手轻脚。护卫这个样子让傩达突然间想起大舅的叮嘱，想到这，傩达的心就怦怦地跳得更加慌乱了。平时，不论是在自己家里还是在人家的家里，傩达不论是走上干栏还是走下干栏，脚步总是噔噔噔响，窜上或者窜下，比犸猴爬山还快，比山羊跃过山岩还稳，想不到在王宫里上落干栏还真有这许多规矩。

不一会儿，护卫又迈着方步，一步一步从干栏上面走下来。

护卫说："僑王同意见你，总管叫你上去见僑王。我在这里等你。"

傩达心虚地点点头，又担心地问："你一直在这里等我吗？"

护卫点了点头说："是的，等你落来，我再送你出去。"

傩达转身，学着护卫的样子，但是，傩达一迈开腿，想到大舅的叮嘱，想到大舅为了教导他说的恐吓的话，再加上阶梯上的四个护卫威风八面，全副武装的样子，让傩达更加心慌。这么看来，在僑王的面前可真是不能闹玩儿的，傩达真怕了，怕弄错一步而招来杀身之祸。

要是知道有这许多要命的规矩，他死都不会来，什么蟠龙屯歌坡，见他的鬼去吧。

现实的问题是，他已经来到僑王的干栏底下，想不按规矩来做已经不可能了，只能有样照着学样儿了。他硬着头皮，终于迈出了第一步，可是，刚刚开始迈步，脚就颤抖抖起来，接着，身子也颤抖起来。勉勉强强迈着颤抖的方步走到第一级阶梯前，想继续迈着方步踏上阶梯，却怎么都抬不起脚来，他的脚好像有千斤重似的。傩达想让自己做出最大的努力，双脚却总是不听使唤。真难以相信，上几级阶梯都这么难。

护卫问他："你怎么了？"护卫肯定曾经见过像傩达这样的人，他竟扑哧一声地笑了。他笑眯眯地走到傩达的身边，附在傩达的耳朵边笑着说："不要怕，僑王又不吃你。"

护卫这么一说，傩达更加慌乱了，连脚都抬不起来。

有句话怎么说，叫作灶边王。平常放荡不羁的傩达一进王宫好像就真变成了灶边王。这么说，傩达只是个在自己的圈子里敢闹腾，称王称霸；一到外面来，他就胆小如鼠。又有人说，灶边王，灶边王，家里能称王，外边一摊糖。傩达在家里的确天不怕地不怕，什么样的规劝都管不了，在僠王城里，也很能闹腾。可是，一到王宫这个大世面来就蔫了，就软了。

护卫见傩达这样，就走过来扶住他。傩达牛高马大的，护卫扶得很吃力，刚刚扶到第三级就再也扶不动了，傩达颤抖的全身重量都挨压在了护卫的身上。护卫向阶梯上的两个护卫招呼了一声，一个护卫转脸对里面的大总管报告了一下，不一会儿，大总管就出现在阶梯的上面。大总管对左边的护卫挥挥手，叫他下来帮忙，把傩达扶上干栏去。

两个护卫费了九牛二虎之力，终于把傩达扶到干栏上面来。两个护卫一松手，傩达就摊在干栏上。坐在里面的僠王见了，忍不住竟哈哈哈大笑起来，笑得傩达没了心情，不知是好是歹。心都碎了。

僠王喷着笑问大总管："我的大总管，刚刚你说阿傩是大师傅的种代？"

大总管微笑地点头说："是的，僠王。我刚刚翻过记载了，这个阿傩就是我们大师傅的种代。"

僠王捋着胡须又是哈哈大笑，笑够了又说："一点都不出大师傅，来见本僠王都怕成这样，大了能做什么。我的大总管，你刚刚不是说阿傩天不怕地不怕吗，怎么一到我这里就吓成这样，怕将来难成大器哦。"

大总管笑笑说："僠王，后生哥第一次来见僠王恐怕都是这样，特别野性十足的更是这样。就算平时他们在他们的地盘里天不怕地不怕，一到僠王的地方来就变软了。僠王威势无比啊。他们这样的后生哥我们见过多了。"

僠王对摊在地板上的傩达扫了一眼，见傩达还没缓过气来，继续对大总管笑着说："大总管，到我这里来的，没有教不动的。可见，规矩的作用了不起。嘿嘿，我的大总管，阿傩家里没有男人吗？没有僠舅？有男人傩达为什么平时这样粗野不听管教？"

大总管说："僠王，我刚刚查了，阿傩家有两个舅，听说他大舅没少管教他，也很严厉。只是阿傩不听管教，还惹出许多事体来。"

僠王突然收敛笑容，恼恼地大声说："传令落去——"

傩达一听，吓出一身冷汗，晕晕的头脑猛地清醒了。

"——我的大总管，明日叫阿傩两个舅舅到我这里来。他们管教不严，罚他们各五十大板！"僠王大声说道。

# 4　趁歌坡

傩达刚从皤王那高高的干栏上走下阶梯来，就高兴得手舞足蹈。原先的担心都是多余的，要是早知道这样，还担心什么，还慌什么。

只是，皤王要给傩达两位舅的那五十大板真是毫无道理，不听话是傩达的事，野是傩达的事，怎么能够惩罚两位舅呢。皤王的规矩还真是过分，也让人胆战心惊。傩达这时为大舅和细舅感到难过，他让大舅和细舅受皮肉之苦了。

真是奇怪，皤王的行为简直让傩达百思不得其解。他摊在干栏上，根本就没按规矩行礼，按说已经是犯了天条王法，触犯了规矩。但是，皤王不但不责怪他，还笑呵呵的免去了该他傩达要行的许多礼节和规矩。皤王笑呵呵对着傩达，傩达紧张的心就慢慢地放松了。自然，回答皤王问话的时候心情也不怎么紧张了。傩达心情一放松了，就像换了个人。傩达就是这样的人，什么都来得快，去得也快。可见，皤王并不像大家传说那样虎、那样威，那样不讲道理。傩达从这件事情体会到，皤王还是个很通情达理的皤王。会见皤王的时间里，傩达不但回答了皤王的许多问题，皤王还跟傩达聊了很多话题。这样看起来，皤王没有什么事，悠得很。闲嘛，还可能闷得很，没有事找事做。皤王是不是想用这样的法子在了解外面的一些他所不知道的情况？或者是在想着法子消磨他那无聊的时光？当然，皤王提出的所有话题都跟傩达有关，几乎包罗了傩达近几年来的所有成长和经历。对傩达和水生不久前猎捉母山猪受伤这件事，皤王大加赞赏。中间，皤王还转脸对大总管说：“看来，后生哥还真要这样去锤炼锤炼才行，要不，身体怎么可能健壮，要不，将来怎么能做个合格的战士。”好像，傩达的行为是对的，野得也是对，没有一点错。最后，皤王对大总管说：“我们的规矩是不是太严苛了，要不要改一改？”大总管一听，着急地说：“我的僠王，万万不可修改规矩，后生哥他们在家野是野他们的，一到街上去，或者到这里来还真得有规矩来管束才行。是牛就要穿鼻子，是马就要罩龙头。要不，就没有王法了；要不，就乱了套了。”

傩达心里高兴得爽爽的还有一个因由，他终于证实自己是大师父的种代了。以前听人闲聊说起他是大师父的种代，他半信半疑。通过僠王和大总管的口，他终于证实了人们的说法。这个话题一说起来，就让傩达想起了不久前的一个夜晚，应该是差不多天光的时候了，傩达内急起来小解，见一个男人正走下干栏，傩达以为是僠舅去自己的女人家走夜，又觉得男人走夜不应该是这个时候。鸡好像都啼过第三遍了呀，应该是僠舅从他女人那边走夜回来的时候了呀。那么，这个男人是谁呢？这么想着，傩达就留了一个心眼，他马上想到这个男人可能跟嬷佬有关。他轻手轻脚地走到干栏前面去，从干栏上面观察这个男人的去向。从个头和姿态看出，这个男人都不像自己僠舅。这个男人走出院子，走到街上，直直地向王宫方向走去。傩达心里想，应该就是人们说的这个男人了。原来，自己的嬷佬就是大师父的女人。证实自己是大师父的种代，傩达那个高兴就别提了。傩达一高兴，就手舞足蹈起来。傩达很少见得到大师父，就是见了大师父，大师父也是一身赤红，站在神坛前面做法，根本看不清大师父的面目。听说，水生也是大师父的种代，只是没有谁能够为他证实。如果他傩达和水生都是大师父的种代，那么他和水生就是兄弟了，呵呵。

见傩达手舞足蹈，护卫嫉妒得咬牙切齿，好像傩达是诚心引逗他心里头冒火。他不怀好意地对傩达说：“看你得意的，你没有见过南蛇屙屎吧。”

好像晴天霹雳，护卫的这句话把傩达吓住了。傩达知道，护卫不高兴了。这句话眼屎一样白，是戇崽都能听得出是什么意思来。傩达意识到护卫的不怀好意，收敛住，不吭声了。这是在王宫里头，是这些护卫的天下。傩达想起了大舅的话，马上小心翼翼起来，连走路也规矩了。赫，要是不在王宫里，傩达很可能早就给这个护卫一拳头尝尝了。

傩达到王宫去向僠王道早安辞行的时间里，傩达嬷佬已经安排家仆把阿俏家要求的物件备齐了，并把所有的物品都让家仆挑到河边，装到两架竹排上去，交代四个家仆把所有物品送到阿俏家里去，还面授机宜，要求家仆跟蟠龙屯的僠琓见一面，把个中意思跟蟠龙屯的僠琓说一下，要他帮衬促成傩达的好事。完了又叮嘱家仆跟女家怎样讲，怎么做才能使事情向所企望的方面发展，并要家仆守口如瓶，不能告诉傩达。家仆们言听计从。这件事，家里上上下下，谁都知道，单单瞒着傩达。加上傩达没心没肺，从来不管事情，做起来就会密不透风，使傩达不知不觉。

傩达一走出王宫，等得不耐烦的大舅就向傩达询问见僠王的情况。傩达只是简单地回答大舅几个问题，他见时间不早了，没顾得上和大舅多说，就飞奔似的向水生家跑去。大舅在后面大叫大吼他也不管不顾，他突然觉得不同以前了，回家时顶多挨大舅几巴掌。

水生一见到傩达，就拿不满的声调大声道："怎么搞的，那么迟。你还以为日头没晒到西山头啊，没晒到你屎股啊。"

水生引用了傩达惯常用的这句话，使傩达都禁不住要发笑。傩达对水生呵呵地笑道："有什么办法，僠王问的问题太多了，我答都答不过来。他问的多，我答他的也多，简直没完没了。僠王他老人家好像闲的没事做，寻我闲聊呢。"

见傩达如此说，水生从心底有些嫉妒了。他没好气地说："你不会跟僠王说你急着要去蟠龙赶歌坡吗？"

傩达说："我当然说了，但是僠王他老人家却还要问到一边去。他问：你敢不回答他老人家吗？是你，你水生敢吗？"

水生说："嗨，要不是你嬸佬要我陪你去蟠龙屯趁歌坡，我还免得惹上这么麻烦的事。"

傩达呵呵地笑，同时给水生擼了一拳，呵呵道："单单是你陪我去？你自己不想去？撑开着大眼说盲话吧，你心里头想的什么你以为我不知道啊，骗哪个。"

水生闪过傩达那当胸一拳，并用右手接住傩达的拳头，抓住傩达的拳头大声说："阿傩，你那大拳头，谁受得了啊。你要打死人是不是，动不动就动拳头。你要老是这样，我不跟你去了。我我我，我不去了。"

傩达哈哈大笑，"你不去？你敢不去？你这鬼招骗得了谁？你不知道僠王的规矩？你敢把僠王的这些规矩不当规矩？赫，得了吧，骗谁。好吧，不说了，我回去吃粥了，拿了晏饭我们马上去。"

话没说完，傩达早溜下干栏了。

水生喂喂地追出来，对着傩达跑去的背影喊道："记住啊阿傩，我们不要你等我，我等你了，吃了粥就直接到江边去。我不到你家去喊你了，我吃了就马上到江边去。"

傩达头也不回地哦了一声，只一会儿就不见了人影。

傩达和水生在江边会合，日头却差不多挂在中天了。这个时间的江面很平静，人没有几个，连两岸的野兽，江里的鱼儿，好像都在打盹，连小鸟也少有啁啾，躲到江边的竹丛树丛里去了。白惨惨的日头照在江面上，闪着银色的光芒，使人张不开眼。

人们到江边来，一般是在早上和傍晚。早上，担水埠满是挑水的人流，埠码头有洗菜的，洗衣服的，还有做其他杂七杂八事情的。傍晚，这样热闹的景象重新出现，洗衣服的基本没有了，多了洗澡的人，水面上会更加热闹。

"碰上了一个好天气。这样的天气，蟠龙屯歌坡肯定很热闹。"两人撖起竹排的一头，把竹排推到水里去的时候。水生头上的笠帽跌到他自己的背脊上，他一边把笠帽重新戴到头上，一边对傩达说。

傩达蹲下来，用双手捧水往身上泼，往臂膀上泼，然后捋了捋手臂，滚圆的水珠从手臂上滚下来流落到江里。傩达嘻嘻地把乌黑的手臂亮给水生，侧着头说："天气好是好，连云都没有。你看你看，水生，日头热得，我手臂都晒出了烟了。"

水生说："你瘾晒日头你晒啊。这么大的日头还自以为是，连笠帽都不戴。看，日头会把你的头晒爆的，还不赶快拿笠帽戴上。"

傩达说："这有什么，都晒惯了。"傩达一边说一边朝水生嘿嘿地笑，他这次却没有跟水生撑硬颈，弯腰把笠帽拿起来戴到头上。

他们撑竹排往下游去，半支香以后，他们来到了仙住花山山脚。高耸的仙住花山直直地矗立在江边，形成了一个半圆形的长滩，江水哗啦啦地从仙住花山山脚旁边绕了半圈，再向下游流去。江水清澈的时候，胆大的男孩子就会到长滩里来，从滩头往下冲滩。冲滩很危险，简直是死亡游戏，却仍然没法阻止大男孩勇敢的壮举。傩达和水生也常常和大家一起来冲滩，享受冒险的快乐。冲完了长滩，他们还要在岸边翻石头找虾公找螃蟹，捕捉回去给大人做下酒菜。碰巧的话，还可能捉到半巴掌大的塘角鱼、鲶鱼，等等。那会儿，无论是谁，碰上了这样的好运气谁都高兴得手舞足蹈。下雨天，大洪水涌来的时候，仙住花山长滩的洪水汹涌澎湃，险恶至极，仍然有不少勇士在长滩打赌冲滩，多少英雄好汉在此把生命送了出去。仙住花山山腰上有一个仙洞，仙洞很大，洞口有两竹竿高一竹竿宽。花山仙洞南北通透，不论是南风天还是北风天，仙洞口两头都呼呼作响，与翻滚的江水相互呼应，形成天然的天籁之音。南边的仙洞口下面，两竹竿左右的下面便是滔滔的江水。北边的仙洞口下面三竹竿左右的下面是水面。长滩以下的水面比较平静，像一面镜子，泛着微微的涟漪。

传说，仙住花山上的山洞是一个仙境，是神仙住的地方。僠王城里的人们，从来没听说过，也没有见过有人敢爬到仙洞里去。经过这里的船家商客闲人，不论南来北往，顺流而下的，都得要在南边仙洞口下面的江面停靠一下，然后爬上码头级，烧上一炷香叩拜，祈求神仙保佑旅途平安。逆流而上的，也得要在北边仙洞口下面停靠一下烧香叩拜。

花山仙洞成了大家心目中的圣地。

小时候，傩达问过嬗佬，那仙洞为什么叫作仙洞，那仙洞为什么不能进去玩。嬗佬一听，眼大了，右手食指勾成妈磕，轻轻地磕着傩达的额头说："小崽儿，不能乱问，到那里去玩那可是吊死的罪的。"傩达被嬗佬吓得不轻，不敢再多嘴。等到傩达慢慢长大了，再次偷偷问起的时候，嬗佬还是瞪着眼对傩达说："说多少次了，那是罪过。你听了可不能去乱说：那是死罪的。"接着，嬗佬小声告诉傩达，每一个僠王驾鹤仙去，大师父就净身到仙洞去住上好几日。大师父在仙洞里做什么，谁也不知道。那几日，僠王的臣民都集聚到僠王城里祭奠先僠王。等到先僠王出殡这日，大师父就全身红色地出现在仙洞口，设坛做法，祭奠先僠王。那时候，僠王城哀声不断，大家都集聚到仙洞口的边上。等大师父领头祭奠以后，再把先僠王的灵柩送入仙洞仙居。整个仪式从早晨到夜晚，直到繁星点点的时候才结束。

水生应该也听到过同样的说法，傩达从水生闪闪烁烁的说辞里感觉到了。嘴上虽然不说，心里头肯定早就想见识一下这个宏大的仪式，想看看心目中说不清楚的神秘场面。事实上，每一个没有见识过这个仪式的人都可能这样想，希望自己不早死，或者，希望自己死在僠王的后面，以就有了看到这个宏大仪式的福气。只是，这只能是想法却不能说出去，有时又觉得，就是想一下都是罪过。

竹排来到南面仙洞下面，傩达和水生默默地把竹排靠岸边停下来，绑定竹排，用火石引火烧香，然后手拿着香火，沿着码头一步一步往上攀。距离洞口半竹竿高的地方，有一个供奉的案台。傩达和水生默默地插香，双手作恭，拜了三拜，然后默默地退下来。

过了花山仙住洞，竹排顺风顺水，江面上往来的竹排也不多，在日头就要挂西山头，江边人家开始有炊烟升起的时候，他们离蟠龙屯已经不远了。他们已经能够听得到蟠龙屯那种在节日里吵闹的声音。

傩达心咚咚地跳，心有些飞飞的了。他问水生道："天要黑了，歌坡会不会马上就散了？"

水生笑着说："看你，又不是第一次趁歌坡，白日好耍是好耍，但是，一到晚上，点上火把以后，看人家对歌，或者自己参加对歌，就更加好耍。好奇怪呀阿傩，我不知道你担心什么……放心，有我们耍的。"

正在这时候，水生发现两架竹排从下游撑来，仔细看发现是傩达家的家仆。水生回头对傩达说："那两个，好像是你家的哥大和阿二。"

傩达连看都没看就说："怎么可能，我僐爷怎么可能放他们来趁歌坡。"

水生把竹篙抓在手上，再次定睛认真看，看准了。他用手指着下游的竹排，对傩达说："是真的吔，他们真是哥大和阿二。"

见水生又这么说，傩达不得不停住手，也把竹篙抓在手中，定睛看。果然，真是家仆哥大和阿二。

平时，大舅和嬷佬最信赖哥大和阿二，什么事情都交给他们去办。他们两人也尽职尽责，每每都能够完满完成交代的任务。傩达家里人十分看重他们，这些，傩达是知道的。只是，他们怎么会出现在这里呢，来蟠龙屯趁歌坡吗？应该不是啊。从来不管事情的傩达突然倒关心起这个事来了。

不一会儿，哥大和阿二撑着竹排来到面前。他们一个人撑一架竹排，每一架竹排上都有两三个谷箩，每个谷箩都用簸箕遮盖着，看不出谷箩里装的什么。他们往上游撑竹排显得比较吃力，比傩达和水生往下游顺水要难得多。哥大一边使力撑竹排一边跟傩达和水生打招呼："两个家主，去蟠龙屯趁歌坡啊。"

水生和傩达答应了一声。傩达问哥大："我爷叫你们送什么去蟠龙屯啊？

或者是去蟠龙屯拉的什么回僠王城去啊？”

哥大说：“没有什么，爷要我们来蟠龙屯跟僠琓换一些吃呀用呀的东西。”

很快，他们的竹排闪了过去。

傩达提着竹篙，扭头往回看他们，一个疑问出现在傩达的脑子里，谷箩里装什么呢?

# 5　蟠龙屯的僠琓

已经挨晚了，原先吵吵闹闹的蟠龙屯安静了许多。到蟠龙屯来趁歌坡的人们都在亲戚家好友家饮酒吃饭，或者被同来的人带到亲戚家好友家吃饭饮酒，屯里已经很少听到歌声，就是有，也是饭桌上的即兴表演。说句实在话，闹了大半日，大家都肚饿啦。这个时候，不要说赶歌坡的嬉闹了大半日的人，就连傩达和水生在内，谁的肚里不都是咕咕地叫呢？听听，酒令都开始传到耳朵里来啦。

竹排撑到蟠龙屯的江面，映入傩达和水生眼帘的首先是热热闹闹的江面，好几百的裸身的后生男女正在水里游泳、嬉戏和打闹，把个江水都搅浑了许多。傩达和水生心痒痒的，要不是肚子饿，他们也会脱了衣物跃入水里，和大家嬉闹一番。

蟠龙屯江边有一个好大的码头，是往来船家的埠头，也是蟠龙屯的担水埠、洗衣埠。江岸一大排阶级青石板，足有两竹竿宽，最底下的一级铺到水面以下。从江岸开始，码头级一级一级地一直通到蟠龙屯边，码头级上堆满了花花绿绿衣物。

僠琓笑眯眯地在码头上迎接傩达和水生。傩达和水生觉得有些奇怪，僠琓怎么知道他们来蟠龙屯呢。寒暄几句以后，傩达才想起僠琓这个人来。在蟠龙屯有熟人，傩达很高兴。以前，僠琓去僠王城里办事情，曾经在傩达的家里逗留过好几次。听说僠琓和傩达的大舅还是拾友。想起刚刚跟哥大和阿二相碰，傩达心想肯定是嬷佬或者大舅派哥大和阿二先来蟠龙屯，安排他和水生吃的住的。路上，傩达和水生还担心，他们在蟠龙屯没有拾友，曾经为在哪里吃晚饭，夜里在哪里睡觉认真商量过。他和水生都曾这样打算，反正大家都是外乡人，来赶歌坡的后生哥大都不相认识，谁管谁呀。有帅哥俊男被姑娘相中的，姑娘家接纳的，就能够在姑娘家和姑娘过夜。丑的陋的，蹩的瘸的，瞎的聋的，没有姑娘家接纳的，歌坡一散就将就在屯子边的禾秆堆旁，或者在屯里人家的干栏边靠着眯眯眼对付后半夜。就算这样子，也未尚不可。如果他们真触到这霉头，也只好将就了，到什么地方唱什么歌啦。只是这样子跟他俩大户人家的身份不相符，但是，话又说回来，这黑灯瞎火的谁管谁呀，是不是。现在，有僠琓安排，吃呀住呀问题完全解决了，傩达一下子竟就一身轻松起来。曾经困扰他们的事情都解决了，当然值得高兴了。

僠琓是一个官名，是僠王钦定的最底层的一种地方官的官名，这一级的官员负责管理村屯一级的事务。这种底层的小官儿大多数还是地方的主人，也就是说，他能够管到的地方全部是他的财产，包括山林田亩，他所管辖的地方的人丁等都是他的奴仆。蟠龙屯的僠琓就是属于这样的，他本人就是蟠龙屯的主人。当然，也有部分的僠琓没有这些财产，只是代人管理罢了，一方面他们是僠王钦定的官僚，定期向僠王进贡，另一方面却是大户人家的代理人，比如城里的大户人家。这些大户人家大多数都拥有好些村屯。每一个屯子要有一个僠琓来管理，这些自己没有财产的僠琓履行僠王派给他管理村屯事务，同时帮大户人家管理山林地亩和奴仆。他们具有双重身份。像傩达和水生这样的大户人家，这样的身份，僠琓当然得尊敬几分。在僠王城里的大户人家，就是贵族，不说其他，和僠王同住在城里，礼尚往来是起码的要求，更别说傩达家里人搭话过来了，交代事情了。

可以这么说，僠王的地盘里，一个地方的歌坡就是这一个地方的盛大节日。蟠龙屯歌坡不仅是后生哥和姑娘的歌坡，是后生哥和姑娘谈情说爱的歌坡，也是全体蟠龙屯人的盛大节日。这一日，蟠龙屯披红挂绿，到处喜气洋洋，到处沉浸在幸福和欢乐之中。大人们忙里忙外，风风火火，为后生哥和姑娘做食铺垫，快乐的笑容洋溢在他们的脸上。后生哥勾颈搭背，姑娘们遮遮掩掩，相互簇拥，东一伙，西一堆，逗笑嬉闹，对歌欢呼，把个蟠龙屯闹了个底朝天。小孩子们呢，天真烂漫，蹦蹦跳跳，大人高兴他们高兴，大人欢呼他们跟着欢呼，大人对歌他们跟在后面咿咿呀呀学着唱。不久的将来，也轮到他们热热闹闹的了。

蟠龙屯没有围墙，不设防，四通八达。人家的干栏东一栋，西一座，根本就没有街的影子、街的感觉，在屯里走动，好像走迷宫，这样的布局让傩达和水生感觉稀罕。真是，僗王城里和乡下真是不同。他们这是第一次到这么远的乡下来趁歌坡，没有见过的东西还很多。

一踏上蟠龙屯的土地，看到盛装的屯子，侬达心里头就好像拱出好几只活蹦乱跳的兔子来，他东张西望，指手画脚地向僗琓问这问那。让侬达想不到的是，蟠龙屯竟然那么大，百多户人家呢，错错落落的干栏散布在一大块江边的平原上，几乎有小半个僗王城那么大。水生也很激动，一边往屯里走，一边计划着一会儿要这样、要那样。侬达知道，水生对歌有一手，他当然想要在这些乡下人面前露一露，炫耀炫耀自己了。

僗琓笑笑对他们说："先到我家去，吃了饭饮了酒再说。"

僗琓的干栏就在屯子的中央。干栏前面，有一个由青石板铺成的宽阔的广场，广场的左右两边，分别盖了长长的茅寮棚子。僗琓说这些棚子供屯里人平时聊天纳凉。到了蟠龙屯歌坡的时节，这些茅寮棚子正好为后生哥和姑娘遮阴，让他们安安然然自自在在地对歌。僗琓家前面宽阔的广场就成了后生们对歌摆擂台的地方，最热闹了。

踏着阶梯上干栏的时候，僗琓回头对侬达和水生笑笑说："现在，大家都还在各家里吃饭饮酒，等大家都吃饱了吃凸了，大家才会集中到这儿来。当然，也有一些后生爱跑到屯子边外去对歌。不过大多数还是在我们这里。天一黑，我们就点着松脂，松脂光照得好像就是白日。到那阵时，我们老一辈的，就在上面的栏廊上一边饮酒一边看后生对歌，好过瘾。跑到屯子外面去的，他们也都点了火把，就在屯子外面对歌。到时候你们就见到了，蟠龙屯到处都是火把，星星点点，好像天星落到了蟠龙屯。那也是另外一番景象啊。我年轻时就爱到屯子外面去，成双成对地对歌，那样更加过瘾。"

侬达问道："那，一阵儿我们是在这里呢还是到屯子外面去呢？"

僗琓笑笑说："你们人生地不熟，看来还是在这儿的好。到屯子外面去的，都是白日对歌时对相熟了的，或者是相好了的。你们还没有相熟相好的呢，到外面去孤苦伶仃，有什么意思嘛。"

僗琓的干栏很大很宽阔，厅邸跟栏廊相通。栏廊上已经摆上了五张饭桌，饭桌上都摆满了酒肉。僗琓的管家带着僗琓家里男人列队站在栏廊上，见侬达和水生上来，他们就频频地笑着点头作恭，拣好听的恭维话来说。侬达和水生见了，也只得频频给他们还礼，也说着让人心情舒畅的话语。管家引导僠琓、傩达和水生到中间一桌就座，傩达和水生也谦让着。在这儿，傩达和水生是贵客，僠琓坐在正首位置，让傩达和水生坐在旁边，面向广场。傩达觉得，坐在这儿比在家里还要惬意，家里就没有这么宽阔的广场。

僠琓的管家回头招呼一声，哄哄的一大帮人就各自寻找座位，几个成年男人和大男孩都坐到傩达他们这一桌来。僠琓起身，把他们一一介绍给傩达和水生。僠琓的弟弟是个三十多岁的中年人，像傩达一样晒得黑不溜秋，一双眼闪亮闪亮。僠琓的管家在五十岁左右，皮肤白净白净，一脸的皱纹，人好像比年龄要大。一个跟傩达和水生年龄相仿的后生是僠琓大姐的大儿子，稍小一点的是他大姐的二儿子，一个看起来只有十二三岁的小伙子是僠琓妹妹的大儿子，还带着一脸的稚气。几个后生哥见有生人，尽管年龄相仿，却还有些怯生，不敢拿眼睛看傩达和水生，吃饭时都小心轻声，轻拿轻放，像猫吃食。虽然是小地方的人，台面上却也很注意礼节。相反，傩达和水生就很坦然，自自在在，显出了一个大户人家应该摆出的高人一等的气质。在僠琓眼里，这种气质在他们这样的人家会很自然地流露着。

僠琓很热情。大家都落座后，僠琓说声来来来，饮酒，叫大家拿起自己面前的竹筒，从饭桌中间一个盛满了烧酒的大黑碗里舀酒。见大家都舀满了酒了，他一个大声说饮饮饮。一阵咕噜咕噜响，每个人的喉结都发出牛牯喝水一样的声音，喝到最后一啖，连接着是汲汲汲一阵响。

“吃菜。”僠琓又拿起筷子大声招呼道。

傩达喝了一盅酒，吃了一块鸡肉，拿手抹了一下嘴巴，大声道：“爽啊，真爽。水生，在家里吃饭哪里有在僠琓僠叔这里吃得爽？是不是？”

水生见傩达这样子，心里偷笑，卟一声，大块的猪肉差点从嘴里喷出来，他忍住笑，赶忙用筷子把猪肉重新推到嘴里去，再忍住笑，使力嚼了嚼，拉长脖子把大块的猪肉吞到肚里去。水生吃了这大块猪肉，反倒笑不出来了，他脖子扭了扭说：“阿傩，看你说的，在家里，不要说你阿傩吃饭不够爽，我也一样。僠舅眼瞪着，嫲姨眼看着，嫲佬眼盯住，连嫲傣都拿眼看你。你一有不合适的动作，喂，我说过的你都忘了啊，你以为你是奴仆这些下等人的崽啊，做什么都可以但是不能够不做人样啊。人有人样，你懂不懂的呀？你是大户人家的崽，你懂不懂？阿傩，我问你，你僠舅啊，嫲姨啊，嫲佬啊，嫲傣啊是不是都这样训你教你的？”

傩达正要回答，却被僠琓打断了。僠琓扫了一眼他的甥崽们，接住了水生的话说："你们看你们看，人家大地方来的就是识大体懂规矩，你们呢？"僠琓转头瞭一眼傩达和水生，继续说："今日你们两个来，他们怕生，这才这么老实，要在平时，闹翻天了，说的口水都干了，但是不管你怎么说，他们都当耳旁风。"然后转过头去对甥崽说："你们啊，要学着两个大哥的样子，看他们怎么做，你们怎么学，知道了吗？要不人家要说我们有甠生没爷教的了。"

僠琓的三个甥崽嗯嗯地应着点头，眼往上瞭，翻白翻白的。这样一来，傩达和水生反倒又都很不自在了。

水生乜眼向傩达眨了眨，傩达也对水生眨了眨眼，两人都偷偷地笑了。

僠琓好像意识到什么，重新拿起筷子，大声说："来来来，吃菜。饮酒。"

本来很热闹的一餐饭，好像有了不太热闹的成分茬在中间了。

天麻麻黑，管家交代家仆在栏廊各处点上松脂，把广场中央的篝火也点着。整栋大干栏马上亮堂起来，整个广场如同白昼。蟠龙屯各处开始出现了男女对歌的声音，歌声越来越大，许许多多的歌声搅混在一起，形成了一股清新的天籁之音。一些后生一边对着歌一边向僠琓家的广场移动过来啦。也有一些后生一边对歌一边向屯子外走去。

"哇，开始啦。"傩达悄悄地对水生说，悄声欢呼起来。

僠琓笑着说："是啊，开始啦，来来来，你们先坐在这儿听听，看看。"说完，僠琓自己拿了酒盅，叫大家一起拿酒盅，道："饮酒，饮酒，我们一边饮酒一边听歌。"

水生说："僠琓僠叔，我们不仅仅是来听歌的哦。"

僠琓转头对傩达和水生呵呵了一下："你看，我这个脑壳，是啊是啊，你们后生哥，一阵儿可要到干栏下面去，亮一亮你们的家底，把他们这些土包崽对成一个个哑巴。"

# 6 追呀追

好了哥
好了哥
栏上阿哥好生疏
爬山过河赶歌坡
为了何哦为了何
蛤蟖吃饱水
就是没唱歌

傩达不会唱歌，也不太会听歌，只是感觉广场下面的后生哥和姑娘们的对唱好热闹，旋律好好听，听入了神，正痴痴地自个儿乐在心里头，心里有种蠢蠢欲动的感觉，下意识的好渴望也唱上一段。傩达没明白广场边上那姑娘唱说的什么意思，他知道水生肯定会，想问水生却又不好意思。僪琓抬手指指广场下面正在唱歌的姑娘，转而又指指傩达和水生，大声说：“她要跟你们对歌呢，你们怎么不出声啊。这是怎么了啊，快，快接上去，快接上去，不要让人家看不起我们。快呀，快呀。”

傩达看看自己，看看水生，见水生只顾眯眯笑，就问：“水生，她唱的什么，我没听出什么意思来。什么意思嘛？”

水生还是呵呵地笑，一会儿才说：“她说我们是吃饱了水的蛤蟖呢。”

“呃？吃饱了水的蛤蟖？吃饱了水的蛤蟖怎么啦？”

水生仰头哈哈大笑：“怎么跟你说，你见过吃饱了水的蛤蟖出得了声吗？”

傩达一脸迷惑不解，正又要问，下面的后生哥呼喊起来。僪琓说：“他们呼你们呢，意思是说你们哑了呀，要你们赶快对歌。快快，你们两个后生哥，快把她们对下去。”

僠琓还没有说完，姑娘的歌声再次响起。

好了哥
好了哥
天上有鹩哥
地上有阿哥
阿哥阿哥好阿哥
十远八远来相会
请问大名叫什么

僠琓一听，呵呵地笑起来，拿眼看住傩达和水生说：“你们看看，你们看看，该你们出诗了，不对歌来趁歌坡做什么呀？快呀，快呀，快快出诗，再不出诗就要丢面皮了。”

下面的后生哥再次呼起来，这边也呼，那边也呼，此起彼伏，声浪一浪高过一浪。

这情景使水生异常的激动起来，他双手搓了又搓，摩拳擦掌，他笑着说：“我来，我来，我来出诗。”

好个水生，他簌地站了起来，亮开喉咙就开唱。

哎哟嗬
好阿妹
你歌好听多
听侧耳，我歌和
借贵地，蟠龙坡
不唱就不唱
一唱就唱七八箩
好阿妹，你猜我
天生不怕江水多
滚水魔王不如我

水生边唱边又把手搜住佛达的膊头——

我兄弟
僠王城里住
家里最细个
滚水地方见他就见我
你猜猜
好阿妹
你说我们叫什么

果然不同凡响，水生一出声，就唱出那么一大出。佛达听得耳朵都抹了，耳朵都侧了，越听越觉得水生唱的有味道，有水平。佛达竟不自主地手舞足蹈起来，嘴巴跟着哼哼。

僠琓在旁边呵呵笑，听到高兴处转头叫一声："管家，叫人拿酒来！"

好了哥
好了哥
胆大阿哥赛僠骆
住腻王城赶歌坡
水里生，只是傻
带歌七八箩
不够阿妹喃嘴过

"了不起的妹仔，一猜就着，聪明。"水生回头看了佛达一眼，激动地说道。

对歌对到热闹的地方，到处呼声四起，这里刚落，那边又起。水生激动地抓住佛达的手，喊道："来，来来，阿佛，我们到干栏下面去，跟她们面对面的对歌才过瘾。"佛达难为情地想推辞，说："我又不会唱，到下面去净丢人的，你会唱，你自己落去吧。"

僠琓说："阿佛，水生说得对，对歌就是要面对面地对才过瘾。僠叔后生的时候也是能唱能跳的，如今都还能来几下子。如今人家妹仔是要跟你们对歌，僠叔不好参场，不然可就要开唱了。僠叔一开唱，那就了不得了。阿傩，你还是听水生的，到下面去，到下面去对歌才是，才过瘾。”

傩达有些难为情地说：“只是我不会吟诗，那……”

水生才不管傩达拿什么做借口，手一使力，就把傩达拉起来走下阶梯。这样的场合，傩达没有办法，磕磕碰碰跟水生下干栏。要是在另外的场合，傩达才不管水生怎么拉，也拉不动他的。这一下子，广场下面的人们看见，就更加热闹了，呼声越来越大。僠琓站起来，招招手让水生停下来，走到水生和傩达的身边，用右手握成传声筒附在水生的耳朵边，左手一边还指着其中一堆姑娘的地方，小声说了几句话。水生一边往僠琓手指去的地方看，一边点点头。

僠琓说完，直起要来，右手拍拍水生的膊头，笑着说：“水生，看你的了。”

水生笑着说：“僠琓僠叔放心，老侄有的是办法。”

傩达回头，呆呆地看着他们两人，迷惑不解地问：“僠琓僠叔，你和水生，你们鬼鬼马马的说什么？不想让我知道？”

僠琓笑笑说：“没有什么，僠叔只是交代水生对歌的时候注意一下唱歌的方法。人家妹仔好厉害呢。”

走下干栏，水生带着傩达，绕过明亮的篝火，向要和他们对歌的那些姑娘走去。在水生和姑娘们对歌的时候，借着篝火的火光，傩达看见姑娘堆里有一位俊俏的姑娘，眼马上就直了，人马上就呆住了，心里头马上就喜欢上这位姑娘了。立即，他几乎不知所措了。傩达从来没见过这么漂亮的姑娘。对姑娘从不动心的傩达，这一次，真动心了，彻底动心了。这一刻，好像又几只小兔子在他的胸膛蹦蹦跳。水生在对歌的时候，水生也留意到了，那是僠琓说的那位姑娘。在姑娘们聚头叽里咕噜选择唱词的空闲时间里，水生发现傩达眼直直的，随着傩达的视线看过去，水生心中有数，知道傩达心里终于有人了。只见那姑娘躲在姑娘堆里，不时拿眼偷偷瞭过来。

他像僠琓一样的把手握成传声筒附在傩达的耳朵上说：“这个妹仔叫作阿俏，蟠龙屯里一枝花，我们这次来，包括你嬚佬他们，都想让你和她搿鸡对。”

傩达一听，马上把头偏开，心里本是甜丝丝的好欢喜，却又假装恼恼的，给水生撸一拳头。他说：“你怎么知道，是刚刚僠琓跟你说的？”

水生嘻嘻地躲过傩达的拳头，笑着说：“你管我，你只管高兴吧。”说着话，转过头去，又忙着和姑娘们对歌了。

阿俏姑娘默契地，不管其他后生哥如何招惹她，用吟诗刺激她，她都不理睬他们。弄得好多后生哥恼恼的，就吟诗来骂她，亏落她。阿俏仍然不理会他们，她只是一心一意和水生对歌。

好了哥
好了哥
我歌唱了好几箩
这位阿哥后边缩
不出声来不唱和
阿哥想什么
阿妹几奈何

歌声一停，周围的后生哥马上喊呵呵，有的用歌，有的高喊，都说我有歌，我来和。一首又一首的歌向阿俏姑娘飞过去，阿俏只是不理睬。

水生等阿俏的歌声一落，马上转身对傩达说：“你看，我说吧，她可能也看上你了吔阿傩，这次该你上了，这次该你唱了，我已经不能代替你了，不能帮着你唱了。我再唱也白唱了。”

傩达扭过身去说：“我唱什么，我不会唱啊。”

水生狠狠地说：“不会唱也得唱。我以前说过，也叫你学唱，你不听，后悔了吧。现在后悔也来不及了，你现在必须要对过去，就算唱一句也得唱，不然这事就可能不成啦。”

多好的一位姑娘啊，多靓的一个妹仔啊。一想到不对歌跟阿俏姑娘就可能搿不成鸡对，傩达后悔得肠子都青了。现在，后悔也没有用了，要讨得阿俏姑娘的欢心，必须自己出马。水生说的好，必须自己站出来，唱，就是唱一句也得唱。傩达那天不怕地不怕的本性终于显现出来，原来怯生生的，羞羞的感觉消失了。他终于勇敢地站起来了。

水生再次把手当传声筒，告诉傩达几句诗。傩达点了点头，清了清嗓子，开唱了。

哎哟喂
铁树开了花
枯树能发芽
哥我一唱笑哈哈
心定蟠龙一枝花

傩达吟出的诗，前两句是水生刚刚出给他的，水生的意思是等对方怎么对吟过来的时候再想出相应的诗来对过去。不曾想，傩达自己竟出了后面两句诗！水生大喜，拍拍傩达膊头。傩达心里呢，他是觉得水生给他的两句诗不过瘾，他自己就突然想出了后两句加了上去。歌一出口，他就觉得，要唱就要大胆地唱出来，把心头喜欢的唱出来。

但是，他的歌声一落，阿俏姑娘就啊噢一声，双手掩住脸，转身跑了。跟阿俏一起的那位姑娘一手拉住阿俏姑娘，一边转脸对唱过来。

唉哟嗬
粗鲁的阿哥
吓坏我妹子哦

阿俏姑娘不管同伴的拉扯，反倒拉着同伴从姑娘堆里挤出去跑了。

僠琓在干栏上大喊："阿傩，快，快跟着追出去，追呀，追！"

广场内一片喝彩声，一片欢呼声。

傩达和水生从后生堆里跑出来，向着两位姑娘跑去的方向追出去。不一会儿，僠琓的一个后生家仆拿着松脂火把追上了他们，把手中的火把交给他们，给他们指点方向，然后转身走回去了。

阿俏姑娘的举动丝毫没有影响整个歌坡的气氛，更多的年轻男女需要搿鸡对。傩达和水生的身后，广场上又重新响起了歌声，人们好像只把傩达和阿俏这个事当作一件本应当发生的事，经常发生的事，过去了就过去了。并且，佛达和水生还发现，蟠龙屯子周边到处有星星点点的火把光亮，不断有歌声随风声传过来，此起彼伏。

真个是，不夜的蟠龙屯啊，不夜的歌坡天啊。

佛达和水生追着追着，发现来到了一座干栏的前面，他们能听到两位姑娘噔噔的踏阶梯上干栏的声音。在干栏下面，水生正想鼓动着要给佛达出诗让佛达唱，这是规矩，佛达点了头，正清清嗓门就要唱的时候，干栏上面走下来一男一女两个人，佛达只好止住了。下来的一男一女都是五十左右的中年人，他们笑眯眯地对佛达和水生说："哦贵客到来啦，上干栏去吧，上干栏去吧。"他们站在干栏阶梯的旁边，一边让佛达和水生上干栏去，一边自我介绍。那男人说："这是我姐，阿俏的嬷佬，我是阿俏的僭舅。"

佛达和水生哦哦点点头，也做了自我介绍，谦让着走上干栏。

一般情况下，屯里举办歌坡，家里有到了辩鸡对年龄的姑娘的，作为嬷佬和舅舅都不会去趁热闹，要在家里准备着招待客人的吃食，万一自家的姑娘在歌坡上看上了一个后生哥，后生哥也愿意，姑娘就会请人家后生哥到家里来。这时候的嬷佬和舅舅，他们就要为后生人准备夜宵啊，夜晚睡觉的地方啊等等。事实上，相爱的后生人是不会真睡的，但是，得为他们准备地方，这是起码的，不然就失礼了。失礼的家庭，一旦传出去，难听死了，以后就永远不会有后生哥看上自家的姑娘啦。

阿俏家的干栏很小，佛达和水生感觉几乎难以容得下他们一家几口人。

佛达和水生在厅邸坐着，听得见阿俏姑娘和同伴在隔壁房间说着悄悄话。佛达这时倒心痒痒的，心里头有好多话要跟阿俏姑娘说，但是，人不在前面，无法说。水生作为同伴，这时也只是没话找话的跟佛达说些闲话。

不一会儿，阿俏的嬷佬和僭舅就把饭菜捧到厅邸来，他们很礼貌地笑眯眯地叫佛达和水生入座吃夜宵。佛达问道："她们呢？她们也饿了啊。"水生直看他笑。阿俏的嬷佬说："我刚刚给她们送饭进去了，她们在房间里面吃。其他人啊，我嬷佬，阿俏她嬷傣老了，人老变细蚊，都成了崽儿了，跟着一帮小崽儿都去看你们后生人吟诗，听歌去了，还可能要等到歌坡散了才能回来呢。"

坐在阿俏嬷佬的前面，佛达的心有些慌里慌张的，吃饭时双手一直发抖，这饭吃的有些沉闷。水生没话找话的跟阿俏姑娘的嬷佬和僭舅说话，还专门找些好笑的事儿来说。

歌声阵阵地从各处传过来，从干栏往屯子周边看，火星点点，往屯子中央看去，那边火光冲天，一片光明。

# 7　小干栏

吃了夜宵，傩达见没有什么事，就打算向阿俏的嬷佬和僠舅告辞，然后和水生回到僠琓那里去。僠琓那边正热闹着呢，回到僠琓那边去，他和水生可以继续在那儿看大家对歌，欢呼，必要时也凑凑热闹，渡过一个不眠之夜。傩达和水生到外面屙尿的时候，傩达拉住水生的衣摆，把心里头想的对水生悄声地说了。

水生惊讶地看着傩达，摇摇头，悄声说："我们不能走，走了就什么事都不成了。"

傩达见水生说的神秘，心中奇怪，问道："我们为什么不能走？我们在这里反正没事，没事我们还在这里做什么？"

水生微笑地说："你不是喜欢阿俏吗？喜欢阿俏你就不能走。"

傩达说："我当然喜欢阿俏，喜欢阿俏了就不能去看热闹啊？"

水生哧地又笑了说："我说你死脑筋不是！你既然喜欢阿俏，我们就得留下来，我们要是走了，人家就以为你不中意人家阿俏，那样的话就什么事都不成了。"

傩达瞪大了眼，呆呆地看水生，转而又皱了皱额头，问道："真是这样啊？"

水生点点头，笑笑，没有说下去。

阿俏的嬷佬一边收拾碗筷，一边对她弟弟说："她僠舅，等一阵儿，两个后生哥回来的时候你带他们去歇歇吧。"

阿俏嬷佬的话，让刚刚走回到阶梯下面的傩达和水生听到了。傩达好生奇怪，蟠龙歌坡正热闹呢，并且，天黑也没多久，还早着呢，这么早就要他们歇息了？老实说，要是在家里，傩达的确要睡觉了，并且还睡得像猪一样。他这人就这样，不然就不会头脑简单四肢发达了。但是，这里是蟠龙屯啊，这是蟠龙屯歌坡啊。再说，傩达这时候一点儿没困，歇什么歇？傩达心里这么想着，却没有对水生说出来，毕竟是在人家干栏的边上，不能随便乱说。从僠王城到蟠龙屯，水生一路的说教，让傩达多少知道了一些对人对事的分寸。

傩达和水生走上干栏以后，阿俏的僠舅陪着他们闲聊了一会儿。阿俏的僠舅是没话找话说，甚至还能谈笑风生。大概过了一支香的工夫，阿俏的僠舅中断了跟傩达和水生的聊天，他站起来，脸上带着不好意思的笑容对傩达和水生说："两个后生哥，我想你们今日也累了，还是早点歇息吧。"他边说边站起来。

傩达和水生也跟着站了起来。水生怕傩达说出什么不得体的话来，转身对傩达使眼色。傩达懂得水生的意思，跟着水生的后面。

傩达以为阿俏的僠舅安排他们在干栏里睡觉。他错了，接下来发生的事情让傩达感到奇怪。阿俏的僠舅站起来以后，没有带他们到哪一个房间去，而是拿了一小片松脂点燃，拿了一个竹筒，带着他们走出厅邸，走下干栏阶梯，向干栏对面走去。傩达纳闷了，用手抽抽水生的衣摆，希望水生能告诉他一点什么。水生对他摆摆手，悄声对傩达说："我们跟着僠舅走就是了。"

原来，阿俏家干栏的对面新搭了一座小小的干栏，来的时候因为黑暗，所以傩达竟看不出来这是一座小干栏，之前他还以为是一堆草垛呢，想不到是专为他和水生安排过夜的地方。这座小干栏距离阿俏家干栏大约有三竹竿远，同在一个院子里面。小干栏有一个长方形的房间，房间的中间用竹槅半隔开，形成了两个相通的只有原来一半大小的敞开式的小房间，每个小房间最多可以横着或者直着躺几个人。由于竹槅只隔一半多，相互敞通着，所以可以互通走动。两边小房间都开有一个竹槅门和外面相通，门开的方向不是向着阿俏家干栏的方向，而是跟阿俏家的干栏相背。这样的干栏傩达在城里也见过，大凡人家的姑娘到猠鸡对的年龄，并且已经物色好相好的对象以后，姑娘的家里人就要为姑娘做一座小干栏，以方便姑娘猠鸡对时派上用场。

但是，直到这个时候，傩达还没有意识到这座小干栏跟自己有什么关系，以为是阿俏的家里人临时为他和水生安排一个地方，歇息一个晚上。他在心里想笑，何必呢，僠琓那里有的是好地方，干栏又宽又大，再多的人都能住得下。傩达正想把心里话要跟阿俏的僠舅说，却突然想起嬷佬交代他的话，才止住不说了。嬷佬说他傩达一贯粗野，到外面要听水生的，说水生精灵。又想到水生刚刚还叫他不要出声，才忍住了不说出来。

阿俏的僠舅带傩达和水生走上小干栏来，推开竹榻门，走进去，把手上松脂插在一根开了缝隙的竹竿上，指着竹竿上挂着的竹篓说："里面有松脂。"见傩达和水生点了点头，又把手中的竹筒递给水生，对他们说："这是蚊虫药水。"然后，又指着旁边的小房间对他们说："你们两个后生今晚就睡在这一边吧。"

傩达的脑子马上蹦出一个问题来，但是他不敢当时就说，他觉得反正就他们两个后生哥，他们爱怎么睡就怎么睡，还要阿俏的僠舅分配，他们爱怎么睡不行？阿俏的僠舅交代完了，跟傩达和水生告辞，打开门口走了出去，走下小干栏阶梯，向对面的干栏走去。

等到阿俏的僠舅的脚步声很小了，傩达才对水生说："水生，想起来真是好笑，我们两个人，有两个房间，怎么要我们只睡这一边的房间？好奇怪。我看，歌坡散了以后，我们还是不要睡在这里，我们稍稍跑到僠琓家去住。僠琓家又宽又大，大势能住人。这里那么小，睡都睡不舒服。"

水生呵呵笑，他根本就没有明确回答傩达的问题，他说："我说你阿傩没见过世面嘛，你却硬是拗颈。不过，你傩达没吃过猪肉难道你傩达没见过猪行路吗？"

傩达感觉被亏落了，争辩道："我怎么没吃过猪肉？谁没吃过猪肉？我家会穷到吃不上猪肉？水生你说的什么话！水生你还说我没见过猪行路？水生你想哪里去了？我阿傩真那么笨，那么戆？连山猪崽我都捉住了，还说没见过猪行路。"

水生捂住嘴，不让笑声喷出嘴来，他强压着笑声，嗞嗞地笑着说："我怎么说你阿傩呢，难道你阿傩从来没听人说过这些事情？这是猤鸡对啊知道不知道？"

傩达还是一脸疑惑地看着水生，问："什么什么？这就猤鸡对了？那么快呀？"

水生不由得叹了叹气，却又扑哧了一声，他笑着说："后生男女谈情说爱的事啊你阿傩没听说过？里面好多事情你阿傩没听说过？"

傩达不得不承认，他从来没去打听过什么情啊爱啊的事情，他实在懒得去听这些，他觉得这些跟他无关。平时，他老觉得自己还是崽儿。崽儿多好，崽儿可以不用去愁心那么多事情，可以像犸猴一样在山里到处蹿，到处攀爬，可以像鱼一样在江里到处戏水游玩，像泥鳅一样在江水底下到处钻。作为崽儿，什么情啊爱啊这些事情跟他就无关。现在，经水生这么一说，这么一撩拨，想到靓丽的阿俏，傩达这才突然想到自己十八了，成了大人了，真是到了谈情啊说爱啊的年龄了。人家十六七都有的𤞑鸡对了，他傩达已经十八啦。这不吗，自己不是喜欢上阿俏了吗，难道这，这就是谈情说爱了啊？嗷嗷，真是的。傩达猛然感到全身发热，心头蹦跳，不知怎么的，心头越跳越厉害了。

蟠龙屯的这个夜晚是个不夜天，屯里到处热热闹闹。可悲的是，在这个不夜天里，傩达和水生却只能静悄悄地坐在这座小干栏里。真是窝囊，难道他们到蟠龙屯来赶歌坡不是为了趁热闹吗，傩达心中的情绪突然调动起来，他觉得自己和水生应该在一大群一大群的后生堆里姑娘堆里唱呀喊呀欢呼呀！

可是，他傩达和水生如今却定定地坐在这个小小的干栏里，有什么意思哦！

可是，一想到阿俏，傩达那些想跟着后生姑娘们热热闹闹的念头又缩回去了。

嗬，蟠龙屯啊蟠龙屯，一阵又一阵的歌声震动着两个年轻人的心房。水生拉傩达起来，走到门口来。站在门口，他们可以瞭望火光冲天的广场，可以想象激动人心的一个又一个场面，就像刚才傩达跟阿俏对歌的那个场面。那样的场面让傩达激动不已，那真是让人难以忘怀的场面啊。

一想到阿俏，傩达就不抱怨了。

远远近近，四面八方，到处传来的对歌的声音。蟠龙屯周边到处是星星点点的火光，犹如萤火虫一样，与僪琓家广场上的篝火相映生辉。不说傩达和水生，任何人，都会被这些激动着，连老人都会变成小孩子。多好的节日啊，多么热闹的节日啊。

这些时间里，水生把歌坡有关的一些趣事说给傩达听。水生娓娓道来，使得傩达重新认识了水生。过去，傩达只知道水生比自己乖巧精灵，以为其他方面跟自己没有什么两样。上山就是犸猴，落水就是泥鳅。现在，傩达终于认识到了水生的另一面。水生这一方面的知识跟他傩达相比，他傩达还不到人家水生的一个零头。从水生悄悄的叙述中，傩达心中的情种开始发芽了，他终于浑身发热，终于开始感觉到自己是一个大男人了，应该有自己爱的女人了，甚至开始意识到作为一个男人所要负起的职责了，开始意识到情啊爱啊这些话里包含的丰富的内容了。

他们待在小干栏已经很长时间了，他们有时候坐在竹榻上，靠着竹篱笆歇息。有时候又站起来走到门口往外观看，站累了坐着，坐累了站起来。傩达听着远处传来的歌声，跟着水生小声地哼。他们面向僠琓家广场的篝火，感受外面热闹的场面。

有时候，他们也觉得闲得无聊。这样的时候，傩达就想溜到广场那边去，看对歌，听歌，对歌，凑热闹。想等到差不多的时候再溜回来，神不知鬼不觉。水生笑着说："说你脑壳不开窍你不信，哪能这样呢，我们不知道人家阿俏什么时候过来呀，人家阿俏过来了，不见了我们会以为你不中意她那不就坏了事了吗。"

这倒是呀。傩达叹了叹气说："那，水生，按你这样说的，我们只能在这里戆戆地等着了？"

水生说："有什么办法呢，只能等了。挨鹰想要抓鸡吃鸡，那得要在天上飞老半天，等着鸡从草蓬里走出来呢。"

大概半夜时分，傩达和水生感觉有些累了，就坐在竹榻上挨着竹篱笆歇息着。不知过了多久，对歌的声音远去了，几乎消失了。他们站起来，走到门口，他们这才发现，除了屯子周边还有些少的火光外，僠琓广场的火光消失了，蟠龙屯被黑暗包围了。

傩达说："歌坡散了。"

水生也说："歌坡是散了。"

不久，小干栏外面传来有人说话的声音，叽叽喳喳，有大人的声音，也有小孩的声音。傩达想起阿俏的嬷佬的话，知道她家里人散了歌坡回家来了。

傩达和水生不敢出声，静静地听着外面的动静。只听见一阵噔噔噔的上对面干栏的声音，接着是叮叮当当的声音，觉得是他们开始在厨房整夜宵吃夜宵了。等到夜宵的声音消失以后，青蛙和夜里的虫子便代替了后生姑娘们的歌坡，代替了阿俏家人说话的声音。接着，蟠龙屯的夜，成了青蛙和虫子的歌坡了。

傩达觉得困了。激动的心情终究抵不过他眼里的睡睡虫，他挨着竹篱笆睡着了。

突然，有人摇醒了他，他跳醒过来。只听水生激动地在他耳边说："来了，来了来了。"

# 8　过三朝

肯定是什么声音把傩达吵醒了，他刚刚睁开眼，迷蒙中发现一个漂亮的姑娘正跪坐在自己的身边看着自己，他吓了一跳。这一吓着实不轻，傩达竟心惊肉跳，心头跳嘣嘣。他定了一下神，稍稍扫看姑娘一眼，感觉这位姑娘似曾相识，却又云里雾里。慢慢地，他才想起这是怎么回事了，才想起这可能就是阿俏了。以为是阿俏，傩达竟更加惊慌，他簌地蹦起来，转身走到竹榻另一面房间去寻找水生。见旁边那个房间空空如也，傩达慌得不知所措，他着急地问阿俏："水生呢，水生呢？"

阿俏微微笑着，她笑得很难为情，她慢慢地说："水生——和阿娇，他们都走了，他们两个什么时候走的，连我都不知道，可能……可能在我们睡着的时候他们就偷偷地走了。"阿俏停了一下，又说："都是这样的……"

傩达愕愕地看着阿俏："走了？水生走了？"

阿俏还是微微笑，点点头，低着头却没有说话。

傩达马上向门口走去，却被阿俏伸出双手拉住了。阿俏对傩达摇摇头，要傩达不要走出小干栏。

傩达说："不不，你不要拉住我，我要去寻水生，水生肯定就在僠琓家里。"

阿俏说："可能是，水生可能是还在僠琓那里，也可能不在了，可能撑竹排回僠王城去了。阿傩，你不能走出去……"她哀求他，她苦苦地不断对他摇摇头。

天已经大亮，橙红的日头把外面照得亮堂堂，日光斜斜的从竹篱笆的缝隙挤进来，照在阿俏的脸上。阿俏美丽极了，生动极了。

傩达要挣脱阿俏的手。阿俏反把傩达的手紧紧地抱在她怀里。傩达低头看阿俏一眼，呆住了，再不敢使力，他定定地看着阿俏苦苦的脸，呆住了。一下子，他心里头汹涌澎湃起来，翻江倒海起来，后半夜的情景历历在目。

傩达听到水生呼叫他的时候，他马上醒了过来，他本来就迷迷糊糊，没有睡稳。他定了定神，马上知道是阿俏和她的同伴到小干栏这边来了。这种事的发展过程，事前水生都跟他说过了。他仔细地听着沙沙的脚步声，心头蹦蹦跳，不知道怎么是好。

水生推推他，说："这次该你出声了。"

傩达说："不，还是你说。"

水生说："这怎么成呢，你必须先出声。"

傩达和水生相互争论着谁先打招呼的时候，阿俏她们已经走得很近了，可以肯定已经走到小干栏的下面了。她们肯定也听到了他们说话的声音。这种时候，继续争论下去没有用处，傩达只好闭了嘴。他觉得，到了这个地步，自己只得豁出去了。

当竹榻门发出吱呀声的时候，傩达硬着头皮打一声招呼："哦，来啦。"

阿俏她们竟扑噜地笑了，听得出她们双双捂住嘴，不让笑声喷出来。

听到姑娘们的笑声，傩达激动得不知道该说什么好，就沉默了。沉默的时间很短，却使傩达备受煎熬，全身燥热得像着了火，心头好像要炸了。

阿俏她们走进干栏，坐了下来，竹榻发出吱吱的声音，她们跟他们只隔着一扇竹榻，还互通着，近在咫尺，彼此都能够听得到粗粗的呼吸的声音，好像还能听得到心头嘣嘣跳的声音。她们刚刚坐定，阿俏的同伴就呵呵地笑着说："我们来啦，两个后生哥哦。"

阿俏的同伴说的实在是妙，竟使傩达和水生忍俊不禁，扑哧就笑起来，这笑声彻底把傩达从煎熬中解放出来了。

水生显然从前辈那里学到了很多东西，说不定来蟠龙屯赶歌坡之前还受过明眼人的指点，也许是傩达的僠舅，也许是傩达的嫲佬，他几乎什么都知道，加上他那张能说会道，能歌擅唱的巧嘴，特别讨人喜欢。到了这个时候，傩达才欣喜地感觉到，有这样的一个同伴，真是太好了。

两个年轻力壮的后生哥，两个豆蔻年华的姑娘，隔着半边的竹榻，彼此能够感觉到对方的呼吸，能够听得到对方的心跳。水生说过，要守住规矩，任何时候都不能坏了规矩，谁要是破坏了规矩，事情就不可能了。

有了阿俏同伴那句惟妙惟肖的话，他们便有了愉快的对话环境。他们彼此就放开了心扉，开始小声聊着蟠龙歌坡的话题，探讨对歌的技巧，相互间还悄声地对了歌。傩达收获不少，开始很害羞，慢慢地，却从不怎么会唱歌到学会了对歌。并且，在阿俏的怂恿之下，还尝试着自个编出几句诗来跟阿俏对歌，惹得水生和阿俏的女伴一阵阵喝彩。傩达感觉爽极了，感觉幸福极了。

第一遍鸡啼的时候，他们竟一点睡意都没有。他们隔着竹榻，席地而坐，愉快地交谈着和轻轻地对歌着。

再次鸡啼的时候，傩达和水生坐得累了，索性躺了下来，头紧靠着竹榻，肩并着肩。不久，阿俏和女伴也躺下来了，头同样紧靠着竹榻，也肩并着肩。竹榻把他们的头隔开，他们仍然感到愉快，小声地热烈地交谈着和轻轻地对歌着。

第三遍鸡啼过后，不知道是谁突然调皮地说："累啦，睡啦。"说这话的好像是说一句玩笑话。事实上谁都能听得出是在说一句玩笑话。因为谁也不想睡。听声音，傩达觉得，说话的好像是阿俏的女伴。大家以为是一句玩笑话，以为不可能因为一句玩笑话就开始睡。可是，这么一句玩笑话说出来，大家好像就被催眠了一样，就好像俗话说的，眼困正碰着了枕头。他们都好像在不约而同地，说话的声音竟越来越小，越来越含糊不清，对歌的声音也慢慢地被青蛙和野虫的声音掩盖了。

不过半支香工夫，小干栏里开始传出均匀的鼾声，不知道是谁先睡着了。迷人的鼾声使傩达也变得迷迷糊糊，不一阵儿也不省世间事了。

阿俏美丽动人的脸庞，迷人的胸怀，使傩达产生了疼爱和不舍，想到水生昨晚的叮嘱，傩达终于不忍把手从阿俏的怀里抽出来。是啊，他傩达不能走，他一走就会有事情发生，很难想象发生的是什么样的事情，有那么多前辈女人做榜样。女人的名义，上吊或者投江，都是惨不忍睹，更可能是想不到的其他方式。他傩达自己的事情是小事，阿俏的名义受损是大事，千万千万，不能因为他傩达这一走致使阿俏的名义扫地，并且，他一走，以后的事情就难以意料可能会发生什么，甚至不可收拾。一个正直的男子汉，心胸宽阔的男子汉，一个义气的男子汉，不能让自己喜欢的姑娘难过，不能让自己喜欢的姑娘名义受到损害，不能使自己喜欢的姑娘走上难以想象的道路。水生说过，你傩达必须在这里待上三日，三日过后你傩达就可以走了。

这以后你爱干什么就干什么，没有谁会说你，没有人会拦着你。三日以后，你傩达就是不想走，阿俏也会把你赶走。水生说，他会在僠琓那边等他傩达三日，三日以后他们再一起离开蟠龙屯，然后回僠王城去。

想到此，傩达慢慢地坐了下来。阿俏突然满脸通红，急忙把傩达的手臂从怀里放开。阿俏害羞地走到一边去，停了一会儿，从旁边捧过来一个木盆。木盆里盛了小半盆水，她小心地搓了搓木盆里的一块白扣布，白扣布很新，能闻到白扣布散发出的清新的味道。阿俏拧干白扣布，然后把白扣布递给傩达。傩达看见阿俏手上的白扣布，不知所措，他定定地看着阿俏手上的白扣布，定定地看，一会儿以后才把眼睛抬起来，转过去看阿俏那动人的脸。阿俏又一次满脸通红，害羞地微微笑，垂下了眼帘。一会儿，阿俏突然向上撑起眼帘，突然显出很调皮的样儿来，侧着头，妩媚地对傩达嘻嘻笑。傩达被阿俏逗笑了。

傩达抬手，正想去拿阿俏手上的白扣布。阿俏却把手抽了回去，她转到傩达的侧边，要亲自为傩达洗脸擦脸。傩达不好意思，把脸偏向一边去。阿俏硬是把住他的头，要给他擦脸。一个不让擦，一个偏要帮擦，一来二去，两人竟呵呵地笑了起来。最后，在阿俏的要求下，傩达不得不坐了下来，享受着阿俏轻轻的爱抚。阿俏也坐在傩达的身边，充满爱意地为傩达擦脸，她的手那么绵软，那么温暖。傩达有些情不自禁了，有些不能自已了。

这时候，阿俏的家人从另一个门口把早餐给他们递了进来。递进来的是一个簸箕，簸箕上有两碗粥。傩达没能见到阿俏家里人的面，只能通过竹篱笆的缝隙大概看得出是一个小孩。傩达估计，这个小孩很可能是阿俏的弟弟或者妹妹。

阿俏原先是背对着门口的，这时候侧身回头看了一眼，微笑着对傩达说："这是我细妹。"

傩达抬眼看一下阿俏，点了点头。

洗漱完了，阿俏说："我们吃朝吧。"

阿俏要站起来去捧簸箕，傩达拉住阿俏右手的中指，笑着说："还是我去拿吧。"

早粥放在簸箕里，他们一人一大碗，是剁碎的鸡肉粥。鸡肉粥去除了鸡骨，香喷喷的，很诱人。傩达吃得挺香，感觉挺爽口。

傩达和阿俏要在小干栏里度过三日的时光。前一晚已经过去，算起来他们还有两日的时间。在这余下的两日时间里，傩达连门都不能出去。

一想到两日以后他们就得分开，阿俏显得有些愁眉苦脸，她悠悠地说："我们人为什么不能像燕子一样出双入对呢？为什么不能像出双入对的燕子一样共同生养一巢又一巢的小燕子呢？你知道，冷天一过去，燕子就飞回来了，它们会自己找到原先的巢，然后又是出双入对的生养下一巢小燕子。我总是想不明白，我们如果能够像燕子一样不离不弃多好。"

傩达呵哧地笑了，说："我们这不是成双成对了吗，阿俏你说到哪里去了啊。"

阿俏笑着摇摇头说："不是，不是的，我们在一起的时间太短了，除头除尾还不到两日呢。"

傩达很坦然的样子，就算是两日，在这两日里我们也是成双成对的啊。

阿俏还是摇摇头，苦笑着说："不是的。我家干栏上有一巢燕子，都好几个轮回了，它们总是成对的来。天开暖的时候开始生养一巢小燕子，共同孵巢，小燕子破壳出来了，它们共同捉虫子喂小燕子，直养到小燕子长大了，分飞了，它们再重新生养一巢新的小燕子。天冷的时候再离开。第二次天暖的时候再飞回来生养小燕子。我们呢，我在蟠龙屯，你在僠王城，我们相隔得天远地远，你多久才走夜来一次？就是来了，你不是又得回僠王城去？"

听了阿俏的话，傩达也有些难过起来，出不了声了。阿俏说的是实情。傩达也见过燕子出双入对，真的就好像阿俏说的那样，只是没有阿俏观察得那么细致。他傩达一个大男人，粗枝大叶惯了，以前什么都不想，什么都不问个原因。说内心话，他多喜欢阿俏啊，他难道不也想像其他男人一样，每个夜晚都到阿俏的小干栏来过夜，天光之前再回家去吗。可是，怎么行啊。就像阿俏说的那样，天远地远啊。谁不想夜夜待在阿俏的身边。谁不想时时待在自己喜欢的女人身边，只是没有这样的先例啊，他能够破了规矩吗？破了规矩他怎么办啊，阿俏怎么办啊。

两日时间的缠绵很快就过去了。第三日天还没光，傩达就爬起来。事实上，这一晚傩达没有很好地睡着，他总担心睡过了头误了时间。阿俏同样睡不好，傩达一起来她也爬起来了，一爬起来她的眼泪就嘀嘀嗒嗒地往下滴，她紧紧抱住傩达不想让傩达走。事实并不像水生说的那样，阿俏把他傩达推出门去。

哽哽洇洇的时候阿俏小声问傩达："什么时候再来啊？"

傩达抚摸着阿俏的脸，"下一个月圆的时候……"傩达帮阿俏理了理额上的头发说，"下一个圆月升到中天的时候我就来了。"

他们紧紧拥抱着，透过竹篱笆看小干栏外面的天空。鸡啼三遍已经很久了，傩达得要动身了。再磨蹭下去，天就要光了。

# 9　遭遇情敌

天亮以后，僠琓送侬达和水生到江边。江边码头人来人往，挑水的，洗菜的，洗衣服的，还有来蟠龙屯趁歌坡顺便玩几日这时候要撑竹排赶回家去的，把个码头挤得满满当当。

侬达和水生上竹排的时候，僠琓突然想到了什么，招招手让他们停下来，叫他们先把竹排锚住。僠琓走到他们的面前，四处扫了一眼，见没有人在近前，就小声说："阿侬，水生，有件事我得跟你们说说，免得你们到时候措手不及。说实在话，我不知道这件事有没有可能发生，但是，我觉得还是给你们提一个醒的好。你们知道吧，你们来这里趁歌坡的几日里，得罪一些人了，也就是说你们树了敌了。"

水生脑子转得快，笑笑说："当然，阿俏这么靓……"

僠琓突然抬起右手用食指中指伸到水生的嘴边，嘴巴同时发出嘘一声，要水生要小声一点。水生笑了笑，继续说："是是是，僠琓僠叔，我小声，我小声。我知道，阿俏这么靓，追求的后生哥肯定很多，而且每一个人都想把阿俏捞到手。如今被阿侬捞到了，人家不恨死了阿侬才怪。"

僠琓仍然小声地说："就是啊，水生说得不错，我想要说的就是水生刚刚说的这个事。正像水生说的那样。实话跟你们说吧，蓝云屯僠琓的甥崽也早就看上阿俏了，常常来我们蟠龙屯撩逗阿俏。阿俏不喜欢他，不想跟他，总不同意跟他猤鸡对。蓝云屯僠琓没得办法，只好托媒婆来说，媒人都来了好多次了，一点用处都没有。今年歌坡，阿侬嫲佬事先跟我有交代，要我促成阿侬的好事，我跟阿俏家里舅啊，嫲佬啊，嫲傣啊，都说清楚了，就看歌坡时候阿侬的表现。侬达表现不错，果然对上了。在你们对歌的时候，蓝云屯僠琓的甥崽也在其中一群后生哥里头。我想他在你们对歌的时候肯定咬牙切齿，恨不得把你们毒打一顿，甚至可能想劏了你们。只是，在我的地盘上，他们不敢自己找死，到处都有我的人，他们不敢在我的地盘上撒野。事先，我对他们这些后生哥说过，想在歌坡上辩鸡对，得要拿出真本事来，让人家姑娘家喜欢。不能胡来，更不能打架。现在，你们回僐王城去，半路上正好要经过蓝云屯的旁边，他们很可能在那里拦住你们，作难你们，甚至要报复打击你们。你们要注意，实在走不过去，你们就转回来，先不要跟他们作对，等僐叔帮你们疏通关节。僐叔担心，你们就两个人，跟他们作对你们可能会吃亏。要知道强龙斗不过地头蛇。记住僐叔的话。实在通不过就回僐叔这里来，啊。”僐琓笑了笑，又说：“不过，话又说回来，你们僐王城里的大户人家，乡下的僐琓一般不敢得罪，那样做等于自己找死。僐叔只怕后生哥意气用事，天不怕地不怕，事情往往就是这样发生的。后生哥根本就不计后果。”

僐琓拍了拍僬达和水生的膊头，要他们把他的话记住。僬达自己拍拍胸膛，笑呵呵地说：“僐叔，你放心，我们不怕。水生，你说是吗？”

水生道：“当然。僐叔，我们哥两个，从来没怕过谁。”

僐琓说：“水生，阿僬，不是你们怕不怕的问题。只要是因为你们就两个人，人少，他们人多，他们一旦闹事，你们不是他们的对手。加上，你们在他们的地盘上，你们很难斗得过他们的。他们会使出各种各样的方法来阻拦你们，使你们寸步难行，使你们动不得。不仅如此，他们还可能使毒手。你们要听僐叔的话，如果碰到这种情况，最好不要跟他们硬来，要好好地跟他们说道理。如果没有道理可说，十分十的，你们通不过去，就不要强硬过去，马上转回头来找僐叔。僐叔自有办法。毕竟是僐王的天下，就你们两家大户的身份，本来就应该没有问题的，但是谁知道这世界有没有颠佬？人一旦发癫，就没有药可以救的。我说的是万一。记住僐叔的话没有错的，阿僬，水生。”

僬达还想说什么，水生抢先了说：“多谢了僐叔，我们记住了。”

僬达只好把要说的话吞肚里了，也觉得没有什么要说的必要，他顺水推舟地也像水生一样对僐琓说了感谢的话。

回僐王城去，他们逆水而上，撑竹排比来蟠龙屯要吃力得多。俗话说，顺水一日，逆水三日。顺水而下的时候，一杆就能撑出好远，有时候甚至不用力，稍稍拿竹篙点一下划一下就成。但是，逆水而上，每一杆都必须使力，并且要使大力，有时候甚至是使出死力才成。特别是上滩，还必须都下到水里，用膊头拉竹排，才能把竹排拉到滩头上面，用的全是蛮力。傩达和水生年轻力壮，来蟠龙屯差不多要大半日。回僠王城去，就算他们拼命，能够用一日回到僠王城，那肯定是一日两头黑，还要在水路上没有碰到麻烦，能够顺顺利利回到城里。估计，他们回到城里也是半夜了，摸黑着进城了。

僠琓的担心还真是变成了事实。

蓝云屯僠琓甥崽心胸狭窄，歌坡上的沮丧使他对傩达耿耿于怀，立誓要报复。无形中，傩达和水生与这样的人发生了摩擦，他们遇上麻烦是必定的了。只是，这个麻烦比他们想象到的还要麻烦千百倍，是个大麻烦。

从蟠龙屯出发，这段水路滩头比较少，到日头中天的时候，傩达和水生已经走了小半的路程。这个时候，他们来到了蓝云屯的边上。蓝云屯像蟠龙屯一样，傍山傍水。如果僠琓的估计错了，他们通过蓝云屯以后，就只有大半的水路了。如果僠琓估计对了，蓝云屯僠琓的甥崽在这里给他们制造麻烦，天知道他们什么时候能够回到城里了。

一路上，水生撑竹排在前面走，傩达撑竹排跟在后面。日光灿灿的照在他们光溜溜的背上，汗珠在日光中发出五彩的色彩。前头一段水路他们走得还算顺利，但愿一路都这样。一看见蓝云屯干栏的茅草顶，水生就提醒傩达注意。水生显得小心翼翼。傩达听到了水生的提醒，却没有注意到水生行为的变化，还是按照前先一样的速度使力撑竹排，差点跟水生的竹排撞上了。

傩达大声说："喂，水生，你怎么回事啊，没有力了啊是不是啊？"

水生摆摆手摇摇头说："我们走进人家的地盘了。僠叔跟我们说过，我们得小心才是。我是怕人家装夹，还是小心一点的好。"

傩达哦呵一声说："水生，我倒是觉得，正是来到人家的地盘了，我们更应该快快地冲过去才是，怎么反倒慢了下来。过去越快越好。得了，水生，我先走，你在后跟着，要快一些。"

水生本想跟傩达说明他慢下来的原因，却在这时候，一样什么物件引起了他的注意，或者是他发现了水下有些不太正常。他一时竟没有出声，只抬起左手向后叫傩达注意慢行，他眼盯着水面，很专注地观察着水面。

可是，傩达一使力，就竹排撑到前面去了，水生想阻止都来不及。突然，傩达嗷地喊了一声，只见一道水网从江面上飒地飙出水面，把傩达和水生吓了一惊。仔细看，是麻索做成的水网。水网把傩达的竹排拦住了，竹排的大竹子插进水网里，被水网缠住了。傩达心里惊叫声不好，就把竹篙调到前面，想办法把竹排从水网里挣脱出来。

正在这时，只听水生大喊一声："阿傩，有人拽石头！"

傩达听闻，转头一看，发现天空出现了无数的黑点，伴随着呼呼声，那就是水生说的石头。傩达正想法如何躲开拽来的石头，却又发现身后的水面上也横起了一道水网。两道水网把他和水生两人的竹排拦在了江面中间。水生的叫喊声刚刚落下，江面就响起了乓乓乓石头落水的声音……水生大声喊，还不快点跳水！随着水生的声音，傩达发现数不清的石头已经飞到他们两人的头顶上面来了，他还来不及跳到水里就实实地被一颗鸡蛋大的石头嘣地拽中手臂，痛得他眼冒金星。他急了，一个咕噜噜就滚到水里，并马上就潜到水底。傩达觉得，潜在水底石头落下就少了威力。但是，人潜在水底不是办法，必须从水底潜到江对面岸去，对岸远，就算他们是大力士，也没有这么大的力气把石头拽到对岸去。傩达觉得水生肯定也像他这样做，潜到对岸去了。

潜游到对岸，傩达刚从水里冒出头来，就听到对岸呼呼啊啊的呼喊声，数十人在对岸上蹦啊跳啊，拿石头往江面上拽。江面上乒乒乓乓响，溅起数不清的水花。傩达往岸边四处看，没见着水生，惊出一身冷汗，人在水底不能抵得上这么长的时间的，难道水生……傩达正担心着，乱想着的时候，水生撑的竹排的一角被举了起来，离开了水面。傩达仔细看，原来是水生脚踩着水举起竹排挡住石头到水面来换气，傩达这才知道水生一直躲在竹排的下面。傩达不由得赞叹了一声，好水生，真是聪明！

水生浮出水面后，也转头寻找傩达。发现傩达以后，就对这傩达大喊道："阿傩，你回来，阿傩，你快氽到你的竹排底下来。我们要想办法拿刀割断水网，割断了水网我们的竹排才能过去。"傩达听得清楚，马上潜入水中，向停在江中间的竹排潜氽过去。

在水里，傩达被许许多多落下的石头拽着，这些石头被水消去了大部分威力，对人的伤害大大减弱。尽管这样，傩达还是拿一边手护住头，慢慢地向竹排氽游过去。傩达在水里找到水生，水生示意他一起把竹排抬出水面换气。他们顶住竹排露出水面的时候，只听见一部分石头嘣嘣地落在竹排上，大部分乒乒乓乓地落他们的周围，他们被溅起的水花蒙住了眼睛。他们脚踩着水，头和手顶着竹排，喘着气，讨论着怎么办才好。

水生喘着气说：“你竹排上不是有刀吗，我们想办法把你的竹排从水网里弄脱出来，再翻过来，让刀落下来。我拿刀把水网从靠近我们这一边的地方割断。水网一断，我们就能躲在竹排下面往对岸推着竹排向上走了。傩达，我们动作要快，在他们没发现我们这样做的时候就要把水网割断。如果被他们发现我们这样做了，他们很可能派竹排来追我们。我们动作必须要快……”

傩达哦哦地应着，然后，他们长长地吸了一口气，再次潜到水里。水生氽到傩达竹排的底下，帮着傩达把水网挣脱开去。水生抓住竹排的一边往下拉，傩达抓住竹排的一边往上举起，竹排翻过来的时候一颗石头再一次拽中傩达的肩膀，痛得傩达嗷嗷地喊，咝咝地吸气。竹排一翻过来，傩达赶紧潜到竹排下面去找大刀。见大刀吊落在水中，傩达马上抓住大刀，把绑住大刀的绳索解开，再腾出右手举着竹排，使力把竹排往对岸拉去。人在水底下，要很久换一次气，如果没有好的水性，几乎不可能这样做。水生重新氽游到自己的竹排下面，跟在傩达后面。

傩达最先发现江面上出现了五六架竹排，显然，蓝云屯僠琓的甥崽发现情况有变，在江岸边拽石头已经够不着了，就带人撑竹排向傩达和水生逼过来了。傩达呵呵笑，马上拉住竹排赶到岸边去，他顾不得疼痛，收罗了一大堆鸡蛋大的石头，大声说：“这下，轮到我们拽你们了。”

水生冒出水面，见傩达这样做，就大声说：“多拾一些，我们也拿石头拽他们，看他们敢不敢靠近过来。”

果然，江面上的五六架竹排转回去了。

傩达坐在地上哈哈大笑。

水生说：“他们肯定也想到了我们这个法子了，肯定也回去拾石头搬到竹排上去，然后再来追赶我们。我们要赶快把石头搬到竹排上去，等他们还没赶过来的时候我们就靠着岸边往上面撑去。如果他们过来追我们，我们竹排上有石头，我们也不怕他们了。只是，我们人手少，他们人手多，真打石头仗我们还是打不过他们，我们要赶快装了一些石头马上就走。我们一人一架竹排，他们如果还是像刚刚那样两人一架竹排，他们撑竹排就走得很慢，他们就撑不过我们。如果他们也想像我们一样一人一架竹排，只要我们先行，他们也难追得上我们。”

听水生这么一说，傩达觉得有道理，和水生一起把收罗的石头搬到竹排上。

等装得差不多了，水生说：“我们该走了，你看他们好像也开始往竹排上装石头了，装了石头他们就要撑过来追我们了。”

傩达拿了大刀，嗨嗨几声把水网斩断割断。傩达撑竹排赶在前面，水生跟在后面，奋力往上游撑。

水生发现傩达的右手臂上左肩膀上有乌黑的红印子，就问傩达，刚刚被拽中了两球石头？

傩达苦笑着点点头说：“是啊，挨了两球。”

水生笑着说：“是不是这两日跟阿俏弄的骨头空了松了，使不上力来不及躲才被拽中？你看你看，我怎么就没被拽中？阿傩你是不是骨头真的被嘬空了啊，刚刚两日就这么要紧啊，哎呀，女人真是了不得啊。呵呵，活该，一来就抢了人家的女人，是真活该。要是我们没来，人家可能真的就能够把阿俏搞到手。现在，阿傩你要到阿俏了，受一些苦也是活该，这也算是报应。”

傩达傻傻地呵呵笑：“不管怎么样，得到阿俏，我心满意足了。”

水生说：“我们不说笑了，一笑就使不上力头来，我们还是多使力快把竹排撑到上去。只要我们离开他们远远的，我们就不怕他们了。我们也不要撑到江中间去，我怕上面不远的地方还有他们的埋伏，免得中他们的埋伏。只要我们尽量靠江的这边撑竹排，就算他们上面还有埋伏，石头也拽不到江的这边来。”

对面岸上，只见几十人呼呼啊啊，乱蹦乱跳，大喊大叫，看情况他们恨不得一下子就想把傩达和水生打倒在地，把他们撕破撕烂，把他们踩碾成烂泥浰。他们人多力量大，很快，他们就把石头装到了竹排上，又很快地，他们开始把竹排向江中间撑过来。他们发现傩达和水生正往上撑竹排，他们就紧紧地咬住不放，紧紧地追赶。一会儿，他们发现与傩达和水生的距离慢慢地拉开了，他们这才发觉两个人乘一架竹排太重，速度慢，怎么使力撑速度都赶不上。他们就决定叫其中一个跳水转回去，要轻装上阵紧追。再过一会儿，他们又发现距离还是被拉得越来越远了，才知道是装的石头太多了。他们原来想多装石头就能多用石头拽人，结果使竹排速度慢了下来。他们想丢掉石头，又怕错失时间。他们有的把一些石头丢掉了，他们有的不愿丢掉石头。他们奋力追了好长时间，超过了两支香的工夫，距离却越来越拉开了。他们无可奈何，只好放弃了追赶。

傩达和水生这才松了一口气。

# 10 走夜

第一个月圆的日子，是僆达第一次走夜的日子。

这一日，僆达在家里准备着一些要带的物件，这些物件是要带给阿俏和阿俏家里人的。

水生发现，刚回到僠王城里来的时候，僆达又像过去一样，什么事都没有似的浪荡起来，像犸猴一样的到处窜，像泥鳅一样到处钻，阿俏好像没有在他的生活中出现过一样。当然，这样说也不完全是事实。其他不说，单单从水生身上，僆达还是学到了很多东西，变得聪明了一些了，精明了一些了。僆达意识到人家会拿他和阿俏的事开玩笑，干脆就在人前假装还是像以前一样，什么都无所谓，装得跟阿俏的事好像无所谓一样。别说，僆达他人装得还真像，装得跟以前没有两样，骗过了许多人毒辣的眼睛。

眼下，僆达默默地等着第一个月圆的日子。这个日子，是他和阿俏约好了的。这个日子就要到了的时候，僆达又换了一个人似的，连门都很少出去。整日在家里准备这、准备那，好像要带给阿俏和阿俏家里人的物件很多。

这一日终于来到啦。

出门之前，嬷佬对僆达说："阿僆，你这次去，你单独一个人，做嬷佬的总担心。当然，你如今是大人了。是大人了总得自己做主，自己做事。不过，你一路上一定要小心，除了带些给阿俏和阿俏家里的，防身的家伙你也要带去。万一有什么事情好保护自己。"嬷佬停了一下，吞了吞口水，继续说："这次去，你不能去麻烦僠琓僠叔了，你要直接到阿俏的干栏去。有些话我不好直接跟你说，你舅又不好跟你说，我不得不跟你说。嬷佬是过来人，有些事情你们男人不懂，你得问问阿俏。问阿俏近来身子啊吃的啊是不是有什么跟以前不一样了，是不是上身了……"

听到嬷佬说到女人这些事，傩达就脸红就脸发热，他想避开去，不想听，却又不得不听。对傩达来说，女人真是好神秘。嬷佬见傩达满脸通红，就暂时停住，过了一会儿才继续说："嗨，阿傩，和阿俏这样了还怕什么丑。我以前怎么说，叫你在城里寻嘛，你偏不肯，如果在城里寻个姑娘多好。天黑了你可以慢悠悠地过去走夜，天光之前再回家里来。这样，就没使那么麻烦，就没使那么辛苦，更加没使经历那些艰险。有什么事了，嬷佬还可以过去问问。现在你看，你一定要靓妹。看看，阿俏靓是靓了，可是这么远的水路。你看，奔波不奔波？你看，累不累？阿俏有了什么事，那么远，我又去不了。多么不方便。"

傩达说："我不累的。"

嬷佬挑眼看了傩达一下，似笑非笑地说："你们相隔那么远，住一起的日子这么少，上一次没碰中的话，希望这次能够碰上身。嬷佬想等着饮亲家的喜酒呢。"

傩达的脸又红了。

傩达平时没心没肺，跟阿俏以后，他对好些事，特别跟女人有关的事情他还是留心了，只是在人前没那么出格，没那么明显，让人不知道他那个样子。他完全知道嬷佬说饮亲家的喜酒的意思，这个连小崽儿都懂。如果阿俏生养了崽儿，崽儿长到第一个满月的时候阿俏家那头是要请喜酒的。到那时，傩达的嬷佬，舅舅都要去贺喜，傩达当然也要到场。这样的日子，整个蟠龙屯人人有份，热热闹闹饮三日酒，真的是一大喜啊。当然，做喜酒使用的食物得僐琓出一大半，阿俏家添了人丁，事实上是为僐琓又添了一个未来的劳力。另一小半食物是傩达家送过去，作为贺礼。有一种特别的情况，如果傩达家这边也是做奴的，那么那做贺礼的食物就要由傩达的主家准备给送过去了。贺礼是万万不能少的。不过，也有傩达还不知道的事情，就是阿俏和崽儿将来的出路问题。说实话，对这个问题傩达是糊涂透顶，他一点儿也没往这方面去想。阿俏和崽儿将来的出路，傩达的嬷佬和舅舅已经开始计划好了，他们计划在城里弄一块地皮，为阿俏盖一座干栏，把阿俏和阿俏家里人一起接来住，方便傩达晚上到阿俏那边去走夜，不用像现在那样走那么远的水路，还艰险。计划如果顺当呢，就再拿物件去跟蟠龙屯僐琓讨价还价，把阿俏、小崽儿和阿俏家人的身份赎出来，使他们变成自由身，使阿俏、小崽儿和阿俏家里人像他们大户人家一样。当然，前提是阿俏能够生养，如果阿俏不能生养，他们的计划只能死在腹中。嬷佬和舅舅等的就是阿俏养小崽儿时崽儿的哭声了。

日头稍稍偏西的时候，傩达把装了很多食物的竹排推到江里去。就在他正踏上竹排要撑竹篙的时候，水生嚷嚷着急急赶来，只见水生手上抓着一杆带有红缨的尖枪。傩达以为水生也想跟他去蟠龙屯，瞭了一眼放置在草丛中水生的竹排，笑着说："水生，这次不要麻烦你啦，上次已经不好意思了。"

水生把手中的尖枪摇了摇，笑着说："我不去了，我还去就不成体统了。我是要你把尖枪带上。"

傩达说："水生，没使了，我没使用尖枪。这一杆竹篙就是我的尖枪了。我还有大刀。"

水生认真地说："竹篙太长，没有尖枪好使。贼人一见尖枪就怕三分。尖枪比竹篙好使得多，威力大得多。"

傩达说："我还有大刀啊。"说到大刀，傩达自然就想到上一次的惊险经历，知道好多东西都能派上用场，这才接收了水生的尖枪。

水生说："阿傩，你还是小心的好。当然，他们不可能日日的在江边守着，等着你。但是，他们知道你迟早要去蟠龙屯走夜，他们知道你肯定要常常来来去去的，所以你不能不防着他们。"

傩达点点头说："知道啦，上一次，我已经从你那里学到了很多东西了。水生，你放心好啦，我有办法对付他们这帮狗崽儿。我能够对付得了他们这帮狗崽儿。大不了我不要了竹排，跑到对岸去，等他们不追我了我再沿着岸边走。那里离蟠龙屯已经不远了呀。"

水生笑笑说："如果那样，你就得拓一层皮。行路有多难，你自己知道。行路比撑竹排去慢得多了。行路脚太累了，翻山的翻山，过水沟的过水沟，人会累死的。甚至，就是第二日天光了都说不定能不能走得到蟠龙屯。再说，竹排上的物件呢，不白白送给人家了？要不，我再一次陪你去蟠龙屯吧，有什么事情也有个商量，也好互相帮着。到了蟠龙屯，我住僠琓那里，也不会打扰你和阿俏。"

傩达笑笑说："哪里好意思再叫你辛苦一趟，就算这一趟你陪我去了，那下一趟呢，你总不能陪我到老吧。水生，要真是到了那样的地步，我自然有我的办法，不管什么办法，我都能撑得过去的。当然，最好是物件也好，人也好，都顺顺利利能够到蟠龙屯。”

水生笑了，挥挥手说：“那好了，阿傩，顺遂！”

“顺遂。”傩达说。

傩达之所以拖到这个时候才出发，他自己有自己的打算。这样，他就可以在天黑以后刚好到达蓝云屯，趁天黑好通过蓝云屯水面。天黑了，蓝云屯那帮狗崽儿应该不会到江面来浪荡了。正是居于这样的考虑，一路上，傩达都慢悠悠的，没有怎么使力撑竹排。碰到险滩的时候，虽然得紧张一会儿，对傩达来说也没有什么。如果在平静的水面上，基本是让江水推着竹排慢悠悠的顺流而下。傩达相信，天黑了以后，尽管有月光，一般人都不会再到江边来，偶然碰上放夜钓的，也只是个别人。这些人不大可能是坏人，就算真是有坏人，一两个坏人他傩达也不怕，他觉得自己能对付得了。一旦过了蓝云屯水面，他就会加大撑竹排的力度。这样，半夜时分就可以到达蟠龙屯了。只是，让阿俏等待的时间长一些，等待得辛苦一些，等得心焦一些。想到这儿，傩达自己苦笑了，嬷佬说的不是吗，这不是自找苦吃嘛。呵呵。

日头要落山了，江岸东边山顶上的金色慢慢褪了去，一只又一只鹧鸪布谷布谷的叫，使江面上显得更加寂静，更加深远。迷蒙的水汽慢慢地从水面袅袅地升起来，使江面遮罩着一层薄薄的轻纱，给水面带来了一种神秘诡异的色彩。傩达仔细观察江面，见离蓝云屯江面还有一段水路，就把竹排撑到岸边，选了一个开阔的沙滩停靠。他觉得自己出发时间还是早了一些，估计不够准确。他从竹排上拿了食物，走到沙滩上，面向江面坐着。一边看着江面一边慢慢地吃食。

傩达脑子里想的是，先吃饱了再说，吃饱了过蓝云屯水面的时候才有力撑竹排。

傩达犯了一个严重的错误。

如果是水生，水生一个人很可能不会自己跑到岸边上来。荒山野岭的，实在不安全。老一辈的经验告诉人们，在水面要比岸边安全得多。水里除了大鱼，就没有其他威胁人身安全的了。这个年头，说有大鱼吃人那都只是听说说而已。老人们说，以前的以前，的确有过吃人的大鱼。这年头，谁也没有见过能吃人的大鱼了。

江面偶尔有大蛇小蛇掠过水面，也只是一般地路过。岸上的蛇不能长久地在水底下待着。但是，岸边就不同了，老虎、狼、狗熊、野人，等等，这些凶狠的野兽随时都可能在岸边出没。要是碰上了这些野兽，一个人很难敌得过。想一想，都叫人害怕。

傩达根本就没有想到这些。他压根儿没有想到，就在他吃晚饭的时候，危险正一步步向他逼过来。危险竟然是悄无声息的。这么说，真让人鸡皮疙瘩，毛发耸立。

傩达吧嗒吧嗒地吃着晚饭，吃得正欢。突然，好像平地起风。傩达突然感觉背后簌簌的有一股浸入骨髓的冷风逼到了背脊，他下意识地往后扭了一下头，背后的情景真能把一般人吓得灵魂出窍，连嗷嗷声都可能叫喊不出来。

一条人小腿一样粗的、一竹竿多长的大南蛇正在傩达背后几步远的地方直起头来，张着血盆大口，伸出人手臂一样长的舌信。大南蛇张口的程度要比它的身子起码大几倍，这样的大蛇完全能够把傩达吞到肚子里面去。傩达当时真是吓破了胆了，如果不是丰富的猸猴一样滑溜的经历，恐怕真就成了大南蛇的晚餐了。傩达瞬间就反应过来，也来不及多想，也来不及站起来，他就地一滚，直向岸边的陡坡下面滚去。事实上，即使傩达能够站起来，不论他跑得多快都跑不过大南蛇。大南蛇爬行快得像一支箭，许多小型兽类连眼睛都来不及眨一下就落到大南蛇的肚子里去了。傩达就势滚落陡坡的时候，手中的食物早不知道什么时候丢掉了。他就这样一直滚到了竹排停靠的江边。

往下滚的过程中，傩达脑子里产生的第一个念头就是，竹排上有把大刀，他无论如何一定要拿到大刀。把竹排撑开去是来不及了，不如拿大刀跟大南蛇搏斗，这样做也许还有一线生的希望。上一次，用柴刀砍掉水网的情景一下子闪过他的脑子，他第一个想到的法子就是拿大刀。

很不幸，大南蛇根本不是爬行着来追傩达。它当时就躬身飙起来，一下子就飙到了傩达的身边。傩达都还没有完全站起来，大南蛇的蛇尾已经啪地拦在了他的前面，眼看着大南蛇的尾巴绞过来，而又还未绞住他的时候，说时迟那时快，傩达跳了几跳，躲过大南蛇两次甩尾缠绞动作，终于跳到竹排停靠的地方。他伸手就去拿大刀，大南蛇却早就在他后面张口咬过来，傩达就势一蹲侧头躲过，开胸的粗布长衫却因为飘起来时被大南蛇的牙齿叼住了。大南蛇往后使力甩头，傩达往前使力跑，粗布衫嘶一声，被撕裂了，一半挂在傩达的身上，一半吊在大南蛇的头上。大南蛇再次首尾并用，把尾巴向傩达甩绞过来，企图要就把傩达绞死。大南蛇尾巴卷过来的时候首先击中锚竹排的竹篙，竹篙跟傩达之间有一步之遥，这一步多远的距离让竹篙救了傩达的小命。大南蛇的甩力实在是太大了，竹篙被卷拢到傩达身上的时候把竹排也掀翻了，放在竹排上的大刀和尖枪哐哐哐地从翻起的竹排上滚落到沙滩上，竹篙同时也把傩达打翻在地。这一连带关联，使大南蛇的攻击几乎落空。傩达忍住痛就势往下滚，想去抓起落在岸边的大刀。大南蛇很灵敏，见傩达继续往下滚，再次使用尾端反勾卷过来。这中间有了一个短短的停歇时间，傩达利用了这个瞬间，竟顺利抓到了大刀。傩达抓住大刀的时候，他同时看见了水生送给他的尖枪，傩达的脑子马上闪过水生足智多谋的样子来。傩达马上决定先要抓住尖枪。水生说，尖枪好使。

但是，就在傩达去抓尖枪的时候，大南蛇的尾巴已经把傩达勾绞住，越绞越紧。同时，大南蛇又扭转过身来，在傩达身后高高地担头张口……

傩达的小命，在顷刻之间。

# 11 守夜

日头落到西山后面去的时候，阿俏走进厨房。

阿俏从墙壁上取下担挑，准备去江边挑水。想到晚上傩达要来，阿俏有心想把这个事情跟嬷佬说说，取下担挑时却又开不了口。正在整食的嬷佬见阿俏拖拖沓沓的，慢吞吞的样子，没好气地对阿俏说："你看你自己，直直地站着做什么，又不帮洗菜准备炒菜，天要黑了，水缸就要没有水了，你没有眼啊。说你什么好呢，都已经是有男人的人了，自己还不知道怎么做啊。"

阿俏哦了一声，踌躇着来到嬷佬身边，鼓起勇气悄声对嬷佬说："阿傩今晚要来。"话刚说出口，脸上就腾起了红云。

嬷佬抬眼看阿俏，这才笑了笑说："来就来吧，怎么不早说。饭都煮到半熟了，你还不快多加半筒米落锅啊，还站着做什么？"

阿俏哧地笑了一下，声音很小，嬷佬听不见。阿俏转身，走到米缸边，掀开缸盖，用米筒装了米加到锅里，又转头对嬷佬小声说："我想多割半块腊肉。"

嬷佬听了，抬眼看了看灶台上方挂着的几条山猪腊肉，又低头洗青菜，没有马上不回答阿俏，过了一会儿，才抬头看了看阿俏，叹了口气说："割就割吧，刚刚好上毑了鸡对就知道心痛人家啦。"

阿俏嘻嘻笑着，挑起水桶出门担水去了。

炒菜的时候，阿俏的嬷佬把炒好的腊肉全部装到一个碗里，然后从饭桌上方把吊篮取下来，把装腊肉的碗放在吊篮里，盖上篮盖子，重新把吊篮挂回去。阿俏挑着一担水，跨进厨房来，把水倒到水缸里。

阿俏直起腰来的时候，嬷佬说："我把腊肉炒好了放在吊篮里啦，记得啊。"又说："今晚炒了腊肉，厨房里到处是腊肉的香味，你弟呀妹呀鼻公灵得要紧，怕他们吵着要吃，所以我收起来放在吊篮里，不能让他们看见。他们一看见，就不得了。”

阿俏把担挑转了一下膊头，对嫲佬说：“那就取出来一些，给他们解解馋吧。”

嫲佬说：“管他们！”

嫲佬嘴上这么说，想了想，觉得阿俏说的在理，又马上把吊篮取下来，打开盖子，从腊肉碗里均出一些腊肉来。

吃过晚饭，阿俏洗了碗，烧了热水，安排弟妹洗脸洗脚。眼见天黑，阿俏叫弟弟妹妹去房间睡觉。弟妹调皮，笑呵呵地窜来穿去，跑上跑下，还钻进阿俏的小干栏去跟阿俏捉迷藏，阿俏费了好大劲才让他们顺从了。之后，阿俏走进厨房，把松脂点亮，取下吊篮，从里面取出腊肉，把留给傩达的饭菜重新收拾好，放到另外一个提篮里，然后走出厨房门口去观察一下，见外面空荡荡，确定弟妹都老老实实地睡觉了，这才回来提起提篮走出厨房，想不到，竟被刚刚回来的大弟弟碰见了。大弟弟已经十多岁，一般不会天黑就睡觉，经常要到邻居家去玩一段时间。弟弟大些了，很鬼马。见到阿俏提着提篮，就跑过来，他一边跑一边喊：“姐，姐，拿的什么，让我看看，我看看。”阿俏知道要坏事了，马上转身回厨房，要把提篮吊挂起来。大弟弟跑得太快了，窜入厨房，踮起脚跟摸住提篮的边沿，要求阿俏打开提蓝盖子让他看。阿俏黑灯瞎火的提着提篮本身就引人起疑，一见大弟弟就急急忙忙地转身回厨房的动作使大弟弟的怀疑加深了。大弟弟非要揭开提篮盖子看看不可。阿俏不让，弟弟偏要揭开盖子，偏要看。姐弟两人就这样你拉我扯，相持了好一会儿。阿俏知道，一旦腊肉被弟弟看见，傩达就可能连一块都吃不到。相持的中间，鬼马的弟弟突然恶作剧地放了手，阿俏身子失去平衡，一屎股顿在了门槛上，手上的提篮却因为失去平衡摔在了一边，哐啷啷地，留给傩达的饭菜倒在了地面上。

大弟弟一见这个情况，吓了一惊，知道可能要挨嫲佬一顿毒打了，还很可能无法逃得掉。但是，当他看见到散在地面上的腊肉，却马上恶人先告状地大声嚷道：“大姐偷吃！大姐偷吃腊肉！”

阿俏却心痛得哭了。

嫲佬听闻，走到栏廊来，大声喝问，大弟弟重新报了一次，嫲佬大声喝道："大姐做什么关你什么事！"

大弟弟硬颈，仰头大声说："大姐偷吃，我也要吃。"

嬭佬喝道："什么大姐偷吃，这是嬭佬专门留给你姐男人的。"

大弟弟一听，便哑了，赶快溜一边去了。

嬭佬见阿俏哭，问阿俏又是怎么回事，阿俏说："弟弟把菜篮打翻了，饭菜弄洒到地了。"

嬭佬一听，火气就冒了起来，噔噔噔走下干栏，一边骂一边走下来。大弟弟一见不妙，想要溜走，却被嬭佬快几步拦着。嬭佬挥起右手，几巴掌抡下来，大弟弟便嗷嗷大哭。

嬭佬一边打一边大骂："打死你这个野崽，这么好的米饭腊肉让你糟蹋了，刚刚不是吃了腊肉了吗，还要吃。我看你个死吃头，明日不让你吃饭，饿死你。"

大弟弟之所以有监督阿俏的想法，主要是因为阿俏和倠达𤞤鸡对以后，阿俏常常过小干栏去。如果倠达住的近，这就是她的新家了，就因为倠达住得远，阿俏一个人住小干栏孤单，她还是过大干栏来住。这样，让弟弟妹妹老怀疑阿俏拿什么东西到小干栏去自个儿偷偷吃。他坚持要看阿俏提篮里的东西，就是怀疑姐姐可能又拿东西出去，偷偷自个儿吃。

打了大弟弟，嬭佬回头对阿俏说："哭什么哭，还不赶快起身打扫一下，拿米饭放到潲桶去，明日好喂猪，腊肉拿去洗净了再炒了还能吃呀。"

阿俏噎噎几下，然后抑制住自己，止住了哭。她站起来，按照嬭佬的吩咐，捡了腊肉放到碗里，再拿扫把扫了米饭放到潲桶里，然后，取了米洗了米，一边煮饭一边把腊肉上的泥沙洗掉。饭煮好，再炒腊肉。这一次，她没有把腊肉放到饭碗里，而是装在另一个碗里。她只取了一些咸菜，窝到饭碗里，放在提篮里，向小干栏走来，轻轻地走上小干栏，打开小干栏门，走了进去，把提篮放在旁边，坐下来等倠达的到来。

嬭佬的喝骂，使大弟弟老实了，再不敢胡乱来，干栏周围出奇地安静。

阿俏没有点松脂，就在黑暗中等待着。倠达的形象把她的心装得满满的，她几乎忘掉了与大弟弟的冲突带来的不快。

蚊虫嗡嗡叫，她裸露的脖子让蚊虫叮咬了几口，痒痒的。她抓挠了几下，想了想，只好回到对面大干栏去取了蚊虫药，回到小干栏后，把蚊虫药涂在手臂上脖子上和裸露的小腿上脚掌上。她仍旧坐在原先坐过的地方，等待着。

月光从东边山上慢慢升起来，给山野大地撒一地的银白。蟠龙屯那一座座干栏茅顶被银光映得煞白闪眼。月光透过竹篱笆的缝隙照在阿俏的脸上，使阿俏心旷神怡。阿俏不时仰头，透过竹篱笆看月光，盼望月光快快中天。想到倠达很快就要来到，阿俏脸上充满了幸福和快乐。

阿俏起身走到门口，站在栏廊上看大圆月光，看的脖子累了，站的累了，才走回房间里来，又坐在原来坐过的地方，心里想着倠达，嘴里轻声哼着美丽幸福快乐的歌谣。

小干栏外面传来轻轻的脚步声，阿俏的心激烈跳动起来。听闻脚步声走上对面干栏，阿俏失望了。这不是倠达，是大弟弟从邻居家玩够了回来了。大弟弟走上干栏，窝到弟弟妹妹那里睡觉了。

月光就要挂到中天，对面干栏传来一个轻轻的脚步声，拖沓着板棚，是僠舅。僠舅悄悄走下干栏来，去他的女人那里走夜去了。

银白色的夜，安静了。家里也安静了。

差不多半夜了，月光中天了。阿俏觉得，她的等待几乎是人生中最为难熬的时刻了。不见倠达到来，阿俏心里很难过，很难受，甚至怀疑倠达可能不来了。她突然很想到干栏下面去，到小院子去走走，或者到江边去等着倠达。这样想着，她真的就走了下来。

家里人都进入了梦乡。嬷傣老了，白日里却还帮着做着好多家务，入夜就上床，像小弟弟妹妹那样早就睡着了。嬷傣睡得不怎么平稳，呼吸一下子像打雷，一会儿像牛饮水，干栏好像被她的鼾声弄得微微颤动。弟弟妹妹天真纯洁，心里没有事情装着，睡得沉沉的死死的，呼吸平稳。无邪的生活真好啊。

嬷佬房间点着松脂，闪着光。阿俏知道嬷佬的男人今晚不会来走夜。这是阿俏和倠达搿鸡对以后嬷佬说给阿俏知道的，怕两个男人在一个小院子里撞上。将来，阿俏的女儿搿鸡对了，阿俏也会对她的女儿说这些的。嬷佬的房间有光，嬷佬的男人就知道家里有事，他即使来了，见了房间的光亮也会退回去的。嬷佬今晚不织布，她可能是不想让织布机发出咦浜咦浜的声响，给阿俏和倠达留下一个好的相会环境，也可能是没有阿俏陪着。说不定嬷佬正在松脂照明下拿旧衣服来缝缝补补。

干栏底层养着两头猪，十几只鸡，还有一头牛。水牛正反刍这肚里的草料，叽哑叽哑的响。借着月光，阿俏能够看得到水牛斜趴在地上，担着的头像一个大盘磨。鸡笼里好像常常钻进老鼠，弄得大鸡咯咯叫，小鸡唧唧叫。那两头半大的猪睡得最好，非非响，它们都一样大了。这是僠琓分发养的种猪，年底就可以劏来过年了。一头给僠琓，一头自己留着自己吃。鸡是自家育的种，大了也分一半给僠琓。牛是僠琓的牛，各家分养着，平时用来犁田犁坡，耙田耙坡，省不少人力。

看着这些，听着这些，阿俏那难熬的心也有了几分满足。

傩达还没有来。

夜变得更深了，月光就要偏西了，却仍然没见到傩达的影子，阿俏的心开始着急起来。阿俏也曾跟蟠龙屯的后生们去城里赶过歌坡，她知道城里到蟠龙屯有多远。不要说日过中天时就来，就算吃过晚饭启程，力壮的人撑的竹排快，这时候也差不多来到了。难道半路上出了差错？或者他根本就没有来……

一个不祥的念头在阿俏的脑子闪了出来，让阿俏吓出了一身冷汗。她知道，蓝云屯僠琓的甥崽是什么人，他那样的人什么事都可能干得出来！莫非……阿俏不敢想下去了。

等待，对阿俏来说实际上是煎熬。阿俏恨自己不是一个男儿身，不能马上跑到江边去，从草丛中拖出一架竹排来，向上游奋力撑去。天，要是她阿俏是一个男儿身，傩达也不会吃这个苦头了，也不会天远地远地跑到这儿来走夜，来跟她阿俏相会了。

回到小干栏后，阿俏更是坐立不安，坐也不是，站也不是。刚刚坐下来，马上又站起来，站起来了却又不自主地坐下来。她频频地走到门口去张望，伸长了脖子往江边的来路方向张望。哪怕能够看见一丁点黑影，对阿俏来说都是一种安慰。

月光已经偏西，却仍然没有傩达的信息。没有见到傩达，阿俏心里像被一个魔鬼抓挠一样，烦躁得很难受。突然，鸡啼了，阿俏吓了一跳。随着此起彼伏的鸡啼声，阿俏感觉自己已经跌落深渊，暗无天日。等到鸡啼慢慢隐去以后，蟠龙屯又是一片寂静，静得多么吓人啊。

突然，寂静中阿俏听到小干栏外有异常响动，她觉着应该是傩达了，她马上站起来跑去开门。果然，傩达就在小干栏下面，他挨在阶梯的边上，抬起右手向她挥了挥。阿俏以为傩达累了，她走下阶梯，扶住傩达，正想问傩达，当她发觉傩达左臂血肉模糊，身上都是乌黑的血块，她知道出大事了，她嗷地大喊一声，软塌塌地瘫在傩达的身边。

阿俏嬷佬本来就很担心，时睡时醒。第一遍鸡啼的时候她就醒了，清醒了。当她听到阿俏嗷的一声大叫，觉得发生了什么事，马上爬起来，跑下干栏就直向小干栏奔过来。当她来到小干栏下面，发现阿俏和傩达都瘫在地上，知道事情不妙，她马上拿指甲刺阿俏的人中，把阿俏救醒。清醒过来的阿俏稍停了一会儿，明白当前的情况以后，急忙做嬷佬的帮手，把傩达弄到小干栏上来，把傩达左臂上和身上的伤口清理干净，还找来了草药给傩达敷上……

做完了这些，天已经蒙蒙亮了。

阿俏轻轻地抱住傩达的头，静静地看着他。在松脂火光中，傩达醒了过来，对阿俏苦笑了一下，呆呆地看了阿俏，突然又嘿嘿地笑了一下，却没有说话。

傩达实在太累了，他闭了眼，不一会儿就睡着了。

# 12　原来是为了七彩软石

一大片不规则的白色疤痕永远留在傩达的右手臂上，光溜溜的连汗毛都不长一根。这一大片留在傩达手臂上的白色疤痕，竟成了傩达向人炫耀能力和本事的资本。在熟人面前，如果有人拿傩达手臂上的白色疤痕来说事，傩达就兴奋不已，总把衫袖往上捋，把手臂亮给人家看，炫耀炫耀。如果没有人说起这个事，傩达就有意无意的把右手臂亮出来，引起别人的注意，使自己的事再次成为话题的中心。时间久了，捋手臂也因此成了傩达的习惯动作。当然，背后也有人说他的坏话，原因起于曾有人对他手臂上的白色疤痕表示怀疑，怀疑的理由很充分。早先从蟠龙屯传出来的信息说，傩达跟蓝云屯僱琓的甥崽因为阿俏的事有矛盾，还因此大打出手。大打出手这个事出自水生的嘴。以傩达和水生的关系，人们确信无疑。他们的怀疑就出于此，他们据此猜测，傩达手臂上的疤痕恐怕是傩达去蟠龙屯走夜，路过蓝云屯路段的时候遭人暗算，挨了人家一钉耙，把手臂上的皮扒拉开了。他们说得有鼻有眼，似乎人蛇大战是傩达拿来骗人的鬼把戏。可不，傩达手臂上的疤痕真的就像被钉耙挠过脱了一层皮一样。怀疑论者似乎证据确凿。一直到蓝云屯僱琓来僱王城办事，人们问他，他那边是否有大南蛇被杀一事。他说："有呀，你们怎么知道？你们消息真是灵通啊。"他说的大南蛇被杀的日子正好跟傩达受伤的日子相符，这才为傩达洗了个清清白白。

据蓝云屯僱琓说，一个渔夫早上去附近的江边收钓，远远地发现一片江边沙滩红黑红黑的，觉得跟往日的沙滩不一样，好奇心驱使他想过去看个究竟。他把竹排撑了去，近了，竟被眼前的情景吓了一惊，只见沙滩上满是血斑，一条大花斑的大南蛇被人砍成一截一截的，散落在沙滩上，好像一截一截的枫木头。哎哟啊，什么人这么厉害啊。仔细看，蛇头竟然被人拿尖枪从蛇口刺进去，一直刺到喉咙里面，从大南蛇七寸处刺穿出来。

不管怎样，这场惊心动魄的经历，对傩达来说是坏事变成了好事。这场人蛇大战的结果，使傩达不得不在阿俏那边养伤，住上了十多日，这十多日的结果使阿俏上了身。信息是傩达伤势转好，回到僠王城三个圆月之后，阿俏嬷佬通过亲戚带话到城里来的。傩达的嬷佬也很高兴，日日老掐着手指数日子，一边还准备着贺礼。

就在傩达准备再一次要去蟠龙屯走夜的时候，僠王的内官带着一干人马来到傩达家，给傩达下了一道僠王的命令，要求傩达马上进宫。

接到僠王的命令，傩达的嬷佬和僠舅害怕起来，以为是傩达又惹了祸，怕调皮捣蛋的傩达什么地方得罪了僠王。那么唐突的召见很不寻常，从来没听说过后生哥也会被僠王叫去觐见。趁傩达上干栏换衣服的时候，嬷佬和僠舅慌里慌张地抓紧时间审问傩达，要他交代近来做了什么对不起僠王的事情，做了什么对不起大家的事情。他们想通过对傩达的一些只言片语来获到一些有用的线索，等傩达进宫觐见僠王后好做出应对的办法来。对嬷佬和僠舅的审问，傩达也很疑惑，他平时不就像猸猴一样到处蹿吗，怎么会得罪了僠王呢？这些事情显然挨不上会犯什么王法，上次见面的时候僠王还大加赞赏呢。对于为什么被招进宫，傩达确实想不出什么原因来，他只有摇摇头的份儿。时间很快地过着，弄不到有用线索的嬷佬和僠舅急得像热锅上的蚂蚁，又抓头又挠心。僠王的内官一行在外面等久了，催得很急。嬷佬和僠舅无奈地把傩达放出来。出门的时候，嬷佬和僠舅还密密叮嘱，要这样，不能那样，等等，连内官都被他们说教得烦了。

原来，僠王王宫内七彩颜料告急。这可是大事。大师傅能够使用的七彩软石已经没有多少了，红色的软石尤其缺少。一日，大师傅把这个情况向僠王通报，僠王听了，马上命令内官们想办法解决。内官们都很着急，年底有一个重大的祭祀活动，需要很多颜料，尤其是红色的颜料。内官们想来想去，觉得还要大师傅亲自出马，带领一队人马到上游去挖七彩软石。内官们把讨论结果汇报僠王，僠王却不同意。僠王说：“大师傅年纪大了，不能再让大师傅带人去采挖七彩软石了，那么远的水路，万一出了差池不好办，年底的祭祀活动谁来主持？”大师傅当堂的陈述也表达了同样的担心。僠王再次要内官们想办法，并且不能再拖，要即日有个结果。内官们再次集中起来讨论，把城内健壮的男人都筛过一遍，筛来筛去，觉得傩达是最合适的人选了。虽然傩达年轻了一些，但是，傩达年轻却力壮，又有与大南蛇搏斗的传奇经历，丰富的格斗经验，进行这千辛万苦的采挖七彩软石的工作非傩达莫属。最重要的一点，傩达是大师傅的种代，这层关系似乎更有说服力。根据历代僠王历来的规例，大师傅不能主持祭祀的时候得由大师傅亲近的种代接班。如果傩达能够完成采挖七彩软石的任务，接班大师傅就是很自然的事情了。再说，大师傅的一个种代迟早要进宫跟班学习雕刻绘画技能，学习祭祀礼仪等。所以，派傩达带人去采挖七彩软石不但顺理成章，还是迫切需要。

这次进宫面见僠王，傩达已经不再胆怯。第一次进宫见僠王的时候，因为有嬷佬和僠舅的叮嘱说教和恐吓在先，傩达连头都不敢抬，怕冒犯僠王。这次跟内官进宫，尽管嬷佬和僠舅还是这个叮嘱，那个担心，怕傩达什么地方做的不慎了，真冒犯了僠王。傩达却不以为然，觉得他自己没有冒犯僠王，他心里没有事，自然就大大方方地跟在内官的后面走进王宫，见了僠王还敢拿正眼看僠王了。这么一看傩达才发现，宫里岂知是雕梁画栋，大多数东西傩达连见都不曾见过。

对傩达来说，这次进宫真是大开眼界。

僠王位子的背靠上方，雕着一尊蹲状的大蛤蟆。大蛤蟆的两只眼睛鼓碌碌的，好像两个大绿的灯笼。大蛤蟆半张嘴，舌头往外伸出一拃多长，好像正张口要叼什么东西。僠王位子的两个扶手同样也分别雕着两只小蛤蟆，也都鼓着眼，只是没有张嘴，嘴巴闭得紧紧地，腮下鼓胀得好像吃饱了水。据说，僠王位子扶手上的两只蛤蟆一公一母，仔细看才可以看得出来。傩达当时不知道这些，没有仔细观察，也不敢斗胆地走到僠王的位置上去仔细观察是公是母。僠王位子前面的踏脚板雕着两只匍匐着的狼，或许是两只狼狗。只要僠王松开脚，这两只狼好像随时可能要飙起来扑向来人。傩达确定不了到底是狼还是狼狗，总之跟一般人家家里养的家狗不同，个大而且样子虎虎的，要吃人的样子。难怪一般人都怕见僠王，好像僠王脚下的两只狼或者狼狗随时可能对来人发动攻击。

跟僠王位子上虎虎生威的动物形象相反，傩达感觉僠王和蔼可亲，总是对傩达眯眯笑。

面见傩达的当时，僠王左右两边下首站着两个人。一边是僠王的随从内官，另一边是大师傅。傩达是通过内官和他们的应答才明白了另一边站着的是大师傅。之前，傩达也见过大师傅，那都是在祭坛上，但是祭坛上的大师傅全身涂了红色，根本看不出大师傅的真面目。现在，终于有机会一睹大师傅的容貌了。不过，傩达倒有些奇怪了，上一次面见僠王，右边只有僠王的随从内官待着，听候调遣，这一次面见僠王，大师傅怎么会在僠王下首待着呢，难道事情跟大师傅有关系吗？一想到自己就是大师傅的种代，傩达心里头就激动起来。

傩达开始细心地观察起大师傅来。

僠王对傩达说："阿傩，今日召你来，你知道为什么吗？"

傩达慌了一下，把视线收了回来，抬头看着僠王说："僠王，小民不知道，不过小民知道僠王肯定有事要对小民说。"

僠王笑着说："嗯，不错，粗鲁的阿傩也学聪明了。阿傩，听说你跟大南蛇搏斗过？"

傩达是地回答道。

僠王突然从座位上走下来，来到傩达的面前，这一吓，倒真的把傩达吓得不轻。僠王走到傩达的面前，抓起傩达的手臂，把傩达的衫袖往上捋，直到看见傩达手臂上那块不规整的白色疤痕。傩达正惊得一身鸡皮疙瘩的时候，僠王大声说："不错，你阿傩有种！"旋即转脸对内官招呼了一声。

内官马上应到，内官双手擎着一块木板，只见木板上面密密麻麻地画满了各种不同的形象。内官宣道："阿傩，今日起，限你三日内做好准备，带人马一队十人，到上游蛇埌地方去采挖七彩软石。要求：红软石两担，其他，如黄、橙、绿、青、蓝、紫等软石，每种各半担。"内官宣读完了，把手上擎着的木板放下，直立在一边。

听了内官宣读僠王的命令，傩达云里雾里，他不知道什么是七彩软石，不知道的物件怎么采挖呢？他也不知道蛇埌是什么地方，不知道的地方他傩达怎么去呢？傩达正要张口问，内官又对傩达说话了。

内官说："阿傩，请你一阵儿跟大师傅一起去看验各色软石，你要带各色软石去做样，根据样子采挖七彩软石。不得有误。"

傩达虽然云里雾里，但是还得回答道："是，小民遵命。"

大师傅赶紧走到傩达的身边，面向僠王跪下，作恭告退，又叫傩达一起向僠王告退。

行礼完毕，僠王抬了抬手，要他们来，他要求傩达把衣袖重新卷起，让大家都看看傩达手臂上被大南蛇咬过的地方所留下的疤痕。傩达嘻嘻地对僠王笑，把手臂挽起来，把疤痕左右亮了亮。

僠王问道："那条大南蛇有几大？"

傩达张开双手做了一个圆，说："像竹排的竹筒这么大，有一竹竿多长。"

僠王哦了一声，然后呵呵地大笑，说道："阿傩，你说说，你怎么把大南蛇给杀死的，说给僠王听听。"

傩达不好意思地微笑了一下，说道："我不敢在僠王面前乱说。"

僠王呵呵地笑着说："阿傩，你不要怕，僠王给你做主你还怕什么。"

傩达退了一步，一边比画一边说："我拾住尖枪的时候，大南蛇把我的手臂绞住了，还用尾巴绞住我的双脚，使我动弹不得，大南蛇本来还要咬我的头，我正好发现了，把头偏开，就被大南蛇咬住臂膀。手臂上的皮肉被大南蛇撕烂了，我必须拼命了。我明白我再迟一些就没有命了，我忍住痛，拿尖枪向蛇头刺上去。尖枪就从蛇头张开的嘴里直直地刺入大南蛇的喉咙，从大南蛇肚里穿出去。大南蛇痛了，咬住尖枪，往右边绞动，蛇尾同时也绞得越来越紧。我死死地双手抓住尖枪，死也不放手，我和大南蛇紧紧地缠着。成了一团。我要咬紧牙关，我知道这是我的生死关头，我如果双手一松，我就没命了。所以我要紧紧地双手死死地抓住尖枪，绝不放松。我和大南蛇滚着滚到江水里，我的血和大南蛇的血把江水都染红了。大南蛇被我刺中喉咙，力头应该减小了，要不我就被绞死了。我不知道我和大南蛇这样绞着有多久。最后，大南蛇突然就松开了……"

僠王抬手拍拍傩达的肩膀，大声说："上一次我说，我们的后生哥得像你阿傩那样才成，能够像猸猴一样的满山都能跑，能够像泥鳅一样水里泥里钻，把身子骨练的壮壮实实的，这样我们的后代才有希望。各位，要是我们的后代手无抓鸡之力，那怎么成？"

僠王左右地向内官和大师傅扫了一眼。内官和大师傅忙向僠王是的是的地点点头。

僠王又大声说："僠王准备要颁发一道法令，要求后生哥十八岁的时候，一定要能够跑得比黄猄还快，能够跑得比黄猄还远，能够在江里游两个来回，能够跳过半竹竿高，跳过一竹竿远，能够爬上三竹竿高的石壁，能够担起一担谷走半日路。”

内官和大师傅又是频频点头，说：“是的是的。”

僠王又对大师傅说：“大师傅，我看，你要做好准备。合适的时候就交班。阿傩也不小了，都能够战胜一条大南蛇了。我们这里能够战胜大南蛇的人很少，大多数人被大南蛇生吞了，连骨头没有剩下来……”

# 13 连体大干栏的秘密

从僠王那里告退出来，傩达像一个傻子，跟在大师傅的后面，在王宫里面拐来拐去。好在这是在王宫里，要是在街上，那么多熟人，和大师傅一起走，傩达会尴尬得脸不知道要搁哪里，不知道要被多少人侧目，不知道要被多少伙伴讥笑，不知道要被多少人议论。他们一路走去，谁也没有说话。傩达心里头有种怪怪的感觉，好像身上爬满蚂蚁，全身发痒，却又找不到挠痒的地方和部位，憋着却又难受。这个在他心里头认为最亲近之一的人，他自己却从来没有跟他直面接触过。能够见到他的真面目，这是第一次。之前，傩达见他，都只是在重大的祭拜活动的日子里，由他主持祭祀典礼的时候。

小时候，傩达不知道自己是谁的种代，连见面的机会都没有。这个大师傅，嫲佬的男人，和其他男人一样，都是在深夜才走夜。做崽儿的睡得早，不可能碰得上。等到成了半大的崽儿以后，知道了一些事了，慢慢地才听大人说起，或者旁人指认出来才知道有这样的一个人，形成这样的一个概念。和大家一样，傩达从来没有也不会见过嫲佬的男人，知道嫲佬的男人都是在与人聊天的时候说起。反过来，嫲佬的男人也从来不直接面对自己的种代。所以，傩达第一次跟在嫲佬男人的后面走着，心里很激动却又很尴尬，心里头憋得十分难受。

处在这种情况之下，傩达当然不敢也不会冒冒失失地跟大师傅搭话。大师傅好像也没有想到要跟傩达说话的意思。他们两人都像蛤蝈吃饱了水，都不吭声，默默地走着。大师傅在前面带路，傩达只管跟着走，他不知道方向，他不知道他们要去的地方在哪里。他们在王宫里拐弯抹角地走了很久，才来到一个去处。傩达抬头看，发觉已经来到了大石山脚下，他觉得这里应该是僠王城的边缘地带，他们应该是来到了僠王城城墙边了。他们的面前，有一座高大的干栏，不，是两座干栏，是两座连在一起的连廊干栏。远处看，两座高大的干栏好像粘连在一起。这两座连在一起的高大的干栏后面就是大石山，看得出王宫城墙一直延伸到大石山山脚。老远，傩达就听到了一些不一样的声音，来到跟前，这些声音把脚下的土地都震得颤抖了。

大师傅在两座连廊的高大的干栏前面放慢了脚步。

站在连成一体的两座干栏前面，才知道发出乒乓的声音来自这座连廊干栏。从这些声响里可以听出，许多人正在连廊干栏里面做着劈柴、砍木头、凿石头这些工作。

傩达跟着大师傅走上干栏阶梯，走进干栏。到了干栏里面才知道，靠前面的这一座干栏是木工作坊，有好十几个木工师傅正在锯木头，把滚圆的木头锯成方的扁的圆的，修成半成品，这些半成品的木头拿来做什么，傩达一下子也没弄得明白。走到里间才知道，原来，这些半成品的木头是留给下一道工序的工匠进行雕刻。负责雕刻的工匠在靠里的地方工作，他们在半成品的木头上面雕刻，雕刻的图像有人物，也有动物，栩栩如生。有些甚至把整块木板雕刻镂空成很漂亮的人物和动物图像格栅。从雕刻成品来看，大多数是人物和动物图像。也有其他，比如干栏的挑手，这些干栏挑手除了雕刻一些人物和动物图像以外，还在边沿处和尾端处雕刻出好多飞翘的花鸟来。所有的图像都是。雕刻的成品，有专人扛走，他们通过连接两座干栏的连廊通道送到后一座干栏去。

大师傅大概知道傩达很好奇，站在一边，让傩达在木工工场里到处转悠。傩达这边看看，那边瞧瞧，站在雕刻成品的图像前面啧啧啧地赞不绝口。大师傅没有让傩达在这里停留很久，过了一会儿，他就要傩达跟着他到后面的干栏去。傩达说："就来，就来，我就来。"但是，眼老瞪着雕刻成品看，老舍不得离开。大师傅如果不催促十下八下，傩达绝不动身跟上。后来，弄得大师傅都不高兴了，话里露出不满的声调来以后，傩达才勉勉强强地跟着大师傅穿过连廊通道到相连的后座干栏去。

后座干栏里面的情况更加出奇。

在这里，同样有十几个工匠。这些工匠也分成两个工种。第一个工种由七个工匠组成，每个工匠的面前都有一个木盆，每一个木盆一个颜色，共七种颜色。这七种颜色摆在一起，很耀眼，让人有种目不暇接的感觉。每一个工匠手上拿一种颜色的软石在木盘里碾磨，使彩色的软石在水里被磨成彩色的糨糊。傩达这是第一见到七彩软石，每一种彩色的软石都很软，用指甲就可以掰开。傩达情不由衷地哇呀哇呀地大声叫喊起来，以至所有的工匠都转过头来看他，有些甚至取笑他，嫌没见过世面，嫌他没有见识，少见多怪。傩达却好像看不出他们的取他笑似的，还是一个劲的哇哇的叫喊，旁若无人一样。傩达还发现，这些工匠们碾磨软彩石好像都不怎么使力，他们轻轻地在木盆里挪动手上的彩石。看他们那样子，好像不是在做工，倒好像在玩。傩达本来就是一个粗人，又不知道其中的缘由，所以他以为工匠们在偷懒。他在心里都偷笑了，在僠王的王城里居然有人敢偷懒，好笑不好笑！如果水生他们在这里，他一定会跟他们说说议议这件事。实际上，傩达完全不知道，磨七彩软石的时候不能使力，用力要轻，这样磨出来的颜料才绵细腻油爽滑。第二个工种也由七个工匠组成，每一个工匠负责给雕刻图像上一种颜色。看到有些工匠正在用不同的颜料给雕刻好的木头上彩，傩达又被那些给雕刻图像上彩的工匠吸引住了，他心里的那个兴奋劲就更不用说了。他手舞足蹈的，好像几岁的崽儿一样。上了色彩的雕刻木头好像从此就有了生气，变成了一个个生动鲜活的人物，一个个活灵活现的动物，感觉这些雕刻了图像的木头都有了灵气，生动活泼起来。

慢慢地，傩达觉得给雕刻了图像的木头成品上彩不难，他竟忍不住，想跟一个工匠要画笔试描一下。工匠没有把笔给傩达，傩达却还是嚷嚷着要试试看。工匠见傩达是跟大师傅一起进来的，不敢得罪，又怕傩达弄坏了物件，正左右为难。这时候，大师傅为这个工匠解了围。

大师傅说：“阿傩，现在不是你要画画的时候，画画是要学的，刚刚僠王不是说要你今后要学的嘛。学画画就是其中的一个。只有你学会了画画以后，才能让你画。以后，会有你画的时候。现在你要做的，是跟我到这边来。”

听大师傅这么说，傩达马上止住，不敢再吭声了。

有一个关键的问题，傩达后来才知道。工匠磨好颜料以后，大师傅要在颜料里面加入一种药水，使颜料变得经久而不变色，不管是在雕刻好的木头上上彩，或者是在石头上上彩，或者在其他的什么地方上彩，都会经久不脱落。据说，大师傅在颜料里加药水的时候，要举行一种仪式，并且要设坛烧香作法，在密室里加药水。不然，就算把药水加入到颜料里去，也不一定能够达到所企望的结果。这是秘密，外人不可能知道。这样想起来，大师傅的本事，是了不起的了，怪不得人人尊敬大师傅。

大师傅招呼了一个工匠，工匠哎地应了一声，放下手里的活儿，走过来。大师傅把傩达带到连体干栏的最里面，叫这个工匠打开七彩软石的储藏室。看过去，储藏室在干栏最里面，在隔成几个小房间的地方。大师傅又转脸对傩达说："阿傩，你在这里等一等，不要乱走动，不要到处乱摸。"显然，大师傅不想让傩达靠近那些小房间。只见那个工匠打开中间的一个小房间，和大师傅一起走进去，不一会儿，大师傅和工匠从里面捧出一块有凹槽的木板来，来到傩达的面前。木板上总共有七个凹槽，每一个凹槽都有一个拖插盖子，把拖插拉开，只见每一个凹槽里分别放置着不同色彩的软彩石。工匠从一个凹槽里面取出一块彩石来递给大师傅。大师傅接过彩石，叫傩达试着用手摸摸。傩达使用手摸了一下，色彩竟然就染上了手指，傩达左看右看，觉得软彩石很好玩。

大师傅微微笑着说："这是样品，不能拿来用，要不以后就没有对比的了。"

傩达抬眼看大师傅，问道："我就是去寻挖这些彩石的吗？"

大师傅点了点头，看了身边工匠一眼，转而对傩达说："七彩软石很金贵，不是谁都可以拥有的。僠王很爱惜七彩软石，不论是出库还是入库，都要求专人管理，避免管理不当软彩石丢失。"

傩达又问："那地方肯定有这些软彩石吗？要是采挖不到怎么办？"

"不会的。"大师傅说，"这些软彩石那地方有的是。"

见大师傅这样说，傩达不吭声了。

大师傅仔细观察了一下七彩软石，又叫另一个工匠去拿七个小竹筒盒子来装七彩软石。工匠也转身进了储藏室，不一会儿就取来了七个小竹筒盒子。这七个竹筒盒子做工很精细，染上了七种不同的颜色，油光发亮。大师傅说："以前，每一次，我带人到上游蛇垠地方去采挖七彩软石的时候，也是用这七个小竹筒盒子带上七块七彩软石样品。这七块彩石就是选彩石的标准。你这次去，你要亲自选，每一次选彩石都按照严格要求来做，必须要一一的跟样品对比。如果有偏色杂色，配出来的颜料就要走色，涂画出来的跟所要的效果就不同了。"

傩达拿到七彩软石样品，心里激动很高兴，他把小竹筒举到齐眉的地方看看。大师傅见傩达这样，笑了笑，傩达毕竟年轻呀，什么都好奇。

等傩达细细地看过了，大师傅从傩达手中接过彩石样品，叫身边的工匠拿回去放好，转身对傩达说："彩石的样品先放在这里，等你们出发的时候，再来拿彩石的样品。"

把七彩软石交给大师傅的时候，傩达有些心惜惜，有种很不舍的感觉。

送傩达走出连体干栏的时候，大师傅问傩达，阿傩，你自己能够记得出宫去的来路吗？你自己能够走得出去吗？要不要我叫一个人送你出去？

傩达嘿嘿地笑了一声，这会儿笑起来，傩达自己都不好意思。他说："我没有记不住的路。是燕子，燕子自己会回到自己的窝里来；是挨鹰，就能够识别来路去路。"

大师傅微微地笑了一下说："好样的，阿傩。"

傩达听闻，以为可以走了，转身就离开大师傅。

大师傅也没有说什么，面无表情地眼看着傩达走开。傩达走去两竹竿距离的时候，大师傅突然抬头看天，不知什么原因，竟轻轻叫了声不好。傩达耳朵灵，以为自己走错了，或者哪里做的不对头了，就马上停住脚步，并且马上呃地转回头来看，不知道大师傅又有什么话要说。只见大师傅面容大变，把傩达吓得不轻，他不敢向大师傅那边走去，惊愕地站着不敢动。大师傅好像也觉得自己的表情吓着了傩达，马上就做出谦和的表情来，向傩达招招手，叫傩达走回来。傩达走回来的时候，大师傅也同时向傩达迈了两步。当他们走在一起，大师傅对傩达笑了笑，稍稍弯腰把头附在傩达的耳朵边。傩达见这样，显得有些尴尬，脸马上红到耳根，有种丑丑的感觉。

大师傅附在傩达的耳朵边说了几句话。傩达对这几句话好像没有什么特别的感受，对大师傅来势却是晴天霹雳。傩达听了，只是简单地点点头，完全没有大师傅想象到的那样，傩达会兴高采烈，高高兴兴。没有，一点儿都没有！傩达竟不以为然，没事一样。这不过是颜料和药水的配方秘籍罢了。大师傅见他这样，会不会后悔，傩达当然不知道。应该说的是，这时候还不是告诉傩达这个秘籍的时候啊，其中，还有一个极其严肃的仪式的啊，天打雷劈，大师傅却怎么神魂颠倒的提前告诉傩达了。大师傅有些后悔了。

不得已，大师傅问道："记住了吗？"

傩达说："记住了。"

大师傅再次嘱咐说："这个颜料和药水配方的秘籍，只能你自己一个人知道，任何情况下都不能让其他任何人知道。这一点你清楚了吗，阿傩？"

傩达还是嘿嘿的样子，点点头说："记住啦，记住啦。"

僠王统治的地盘上，身家秘密有传男不传女的规例。大师傅的前辈钻研几十年的颜料和药水的配方，使傩达成了配方秘籍的唯一继承者。傩达成为这个继承者完全是偶然。大师傅送傩达出门的时候如果不看天，这个秘籍也许永远就没有人知道了，永远就失传了。但是，大师傅却突然抬头往天上看，他看到了他不愿意看到的天象。在此之前他根本没有这种想法，没有想到要马上告诉和传给傩达一些什么。也许，大师傅有先见之明，不然，之后发生的天翻地覆的，毁灭性的变故将使这一个秘籍永远消失。大师傅的突然决定虽然极其偶然，却正合了天意。三千多年后南方边地的一个重大的历史陈迹便是这个偶然事件的见证。

# 14 种代接班

傩达回到家里，嬷佬和僠舅马上急急地把傩达叫到干栏上面来，仔仔细细地把傩达审问个透。一听傩达说见到了自己的男人，嬷佬的脸上马上腾出红云来，马上不好意思地把脸转开去，一阵儿才转过来头询问其他的情况。嬷佬和僠舅知道没有什么了不起的大事，悬在心头上的负担才放了下来。原来，傩达还升了格了，将来可能有出人头地的机会了。竟还得到了僠王的器重，要他带人马去采挖七彩软石，他们心里头别提有多么高兴。高兴不已的嬷佬和僠舅竟把傩达撇一边，嘀嘀咕咕地在一旁说起悄悄话来。僠舅说怕是要接大师傅的班了，将来要做祭祀大师傅了。将来要真是接了大师傅的职位，那可是不得了的事情呀，他们当然高兴了。见嬷佬和僠舅如此兴奋，傩达心里也掩饰不住地激动着。不过，傩达的兴趣点和嬷佬僠舅他们兴奋的地方不同，傩达的兴趣点在那七个小竹筒盒子上，在七个小竹筒里面的七块彩色的软石上。傩达心里痒痒的，恨不得马上就回到王宫里去，把那七个小竹筒拿出来端在手上把玩，还要打开小竹筒盒子，把七块彩色软石拿在手里把玩，向伙伴们炫耀，那色彩，多艳丽，画什么像什么，全世界的小崽儿们，你们见过这么好玩的东西吗。

由于要筹备到上游蛇埌地方去采挖七彩软石的事情，加上这段时间喜欢上了画画，傩达竟把近期要跟阿俏相会的事情忘掉了。傩达哪里知道，竟然就是他和阿俏的永别。

去过大师傅的作坊，傩达便喜欢上了画画，迷上了画画。准备启程的两三日里，傩达老借口有事要跟大师傅商量，三日两头的老往王宫跑，到了王宫老往大师傅的作坊那边跑。一般情况下大师傅都不在，只有他管着的那些工匠在默默地工作。这正合了傩达的心意，工匠们知道傩达是大师傅带来的，自然胆怯，不敢把傩达怎么样，傩达想要做的他们根本不敢阻拦。这样一来，傩达完全可以按照自己的意思弄一些物件来玩，弄一些颜料来画画。当然，工匠们更怕傩达由着自己的性子，怕他摔坏了做好的物件，怕浪费了颜料。弄坏物件和浪费颜料，大师傅怪罪事小，最怕完不成僠王布置的任务，那可就不是小事了，他们就可能要受到严厉的处罚，那种严厉的处罚想起来都叫人胆战心惊。所以，工匠们都不敢把笔拿给傩达使用。傩达没有办法，只好弄些残余的废掉的颜料来写写画画，拿边角木料修修凿凿。三日里，在旁边工匠的指点下，傩达竟然也能够画出了一些样子来，把木头凿得也有了一些模样。

根据安排，僠王派了一个得力的内官，带上十个兵丁跟随傩达到上游去，让傩达调遣使用。真可以说，每一次去采挖七彩软石，僠王都把这支队伍武装到牙齿。这些兵丁除了带必要的枪械，还要带上采挖七彩软石的工具，既是保护者，也是采挖人。当然，傩达也带着自己的枪械，与大南蛇搏斗的情景还历历在目，加上大师傅的警告，傩达觉得不能掉以轻心。大师傅叮嘱傩达说："到上游的蛇垠地方去采挖七彩软石，路途十分遥远，十分艰险，中途可能碰上险恶的大洪水，有数不清的恶水险滩，更甚者，两岸到处是深山野林，有老虎、有狼、有豹、有狗熊、更有毒蛇和吃人的大南蛇。他们热天出发，回来的时候应该是冷天了，差不多半年的时间，什么情况都可能发生。所以，他们必须备足粮草、被服。他们用打通的竹筒盛装粮草，然后把竹筒口密封，并用茅草蓬遮盖，以防日晒雨淋，把竹筒晒爆淋裂。他们不可能带很多东西，三架双层竹排的载重量有限。他们必须要在路途中访问当地的一些僠琓，让他们给自己解决一些食物，补充一些使用的物件，比如稻米和肉类。当然，途中他们可以钓鱼，捉虾，或者装夹捉野兽，可以解决一些日常所需，却不能解决全部。他们分乘的三架双层竹排，除了货物，每架竹排只能乘四个人。傩达是重要的保护对象，乘中间的竹排，内官带三个兵丁殿后。"

启程的那日早上，傩达和僠王的内官见了面。内官带着十个兵丁，威风凛凛。他们一起到大师傅连廊干栏那里，把七彩软石的样品取出来。当然，大师傅又是一番叮嘱，要求傩达把七彩软石当作自己的生命一样保护好。没有了七彩软石，他们就无法对比，就采挖不到符合要求的彩石，也就完不成任务了。站在大师傅面前，进行交接小竹筒盒子仪式时，傩达严肃起来，显出从来没有过的庄重。当大师傅把七彩软石郑重地交到傩达和内官手上的时候，大师傅说："这七个小竹筒盒子的封口已经全都黏上了胶水，黏胶水的目的是用来防水。你们一定要保护好这七个样品。你们没到上游蛇埌地方之前，你们谁也不能拧开小竹筒盒子的封口，拧开小竹筒盒子就弄坏了胶水层，封口不密封，水就很容易渗入到小竹筒里面去。小竹筒渗入了水就会弄坏七彩软石。这是万万使不得的。僠王的七彩软石金贵得很啊，你们得要命来保护才成。"

之后，大师傅在江边担水埠上设坛做法，为傩达他们起行祈祷。这时候的大师傅跟没有做法时完全不一样，连傩达都认不出来了。大师傅一身的红，红法衣，红法帽，连脸、脖子、手、脚都涂上了红颜料，从头到脚全是红色，整个人就像以前傩达看见过的一样，变成了一个红人。在大师傅设坛做法的小半个早上时间里，江边码头级禁止通行，往常熙熙攘攘的江边这时一片肃穆。只见担水埠上香烟袅袅，庄严整肃的气氛使送行的人们默默无声。大师傅手握一把利剑，口中念念有词，挥舞起利剑来银光闪闪，噼里啪啦中还听到呼呼作响的风声。大师傅东面嘿嘿一阵砍杀，西面嘿嘿一阵砍杀，南面嘿嘿一阵砍杀，北面嘿嘿一阵砍杀，四面八方安定之后，最后收剑立定，然后再向四面八方各个作恭叩拜一下。完毕，他双手握住剑把，把剑向前伸出，大声道："僠王壮士顺遂！"

傩达和内官及其十个兵丁跟着一齐大声喊，升竹篙开拔。

众兵丁一齐把竹篙点住岸边，听内官号令，一齐使力，三架竹排便嘶地离开了江岸，逆水往上游方向驶去。江岸上，送行的人们一片祈祷的声音。一直到他们驾驶的很远了，人们的祈祷声仍然在傩达的耳鼓里嗡嗡地响。

傩达是第一次外出远行，心里有种依依惜别的情怀在心头涌动着。这样的情景之下，傩达突然想起了阿俏，以及阿俏肚子里的种代，眼眶就突然湿润起来。半支香的时间过去了，傩达仍然站在竹排上往后望，直到码头级上剩下最后一个人。傩达知道，包括自己的嬚佬和僠舅在内，大家都已经回去了，这最后的一个人是大师傅，只见这个小小的红人仍然站在码头级上目送自己和他的队伍。傩达心里一阵感动，他的眼前闪过那些上好了色彩的人物木雕，一股英雄气概从心中冉冉地升腾起来。

从担水码头埠出发，往上去先是一段长长的江面，接着是一段长长的江湾，这段江湾水面宽阔而平静，竹排徐徐行驶，泛起一圈圈水波涟漪。内官临出发的时候告诉他的兵丁：“我们的路途遥远，在平缓的江面，大家不要急着使力，不要使死力，要慢慢地撑，修修悠悠，保存好力气，还有很多险恶的滩头等着我们呢。”

跟随傩达去采挖七彩石的这位内官叫作阿格，年纪比傩达大一倍左右，宽阔的脸庞胡子拉碴。他着一身官服，头箍上插着一条鸡尾羽，一耸一耸，威风凛凛。内官在僠王的王宫里做官多年，达成了老练的性情，他做事不慌不忙，选他跟傩达相搭，是僠王随从内官的主意。僠王的随从内官对傩达做了彻底的了解，知道傩达争强好胜，做事往往独来独往，往往粗心大意。比如跟大南蛇大战那一次，傩达如果细心一些，精明一些，上岸以前先观察好地方再上岸，或者，上岸的时候仔细观察一下周边环境，就很可能不会发生那样的事情，或者根本就没有必要上岸，坐在竹排上不一样的可以慢悠悠地吃晚饭嘛。可好，他傩达偏偏不，差点就酿成惨剧。阿格官职不大，处事的经验却相当丰富。他个子瘦小，跟傩达站在一起，矮傩达一个头，所以，面对面跟傩达说话，阿格得经常往上抬头仰面看傩达。

眼见走得远了，担水埠那边逐渐模糊不清了，内官阿格转到竹排前头来。傩达站在竹排后面，见这个瘦小的内官阿格走到竹排前面来，估计他有话要对自己说。果然，内官阿格说：“知道吧，阿傩，大师傅可能就要交班了，所以派你去采挖七彩软石。”

傩达点点头，“嗯，这个我想可能是这样的。前几日，僠王叫我进宫的时候僠王跟我也把这个意思说了。”

阿格突然诡异地笑了，他说：“阿傩，你这么大了，你应该知道你是大师傅的种代吧？”

傩达的脸腾地就红了，他没有回答阿格的话。阿格笑着拿手指指傩达，呵呵笑着说：“你看你看，我刚刚说话，阿傩你就脸红了。你脸红了证明阿傩你知道你是大师傅的种代的。”

傩达歪头瞟了阿格一眼，随即把眼转向前方，没有再跟阿格搭话。

阿格却不管这个，仍然笑着说：“不说这个了，我们来说说我们要做的事情吧。听说大师傅给你去蛇埌地方的线路图了？”

傩达见阿格问正经的事情，转身对阿格点点头，认真地说："是的，那日僠王叫我进宫的时候，大师傅当面就给我画了，画好了马上就给了我。"

阿格说："拿过来给我看一看，我想做到心中有数，这样好一些，免得到时候慌乱。临阵磨枪嘛，容易打乱仗。"

傩达再次回头看了阿格一眼，微微笑着说："真有你的阿格，你心也急了点。还是等一阵儿吧，吃午饭的时候我再拿给你看也不迟啊。"

阿格也微笑着说："也成。"

日头差不多中天的时候，内官阿格跟傩达商量寻找一个靠岸和做饭的地方。阿格说："我们还是把竹排靠到岸边去再挖灶煮饭吧。"

傩达对在江岸边吃食一直心有余悸，忙说："这样不妥当，最好把竹排锚在水面上。"

阿格咯咯笑，他说："阿傩你一朝挨蛇咬，三生怕草索。阿傩你看看，包括我们，我们一共有十二个人呢。"

傩达也笑着说："那一趟我真是怕了，心里头一想到这个就有些惶惶的。不过，我们真的是小心为好啊。"

阿格说："小心也不至于什么都不敢做啊，不靠岸煮饭你说在竹排上煮饭啊？我们十二个一起上岸，锚好竹排，再派两个人站岗放哨，这样还害怕什么呀？"

傩达说："好好好，听一等内官阿格的，我们上岸吧。"

竹排靠了岸，阿格叫两个兵丁搭灶做饭，叫两个兵丁在附近拾些木柴，叫两个兵丁负责瞭望守卫。傩达和阿格利用这段时间，把去蛇埌地方的线路图拿出来研究，顺便粗略安排了一下日程，估计到达的时候，采挖所需时间等等。所谓的线路图，实际上是把线路图刻在一块木板上，然后用红色的颜料涂在线条上，使得线路图更加醒目。

阿格跪在线路图旁边认真地看了一会儿，然后抬头问傩达，"阿傩，你看得懂线路图了没有啊？我们该怎么走啊？"

傩达看了阿格一眼，边指线路图边说："当时，大师傅教了我看线路图的方法，到目前为止，我只基本上知道是怎么走的。呢——我们就在这儿，我们从这儿开始往上走。我们一路往上去，大师傅说我们大概两日后会碰到一个河汊。大师傅说，逢到河汊往右拐，我们就在这个河汊往右拐过这边，沿着这条河继续往上去。大概六日左右又会碰到一个河汊，还是往右走，那些七彩石就埋在河汊右边不远的河岸边上。呢——大师傅标的这个地方就是了。大师傅说，因为常常有大水冲刷，或者泥沙覆盖，得在那个地方的河岸边仔细寻找才能找到。我们这一路去，大师傅说，一般来说，也就是说正常和顺利的话，十日左右可以到达那里，如果碰上大洪水什么的，可能二十多日都不一定能到得了那里。”

阿格点点头说：“嗯，看来大师傅说得不错。你说的这些都是大师傅跟你说的吗？”见傩达点点头，阿格继续说：“大师傅的算法是一般情况，我们必须要时时注意到天气情况。根据我的看法，十日时间我们可能到不了蛇埌地方的。我曾问过王宫星官，他告诉我说，近段时间，可能落大水，落了大水就会有大洪水。碰上大洪水我们就得靠岸，就得在岸边等。等多少时候要看大洪水什么时候落去，大洪水落去了我们才能继续往上游撑竹排。这样一算，我们去到蛇埌地方的时候最少得十五日左右，你看是不是这样？阿傩。”

傩达定定看着阿格，想不到有什么话要说，只能对阿格点点头。

# 15 上滩

吃过午饭，重新上路。三架竹排，直直排在江面的中间，一直保持着这样的队形。四个兵丁撑一架竹排在前面开路，傩达和三个兵丁撑一架竹排夹在中间，阿格和另外三个兵丁撑一架竹排包尾。他们一路直往上行驶，整日没见着人烟。当日傍晚，日头西沉下去，天开始挨晚，天空朦胧的时候，一行人终于来到了一个有人烟的地方。

看得出这个屯子不大，是一个常见的小屯子。从错落的干栏看起来，大概就三十多户人家。屯子里，几棵高大的榕树遮天蔽日，几乎把屯子所有的干栏都遮盖住了。屯子的东面靠着大石山，西面临江。屯子西面临江的地方，有一个用石头砌成的长长的码头级，是攀榕屯的担水埠。担水埠稍下游处，是一个长长的河滩。河滩的落差不算大，水流相对险滩温柔得多，没有发出哗啦啦的响声，流量却很大，人不可能在其中站立。傩达估计，要把装了那么多物件的竹排拉到河滩上面去，可得费上好些工夫。这是傩达他们出发以来遇到的第一个大河滩。

这个屯子叫攀榕屯，在大师傅的线路图上也标了出来。

“以前，我随僠王巡查的时候曾经来过这个地方。”阿格大声地对前面的傩达说。

傩达问阿格，“你当时做了这个内官了没有？”傩达跟阿格说着话，眼却瞄着上游方向，他发现河滩上游有人游水洗身，没等阿格回答，就抬手指着河滩上游的方向，说道：“上面有人洗身游水。天那么热，我们大家都一身汗，我们也想浸一浸水，洗一洗身。”

阿格抬手指着身边的兵丁笑着对傩达说：“随僠王来这里巡查的时候，我还像他们这帮兵一样，生不伶仃的，那么多年了才弄了个小小的内官来当当。”

攀榕屯的担水埠在河滩稍上游的地方，水面显得比较平缓明静。正有好几个崽儿洗澡戏水，他们一面戏水，一面呼呼哈哈地逗笑。他们当中一个大些的崽儿，发现了傩达一行人乘竹排来到了河滩底下，就对同伴嚷嚷着叫了几声，小伙伴马上停止了戏水逗笑，都转头往河滩底下看过来。当他们发现傩达一行人手上都握着尖枪，腰上配着长剑大刀，都愣住了，吵闹的江面一下子就安静了起来。一阵沉默过后，他们突然就惊呼起来，竟呼啦啦的从水里赤裸裸奔出来，到码头级上取了衣服，甚至来不及穿衣服就通过担水埠的码头级快速地跑上屯子去了。看他们奔跑的狼狈，兵丁们哈哈地大笑起来。

傩达的脸上也不由得露出笑容来。

把竹排撑到河滩底下靠岸边停住了以后，阿格叫大家下了竹排，命令兵丁把两架竹排就地锚好绑紧，安排两个兵丁在河滩底下守护两架竹排，命令其他兵丁准备先把一架竹排拖拉到河滩上面去。阿格自己先下了水，沿河滩岸边往上蹚着水，观察了河滩的水情，直蹚到河滩上面去，站在那儿瞭望了一会儿，然后走了回来。

阿格对傩达说："阿傩，水流得不是很急，看来，我们不用把物件卸下来。我们可以直接把整个竹排带货物一起拖到河滩上面去。"

傩达不假思索地点点头，表示同意。阿格见傩达没有意见，马上向他的兵丁挥挥手，大声道："你们，除了留两个把守这两架竹排的人外，其他八个人就合力把这一架竹排带货物一起拖拉到河滩上面去。到了河滩上面以后，马上就把拉上去的这架竹排锚好，再走下来拖拉第二架竹排，第二架拉上去以后，再下来拖拉第三架竹排。你们把守竹排的两个注意啦，一定给我守护好竹排，不要让竹排被水冲走。如果让水把竹排冲走了，我要你们的狗命。"

十个兵丁齐齐大声道："是。"

傩达把握着腰间的长剑，对阿格说："我先到上面去看看，一阵儿等他们把竹排拉到上面去的时候，我就在上面逅竹排。"

阿格嘿嘿笑着对傩达说："哪能劳烦你阿傩大人啊？"

傩达对他笑笑，没有说话。事实上，阿格心里是想希望傩达也帮着拖拉竹排上河滩，希望傩达加入到他们的行动中去的。

傩达说："没有什么的，主要他们把竹排锚好了，我不过是用手帮力拉拉索，稳住竹排，不让水把竹排重新冲到河滩底下来。”

阿格还是嘿嘿地笑着说：“到底还是烦劳你阿傩大人了。”

傩达感觉阿格说话有些怪里怪气的，很刺耳，不过他也没有往其他方面去多想，就头也不回地直往河滩上面走去了。

傩达走到河滩一半的地方停住了，他转身往后看，只见阿格正指挥八个兵丁，竹排的左边安排三个人，竹排的右边同样安排三个人，竹排的前头安排两个人。在准备拖拉竹排的时候，事先已经在竹排的左右两边各安上了三个绳套，竹排的前面安装了两个绳套，可以使手往上拖拉，也可以把绳套套入人的肩膀把竹排往河滩上游拖拉。开始往上拖拉竹排时，还算顺当。因为竹排上载了很多货物，比较重，拖拉了一阵儿以后，兵丁们就感到很吃力了。阿格吆喝了一会儿，看见他的兵丁拖拉竹排很吃力，也加入到前头的两个兵丁中间去。阿格一边指挥一边帮着拖拉竹排。在他们的奋力拖拉之下，竹排徐徐地被往上拖。姜还是老的辣，傩达在心里对自己说。如果是傩达去准备这些，傩达绝对想不到在竹排的两边安装上绳套的。傩达对阿格产生了好感。

阿格很有水上工夫，他指挥拖拉竹排沿着岸边往上拉，这样做免得人在水深的地方不好使力，扎不住码。人在急流中，很容易被水冲得浮起来，出不了力，别想去拖拉竹排，还可能要被急流冲走。

当阿格和八个兵丁把竹排拉到河滩上面来的时候，担水埠码头级上方传来人吵闹的声音。傩达抬头看去，朦胧中发现有好些人站在码头级上面，闹得沸沸扬扬，群情激昂。有二三十个男人手握尖枪和长剑站在码头级上，他们嚷嚷着，还有人大声喊着什么。傩达一看这个阵势，就知道是怎么一回事了。

傩达和阿格当然不以为遇到了什么恶人强人，反倒觉得攀榕屯人警惕性高。攀榕屯人反以为遇到不明身份的恶人强人了。

傩达迈开脚步，正想要横过江面往对岸蹚水过去，想要跟攀榕屯人说清楚问题。阿格喂喂地把傩达叫住。阿格说：“他们都操着尖枪和长剑，可以肯定，他们以为我们是恶人强人了。”又说：“还是我上去看看吧，我穿着官服，我拿着通牌。他们肯定会有人看得出官服来，认识出这块通牌的。”

傩达觉得阿格说得有理，他傩达人生地不熟的，又没有什么标志，只是嘴巴说说，谁信他自己？阿格起码有一套官服在身，还有官员用的通牌，比自己强得多了。

阿格对兵丁们说："你们，继续去拖拉竹排到上面来，拖拉了一架再下去拖拉第二架，一直把竹排给我全部拖拉上来。我这就先跑去跟攀榕屯人说说，让他们知道我们这是做什么。"

见阿格向对岸蹚水过去，攀榕屯人又是一阵骚动，同时有人高声嚷嚷起来，做好了搏斗准备，大家都为阿格捏了一把汗。

阿格蹚水到江面中间，站住不走了，他大声对攀榕屯人说道："我们几个，是僠王的兵士。我们是路过的，我们有通牌，我们到上游的蛇埌地方去有公干。"

攀榕屯那边有人大声说："我们不相信，有公干为什么这么晚了才来到我们攀榕屯这里？"

阿格说："我们是路过攀榕屯。你不相信你看看，我手上有通牌呢，你看你看，我不是还穿着内官的衣服嘛。"

那人又大声说："天差不多就要黑了，天蒙蒙的我们怎么看得出什么官服，什么通牌？我们也不知道什么官的官服，我们从来没有见过官服是怎么样的，我们也不知道什么通牌，我们从来没见过通牌。"

阿格一听，觉得那人说的是，就转了话题，他大声问道："你们的僠琓在这里吗？"

那人好像犹豫了一下，过了一会儿，他大声说："我们的僠琓病了，他病得很重，正躺在家里。我们的僠琓不能起身，现在是我说话算数。"

阿格说："那好，我希望你相信我们，我们真的是僠王的军队，到蛇埌地方去公干的。你们不要拦着我们好吗？我们真的不是坏人。"

停了一会儿，那人又说："除非，你这个自称当官的，你拿着的什么通牌，跟我们到我们的僠琓面前去，只有僠琓才能知道你们的什么官服，什么通牌。你刚刚问起僠琓，我想你们可能认识。到了我们的僠琓面前，如果我们的僠琓说你们是僠王的军队，我们马上给你们让开大路，让你们到上游的什么地方去公干。如果我们的僠琓说不认识你们，说你们的通牌是假的，那就不要怪我们了。"

阿格说："好好好，我过去。我过去跟随你们到你们僠琓面前去。就算你们僑琓认不出我来，起码他能够看得出我身上的这套官服，起码看得出我手上的这块通牌吧。”

那人大声说：“没使废话了。你过来吧。不过，你得老老实实的，请你不要要奸使坏。如果我们发现你那样，我们就立即劏了你们，一个不剩。”

阿格呵呵笑，他只是笑，没有再说话，毅然地横着蹚过对岸去。

傩达留意阿格的一举一动，留意对岸攀榕屯人的一举一动。他在心里提醒自己要警惕，万一阿格有个不测，他就可以飞一样的扑过去跟攀榕屯人搏斗。

阿格蹚水到对岸，把腰间的佩剑抽出来交给那个人。那个人接过长剑，让阿格走在前面。看得出那人的警惕性还是很高的。他们押着阿格一级一级往码头上走，走上江岸以后就不见了他们的影子。这时候，江对面岸上，那几十个攀榕屯人定定地站住，往这边盯着看，监视着傩达和兵丁们的一举一动。

傩达突然想到了一个问题，他马上对正在拖拉着竹排的兵丁说：“你们先停下来，先把竹排拉到岸边来，锚好。看看内官阿格上去以后，有什么情况我们再做打算。”

天开始发暗，一会儿后天就麻麻黑了。阿格到对面的攀榕屯去已经有一枝香的时间了，对岸码头级上的几十个男人还定定地站在那里，瞪着牛眼盯着傩达和兵丁看。江面上却安安静静，除了附近野兽雀鸟的呼叫，世界好像没有了动静。

时间久了，傩达和兵丁们都有些着急了。

傩达对身边的兵丁说：“你们注意，先守住我们的竹排，如果阿格内官有个三长两短，真的被攀榕屯人杀了，我们就先把竹排撑回去，等我去向僑王报告，等僑王派兵来把攀榕屯铲平了再说。或者，我们杀过去。”

又一支香的工夫过去了，阿格内官还没有回来。天，已经黑了。

# 16　做仙排场

天说黑就黑了，眼前模模糊糊起来，只能看得见江对岸影影绰绰的人影。阿格到攀榕屯那么久了，仍然不见在对岸露头，傩达和兵丁们都觉得他可能出事了。傩达把长剑拔出来，叫兵丁们做好搏斗的准备。就在大家等的火急火燎，着急得不得了的时候，攀榕屯上空突然红光冲天，把江面都染红了。这个突然出现的情况把傩达和兵丁们吓得不轻，不知道那是什么样的一种情况，大家都紧紧握住手中的尖枪长剑大刀，做好了应对最坏情况的准备。就在兵丁们心也抖，手脚也抖的时候，江对岸担水埠码头级上面出现了七八支火把，兵丁们嘟囔道："坏事了，内官被抓了烧了。"

这个情况也让傩达紧张到极点，万一像兵丁们说的，内官阿格被攀榕屯人抓了杀了，除了想要和攀榕屯人搏斗，他一下子还真不知道该怎么办。如果肩头上没有担负着去蛇埌地方去采挖七彩软石的重担，那倒无所谓，以他和十个兵丁的力量，他不会把攀榕屯人放在眼里。现在的情况，他担着重担，要去采挖七彩软石，还有那么多货物，实在不好办。按傩达的本性，他肯定会拿了刀枪冲过对岸去把攀榕屯人杀个痛快。

看来，情况严峻了。傩达急急地叫兵丁们先把竹排锚好固定好，叫他们人人拿枪，准备迎战攀榕屯人。

擎火把的一行人从担水埠码头级上面一路往下走。仔细看，可以看得出除了手拿火把的七八个人，火把与火把间隔之中还走着好些人，估计有二十人左右。他们一路往下走，没有大声吵闹，更加使人心惊肉跳。傩达叫兵丁原地待命，他只身往对岸方向蹚水过去，想走近一点，把对岸码头级上的情况看得更加清楚。

蹚水过了小半，确定不了对岸的情况，傩达越发紧张起来，他突然站住，鼓起勇气大声道："我说，你们把我们的内官怎么了？我们真是僠王的军队，路过你们攀榕屯的水面，然后到蛇垠地方去公干。请你们不要拦我们，拦住我们你们没有好处，僠王怪罪的话你们会有好看的。"

"阿傩大人，我在这里好好的呢。僠琓没有为难我们，僠琓一见我，穿着官服，僠琓一眼就看我是什么人来了。我手上还有通牌呢，就更不用说了。现在，僠琓还派了好多人跟着我来，他们要帮我们把竹排拖到河滩上面来。"这是阿格的声音！

一听到阿格的声音，听到阿格说僠琓还有款待，傩达紧张的心情马上就放松了，他把手中的长剑在空中摇了摇，挥了挥，啊地大叫了一声。

不一会儿，八九架竹排从江对岸一起向这边撑过来，火把把江面照得红彤彤。

河滩上一下子就多了二十多个人，傩达别提有多高兴了。阿格把攀榕屯僠琓的管家介绍给傩达，从说话声，傩达判断就是刚才大声喊话的人。管家是个中年人，健壮有号召力。和傩达寒暄过后，马上指挥他带来的人帮拖拉竹排到河滩上面来。

真是人多力量大，不到一枝香的工夫，两架竹排就顺顺利利地被拖上到了河滩的上面来了，安安然然地锚在平静的江面上。

一切安排停当，阿格对傩达说："攀榕屯僠琓叫你傩达大人和我一起到屯里去呢，僠琓邀请我们到他们那边去饮酒。"

傩达说："这里那么多货物呢，怎么办？"

阿格说："我自有安排。"

说完，阿格转过身去，安排兵丁们准备烧火做饭，要求兵丁们在吃晚饭的这段时间里要守好竹排上的货物，同时安排了两兵丁做流哨。然后，拉着傩达上攀榕屯人的竹排。

开始，傩达听说有酒饮，当时就很高兴。但是，他一想到僠琓他人病了，他就不想跟僠琓一起吃晚饭了。他对阿格说："僠琓不是病了吗？"

阿格说："僠琓是病了，但是僠琓还能够吃饭吃菜喝酒啊。"

我不去了，要去你去吧。傩达马上想到了借口，"三架竹排都放在江里呢，那么多货物，我不好走开。"

阿格拍拍傩达肩膀，笑着说："我们不是有十个兵丁看着竹排嘛。阿傩大人，你怕强人啊？再说，僠琓还派了人帮我们点火把，派了好多人协助我们看住竹排呢。这么多人，还有什么好怕的？”

经不住阿格左一个劝说，右一个劝说，傩达最后还是抵不过，同意上竹排到江对面去。

竹排靠岸后，僠琓的管家手抓一支火把，叫傩达和阿格在后面紧紧跟着，沿着一级一级的担水埠码头级往上走去。走到担水埠码头上面，傩达就听到从攀榕屯方向传过来的悠扬的仙琴声和呤啷声。一听到仙琴和呤啷的声音，傩达的心马上收紧了一下，暗叫不好。他明白，攀榕屯里真有事情了。

攀榕屯不大，三十多户人家。三十多座干栏错错落落的筑在一片斜坡上，被遮天蔽日的大榕树覆盖着。高大的大榕树几乎相互连成一体，分不出是一棵大榕树分蘖成众多的大榕树，还是由于众多的大榕树因为常年的挨近粘连成了一体。一行人打着火把走在屯子里，穿梭在一座又一座干栏之间，在连体大榕树下拐来拐去。大榕树茂密的大叶片反射着火把的光亮，使攀榕屯的夜晚变得诡异而神秘。身在其间，听着悠扬的仙琴乐音，人好像进入了仙境。

仙琴乐音是从屯子中央僠琓的干栏里传出来的。一踏进僠琓的干栏，傩达就被干栏内庄严的气氛吓住了。

厅邸正中央的神台上摆着三牲和果品食物，神台边布置得花花绿绿。僠琓的兄弟和姐妹甥崽都分列厅邸两边，默默地坐着，默默地待着。绞脚坐着的仙婆久不久发出一个指令，吩咐分列两边的亲属要这，取那，劏鸡，劏猪，烧纸，烧香。

真个是一场做仙的大场面。

看得出仙婆已经很老了，她头戴绣着锦面的花福巾，一身黑色打扮，怀抱仙琴，面向神台，背向厅外，绞脚坐在厅邸的地板上。仙琴的把柄长长的，几乎碰到干栏的茅顶。仙婆双脚的拇指上分别挂着一串响铃，她边弹奏仙琴边抖动双脚，乐音的节奏和响铃节奏浑然一体，有如天籁之音。只见她时而念念有词，时而一句又一句的吟唱，好像随想而至，一直不间断。那仙琴乐声，那呤啷伴奏声，那仙婆吟唱声，冲击着、震动着每一个人的心灵。

攀榕屯的僠琓年纪还不算很大，四十左右的年纪，却已经病的没有了人形，瘦成了皮包骨头，颚骨高高地凸起，两腮完全凹了。他的眼睛无神到没有了光彩，说话时喉结像移动的轱辘，好像一个失去了生命的躯体。

傩达看到的情况，并不像阿格刚刚说的那样。阿格说僠琓还能够吃饭吃菜喝酒，那里啊。傩达知道自己上了阿格的当了。

僠琓睡在他自己的房间里。傩达和阿格走进去的时候，僠琓在仙乐声中艰难地却不得不频频地向傩达道歉，他连说话都吃力到一字一顿地说。他说："不能陪两位大人了，心里难过极了，请原谅啊。转告僠王，如果能够治好病，一定为本屯人这次鲁莽的冲撞到僠王城去向僠王请罪。"

傩达第一次碰着这样的情况，不知道怎么表达自己的情感，只好也学着阿格的样子安慰了僠琓几句。

从僠琓房间告辞出来，傩达捅了阿格一拳头，阿格哎哟哟的小声喊痛。傩达说："你不是说僠琓能吃能饮吗，你骗人呀。"

阿格翻眼瞭了傩达一眼说："我要不这样说，你能上攀榕屯来吗？"

傩达恶狠狠地盯了阿格一眼，然后转开脸，不说话了。他心里沉沉的，不知道如何说话了。

吃晚餐的时候，僠琓的管家说："仙婆在这里做仙，已经做了三日三夜了，唱了三日三夜了。一直不吃不喝。"

傩达听得有些懵懂，问道："谁不吃不喝？僠琓么？病了不吃不喝怎么行啊，怪不得瘦的入了格了。僠琓怎么能抵得住这么长的时间不吃食啊？"

管家摇摇头说："不是僠琓，家里人还能喂僠琓一些吃的。三日三夜不吃不喝的是仙婆。真的，她已经唱了三日三夜了，只喝水，不吃饭不吃菜也不吃肉，说连羹水都不能喝。"

"啊呀？"傩达不由得小声叫喊起来。在城里，傩达也见过仙婆做仙，但是，那时候他无心无肺，哪里去关心这些。来到这儿了才听说三日三夜了不吃不喝，却还精神抖擞着弹仙琴唱仙曲。这样的仙婆，这样的事，他是第一次听说。此刻，傩达特别佩服起这个仙婆来。

傩达又问管家，"僠琓因为什么事呢病成了这个样子？"

"嗨，还说呢。"管家说："僠琓这个人呀，总是上心自己的事，总是上心自己的责任。他要常常去巡查自己的领地情况，十日之前的一日，僠琓自己一个人到东边山窝去……"

阿格插话道："僠琓也真是，他应该带一两个随从啊。作为僠琓，怎么能够自己一个人去巡查领地呢？”

“就是。”管家接了话说，“就是啊，千不该万不该，他那日自己一个人去。僠琓就是这个性格，你有什么办法，他喜欢独自来，独自去，总不带随从，他大姐都常常骂他，他只是笑，总不改……那日，他自己一个人到东边山窝巡查。你们猜他碰上了什么，一条大南蛇啊！碰上大南蛇倒是不打紧，但是，我们僠琓他碰上大南蛇屙屎喷涡啊！”

傩达不以为然，笑着说：“我也碰到过大南蛇，我还把大南蛇砍死了。”

管家哎呀呀惊叫起来，他说：“怎么这么巧，大人也碰到过大南蛇啊，不过大人把大南蛇砍死了，砍死了好啊。我们的僠琓没有打死大南蛇，说实在话，他一个人的，躲还躲不及呢，敢砍大南蛇？要紧的是，我们僠琓碰上大南蛇屙屎喷涡呀。仙婆说怕是中了邪了。”

傩达大声说：“管家你说的也是，大南蛇不是好惹的，砍死大南蛇不是那么容易的事情。你没亲眼见过，你要亲眼见过了，你魂魄都飞都飙。”

管家说：“就是啊，僠琓可能就是这么回事了，魂魄出窍了。现在就是请仙婆把僠琓魂魄招回来啊。”

傩达说：“刚刚我们见他，他只是没了力气，头脑没有糊涂啊，他还是很清楚事体的啊。”

管家听了傩达的话，左右扫了一眼，小声说：“话虽然是这么说，你们猜仙婆怎么说的？”

阿格和傩达问道：“仙婆怎么说的？”

管家说：“僠琓回来后，开始就不吃不喝，整日睡在房间里，连门都不出，有时候胡乱说什么着，问他，他也不清楚说过什么来。他大姐怀疑他上山碰着了不好的事体了，或者是中了邪了，交代我去请仙婆。仙婆一做仙，说出一些让我们都感到害怕的事情来。”

傩达很想知道这件事情的细节，忙问道：“仙婆怎么说呢？”

仙婆说僠琓是撞到邪了，他魂魄被摄去了，使他失魂了。管家显得很认真样子，一字一顿地说：“仙婆说他碰上了长虫，吓人的大南蛇。你们想一想，仙婆并没有亲自问过僠琓见到过什么，她居然就说中了，仙婆说得太准了。僠琓大姐问僠琓，是不是碰上了蛇啊什么的？僠琓点点头说：是真的碰上了一条大南蛇，大南蛇正在一个泥涡里屙屎喷涡呢。奇怪啊，你们见过大南蛇喷涡过吗。那还能是大南蛇吗——我不敢明说，你们肯定也心中有数吧。啊呕，当时，肯定就把僠琓吓着了。”

傩达说：“是我，当时我就上去把大南蛇打死砍死。说实在话，我还真没见过大南蛇喷过涡呢。”

管家说：“要是僠琓这样做就好了。僠琓怕啊，他一个人不敢惹大南蛇啊，这不，回来就病倒了，遭忌啊。”

阿格用手肘碰碰傩达，“阿傩，你上山的时候碰上大南蛇，那大南蛇没有惹你，你也去打去砍大南蛇？你这不是没事找事？”

“呃……”傩达看着阿格，真不知道怎么回答，他又转头问管家，“难道……打死大南蛇了就没有事吗？”

管家点点头说：“仙家是这么说的，大家也是这么说的。”

傩达拿右手拳击左手掌心，说：“好得，我把大南蛇砍死了，不然可能也落下这病来，太可怕了。”

管家说：“要是我们的僠琓胆大一点，像你傩达大人那样，大刀一挥一砍，就什么都过去了，就什么都好了。”

管家停了一下又说：“仙婆问清了情况，马上过来给我们僠琓招魂，现在仙婆都给他招了三日魂了，却仍然不见好转，真不知道仙婆能不能把僠琓的魂魄招回来。我刚才对你们说过了，你们也见了。仙婆入定了，一直就唱了三日三夜了，现在还是不吃东西，只是饮水，估计招魂也不是容易的事啊，难哦。”

阿格说：“看这个仙婆，那么有能耐，三日三夜都可以不吃。管家，我敢肯定，仙婆一定能够把僠琓的魂魄招回来。”

说着说着，傩达突然想到了一个问题，他转头对阿格说：“我们能不能也顺便问问仙婆，我们这次去蛇垠地方，顺利不顺利，能不能够做成我们的事情。”

管家说：“成啊，你们稍稍等一下，我过去问一问仙婆。”

管家走了出去，不一会儿转了回来，笑着说：“仙婆说可以问啊。”

# 17　黄猄走旧路

次日重新上路，老仙婆的形象却一直印在傩达的脑子里，挥之不去，让傩达感到人仙境界的可敬可畏。仙婆那双深邃的眼睛，像两个黑洞孔，深不可测，看一眼就让傩达毫毛登直。她那满脸的皱纹，比涟漪的水波还要细密；她两腮凹陷，使颚骨分外凸出；她那很少晒日头的脸盘白里透着青黄，像一张蜂蜡塑成，毫无表情。傩达那灵机一动，想为此去问前途的时候，僐琓的管家为傩达准备了一只鸡，三筒米和一些抵物函件。三筒米用布袋盛装，称为米宝。这是规例，不论人所处的阶层多高，官位多重，在仙界里不过是普通人一个，都得按规例来办。这不，一只鸡，三筒米，和抵物函件，没有这些摆出来，不用问。从中也可以看得出求仙的人是不是心里虔诚。阿格从管家手中接过鸡、米宝和抵物函件，把鸡、米宝和函件放好，然后蹲在仙婆的身旁。跟在阿格后面的傩达也在阿格身边蹲了下来。弹唱中的仙婆瞄了鸡、米宝和抵物函件一眼，没有说话，也没有停下她的工作。蹲在旁边的阿格清了清喉咙，问仙婆是否知道他们一行人要去哪里？弹唱着的仙婆转头认真地看了阿格一眼。这一眼，不知道阿格看到了什么没有，蹲在阿格身边的傩达却看到仙婆的眼里喷出了两团火，把傩达吓得心都抖了一下。仙婆的助手同时把仙婆面前的灰盆抖了抖，仙婆从法器筒里拿了一片竹片，架在灰盆上做法，只见她抖了抖，然后再转圈圈，口中喃喃了一阵儿，接着停住手，看了一眼助手，从法器筒里拿了一个竹片递给助手。

仙婆助手拿了竹片看了看，对傩达和阿格说："仙说，你们是去僐王的边地看彩虹。"

傩达感觉牛头不对马嘴，阿格却一拍大腿，大声哎呀一下，说："真准！"这话弄得傩达以为阿格发了癫。只见阿格把头探过去，把问此去来回前程因果。

听了阿格的咨询，仙婆闭眼沉思，弹着仙琴，好大一会儿都没有说话，竟有半支香之久，最后她重重地叹了一口气，停住弹琴。突然，她又把长长的仙琴把握起来，琴柄往上一挑，右手一扬，双脚一抖，琴声铃声同时响起，她唱道："天茫茫，地荒荒，九死一生，老虎走了，犸猴当大王。"

大家侧耳细听，勉勉强强听得出仙婆的话句来，只是揣摩不出其中的意思。可以这样理解，荒蛮之地，进去以后就是九死一生了，生还的机会很少，但是，老虎怎么会走了？老虎走了，狼啊豹啊也走了的话，犸猴当然可以当大王。仙婆的唱道把大家弄得云里雾里，认真想起来却又胆战心惊。

竹排在江面中间一字排开，直往上游驶去。正是平静的一道江湾，傩达借着空闲，坐在竹排上看两岸绿水青山，心情才从憋闷中开始慢慢地变得爽朗起来。他突然把身子转向后边，问阿格，"仙婆说什么彩虹，你拍大腿，什么意思啊？好像你就是仙婆肚里的虫，她什么意思你都知道？"

阿格呵呵了几下，笑着说："仙婆说的妙啊，说得对啊，准啊。阿傩你想想看是不是这样，我们从城里到蛇埌地方去，走水路要十多日才能到达，你说远不远？"

傩达说："还用说，要是涉步，用脚走，得走到脚都乜都斜。"

阿格说："就是啊，那么远的地方能说不远吗，那不就相当是边地了嘛。"

傩达说："阿格你大胆，你竟敢说蛇埌是僠王的边地？阿格！你这官当得是不是……"

阿格打断傩达的话道："哎呀，我的傩达大人，我不敢我不敢，阿傩你听我好好说，我只是打一个比方，你就紧张起来了。这话我们在这儿说，回城里去你可不能照搬去说啊。包括你们。"阿格拿手指指正在撑竹排的兵丁，等到兵丁们说不敢不敢以后，阿格又嘿嘿笑着说："我也不知道僠王的边地在哪里，反正那么远，谁能够管得了那么远的地方啊。"

傩达又问："那么，彩虹又是怎么说？"

阿格嘻嘻笑，没有说话。傩达催了催他才说："我们采挖七彩软石做什么，不是拿来画画啊，我们采多少彩石，七种啊，这七种彩石拿来画画啊，那么多色，那不跟彩虹似的了？"

傩达赫地从鼻子喷出一个气声来，对阿格的话不以为然，只是呵呵笑，转眼远眺远处青山，不说话了。

过了好一会儿，傩达说：“同样碰上大南蛇，我把大南蛇砍死了，没有事。攀榕屯的僠琓碰上大南蛇，没敢动，最后中了邪。不知道他的魂仙婆能不能够帮他招得回来。”

“谁知道呢？得看仙婆的力道深不深，神不神了。”阿格还在自己的得意里，他一字一顿地说：“仙婆后来说的，‘天茫茫，地荒荒’，倒可以理解，对‘九死一生，老虎走了，猢猴当大王’这句话，着实想不到是什么意思了。总之，我们前面的路途艰险，并且可能真是九死一生，这个不用问仙婆我都能够想得到的，你也会想得到的。”他用手指指着身边的兵丁说：“连他们，他们都能够想得到。”

傩达没有因为阿格东说西道就把视线从远山收回来，他搭住阿格的话说：“我说，好在鸡是僠琓的，米也是僠琓的。说不定我们刚被拦在江边的时候说的话，后来不知道谁闲着没事说了，让仙婆知道我们去哪里了。”

“怎么可能呢？”阿格表示反对，“我们只说去蛇埌地方，并没有说去采挖七彩……”

“黄猄！”傩达突然大声喊道，把阿格的话打断了。

阿格和兵丁们跟随傩达手指的方向定眼看，只见傩达手指指向旁边的大山，能看到的除了绿油油的树林，什么都没有。阿格赫了一下说：“什么黄猄，阿傩你看得眼花了吧。”

撑竹排的兵丁被傩达的叫喊声吸引住了，停住划水，竹排同时江中间停住了。大家都摇摇头，兵丁们却不敢说没有看见。

傩达当然知道阿格他们什么都没有看见，那头黄猄只是在那条山路上闪了一下，然后就消失在草丛树丛中了。傩达笑着大声说：“你们能看见什么？你们什么眼，都一帮的老鼠眼。我什么眼，我的眼是猫头鹰的眼！”

傩达说：“阿格，我们得寻个好的地方靠到岸边去，我们得想办法把这只黄猄捉住。我来的时候把什么都准备好了。”傩达站起来，从物件堆里寻找出几个大夹来，拿在手上亮给大家看，他说：“捉住了这只黄猄，我们几日的菜呀肉呀就没使忧了。”

阿格说：“阿傩大人，有一点，我们大家都没有看见，就你眼尖看得见。好吧，就算阿傩大人你说的是真。但是，等我们靠岸停住了的时候，黄猄都不知道跑哪里去了，要追也追不上了，还白费了力气。”

傩达说：“阿格你没有听说过黄猄走旧路这句话吗？”

阿格说：“听人说过，我却没有见过。”

傩达说：“听说过也是啊。那是老班人的经验啊。你呢，整日就在僠王城了守着，你怎么有机会见过这些，你当然不相信这些了，没见过这些了。就说我们人吧也是这样的，在山上，本是没有路的，你走，他走，我也走，来来回回地走，路自然就出来了。有时候我想，为什么走旧路呢，还不是为了图个方便，为了不至于迷路。是不是？阿格？”

阿格说：“就听你傩达大人说的做吧。你阿傩这么一说，我也想吃黄猄肉了。”

把竹排锚住岸边以后，傩达说：“黄猄不是走旧路嘛，我们只要在黄猄刚才走过的路上挖一个浅窿，在里面装上夹，上面铺上枯草，挨晚的黄猄会沿着去的路走回来的。等到那时候，我们就实拿有肉吃了。”

阿格没有动，仍然坐在竹排上，他说：“阿傩，我不去，我生来就不会打猎捉野兽，我就留三个兵守竹排，你自己可以带七个兵去挖窿装夹捉黄猄。”

傩达说：“好吧，你不去也成，你是不想知道我是怎么装夹的是不是？好吧，你就等我捉就是了。不过，装一个夹用不了那么多人，我带两个人上山去就成，人多了把地方踏平了，反倒吓倒黄猄了，黄猄哪里还敢走旧路？”

阿格说：“阿傩你不怕在山上碰上老虎啊，狼啊，豹啊？多带两个人吧。”

傩达拍拍胸膛，大声道：“我怕什么虎啊豹的。人多屎股乱，人多了我还怕把黄猄都给吓跑了呢。”

傩达指着同他在一架竹排的黑二和牛骨，叫他们跟随他一起上山。黑二和牛骨闪闪缩缩，阿格的虎啊狼啊豹啊的话可能吓着了他们，他们好大的不情愿。傩达大声说：“嗨，你们真是，你们内官一句话就把你们吓成这样，真有吃人的野兽来了，我看你们怎么办。你们这样，将来还能做成什么大事。你们，嘿，黑二，你拿一把铲，牛骨，你拿一把勊，再拿上你们自己的尖枪跟我上去就是。怕什么老虎，怕什么狼，怕什么豹喔。”傩达拍拍腰间的长剑，拍拍手上的尖枪说：“看看，我这里是什么，手上拿的是什么？”

说完，傩达先跳到岸边去，踮脚伸颈看了看黄猄刚刚走过的大概地方，猫腰分开草丛树丛，领头钻进草丛树丛，上山去了。

阿格在后面喊："阿傩，你们多久才回来啊？"

傩达回头大声答道："说不定，可能几支香以后就回来，也可能到天黑才能从山上回来。不过，刚刚忘记说了，阿格，就算我们天黑了才回来，你们也不要在白日里烧火煮饭呀，把黄猄吓跑了。"

阿格叫道："知道啦，嗨阿傩，你那么多规矩，可是到天黑了啊，就阻了我们半日路了。"

傩达不理阿格，任他在江边大叫大喊。阿格叫了几声，最后也不出声了。

黑二和牛骨跟在傩达后面，爬山爬得气喘吁吁。爬了很长时间见傩达没有停下来意思，黑二小声地问："大人，还没到地方啊？"

傩达回头球了他一眼，把黑二吓得缩了头。傩达说："刚爬上来多远了啊，还没到一半路呢，就爬不动啦？你要是怕，你自己可以马上回去！"

黑二缩头缩颈地摇摇头："大人，我不敢。"

傩达说："我看就是真的让你回岸边去，你自己一个人也不敢回去了。你试试看，半路上狼不把你吃了。"

傩达看见黑二身子都颤抖了，就呵呵笑了起来，他停住脚步，往山上瞄瞄，说道："我看，应该不远了，大概就在那边，我们再坚持一下。不过，谁跟在最后的要警惕，不要让狼叼走了吃了。"

傩达的这句话把黑二和牛骨吓得不轻，相互争着紧跟傩达，都怕落在最后。

傩达在前面偷笑，却不回头看他们，也不吭声。

傩达在山里窜多了惯了，很容易就辨别方向。为了在山里不迷失方向，没有钻山之前，他先看准最高最大的一样物件，比如大树木等作为标杆物，一般要寻到两个标杆物，互为参照。作为标杆物，要满足这样的条件，即无论在哪个方向看，都能够看得见标杆物。傩达虽然年轻却因为多年在山里钻，练就了这个本领。爬到傩达确定的地方转了几转，不到一枝香的工夫就寻到了黄猄的来往的去路。傩达选择一个比较容易挖掘的隐蔽的黄猄小道，叫黑二和牛骨开始刨地开挖。

不一会儿，浅窿就挖好了。傩达把手上的装夹放在浅窿里，安好机关，把刨起的松泥铺在装夹的上面。铺泥的时候他特别小心，一边铺还要一边拨平。因为只铺薄薄的一层，拨平的时候落手一定要轻微，不然容易触动机关把手夹了。那样的话就惨了，那将是鲜血淋淋的场面。傩达装夹的时候，黑二和牛骨站在旁边，看得心惊肉跳，好像那装夹随时要飙起来要夹住他们一样。装好夹，傩达叫黑二和牛骨到一杆远的地方寻来一些干枯的草，把干枯的草碾柔，铺在装夹的地方上，直到看不出有什么不同才走开。

在离装夹三百步左右的不远处，傩达寻到一棵山水榕树。傩达带领黑二和牛骨爬到山水榕树上面去，在树叶浓密的地方躲起来，静静地待着。傩达对黑二和牛骨叮嘱了好几次，要他们连屁都不要放，守株待兔。

傩达说："黄猄很敏感，一些气味，一些响动都可能把黄猄吓跑。"

傩达三人在山水榕树上静静地待着，不知过了多少时间。最后，眼见日头落到西山去了，仍然没有听到比较大的动静，黑二和牛骨几乎按捺不住了，想要张口问傩达，却多次被傩达用手按着阻住了。

居高临下，从这儿往江边看，见没有看见炊烟，傩达放心了。傩达想象着，很可能就在下一小半支香里，黄猄就回来了。

这样想着，想着。毫无预兆地，很突然地，在装夹的地方发出了动物嗷嗷叫的十分凄惨的叫声。

# 18 两只狼

一听到这个声音，傩达就断定有黄猄被夹住了，很兴奋，嗦碌碌就从山水榕树上滑下来，也不管黑二和牛骨跟没跟下来，就快步向装夹的方向走去。傩达走得很轻，生怕那黄猄受到惊吓。黑二和牛骨从树上滑下来后，也高兴得手舞足蹈地紧紧跟在傩达后面。见傩达一路上蹑手蹑脚，黑二和牛骨也不由得放轻了脚步，却由忍不住心里的兴奋，相互论着说要拣黄猄好吃的部位吃，还说黄猄是他们装夹捉到的，他们三人功劳最大，理应优先吃好吃的部分。傩达听着他们的争论，也按捺不住心里的兴奋，想早点看到夹住了多大的黄猄，夹住了黄猄的哪个部位。他们正一边说着一边走着，突然，傩达发现了一个灰色的影子，这个影子在离他们一百步外的树丛中一出现马上就消失了。傩达吃了一惊，却马上就想到了这是什么了，他大吼了一声，狼！

这一声吼有多惊骇，连傩达自己也被吓着了。正手舞足蹈的黑二和牛骨听到傩达的嚎叫，惊吓住了，马上站住，四处扫看，却并没有看见狼的身影。他们猛地发现傩达抽出长剑，并且飞一般地往前冲去，他们以为傩达被狼吓怕了，要跑下山去，他们也马上撒开双脚跟着傩达跑，因为怕狼在后面追，他们竟顾头不顾尾的没命地跑。

没有跑出去多远，傩达却又站住了。黑二跑在牛骨的前面，一时刹不住脚步，竟撞到傩达的身上，牛骨同样也刹不住脚步，也撞到了黑二的身子。一时间，三人团在了一起，还差点把傩达撞倒了。傩达又大嚎道：“跑什么跑，狼啊！快操家伙！”

黑二和牛骨被傩达这么吼了一下，清醒了许多。他们转头看傩达，顺着傩达持剑的方向一看，哎呀呀，不得了，两只大灰狼！这两只大灰狼正龇牙咧嘴地恶狠狠地盯着他们看。黑二和牛骨被吓得毛发倒置，全身颤抖起来。

好在傩达牛高马大，稳得住，码扎得稳。要是他们两人把傩达撞到了，那两只大灰狼不即刻扑过来把他们撕吃了才怪。想想都让人冒出一身冷汗。

傩达大声对黑二和牛骨说："醒呃，快抓紧尖枪，你们不要怕，怕什么！那只是两只狼，我们三个人呢！要是它们真飙过来，你们就把身闪开，免得被狼咬中，如果被狼的前爪抓伤也不得了。记住，双手要紧紧握住尖枪，见狼飙过来就拿尖枪直刺，最好瞄准喉咙，刺入狼的喉咙最好。也不管刺哪，你们刺中哪算哪。刺中了我们一起解决它们。"

黑二和牛骨这才发现，黄猄正在两只大灰狼的旁边痛苦地翻滚着，嗷嗷地大声叫着。

傩达叫黑二和牛骨分列到他的两边，他说："你们记住，眼要紧紧地死死地盯住这两只大狼，连眨眼都不要。现在，我们一起，一步步往前逼过去。这两只大灰狼想抢我们的黄猄呢。如果它们不走，我们就想办法把它们杀死。起码，无论如何把它们赶走！"

傩达弓着身子，右手挥着长剑，向大灰狼逼过去。黑二和牛骨胆怯，颤颤抖抖，磨磨蹭蹭，迈不出像样的步子，使傩达的位置突出了很多，形成了三角形势态，使傩达出现在三角形的顶点上。见傩达三人手拿尖枪长剑逼过来，大灰狼龇牙咧嘴的从被夹住的黄猄的前面退到后面去。傩达觉得，这应该是大灰狼的底线了，如果傩达三人继续逼过去，如果它们胆大包天，它们可能会向傩达三人进攻或者逃走。

傩达知道这些大灰狼的路数，不逼走它们就永远没有办法拿到黄猄，人和狼的较量靠的是勇气，靠的是智慧，当然还有力量。

傩达不断地提醒黑二和牛骨，以鼓起他们的勇气，怕他们临阵胆怯。他大声说："你们，要大胆，不要怕。大灰狼没有什么了不起。人怕了，狼就赢了，我们不怕，狼就怕我们。"

说实在话，傩达此刻最怕黑二和牛骨变成怕死鬼，一旦他们把尖枪丢掉了，然后没命地跑下山去，他就得一个人面对两只狼，他就会处于劣势，两只狼反就壮起胆来，会随时向他进攻，他一个人要战胜两只大灰狼的把握就不很大了。并且，这两只狼如果够聪明的话，就会在黑二和牛骨撒手的那一刻发动进攻，他被黑二和牛骨扰乱了阵脚，取胜的希望更加渺茫。如何黑二和牛骨没有逃走，尽管胆怯，形势上会让两只狼处于劣势，它们就很可能不敢贸然进攻。

倠达不断鼓励黑二和牛骨，同时也是鼓励自己，他勇敢地往前凸出，向大灰狼逼过去。他明白，如果不强迫，两只大灰狼不会走。黑二和牛骨在倠达的鼓动下，虽然磨磨蹭蹭，颤颤抖抖，却还没有变成怕死鬼，这让倠达感到安慰。也许，黑二和牛骨因为接受过比较正规的训练，受到军令的约束；也许，倠达的英雄气概让他们也鼓起了战狼的勇气。此刻，尽管他们握尖枪的双手不停地颤抖着，却没有退缩。

越逼近大灰狼，倠达的心情越紧张，并且，越逼近越紧张，他紧张得紧握长剑的手也开始微微发抖起来，随着逼近的程度越来越近，他知道搏斗的时刻马上就要开始了。他没有分心去看一眼在地面上翻滚的黄猄，他眼直勾勾地盯住两只大灰狼看。每前进一小步，握长剑的手就越颤抖得更加厉害。

面对到口的猎物，两只大灰狼好像也没有继续退缩逃走。这实在有些意外。就在倠达慢慢地逼近到只有一半竹篙的时候，两只大灰狼身子沉了下去并马上拱起，同时发力一同向倠达飙过来。

倠达发现两只大灰狼没有分开攻击黑二和牛骨，竟合起来同时攻击自己，他来不及多想就大声嚎道：“偏开！”

倠达想要黑二和牛骨偏开，是想让他们不要阻碍他两边左右冲突的空间。随着倠达这一声嚎叫，倠达自己顿时产生了气壮山河的感觉，他反倒不紧张了，他知道两只狼同时攻击，闪开一步不行了，得闪开两步甚至几步更宽的空间。闪开两步和几步对千钧一发的事件来说，靠的完全是个人的平时训练和灵活了。

黑二和牛骨看到两只大灰狼同时飙起来的时候，都慌了。猛然听到倠达的嚎叫，要让他们闪开，他们便分别抛开倠达，闪到一旁去。这个情况使倠达做好了往右闪开两步的准备。说时迟那时快，当两只大灰狼腾空到最高点的时候，倠达却突然决定先不闪开身子，反先沉下身来，然后迅速往右前方斜刺闪开了一步，长剑同时往大灰狼飞飙过来的方向划上去。倠达清楚地看到，从右边飙过来的大灰狼的一只前腿被倠达的长剑划开了长长的一个血口子，大灰狼嗷地大嚎了一声。让倠达想不到的是，长剑被右边的那只大灰狼的伤腿撞上，偏了开妨碍了倠达想顺便划开大灰狼肚皮的预想。这时候，想再怎么办已经来不及了，倠达只好完全把身子沉下去，往前滚了两滚，躲过左边大灰狼的攻击。

被傩达划伤前腿的大灰狼嗷嗷嚎叫，落地的时候趔趄了一下，却马上愤怒地转身要向傩达继续发动攻击，但是，它已经飙腾不起了，它们的攻击速度慢了下来。左边攻击傩达的大灰狼因为达不到目的，它落地后突然改变了攻击的目标，它不攻击傩达了，反倒转身对黑二发起攻击了，把黑二吓得惶惶的，连站都站不稳了。

傩达翻身过来，见此情况，想大声喊黑二躲开，却来不及喊了。他马上转身，横着冲过去，拦在大灰狼的前面。这个形势的改变使这只大灰狼迟疑了一下。趁着这个瞬间，傩达大声嚎道："还不快抓紧尖枪刺狼，惶什么，等什么。牛骨，你呢，快点转到这边来！"

正惶惶的不知道怎么办好的牛骨见傩达喊，赶快转身窜了过来，躲在傩达的身后。傩达见他们这样，气不打一处来，嚎道："戆啊！要像刚才那样！"

黑二和牛骨马上散开，重新形成三角形态势。

傩达再次一小步一小步地逼近大灰狼，经过第一回合的搏斗，傩达已经不紧张了，他割伤了一只大灰狼的前腿，使这只大灰狼的攻击力大大削弱了，另一只大灰狼虽然还很凶狠，有了割伤第一只大灰狼的经验，傩达感到完全有把握战胜它们了。

就在傩达他们三人越逼越近的时候，两只大灰狼突然转身，钻树丛里去了。受伤的大灰狼反应迟疑一点，跑在后面，不一会儿就不见了它们的影子。

三个人都松了一口气。直到这时候，他们才发现，天显得有些暗了，看来离天黑的时间已经不远了。

黑二说："好险，大人。"

牛骨收了尖枪，突然嘿嘿讥笑黑二："你看你，黑二，你脚都软了，怕尿也飙了。"

黑二球他一眼："单我啊，你呢，不一样？两脚抖的好像筛糠，看看裤裆是不是早湿了。"

傩达仍然手握这长剑，对他们说："赶快从旁边寻一条藤把黄猄的腿绑了，一阵儿就可能有一大群大灰狼来了。"

"啊？他们还来啊？"黑二和牛骨惊愕住了。

傩达点点头说：“很可能，要来的话就不是两只三只了，很可能就是一大群了。我们快动手吧。”

黑二和牛骨一骨碌地到处寻找，很快就寻来了一条大藤条。他们合力把黄猄的四条腿绑了，用尖枪穿过黄猄腿中间，蹲下来就上了肩膀，马上就走。

黄猄还没有死，只是受伤了。不过，刚才那两只大灰狼很可能把它吓得半死了。黑二和牛骨扛着黄猄，摆来摆去，装夹还夹在黄猄的前腿上耷拉着吊着，挡住了牛骨的视线。牛骨走在后面，他要求傩达把装夹取出来。

傩达说：“那么容易啊，装夹太硬了，得好几个人帮着才能打开呢。我们没有时间了，还是赶快到江边去吧，只有上了竹排撑到江中间去，我们才能避开狼群。”

黑二走在前面，竟突然想到要捉弄牛骨一下，他偷偷地嘘嘘笑，故意把肩上的尖枪摆动起来，使得吊着的黄猄摇摆的幅度更大。他要拿牛骨寻个开心。

由于黄猄大幅度摆动，牛骨走得趔趔趄趄，他嗷嗷叫喊，向傩达状告黑二：“大人，你看你看，黑二故意摆来摆去，我都没有办法看得到路了。黑二，要是再这样，我前面，你在后面。”

黑二不管他，嘶嘶地笑。

傩达走在后面，见牛骨叫屈，发现牛骨说的是实话，他一边回头警戒一边对黑二喝道：“黑二，你故意这么弄做什么啊，你故意弄成这样，你以为单单是整牛骨啊，你这样做我们走慢了，一阵儿通通得喂大灰狼。”

经傩达吓了一下，黑二才老实了。

还没有走到江边，傩达就大声喂叫阿格。好一会儿，阿格才应了。

傩达大声道：“阿格，赶快上竹排，我们得赶快把竹排撑到江中间去。我们马上就到了。”

阿格说：“急什么，你们来到了就好了，让我们等了老半日。阿傩大人，夹到了黄猄了没有啊，夹到了黄猄我们先开开斋。”听到黑二说扛着大黄猄的话，阿格高兴地说：“好好好，我们马上煮饭，把黄猄剥了烤着吃，喷香喷香，哎呀呀好吃极了，好吃极了。吃了我们就在这里先安铺睡觉。黑麻麻的怎么反要撑竹排走啊？阿傩你怎么回事啊？”

傩达说："我们装夹夹中了一只黄猄，大灰狼刚刚跟我们抢黄猄呢，我打伤了一只大灰狼。很有可能，大群的大灰狼就要追来了，你们还是快快撑竹排。等烧火烤了黄猄吃了可能就来不及了走了。"

傩达的话音刚刚落下，突然沙沙声从山上直直压下来。大家仰头看天，没有看到要下雨的迹象，想了想，才知道大事不好了！

# 19　大战狼

听声音，看看天，傩达知道大事不好，立即大声喊道：“阿格，你听，好像有大狼群向这儿冲过来了，飒飒响……你赶快，叫大家把竹排撑开，同时叫大家都抓好尖枪长剑大刀，准备跟狼群搏斗。”

阿格大声喊：“阿傩，我的大人，那飒飒响的真是狼群啊？怎么？你把大批的恶狼引到这儿来啦？我的天，啊！”

狼群真的追过来了。

傩达一面往山下的水岸边退，一面从腰间抽出长剑来，盯着山上传来的飒飒声方向，那里可能就是马上出现狼群地方。黑二和牛骨连拓带走，滚一样似的冲下山去，傩达由于顾及山上的可能的危险，只能一步步紧跟着退下来。好在，离水岸边就几竹竿的距离，已经不很远了。

听见阿格在水岸边大叫大喊地向兵丁们发出命令，夹带着埋怨傩达的大声谩骂，傩达回头看了一眼，对阿格大声喊道：“内官大人，想在再说什么都没有用了，还是叫人快快上竹排。快快撑开竹排的好。还有，你叫两个兵丁上来，帮黑二和牛骨快把黄猄抬到竹排上去……嗷快！我已经看到狼群了，密麻麻的好多啊！我们……全部都上竹排撑开去看来来不及了。阿格，你喊三个人撑竹排赶快离开江岸边，把竹排撑到深水的地方去，这样狼就奈何不了我们竹排了，保护竹排上的物件要紧。其他人，大家都抓好尖枪、大刀、长剑，做好搏斗准备。”

傩达和阿格心里明白，要是大家都能够上竹排，把竹排撑到江中央去，就算狼群游水追，它们的速度也会慢下来了，他们在竹排上有尖枪有剑有大刀，能够把水中的狼群一只一只地全杀死在江里。傩达呢，他可以一个人在后，且战且退地退到江水中，然后看机会再爬上竹排。

阿格按照傩达的要求，把兵丁进行了重新布置，他喊道："吊眼，凹鼻，你们上去帮黑二和牛骨把黄猄扛下来，放到竹排上面去，然后抓起尖枪带上长剑回到岸边来，做好跟大灰狼搏斗的准备。左手拐，鸡胸脯，还有钩鼻公，你们三个，先把竹排撑到膝盖深的地方，把好竹篙，站在竹排上等着，随时听我的命令。我喊你们什么时候撑开竹排你们就撑。其他人，都一律抓起尖枪，带上长剑，带上大刀，跟我来！先杀几只狼耍耍再说。"

吊眼和凹鼻赶紧抓住尖枪，跑到上面去帮黑二和牛骨。他们刚刚爬到两竹竿远的上面来，就发现大批的大灰狼从山上往下蹿，快得像股旋风，他们都惊呆住了。

傩达见此，对吊眼和凹鼻嚎道："你们，还等什么，还不快帮黑二和牛骨！"

听到傩达的嚎叫，吊眼和凹鼻才清醒过来，七手八脚的帮黑二和牛骨把黄猄弄下水岸边去，抬上竹排，然后赶紧去抓尖枪和长剑回到阿格的身边。

傩达手抓长剑殿后，左右轮番挥舞着长剑，把个长剑挥舞得使刚刚暗下来的天空银光闪闪，把他们刚刚走出来的小道两边的草树顶部削得纷纷扬扬，飘黑了半个天。狼群大概被这从来没有见过的阵势吓住了，竟在十步开外扎住了步子，左右奔飙着嗷嗷大叫，一时间好像不知如何是好。傩达这样做，拖住了狼群，使黑二和牛骨等人的撤退有了充足的时间，也给阿格提供了准备的时间和空间。

阿格见黑二、牛骨、吊眼和凹鼻已经来到身边，并且手上都抓上了尖枪，握了长剑，抓了大刀，知道大家都到位了。见傩达把长剑挥舞得风生水起，明白了傩达的意思，就大声对傩达道："阿傩，你慢慢地退落来。我们已经没有办法冲上去了，草丛挡住了我们。你慢慢地落来，我们都手抓尖枪长剑大刀在你后面呢，你没使怕！呕，那么多大灰狼啊，好吧，居然来了，我们就大战一场吧。"

傩达一边挥舞长剑一边大声说："内官大人，怕是没有这么简单，大灰狼很鬼的。"

等傩达从草丛中退到水岸边来，阿格说："阿傩，你没使舞剑了，加入我们的尖枪队吧。"然后大声道："大家听着，听我指挥，大家都分开四步远，免得使尖枪的时候相互碰着伤着。"阿格快速了扫视了一下场地，见大家做好了搏斗准备，向着狼群的上方大声道：“好了，左手拐，鸡胸脯，还有钩鼻公，你们做好准备，稳住竹排，不让竹排摇摇摆摆……”

左手拐，鸡胸脯和钩鼻公三人一听到阿格的命令，就挺直了腰，阿格的话音刚刚落下，即刻齐声喊道：“我们都准备好了，大人！随时听你命令！”

阿格长长地吸了一口气，正想大喊一声好，但是，他还没有把话喊出口，狼群已经飒飒地从草丛中不时露出密麻麻的狼头和滴溜溜的狼眼。狼群的声势很大，它们跟人之间只隔着一扇没有倒伏的草丛了，激动的狼群嗷嗷大叫。傩达刚刚退出来的小道里露出两只大灰狼的头来，龇牙咧嘴的，凶狠地嗷嗷大叫。

领头的大灰狼大概也看到了敌手已经一字排开，做好了搏斗的准备了，一时间也不敢贸然冲下来发动进攻，只是隔着一道草丛嗷嗷叫唤。

傩达对从小道探出头来的大灰狼大嚎了一声，大灰狼转回了头，但是，却马上又转过头，向傩达直逼过来。

傩达想到了一件事，大声道：“大家注意，大灰狼可能马上要从上面飙落来……”

“好！”傩达的话提醒了阿格，还没等傩达把话说完，阿格就接住大声说：“大家听我的，同时退两步。之后大家就听我命令，我喊退就退，我喊不退就不退！”

这两步，使他们跟狼群的距离拉开了许多，即使大灰狼从上面飙落来，也不会飙得那么远，直接就飙到他们的头上，不容易一下子伤着人了。傩达道：“好！内官大人，就这样。”

阿格大声喊道：“狼一飙落来，我们就紧紧抓住尖枪举起来对着向自己飙下来的狼。狼对谁飙落来谁就举枪刺，刺中哪里都成，最好是对准狼喉咙刺。注意，狼飙落来的冲力很大，大家都要扎好码，要死死地扎稳码，不要被狼冲倒，要死死地刺向大灰狼。”

阿格再次大声道：“再退两……”

突然，飒飒一阵响，天空中突然一片黑，出现了黑麻麻好几只大灰狼。大灰狼的第一波攻击开始了。

阿格急忙大声嚎道：“扎稳码——”

阿格看准向自己这边飙落来的一只大灰狼，扎稳码，举尖枪对着大灰狼的喉咙就刺，大灰狼在空中扭头偏开，却只听嘶一声，尖枪对着大灰狼的嘴角刺了进去，尖枪的枪头从大灰狼的颈上端刺出去。大灰狼被刺中后嗷都跌落在岸边，垂死挣扎着，翻滚着。大灰狼的冲力使阿格趔趄了一下，差点跌倒了。阿格咬紧牙关，死死抓住尖枪柄，大灰狼在地上翻来滚去。

狼群发动攻击之前，傩达也想换一把尖枪，又觉得可能来不及了，就仍然使长剑。刚刚，他跟大灰狼打过交道，积累了一些砍杀大灰狼的经验。大灰狼腾空飙过来，正张着血盆大口对准傩达。傩达偏头移开一步，双手紧紧抓住长剑，使力向大灰狼横身砍去。把大灰狼的前腿削去了一条，只听见大灰狼嗷的嚎叫，那条被砍掉的前腿在天空中快速旋转了好几圈，几乎跟大灰狼同时跌落身边。大灰狼失去了一条前腿，咬不到傩达，反像一只癞皮狗，一头撞在地上，把头都撞歪了。大灰狼嗷嗷叫，企图站起来，却站不起来，就翻身再次腾空飙起来，向傩达再次进攻。傩达见状，收回长剑，横着转身，使长剑扫过大灰狼的嘴巴，只听噔噔几声响，火星四射，几颗狼牙飞了出去，长剑把大灰狼嘴巴砍的豁开了一个大口子，飞溅起来的鲜血喷洒在傩达的身上。大灰狼重重地跌倒在地上。傩达立即跃过去两步，又给正要蹦起来的大灰狼补上一剑，砍开了大灰狼的脖子。

黑二抓尖枪的手颤抖着，看到自己的身边人多了，胆也定了许多。他手发抖不是心里害怕，是因为参加搏斗的激动心情使然。这时，一只大灰狼从右侧向黑二飙过来，黑二记住阿格的话，拿尖枪就刺过去，不管哪里，刺中哪算哪，同时侧身躲开大灰狼正面攻击。结果，他只感觉被冲击了一下，他竟刺中了大灰狼的左前腿根部，尖枪把大灰狼左前腿根部划开了一条长长的血口子，血喷出来撒落到黑二的脸上身上。这样的伤口对大灰狼来说不是致命伤，大灰狼倒地以后，带伤又向黑二反扑。黑二把尖枪收回来，使力往大灰狼刺去，黑二想利用大灰狼扭转身子的时候瞄准大灰狼的肚子刺去，没想到大灰狼迅速把横着的身子调成直向。黑二的这一枪又落了空，反刺中大灰狼的尾巴，没有伤到大灰狼。黑二眼见第二次刺杀又落了空，知道大灰狼肯定直向他扑过来，他想收回尖枪再刺已经来不及了，只好跳到一边去，以免被大灰狼伤害。正在这时，旁边的傩达转过身来，发现了这个情况，横着使长剑向大灰狼的脖子砍去，大灰狼只顾向黑二攻击，没有想到旁边挨这一着，大灰狼被傩达削去了一边耳朵，鲜血从大灰狼的头顶上流下来，遮住了它的一边眼睛，就在这时，腾出时间来的黑二给大灰狼补了一尖枪，牢牢穿过了大灰狼的肚子，枪尖直刺大灰狼的肚子，插入地里。

大灰狼明明从天而降，吊眼却拿眼瞭着另一个方向，好像是看人家的热闹。但是，当大灰狼飙到他面前的时候，吊眼好像仍然看着原来的方向，头只是稍稍挑起，往斜里跳开一步，抓紧尖枪刺中了大灰狼的肚子，只听见丝一声，大灰狼冲力的作用，它的肚子裂开了长长的血口，一些肠子从大灰狼的肚子里面挤出来。即使这样，大灰狼好像还是没事似的，落地后拖着肠子又向吊眼反击。吊眼把尖枪收回来，眼睛还是转向一边去，尖枪却向大灰狼刺过去，正好跟反击过来的大灰狼相会，尖枪正正刺中大灰狼的前额头骨，滑向大灰狼的右眼孔里去了，使得吊眼差一点跟大灰狼相互撞在一起。吊眼发现不妥，马上放开尖枪柄，躲到一边，想抽出腰里的长剑横着砍大灰狼。大灰狼带着尖枪直直向吊眼冲过来，被正空了双手的阿格横着抓住枪柄，狠狠地往前推，直到大灰狼倒地为止。

牛骨人高马大，也像黑二一样因为人多胆定了。见大灰狼飞飙落来，他抓住尖枪就刺上去，想不到使力过早，刺了一个空枪。尖枪反被大灰狼压倒在地，牛骨只好偏到一旁，从大灰狼身上抽出尖枪，趁大灰狼没来得及转身的时候使力刺大灰狼。不曾想大灰狼偏了一下头，转头竟咬住他刺过去的尖枪柄，死死的，牛骨想抽回来都抽不动。牛骨只好丢开尖枪，退到一边，从腰间抽出长剑。想不到大灰狼鬼精，也吐掉口中的尖枪柄，径直向牛骨扑过来。牛骨只好再次偏开两步，待大灰狼冲过来转头要咬他的时候他没有再次偏开，而是双手挥剑狠砍大灰狼的脖子，大灰狼的颈项被牛骨砍开了一个大口子，鲜血喷涌而出。牛骨的右腿却也被大灰狼咬上了，大灰狼死死咬着不松口，鲜血直流，牛骨痛得啊啊大叫。

凹鼻怕怕的双手抖动着抓住尖枪。他从来没有跟狼搏斗过，不知道刺中大灰狼的哪个部位最好，也不知道哪个部位是大灰狼的致命点，怎样才能稳准狠地刺死大灰狼。时间没有容他多想，阿格喊声还在耳朵中嗡嗡响，他还没有想出一个头绪来，搏斗就开始了。当大灰狼从上面飙起来向他斜里冲下来的时候，凹鼻本能地抓紧尖枪，举起尖枪就向大灰狼刺上去，由于他动作慢了半拍，大灰狼都飞到他面前了他才举枪，尖枪只碰到大灰狼的尾巴。他情知不好，却没能来得及躲开，就被大灰狼扑倒在地，凹鼻随即就失去了抵抗大灰狼的力量。大灰狼死死趴住凹鼻不放，龇牙咧嘴向凹鼻的颈项下口。凹鼻本能地抽出双手，死死抵住大灰狼的大嘴巴。大灰狼把头甩了甩，把凹鼻的左手甩开了。大灰狼再次张开血盆大口，向凹鼻的颈项就是一口……

# 20　迪狼

搏斗开始，狗头心怯怯的，抓住尖枪的双手不断地颤抖。不要说一大群大灰狼从岸上飙下来，就是一只大灰狼冲过来都足以使狗头心惊肉跳。事实上，没有大灰狼飙到狗头的前面来，这正合狗头的心意。见大家跟大灰狼进行大搏斗，心惶惶的他在观战得眼花缭乱之际，心却又痒痒的，想杀一只大灰狼过过瘾，也想显示一下本领。有了这样的想法，他就一心想要帮大家战恶狼。见到处枪剑飞舞，狼群翻滚，他插不上手。正不知如何是好的时候，狗头突然发现近处一只大灰狼叉着四条腿把凹鼻压在身子下面，张牙要撕咬凹鼻，天暗暗的也看不出大灰狼撕咬凹鼻哪个地方。狗头鼓起勇气，立刻冲过去几步，照大灰狼的颈就一个狠刺，大概正好刺中大灰狼的颈动脉，大灰狼颈上的鲜血一下子射了出来直射到几步开外，还直直喷射到狗头的身上，躺在大灰狼底下的凹鼻的身上也被大灰狼的鲜血喷得一塌糊涂。被刺中颈的大灰狼抬起头来，想要向狗头反击，却被狗头死死地抓住尖枪把它的头颈顶在地上，使它的头颈动弹不得，大灰狼企图扭动着身子要翻过来，四腿乱踢，却怎么着也翻不过来，倒把凹鼻踢得嗷嗷大叫。大灰狼因为鲜血流的太多，终于慢慢地软了下来。

说的慢那时快。阿格紧紧抓住尖枪，死死地抵住在地上翻滚的大灰狼，确定大灰狼无论如何都无法再伤害他，他稍稍抽空扫了一眼搏斗场面，发现岸上的草丛中窜出来五只半大的大灰狼，正向和大灰狼搏斗的人扑来。阿格大嚎一声：“大头棒、单的，有狼！”

没有狼飙到自己的前面来，见大家和大灰狼搏斗，自己又插不上手，大头棒和单的正心痒痒的想要过过搏斗手瘾的时候，听到阿格大嚎，抬头一看，情知不好，英雄气概油然而生，他们嗷嗷大叫，手握尖枪，跳起来拦住那五只正扑过来的半大大灰狼。

五只半大狼被大头棒和单的的嗷嗷号叫吓了一下，不得不停住，却对大头棒和单的列成一个扇形的攻击队形，寻找机会向大头棒和单的发动攻击。

大头棒和单的来来回回地不断抖动尖枪，尖枪上的红缨抖成了两片红，五只半大狼迟迟疑疑，总寻找不到攻击的机会，又不敢突到大头棒和单的的背后。因为那里正变成一个屠战场，先飙起来攻击的大灰狼正被斩杀得奄奄一息。

凹鼻龇牙咧嘴忍痛爬起来，拍了拍身子，虽然满身是伤，却庆幸没有伤到骨头。听闻大头棒和单的嗷嗷大叫，抬头一看，发现五只半大狼正呈扇形围着大头棒和单的，他拾起尖枪，也大嚎一声，跳起来冲到大头棒的旁边，也学着大头棒和单的的样子向五只半大狼抖尖枪。凹鼻的加入，使本来正一步一步直逼过来的五只半大狼不得不停住了步子。

突然，傩达嚎了一声，阿格接着嚎了一声，紧接着，大家一齐嗷嗷嚎起来，把五只半大狼吓得，转回头簌簌地钻到岸边草丛里去，只听到飒飒的声音，再看不见狼，不一会儿，连飒飒声都小了，消失了。

一场人与狼的大搏斗结束了。

狗头见大灰狼不行了，转眼看看四周，见大家基本都停住了手，江边的地上躺着六只大灰狼的尸体，黏糊糊的到处是暗红的鲜血，鲜血流到江水里，殷红得让人头晕。傩达走到那只被他砍掉一只前腿的还在嗷嗷叫着的大灰狼旁边，给大灰狼补上了一剑，几乎把大灰狼的颈就给砍断。

狗头把尖枪从大灰狼的颈项上拔出来，回头见凹鼻坐在地上，就走到凹鼻身边，拍了拍凹鼻的肩膀，嘻嘻笑道："凹鼻，要是我不在你身边，你死定了。"见凹鼻不回应，头耷拉着不动，狗头就蹲下身子来，见凹鼻的脖子鲜血模糊，他说："凹鼻，你颈上出血了。"见凹鼻点了点头，仍然没有出声，狗头就探头去看凹鼻面孔，见凹鼻无精打采，眼腻腻，连话也懒得说，就用手摇了摇凹鼻，并用手帮凹鼻抹去颈项上的鲜血，这才发现凹鼻的颈上有几个小孔，鲜血正嘟嘟地从小孔里面汩涌出来。狗头吓了一惊，抬头大喊："大人，两个大人，凹鼻可能被狼咬了！血从他的颈里汩出来。"

阿格跑过去，蹲下来，把凹鼻的头扳起来，凹鼻竟软软地倒在他的怀里，阿格用手试了试凹鼻的鼻息，试了试凹鼻的脉搏，叫道："大头棒，你过来。"

傩达也听到狗头的惊呼，他只是回头往凹鼻那里看了一眼。他没有马上跑过去，他发现小道的草丛中有动静。这条小道是他们上山和下山时踩出来的。傩达估计还有狼躲在草丛里，就挥着长剑走过去，走到草丛边上，只见飒一声，一只大灰狼转头就跑，还一拐一拐。傩达断定就是在山上被他砍伤了前腿的那只大灰狼，他大吼一声就冲过去。大灰狼跑得更急速了，不一会儿就看不到大灰狼逃跑的方向，只好退了回来。

牛骨坐在地上哎哟哎哟喊着痛。他的小腿被大灰狼撕咬出一口肉来，那一口肉耷拉在腿上，好像一个小盖子没有盖好，鲜血不断的从里面往外嘟嘟地流。大家都围着凹鼻看，没有人怎么去理会他。

赶走受伤的大灰狼后，傩达才向凹鼻这边走过去。兵丁们见傩达走过来，让开了一条人缝。傩达走进去，弯腰看了一眼凹鼻，问阿格："凹鼻怎么样了？"

阿格摇摇头说："连脉搏都很弱了。"

傩达伸手试了试凹鼻的脉搏，惊呼道："哪里，内官大人，凹鼻没有脉搏了呀！"

阿格伸手试了试，抬头看了大家一眼，摇了摇头。

傩达说："把凹鼻抬上竹排吧，天光以后我们祭一祭，然后寻个地方把他葬了。"

兵丁中不知道谁说了一声，刚刚跟大灰狼搏斗过来，我们大家都饿了，先煮饭炒菜吃了再做其他事吧。再说牛骨也受伤了，要快点想办法止血才成。

傩达说："我也饿了，不过，我跟大家说，刚刚你们不见我追那只被我砍伤的大灰狼嘛，这几只大灰狼就是那只大灰狼叫来的帮手，搞得我们死的死伤的伤，要不是天黑了，我一定会追上去杀了它的。可惜，天麻麻的看不清路，让它溜走了，它很可能再次去请帮手。还有，那些半大狼也是不能轻看的，它们随时可能利用天黑麻麻向我们进攻。我们得赶快挖个窿，把这几只死狼埋了。天黑麻麻的，如果再来一群恶狼，我们怎么着都搏不过它们，那样我们就死定了。"

傩达对阿格说："阿格，你们几个人把凹鼻和牛骨抬到竹排上去吧。把凹鼻安放好。大头棒不是识草药医病嘛。大头棒，你看看，这里能不能寻到草药医牛骨，牛骨流血过多也会死的，要赶快给牛骨止血才成。"

黑麻麻中大头棒从旁边走来："阿傩大人，我已经着手准备药了。呢，这不是止血草药嘛。"

傩达笑了笑说："好，大头棒。其他人呢，跟我一起就近在岸上面去挖窿瘗狼。我们最好能够在一枝香的工夫做完了这些，然后上竹排，继续往上游撑一段水路，寻对岸一个安全一点的地方再煮饭炒菜吃饭。"

傩达的声音一落，大家马上就行动起来。

一阵叮叮当当絮絮沙沙以后，几只死狼被埋掉了，连岸边上的血迹也用泥沙覆盖住了，好像这儿没有发生过人狼大战，没有发生过大屠杀。

爬上竹排以后，大家都默默的，谁都没有说话，大家合力把竹排摸黑着往上游撑去，悄无声息。大家的心情很不好受，甚至有人暗暗落泪。和大家朝夕相处的凹鼻死了，被大灰狼撕咬死了，是谁谁都不会好受的。

鸡胸脯打破了沉默，他细声细语地说："凹鼻胆子太细了，眼见大灰狼都飙落来了，我见他抓尖枪的手还抖抖着，等大灰狼差不多飙到头顶，才举枪刺过去，又不知道闪开一两步，白白被大灰狼叉住撕咬。我见他这样，想提醒他，可是我话还没出嘴，他就被大灰狼叉在地上了，想说都来不及啊！"

左手拐接了话说："牛骨你也是，我见你把尖枪放弃了，我就知道大事可能不好。也是没有办法提醒你的啊。再说，放开了尖枪，你偏开了一两步让大灰狼冲过去了，可是，你怎么就定定地站在那儿，眼见大灰狼转头要咬你了，你却顾着抽长剑，你以为啊，大灰狼是怎么样的野兽啊，鬼精灵得很呢。这不，不是被咬了一口？嗨。"

牛骨带着哭腔说："左手拐，你力，你力，你会说，轮到你怕早大灰狼吃的连骨头都不剩一块……"

左手拐摆摆手道："我不说了，我不说了。"

牛骨说："我以为，我以为……"

左手拐还是忍不住说："你以为？你牛高马大的你以为你很力？大灰狼是几凶恶的野兽啊。"

傩达说："嗨，我说吧。起初，见到狼谁都是怕的。但是，我们要生存，就必须要勇敢，不能害怕。跟狼搏斗，我们必须比恶狼还狠还恶，不然我们就吃亏，就丢命。鸡胸脯说得好，大家都一起这样面对大灰狼呢，我们自己怕什么。怕的结果，出枪就慢了，慢了就吃亏了。实际上惶惶的出枪早了也是不行的啊。跟野兽搏斗，必须要集中精神，眼要死死盯着恶毒的野兽，不要分心，不害怕就不会分心，害怕了就容易分心了，出枪要刚刚合适。如果碰到不合适的出枪时候，也要想办法挽回失去的第一次时机，再选一个合适的出枪时机。只有这样，跟野兽搏斗才能有把握取胜。”

牛骨说：“我是大意了一点点。”

左手拐又忍不住了，小声说：“刚刚一点点？我的老天，这一点就要了你一块肉……”

傩达想接着要说什么，却被下游传来的嗷嗷叫声打断了。

阿格说：“好像是大灰狼的嗷叫声。”

大家马上安静下来，没有谁再发出声音，都静静地倾听着。过了一阵儿，大家才小声地议论开来。大家肯定就是大灰狼的嗷叫声，嗷叫声十分凄厉，很尖锐，很刺耳，好像要把天空撕裂开来，让人在黑暗中感到全身子都起鸡皮疙瘩。

阿格说：“好得阿傩叫我们快走，如果我们还待在那里煮饭炒菜，现在死的恐怕不只是凹鼻了。听嗷叫声，恐怕这批大灰狼更多。”

傩达说：“你们在城里驻守着，很少到野外来跟野兽打交道，你们不怎么了解野兽的习性。我不同，我几乎常年在山里蹿，跟野兽搏斗是家常便饭。大灰狼是一种很有头脑很鬼精的野兽，既凶恶又聪明。现在想起来，白日我们到山上去装夹黄猄的时候，那两只大灰狼是追着黄猄一路过来的，他们跑不过黄猄，只能在后面追，悄无声息的追。黄猄走旧路，被我们装夹夹住了。大灰狼当然高兴了，我们一出现，它们以为我们是从它们的嘴里抢食，拼死也要跟我们搏斗，斗不过我们就去搬救兵来。其他野兽一般不会搬兵的。大灰狼就是聪明，该怎么做，它们知道怎么做，还知道合起群来跟我们搏斗。一旦我们心怯，我们的死期就到了。所以，对野兽，我们一定要比野兽更恶更狠，只有这样我们才能够生存。”

阿格说：“当初，一听大总管说要我们配合你阿傩大人到蛇埌地方去采挖七彩软石，我心里头就咕噜，嘿嘿，一个崽儿，怎么了？现在看起来，原来阿傩大人你跟大南蛇搏斗是真的啊？”

傩达说：“我说假话做什么，我说假话没有用处啊。你们真以为我手臂上的伤疤是蓝云屯那帮鬼崽儿拿钉耙挠的啊？嗨，这个啊，我都不知道怎么说了。”

阿格说：“现在想起来，没有你，一路到上游去，深山野林的，洪水沟壑的，没有你我们可能几步子都难行。”

傩达说：“不说啦。你们大家看看那边，我看那边岸上比较平，我们就到那边岸去煮饭炒菜吧。黄猄肉好吃着呢。”

钩鼻公问：“大灰狼一见火光，会不会追到我们这里来？”

傩达说：“钩鼻公，放心好了。不管怎么样我们都不使怕，就算大灰狼见了火光，追到对面岸来，隔着江水，它们也过不来。就是想游过来，我们也不怕，这么宽的江面，它们游到这儿，也没有多少力气了，我们可以一只一只地收拾它们。再说，隔着江水，大灰狼也觅不出我们的味道来。既然觅不出是我们杀它们的同类，它们也就没有必要跟我们作对。这点大家放心好了。万一呢，刚刚我说了，隔着江呢。”

他们寻找到了一片比较平缓的岸边靠了岸，然后烧火煮饭和烤黄猄肉。整个前半夜，只听到傩达和阿格要求这个兵丁做什么，叫那些兵丁这样，或者这样，或者那样。兵丁们都默默地做着自己该做的工作，听着傩达和阿格的调遣，就是到了吃饭吃烤黄猄肉的时候，他们谁也没有吭声或者要想到说什么。

凹鼻被狼咬死了，牛骨也被狼咬伤了腿，这让大家都很难过，傩达尤其难过。尽管他明白采挖七彩软石的路上死伤不可避免，他却仍然为凹鼻的死和牛骨的受伤感到很难过。他觉得凹鼻的死，牛骨的受伤，主要是自己的责任。他知道，兵丁们为什么都默默地不吭不声。

如果他傩达没有看见这头黄猄，他们就会一直撑竹排往上游去，一直到蛇埌地方去，直到采挖得七彩软石。这样，凹鼻现在就还是跟大家在一起，牛骨也还能活蹦乱跳，就什么都没有发生，大家都好好的。如果他听阿格的话不上山去装夹黄猄，同样，大家也是好好的。如果当时装夹夹中黄猄了而不去跟那两只大灰狼计较，不去硬要黄猄，大灰狼得到黄猄了就不会向他们发动攻击，这样大家还是好好的。如果……傩达重重地叹了一口大气，这个世界，根本就没有如果。

如果有如果，事情就会回到原来的开头的地方了。

# 21　被血洗的屯子

天微微发光，傩达就醒了，他爬起来，叫醒了所有的人。安排执柴，洗米，煮粥，很快就做好了早粥，简单对付下早餐就上竹排，开始向上游开拔。他们路过的这一段水路落差不大，江面很平缓，水面相对平静，他们一边撑竹排一边寻找岸边的村屯，希望能够尽快地碰上人和屯子。天气实在太热了，白日日头直直的照射，如果不把凹鼻及时埋葬，后果不堪设想。终于，在日头开始西斜的时候，他们在江岸的左边寻到了一个小屯子。

事实上，他们看见的这个地方是不是真有一个屯子，大家心里头都没有底。甚至可以说屯子是他们自以为有，到底是不是真有屯子谁都不知道。为了吸取在攀榕屯遭遇到的教训，他们静静地待在水面上，对这个他们认为是屯子的地方观察了好久，却一直没见到一个人影出现，连鸡啼狗吠都不曾听到。只见一条小路从江岸边弯来绕去的，通到阴森森的森林里去。岸边看不到担水埠，看不到一架竹排。在这条小路的上游方向不到十步的地方，好像有一条小水沟通到江面上来。小路的尽头被森林遮住了，也看不见一座干栏。在白惨惨的日头下面，小路尽头的森林里面阴森森的，一片肃杀。至于为什么看不到干栏，大家都这样猜，从江边看去，干栏可能是被高大的森林遮盖住了。不错，从小路的形状和光滑程度来看，这条小路跟一般动物踩出来的路明显不同，明明就是人踩出来的一条小路。如果小路尽头真有一个屯子，那么，从感觉上看，这个小屯子就有些诡秘了。

他们急着寻找屯子，主要是因为凹鼻的尸体在烈日的烘烤下开始有了异味。如果找不到做祭祀的小师父，凹鼻的尸体就没有办法下葬，那就更惨了。如果寻找到屯子，自然也就能够找得到小师傅了。傩达往前面竹排上凹鼻的尸体看了一眼，喉结滚了滚，转回头去对阿格说：“都走了大半日了仍然不见一个屯子的影子，如果这里有屯子，那么我们算是好不容易碰上了。为了寻到细师傅，就算这是个鬼屯子，我们也得要进去看看。”

傩达没说出这样的话来还好，他这么一说，身边的兵丁都鸡皮疙瘩起来，连连摆手，叫傩达不要再这么说。

阿格说：“阿傩你说得好听一点好不好，鬼鬼鬼，大白日的，鬼什么鬼呀！你看，把大家都吓着了！”

阿格说道：“以前，我跟僪王到处巡查的时候，我最远就只到过攀榕屯。再远一些的地方我就不知道了，所以我根本就不知道这里有没有一个屯子。看线路图，大师傅也没有标出这儿应该有个屯子，是不是这个屯子离江边太远了，或者被大片的木遮住了看不见所以没有标上去？如果这里头真有一个屯的话，我们就更不知道这个屯叫什么了。”

傩达说：“阿格，我们靠岸，沿着小路过去试试看。”

阿格说：“这么多物件在竹排上呢，我们怎么进去？”

傩达显出无所谓的样子，微笑了一下说：“你还真是，这些兵丁都是你的手下呢。我相信他们不会把这些物件搞丢的，他们也要吃饭啊不是吗？搞丢了对他们也没有好处啊，他们也是要挨饿的呀。”傩达转向来路看了一眼，并翘了一下下巴，又说：“你看看，这么远的水路呢。何况，那群大灰狼很可能还在那儿等着我们呢。”

阿格说：“好好好。”他转脸向兵丁，严肃地说：“你们，除了送本官和阿傩大人到岸上去的竹排停靠在岸边等我们以外，另外的两架竹排要在离岸边十步远的水中插杆锚好等着我们的到来，以防止可能发生其他料不到的情况。”

听了阿格的安排，傩达感觉阿格做得十分好，对他笑了笑。

阿格跳到傩达所在的竹排来，和傩达在一起，叫两个兵丁跳到其他竹排去待着，他们和一个兵丁把这架竹排撑到江岸上去，靠边停住，留下这个兵丁看守竹排，他们跳跃到江岸上去。

正像傩达大家猜测的那样，沿着这条小路进到森林里面去，在森林的另一边的确有一个小屯子。但是，这个小屯子并不是在森林覆盖的下面，而是在山坳的后面。傩达和阿格沿着小路，握着长剑和尖枪，小心翼翼地，忐忐忑忑地，沿着小路走进森林里。从酷热的日光底下一走进森林，冷飕飕的凉风扑面而来，使他们不由得打了寒战。森林遮天蔽日，看不到天，也看不到日头光在哪儿，显得阴阴沉沉。森林里没有他们想象的那样，里面搭着一座座干栏。看来，事情并不那么简单。

小路还在一直地往森林里伸延，弯弯曲曲，不知道可能伸到哪儿去。

阿格说："怕是里面根本就没有屯？"

傩达说："不可能的，阿格你看看，这么熟的路，连草木都被人踩熟了，不可能没有屯。"

阿格下意识地低头看了看路，想了想，觉得傩达说得不错，就挺直了腰杆，轻声说："好吧，我们继续走吧。"

傩达走在前头，阿格跟在后面，东张西望，既要紧跟傩达，又要提防万一有什么事和可能的不测，好应付。

他们小心翼翼地走了大约一炷香的工夫，转过了一个山坳，前面竟然就豁然开朗起来。走出森林，他们发现山坳的这一边有一个小屯子。屯子流水叮咚，饮水的竹竿在空中到处横跨，把山泉水通过这些被打通了节眼的竹竿接到各家各户去。二十多户人家的干栏都沿着一条小水沟的一边修筑，显得整整齐齐。进屯的小路从每一座的干栏的面前经过，每家每户出入都很方便。

傩达和阿格走到屯口，远远往屯子看过去，小路上没有见到一个人，所有的干栏外面也没有一个人，连鸡啼狗吠都听不到。傩达和阿格不得不停下来，他们感到奇怪，这到底是怎么一回事呢？难道这个屯子的人都躲在干栏里面吗？更加奇怪的是，屯子里没有人声，连狗吠的声音以及鸡啼的声音都没有，屯子好像死了一般。难道真是一个鬼屯？

傩达和阿格不由自主地抓紧了长剑的手柄，身上直起了鸡尖毛，双耳根阵阵发麻。

突然，傩达和阿格几乎同时发现，离他们最近的一座干栏的栏杆上黑乎乎的，不像死日久的霉变。仔细看，干栏底下的地面上，同样发现有类似的黑乎乎的影印。一个不祥的念头在傩达脑子里闪过。傩达说："我们走过看一看。"

傩达抓住长剑走过去，阿格跟在傩达的后面。

走的近了，马上感觉到一股股腥臭的气味直扑鼻孔，让人一下子透不过气来。阿格说："情况好像很不妙。"

傩达回头对阿格点点头，继续往前走，一直走到干栏阶梯的面前，他用长剑把染上黑乎乎的阶梯挑刮了一下，发现这些黑乎乎的物件已经结了块，里面还露出暗红的色泽来。

"是血！"傩达和阿格几乎异口同声地小声叫喊起来。

傩达说："是干了的血块。"

阿格点了点头。

傩达抬头往干栏上面看了看，小声对阿格说："我们上去看看。"

阿格点点头，紧跟着傩达蹑手蹑脚地走上干栏。

干栏上空空如也，除了血迹，和一些简单的被打翻打烂的家具和用具，就再难以找到什么有价值的物件了。干栏好像被洗劫了一般。傩达和阿格到每一个小房间转了一圈，没有见到任何活着的物件，连尸首都没有。

这到底是怎么一回事呢？阿格跟在傩达后面，边走边对傩达说："阿傩，我猜，这个屯是不是被强人洗劫了啊？"

见傩达不吭声，阿格又说："我们到其他干栏去看看吧，也许能够发现些什么呢。"

傩达点点头说："好吧，我们都去看看。不过，为了防止万一，我们要手抓长剑。"

从第一座干栏到第二座干栏，草地上，路上，到处都有乌黑的大摊大摊的血迹。傩达和阿格每迈出一个步子，心都一步比一步的更见抽紧。

第二座干栏如此。

第三座干栏也是如此……

走到第七座干栏的时候，傩达突然发现第十座干栏上有一个人影闪了一下，他便小声喊道："有人！"他伸出左手，拦在了阿格的前面，把握长剑的右手抖动着。

阿格伸长了颈瞪大了眼往傩达示意的方向看去，一会儿后说："我怎么没有看见有人？"

傩达说："这个人，他只是闪了一下，马上就不见了。不是我眼花，他肯定是躲到干栏里面去了。"

阿格问："那，我们还上这座干栏吗？这座干栏会不会也有人？"

傩达摇摇头说："不知道，但是，我看，我们先不用急着上这座干栏，这座干栏很可能跟前面我们到过的干栏一样，什么都没有。我怕我们上这座干栏去看的时候，那边的人可能就溜了。"

阿格说："要是这座干栏也有人呢？"

傩达仍然摇摇头，小声说："我还是先相信这儿没有人，因为我们还没有发现这里面有人的迹象。相反，那边我确确实实的看见有人了。我们不能让他溜了。我们现在马上就过去，免得他从干栏后面或者从干栏底下溜走。"

阿格看了一眼傩达说："阿傩，万一他不只是单独一个人，而是一帮人呢，我们怎么办？他们要是拿枪拿刀拿剑要杀我们呢，怎么办？"

傩达说："怕什么，我们可以表明我们的身份啊，我们也可以问清楚他们的身份啊。"

阿格说："要是他们骗我们呢？"

傩达说："先不要假想这个那个，过去看看不就清楚明白了吗。"

"好吧。"阿格无可奈何地说："不过，我们还是要小心为是。"

傩达说："当然。为了防止后面有袭击，我在前迎着他们，你断后。"

阿格看着傩达的眼睛，点了点头。

傩达和阿格手紧握着长剑，大大方方地来到第十座干栏的前面。傩达站住不走了，他前后左右观察了一下周围的情况。阿格也跟着傩达的眼转了一圈。除了血斑和一片狼藉外，没有什么特别的情况。傩达呃呃地清了清喉咙，大声喊道："上面的人听着，你们是什么人，请出来一下，我们说说话。我们想知道这里到底发生了什么。"

阿格见傩达要说话，心一下子就害怕了，想阻止傩达，可是却来不及阻止了。他觉得人家在暗处，自己在明处，随时有可能要吃亏。想不到，傩达竟就朗朗地发出问话来了。阿格只好作罢。后来想想也对，反正对方已经发现了他们，也没法躲开，躲开去反倒引起人家的怀疑。傩达这样做，也是先声夺人，让对方知道暴露了，使对方的心里处于两难的境地，走出来还是继续躲在里面？这样，双方就平等了。

干栏里面什么动静都没有，像整个屯子一样寂静。阿格再次怀疑起傩达来，傩达的眼睛是不是真看花眼了？

过了好长时间，干栏里面还是什么动静都没有。接着又像是过了好几支香的时间，干栏里面还是没有动静。等得不耐烦了，傩达和阿格再次交换了一下眼神，阿格向傩达点点头。

傩达继续喊道："兄弟，你们不用躲着。刚刚，我已经见到你们了。躲着是没有用处的。我们刚刚来到这儿，我们见到到处是血，我们觉得，这里好像是被劫杀了。我们只是想了解一下，想知道这是怎么的一种情况。兄弟，出来吧，跟我们说说话吧，把这里发生的情况告诉我们一下吧。"

傩达的话音刚刚落下，干栏上面突然啊啊啊地冲出五个男人来，他们手拿砍刀，木棒，喊劏喊杀。

# 22　细师傅

那么突然，那么多人从干栏上面一下子冲出来喊剐喊杀！傩达和阿格被这个突发情况给镇住了。虽然心里早有所准备，仍然惊的头皮发麻。他们惊愕地看着冲出干栏来的五个恶煞般的男人，一时不知所措。因为有干栏阶梯阻隔，这五个人一下子还伤害不了他们。心有些惶惶的内官阿格拿眼瞭瞭周围，想断定一下其他地方是不是还有人冲过来。就在这时，只听傩达一声喊："阿格，看，人家拽来木头！"

阿格抬头一看，一段断木已经飞到自己的头顶前面，他急忙拿长剑往上隔挡，同时扭头偏开。阿格出手稍稍慢了一些，长剑没有来得及挡开断木，断木重重地砸在他的膊头上，痛得他哎哟的叫唤了一声。喊痛的声音还没有完全从喉咙消失，又发现一块断木板向他旋转着向他飞过来，急切中他又拿长剑去挡开。耳边早已一阵乒乒乓乓的响声，那是傩达把那些飞向他的断木头和断木板挡开了。眼见断木板飞到面前，阿格出手挡隔的同时身子偏开一步，断木板让他挡住了，乓一声响，握剑的虎口一阵发麻，断木板跌落在他的身边。但是，对方连个甩甩手的机会都不让给阿格。断木板刚跌落地上，没等阿格缓过气来，又有断木和断木板稀里哗啦地飞到他的头顶上空，阿格只好左右开弓，一边拿长剑不断挡开飞来的断木断木板，一边慢慢后退，使对方拽过来的断木和断木板的减慢减弱。

长时间的挥动长剑，长时间的挡隔断木头和断木板，阿格感觉手都被震得酸了痛了，被震得麻木了，头和颈也仰转得酸痛了，被砸中的膊头痛得尤其厉害。干栏上面的五个人仍然不歇息，一边骂着恶毒的话，一边拽断木断木板。这样的情况不知道过了多久，终于，阿格发现头顶上空再也没有断木头和断木板飞过来了，他知道干栏上面的人没有可以拽的物件了。空中飞瀑终于停止了。

没寻到可拽的物件，干栏上的人还是喷着唾沫大骂，把傩达和阿格的耳朵都快震聋了。傩达首先大声回应道："兄弟，你们搞错了，我们不是恶人。我们是从僠王城里来的，正好有事路过这里。"

见傩达跟干栏上的人对上了话，阿格想往前迈一步，跟傩达看齐，却被地面上的断木和断木板阻碍了，没处放脚。他使脚把断木头和断木板踹开，往前走了半步，再把断木头端木板踹开，又向前迈了半步，终于和傩达站在一起。傩达见阿格站到了自己的身边，就大声说："呢，他就是僠王的内官，他身上还带着僠王配发的通牌。"

阿格马上伸手摸胸口，手却还哆嗦着，他哆嗦着从胸口摸出通牌来，向干栏上面的人亮了亮，大声说："你们看，你们看看，这就是僠王配发给的通牌。"

干栏上又有人发话了，我们不知道什么通牌，我们也不知道什么内官。我们只知道我们屯的僠琓被杀了，我们屯的人被杀了。我们什么都不知道。我们全屯子二十一户人家啊，除了我们四个人，统统的被恶人杀了……那说话的人哽咽着说不下去了，另一个人接了话大声说："我们平头人家，从来不知道什么通牌，在我们下灶屯，只有僠琓才识得通牌。我们怎么能相信你们？说不定你们这些恶人又要回来要把我们斩尽杀绝，连我们四个人都不放过。"

傩达说："大哥，你看看，我们像恶人吗？"

"我们怎么知道你们是不是恶人？你们的脸上又没有画着说是恶人还是善人。我们又从来没有见过你们！"干栏上的人大声喊道。

"我们？"傩达说，"当然你们没有见过我们，我们从那么远的地方来，就好像我们两个没有见过你们一样。好吧，如果你们不相信我，请你们跟我们到江边去，那儿有我们的三架竹排，其中一架竹排上还躺着我们的一个人，因为他昨晚被大灰狼咬死了。我们到这里来，是想寻到一个细师傅，为我们的人祭奠一下，好把他安葬。"

干栏上的人又鼓足了气，看起来又要大声号了。就在这时候，一位老者从后面走到前面来，摆摆手让想要说话的人停下来，叫他不说话。

老者头发花白，花白的胡须长长的垂到胸口，高高瘦瘦的个子，他双腮凹了下去，显得双颚格外突出。

老者道："你们说你们是从僠王城里来的，说说你们的来历。"

阿格抢先了，他挺了挺胸，特别来劲了，他大声说："我是僠王的内官，这次是负责护送阿傩大人到上游去采挖七彩石。"他指指傩达说："他叫阿傩，他就是僠王的大师傅的种代。僠王要阿傩带着我们到上游的蛇埌地方去采挖七彩软石。七彩石，你知道吧。将来，大师傅老了，做不了大师傅了，阿傩大人就会接了他做大师傅。因为，阿傩是大师傅的种代。"

老者道："这么说来，你们真是从僠王城里来的了，我去僠王城里跟大师傅学法的时候，听说过大师傅有几个女人，都生养了崽儿，是不是有一个叫作阿傩的我不清楚。"他伸手指着傩达问道："难道刚刚说话的你是阿傩？傩达你真的就是大师傅的种代？"

阿格一时高兴，竟呵呵笑了，他没有意识到这个时候不能笑。他笑着说："正是，他正是阿傩达，是大师傅的种代……"突然，阿格发现干栏上的四个人对自己怒目而视，他马上止住了笑，知道刚才自己发出的笑声不合时宜，也发现傩达正拿眼睛阻止自己，他只得收敛笑容，尴尬地低下了头，没有继续说下去。

老者迟疑了一下，对他身边的人咕噜了几下，然后，抬手招呼道："这么说你们真是从僠王城来的了？好吧，我相信你们的话。你们上来吧，有什么事，我们慢慢再说。"

原来，这个屯子叫下灶屯。之前，下灶屯遭遇了一场前所未有的洗劫和屠杀。傩达和阿格在刚刚进入下灶屯的时候就想到了可能发生了这样的事件。生还的四个人却不知道恶人来自何方，又到哪里去了。根据生还的四个人的零零星星的叙述，可以断定，洗劫和屠杀是在几日前的一个前半夜之前实施的。

那日，他们四个人相约好了吃了晚饭就上山，要装夹猎捉山猪。装好了夹，已经是半夜了，他们回到屯里时就只见到屯子里到处是鲜血，到处是尸首。他们发现屯子里已经没有一个生人以后，全都瘫倒了，吓得昏迷了，软绵绵地躺在干栏上，不省人事。

他们先后醒过来以后，他们感到奇怪，他们四个人上山之前屯子里跟平常没有什么两样，也没有听说谁家有亲戚来往，也好像没有生人进入屯子。

更加奇怪的是，夜里生人进入屯子应该会被狗发现的，屯子里家家户户都养狗。就是一头野兽蹿入屯子，想要胡作非为捉只鸡捉只鸭，几十只狗都会像炒豆子一样的吠起来，会吵闹很长一段时间，连很远的地方都能听得到。那时候，他们四个人就在附近的山上，在山上装夹，就是没有听到狗一起吠的声音，屯子跟平常好像没有两样。当他们装好了夹，回到屯子来，屯子倒是出奇的安静，他们竟连一点奇异的声音都没有听到。

从被害者的尸首看起来，大多是被利刃割颈。这手段，被害者连叫喊一声都来不及的。

最后，老者对傩达和阿格说："我就是他们叫来做祭奠的细师傅。我家离这里有半日的路。他们叫我过来，我就知道有人死了。可是，我不知道全屯人差不多都死光了。我从来没有一下子为百十号人同时做过祭奠，天见地见。真是作孽啊。"

老者接着问清了傩达和阿格来此寻细师傅的原因。听完傩达和阿格的话后，老者慢慢地站起来，悠悠地说："好吧，我们走吧。人祸，兽祸，都是祸。都给他们做祭奠吧，免得他们的魂魄东游西逛。我把他们招回来，免得他们成孤魂野鬼。"

下灶屯余下的四个人中，站出来一个人，这个人看了看傩达和阿格一眼，不客气地说："你们，城里人，你们不能把你们的死人葬在我们屯的旁边。你们得要寻个远一些的地方去埋葬，免得他们扰得大家都不安宁。"

老者回头看着说话的这个人，盯住他说："何必要说出这样的话来呢，大家都几难受哦。你以为我老者连这点规例都不知道吗？"老者走了几步，仰头望天，叹了一声说："连死人都不能容，生人跟生人怎么相容啊。世界故此总闹不休哦。"

下灶屯的四个人齐齐跪了下来，目送老者走下干栏。

走出下灶屯的时候，傩达回头看了一眼，发现那四个人仍然跪着，真是情真意切啊。

老者走在前面，傩达紧跟在老者的后面，阿格仍然负责断后。一路上，三人都默默地走着，都心事重重。他们一在江边出现，兵丁们的脸上马上露出高兴的样子来，只是因同伴的尸首在竹排上，不敢造次，要不他们可能会欢呼起来。

细师傅站在江边往上游看了看，指着江对岸一个有缓坡的岸边说：“到那里去吧。”

傩达马上扶住细师傅，叫兵丁稳住竹排，把细师傅扶上竹排去。阿格跟着轻轻一跳，顺便叫道：“撑竹排。”

等阿格回到原来乘坐的竹排以后，竹排马上转头往上游方向撑去。

细师傅站在竹排前头，对站在他身后的傩达说：“阿傩，你是大师傅的种代。怪不得他们选你去蛇埌地方采挖七彩软石。僠王还是很有眼光的，僠王很会选人。看你阿傩的身架，多壮啊。只有你阿傩这样的身架，才能够挺得过一路上的千辛万苦，才能够敌得过那么多的天灾和人祸。看得出，采挖七彩软石的事理应是你阿傩的担当。你现在真的就这样做了，真是好样的啊。我就知道大师傅的种代不错。”

傩达说：“细师傅，我在家里野惯了，嬷佬常常骂我是崽儿头、犸猴，不识规矩。大舅也唠唠叨叨地说我，要我这样，要我那样。偏偏——”傩达笑笑说，“我偏偏不这样也不那样，嬷佬和大舅就常骂我，不喜欢我。”

细师傅说：“正是你的野性造了你阿傩这样的身架。哦呵，没有这样的身架，谁能够胜任这个采挖七彩软石的事情，谁也担当不起这个职责啊。阿傩，你要知道，你们的前面有成千上万的艰难险阻啊。”

细师傅又问：“阿傩，于我老者看来，你没有学到什么手艺吧？”

傩达笑笑说：“细师傅你说对了，我确实没有学过什么手艺。僠王召我进宫，是因为要我去采挖七彩软石。我这才有机会进入王宫，才有机会进入大师傅的作坊去，在里面偷偷跟画师学了几招画画，也仅仅两日，第三日就开拔往这边来了。”

细师傅捋了捋花白的胡须，说道：“我去僠王城跟大师傅学法，从来没有见过你阿傩。阿傩，虽然你现在没有学过什么手艺，你是后生哥，有的是时候，有的是力头。不像我老者，马老木枯，没有多少时候了。我们不像大师傅，大师傅可以在没到我这个年纪就有人接膊头。我们细师傅要做到老了才能寻找接替的人。但愿此次回去能够如愿哦。”

傩达关切地问：“细师傅还没有寻找到接替膊头的后生哥吗？”

细师傅点点头，叹了口气说：“没有啊，这样的后生哥难寻啊。头脑稍稍精灵的后生手无抓鸡之力。当然，我不是真说抓只鸡都不行，我是说没有那个身架啊。你看，我们做细师傅的，一去一来可能就是一日两日，甚至好几日。有时是坐竹排，有时候是骑马，有时候是靠两双脚走路，身体不好不行啊。我见到的身架横的后生哥嘛，四肢发达头脑简单，学什么不成什么，这哪成啊。你看，阿傩，我都这么老了，还得自己走到这里来为下灶屯人祭奠送他们好走哦。”

细师傅抬手指指那片江岸上的缓坡，说道：“那地方，真个是卧虎起龙的地方，不知道你们这个兵丁曾落下了种没有？如果落下了种，他的种代将来肯定有发达的时候哦。”

# 23　遭遇恶人

给凹鼻做了祭奠，把凹鼻安葬了之后，大家都感觉轻松了许多，心安了许多，勒在心头上的包袱终于可以暂时放下了。办完了这件事，接下来的事情是先要把细师傅送回他家去。考虑到下灶屯人的遭遇，恶人无恶不作，到处杀人放火，担心细师傅碰上那些没有了人性的恶人，傩达坚持要把细师傅送到他家里去，细师傅不肯，说他这样年纪的人了，他慢慢地走，也不怕什么，山上的野兽还嫌弃他，嫌他老，恶人杀他也没有什么用。他怕妨碍他们到蛇埌地方去采挖七彩软石的行程，耽误他们的时间。实际上，细师傅心里有一个疙瘩，他心里想到的事又不想告诉他们。他的屯子离下灶屯不远，他担心自己不在家里的这段时间里，自己的屯子也遭遇下灶屯那样的不幸。要知道，恶人一旦去过他的屯子了，他们就会斩尽杀绝，就想要满载而归。傩达却一直坚持着要送他，细师傅最后虽然摇头笑笑，终于还是同意了。

细师傅的家正好在上游，从这个地方上去，要行小半日的时间，看起来并不很远，只是，要上一个长长的滩头。细师傅说，像他们这么多货物，估计得要三支香的时间才能把三架竹排拖到滩头上面去。听了细师傅的话，傩达看看天，见日头差不多要挂西山头，估计送细师傅到他家的时候应该就是半夜了。

天就要黑的时候，他们就到了细师傅说的那个长滩头。阿格安排两个兵丁到长滩上面去生火做饭，其他人都下了竹排，先把两架竹排泊在滩头下游，大家合力拖一架竹排上到滩头上游去，然后再回头来拖第二架竹排上去，最后再拖第三架竹排。等把竹排都拖到滩头以后，正好到了开饭的时间。天完全黑了下来，大家便坐在岸边，稍稍休息了一会儿工夫，吃过饭，透过气来继续撑竹排往上游去。

上了长滩，接下来的一段水路落差不大，水面比较平缓，在这样的水面上撑竹排没怎么费力，兵丁们又有说有笑了。傩达因为与大师傅的特殊关系，让细师傅跟傩达格外显得亲近，细师傅利用这段时间，把他掌握的好些知识，包括做法、地理等，都告诉了傩达。经过了几日来的磨炼，傩达对这些知识也产生了浓厚的兴趣，从细师傅这里学到了好多之前他所不知道的知识。有了细师傅在这方面的引导，傩达对做法、对地理就入了心了。

前面突然出现一座高大的石山，紧紧挨着江面。细师傅说："阿傩，差不多到了。"

傩达站起来，看看星斗，估摸着应该是半夜了。

突然，细师傅嘴巴发出嘘的一声。傩达听了，回头看了细师傅一眼，知道细师傅发现了异常的情况，他马上压低声音叫大家不出声。等大家都安静了不说话了以后，傩达迅速往江面四处扫了一眼，这时候的江面上，除了江两岸边青蛙小虫叫唤之外，四处都静静的。星空倒影在水面上，好像到了另外的一个世界。因为没有发现什么，傩达马上转回来凑到细师傅的旁边，想听细师傅的看法。细师傅告诉傩达，说他感觉到这儿好像有些不对头。傩达问细师傅哪儿不对头，细师傅用手指指上游的方向，傩达瞪大了眼睛。傩达把眼都盯的痛了，这才发现上游方向不时有星点的光亮闪动，闪闪烁烁，不注意看还真看不出来，以为是萤火虫什么的。

细师傅小声地傩达说："我屯的担水埠好像有人。"停了一下他又说："按说，平时呢也有人在夜晚到江边来捉鱼，也有人放夜钓。可是，放夜钓的人一般是在吃晚饭了以后，或者天黑不久就到江边放夜钓，肯定不会半夜里放夜钓。捉鱼的就算夜晚出动，一般也没见都过了半夜了还在江边上捉鱼。"

细师傅显得有些忧心忡忡。

傩达联想到下灶屯的遭遇，觉得细师傅说的有道理。傩达轻声招呼，让三架竹排靠在一起，把可能出现的情况跟大家说了一下。阿格听了，觉得无论如何，先做好搏斗的准备。

阿格站起来静静地观察了一下江面，想了想，小声跟傩达交换了一下意见，布置道："狗头，大头棒，你们两个，跟我和阿傩在一个竹排上。我们做前锋，在前面走。你们几个和细师傅分四人一架竹排跟在后面。一阵儿我们靠岸以后，你们先不要急着靠岸，把竹排停在离岸边一两杆远的地方。你们要小心，要保护好细师傅，不能让细师傅有所闪失。”

听了阿格的布置，傩达突然想到了什么，接了话说：“干脆，你们两架竹排就停在江中间锚好，不要动。有左岸黑压压的大石山，在右岸担水埠这边看不出江中间有竹排的。细师傅说过，这儿的江中间也就一杆深左右，能把竹排锚得住的。我的想法是，一旦我们竹排上有事，我们不能让他们看见你们，我觉得这样更好。阿格，你看这样是不是更好？要不，如果恶人埋伏在路边，见你们没有靠岸，就收藏得稳稳的，死不出现，我们就不知道他们藏在哪里，奈何他们不得。如果我们以为没什么事，太靠近岸了，他们一冲出来，就有可能伤了细师傅，抢走我们的货物。如果是碰到大帮的恶人，你们照着我们的命令来行动。”

阿格点点头，表示同意。阿格问细师傅：“细师傅，你那屯叫什么名字？”

细师傅说：“我屯是叫窑屯。”

阿格若有所思地点了点头。

换乘了竹排，傩达站在竹排前面，阿格站在竹排中间，狗头和大头棒撑竹篙。后面两架竹排跟他们拉开了一段距离，在后面不远处紧跟着，不留意还看不出来。傩达和阿格眼观六路，耳听八方，小心地观察着岸边，小声讨论着应对可能发生的情况的办法。

一想到下灶屯的屠杀，傩达的心情就紧张起来，心收缩得紧紧地。从规模来看，下灶屯的屠杀起码有十个以上的恶人同时作案。并且，都是一些穷凶极恶的、不要命的家伙。

让傩达和阿格感到奇怪的是，他们在下游发现过一次有星火闪光过后，就再没见出现了。到底是什么原因呢？难道真是萤火虫吗？如果相反呢？傩达和阿格有种危机四伏的感觉，相互提醒要处处小心。

来到叫窑屯担水埠正对着的江面上，细师傅在后面嘘了一声，做了一个停止的动作。傩达这才注意到，叫窑屯正好对着大石山，黑嗷嗷的大石山做背影，正好让对岸的人看不出江面中间有竹排停泊。傩达暗暗为细师傅提供的这个情况叫好。

等两架竹排锚好，傩达示意狗头和大头棒撑竹排向叫窑屯的担水埠撑去。

撑到近岸，展现在大家眼前的是，担水埠静静地卧在江岸边上，担水埠上没有人影，也没有停泊的竹排。尽管这样，傩达还是小声地告诉大家要小心为好。上岸之前，傩达和阿格对担水埠和岸边观察了好一会儿，见没有特别的情况，就叫狗头和大头棒慢慢地把竹排靠岸。

傩达紧紧握住长剑，第一个从竹排上跳到岸边的码头级上，接着是紧握尖枪的狗头和大头棒，阿格抓长剑断后。

傩达小声说："大家走码头级中间，防止码头级两边有埋伏。"

傩达故意在上码头级的时候磨磨蹭蹭往上走，狗头，大头棒和阿格也只好慢慢地保持着距离跟在后面，磨磨蹭蹭慢慢地走码头级。

走到担水埠一半的时候，突然从码头两边跳出几个人来，把他们吓得心头发毛。只见这几个人手上都挥着两拃长的短刀，真是十足的恶人！

傩达大声喊道："恶人！"

哗啦啦一阵响以后，两队人马就纠缠在了一起，接着就是刀光剑影，乒乒乓乓的兵器乱碰的声音。

傩达见到恶人手中的兵器，心中就有了底气。这些恶人为了想不显山不显水的作案，一般就带短兵器在身，是想让人白日看不出来他们身藏暗器。这些恶人见傩达只有四个人，也不管什么来由，就发动突然袭击，想把四个人一下子做倒在地。

狗头和大头棒见此，胆子也壮了起来。

冲到傩达前面来的是两个恶人，两个恶人从码头两边向傩达发动攻击，把傩达夹在中间。傩达在搏斗中扫了旁边一眼，见正好是八个恶人，把他们四个人夹在码头级中间，傩达四个人正好是腹背受敌。看来，傩达四个人上岸时，恶人做了安排，两对一，企图一下子就把傩达四个人消灭。这个阵势，傩达感觉不妙，他大声吼道："大家拉开！"

阿格一听，马上领会了傩达的意思。长剑和尖枪必须是在大空间内才能发挥更大的作用。他怕狗头和大头棒不领会傩达的意思，就马上命令狗头和大头棒拉开距离，叫他们边挡住恶人边往码头级下面退，使尖枪有足够的空间发挥作用。

傩达把长剑使得团团转，银光闪闪，让两个恶人无法近身，还把两个恶人弄得晕头转向。就在其中一个恶人不知所措，稍稍松劲的时候，傩达一个横劈，把这个恶人的头颈砍了大半，他的脑袋马上耷拉下来，鲜血从颈里直喷出来，身子摇晃了几下，倒了下去。另一个恶人见傩达杀了他的同伴，嗷一声大叫飙起来，把刀直直刺向傩达的背项，傩达听到风声，急忙往下矮了半个头，身子同时往旁边偏开，顺势抽长剑往回抹过去，把恶人的一条大腿削去一半，鲜血直往傩达的脸上喷来。恶人刺不中傩达，重重地跌落在地上，痛得他嗷嗷大叫。

狗头格斗经验少，没有像傩达那样能够把尖枪玩个团团转，让恶人无法近身。他左刺一下左边的恶人，恶人退去，他就反身过来刺一下右边的恶人，右边的恶人偏开退去。左边的恶人重新冲过来，他又反身刺去。如此反反复复，搏斗了好一会儿，竟然没有伤着恶人一根毫毛。狗头听到码头级上面呼呼地发着风，忍不住稍抬头，发现傩达把长剑玩的团团转。他就有样照样的画葫芦，右手抓住尖枪也玩起团团转来。果真有效，两个恶人从此无法近得了身。他抽空一步把尖枪向其中一个恶人的颈项扫去，恶人的颈项被尖枪的尖端刮断了颈血管，恶人连声都没有发出，用手握住颈项，鲜血从他的指缝间喷射出来，像一口喷涌的泉眼，直喷射到狗头的身上。对面的恶人见到同伴出事，呆住了，狗头抽回尖枪，直直向这个恶人刺去，恶人来不及反应，尖枪已经穿透了他的胸腔，往后倒了下去。

大头棒紧抓着尖枪，看到恶人跳起来的瞬间，心里着实有些发慌。后来见到恶人手上拿的都是短刀，胆子就大了许多。大头棒耍尖枪有个得意的地方，能够快速地四面刺出去，抽枪回来的时候跟别人不同，他一个甩臂往头上抽过来，枪尖直直飞到另一个敌方的面前，使敌方吓一跳，就在敌方吓一跳的时候，他已经顺手抽枪，同时狠力刺出去，这一招实拿，敌方往往是九死一生。大头棒现在玩的正是这一招。左边一刺，尖枪早到了恶人的面前，恶人躲过去，大头棒甩臂从头上抽枪，枪尖同时飞到右边恶人的面前，恶人躲过。几个来回，几个回合以后，恶人只记得躲着，躲开的密度越来越大。右边的恶人稍稍慢半拍的时候，大头棒一个大甩臂，然后狠刺，就把恶人挑在码头级的下面。左边的恶人见了，害怕得要转身逃走，大头棒哈的一声大叫就跳起来，照恶人的后背就是一枪。恶人往前一个狗吃屎，扭了扭身子，不动了。

阿格的长剑也耍得十分了得，三下五除二，就把其中一个恶人砍倒在地，就在他转身要砍另一个恶人的头颈的时候，他突然改变了主意，想到要抓一个活的。他马上飙起来，朝着恶人拿刀的手臂砍去，把恶人的手臂带短刀砍飞到一边去，然后实实地骑在恶人的身上。

搏斗在半支香的时间内结束。审问恶人的结果，得知已经有五个恶人潜入叫窑屯去迷狗了。原来如此，怪不得下灶屯上山装夹的四个男人没有听到狗吠的声音。傩达和阿格都感到问题变得复杂起来。

如果现在马上进叫窑屯，傩达四个人在明处，恶人在暗处。恶人是在叫窑屯里，很难把恶人消灭，这是让他们感到棘手的地方。

# 24　追！追！

被阿格砍断了右手的，鲜血嘟嘟喷着的恶人，哎哟哎哟地喊痛。

联想到下灶屯发生的屠杀，阿格拿长剑指着问：“下灶屯一个屯子的人是不是你们杀？”

这个恶人像度葱地哎哟哎哟喊痛，连连说：“细人不敢说，细人不敢说。”

傩达听见，转过身来，提长剑走过来，大声喝道：“快说，不说马上砍死你。”

恶人吓得屁滚尿流，连连说：“是我们，是我们。”

傩达一听，火冒十杆高，嗷地大喊了一声，挥长剑就砍恶人脖子，恶人没吭一声，一颗人头早滚落地上。阿格想要拦都拦不及。阿格埋怨傩达道：“阿傩，你怎么就把他给劏了！刚刚，我们在这里跟恶人大喊大杀，叫窑屯里的五个恶人肯定听闻了，他们很可能就迪走了。他们一走，以后还不知道有多少个屯子多少人家又要遭殃。”

傩达说：“我一听，气就上来，也顾不了这么多了。不过，我估计他们不一定能听到。听细师傅说，江边离叫窑屯还有一段路，又有一个山坳阻挡，他们不一定能听闻。”

阿格摇摇头，盯住傩达说：“他们不一定能听闻，他们不一定能听闻。真是，夜深人静的，有一点点声响都能传得很远。”

傩达一屁股就坐在码头级上，又朝阿格说：“嗨，都累了，先拣个干净的地方坐下透透气再说吧。”

阿格说：“事到如今，也没有挽回的了。好吧，我们先透透气。狗头，大头棒，你到码头级顶上去看看，一有情况马上报告。”

阿格指着被傩达杀死的恶人，对傩达说：“你看，你把这个恶人杀了，现在只能靠我们自己了。我原来想利用这个恶人一下，让他带我们进屯，等跟他的同伙联络上，他们一集中我们就动手灭了他们。现在，你把鱼钓都扯断了，我们只能再想其他办法了。”

傩达说：“谁想得那么多，见他们杀了那么多人，我心里就冒火，心恨恨的，杀了他还不解恨呢。”

两人坐在码头级上，商量了很多办法，都觉得不怎么可行。因为，五个恶人在屯子里，他们很可能都把屯子里的狗迷住了。没有狗吠，他们可以神不知鬼不觉的进入屯子，进行杀戮和抢劫了。说不定，他们正着急地等着担水埠的同伙进屯子里去呢。没有联络暗号，说话的声音也有区别，一听就听得出来，很难瞒天过海的，怎么办？如果恶人发现什么不对头，可能会出现两种情况，一是恶人跟他们搏斗，要搏斗他们不怕。当然，很可能双方都有伤亡。二是恶人逃窜，半夜三更的，很难追得上这些恶人，恶人也很容易躲藏，很容易逃得脱。逃走了的这些恶人，以后可能变本加厉地加害于平头人家……

突然，嘘一声，傩达和阿格往码头级上面看，只见狗头鬼魅一样弓着腰走下来。来到傩达和阿格的面前，狗头小声地说：“从屯里走来几个人。”

傩达兴奋起来，问道：“他们几个？”

狗头摇摇头说：“有几个我们看不清，天黑麻麻的，谁看得清，反正四个或者五个吧。”

阿格问：“他们走得很近了吗？”

狗头说：“我估计了一下，看起来，他们离我们这里还有几百步远。”

好呀。傩达说：“看来他们都齐齐地过来了。我们先赶快把这些尸骸拉到码头级旁边去。我们也像他们刚才等我们上来一样的等他们到担水埠来。他们一走到面前，我喊一声，大家就动手。”

阿格右手挡住傩达，摇摇头说：“不可，这里到处是血，到处是腥味，一走近就能闻到，就能想得到这里发生了什么事，他们就会很小心。我们不如迎着他们走去，假装就是他们的同伙，这样可能更好。”

傩达着急地说：“他们问起我们来怎么办？我们不知道他们的底细，也说不出他们的话音来。”

阿格说：“你们就看我的好了，这次我在前面，你们都不要吭声，由我来对付他们。”

倠达还想说什么，阿格摆摆手说：“没有工夫说了，大家跟着我来就是，由我来对付他们。只是，我们大家要把长剑尖枪收藏在背后，先不要让他们发现我们的家伙。他们一发现，我们就马上动手。”

说干就干，阿格走在前面，狗头紧跟着阿格，大头棒跟在狗头后面，倠达断后。走到码头级上面，发现恶人已经来得很近，只有百多步远了。

他们四个人刚刚在码头级顶上凸出头来，阿格马上改变了走路的姿势，突然大摇大摆起来，看起来好像一个大架势，仔细看却像一个醉鬼。阿格这样，让倠达马上联想到他们刚刚杀了的那八个恶人，恶人们满身酒气，看来这些恶人晚上是饮了不少的烧酒。不得不承认，阿格真是聪明人，马上就能够想到这一招了。跟在后面的狗头和大头棒见内官这样，也跟着做出个样子来，装醉。倠达也想学，却发现双脚扭捏着老相碰，反正天黑麻麻，谁都看不清楚，干脆照直走。

走到相距五十步左右时，可以看得见恶人手中的短刀闪着蒙蒙的寒光。走在前面的一个恶人问道：“你们这几个醉鬼，跟你们说晚上要做事，不要饮那么多酒，你们偏偏不，硬是要饮。看看你们，什么样。刚刚，你们怎么啦，乱喊乱叫做什么？还叮叮当当的耍刀，你们以为吵不醒叫窑屯人啊？吵醒了叫窑屯人，叫窑屯人有防备了，我们还怎么做事！赫，我说你们，你们不想顺顺利利地做事呀？我们在叫窑屯迷狗的时候，听到你们弄得叮叮当当地响，还以为你们这里发生了什么事，就赶过来看看。赫赫，你们这几个笨货。”

倠达一听，心里一阵欣喜。他心里默默地数着走过来的这些恶人，发现他们正好是五个，倠达高兴得几乎要大喊起来。倠达估计，阿格也应该看清楚了。只见阿格摇着肩膀装醉，用醉话应道：“没事，没有事。刚刚的响动啊，还说，还不是癫老弄出来的。”

听声音，大家都不知道话是从阿格的嘴里说出来的，好像是人饮酒多了，嚎多了，喉咙沙哑了一般。

一个恶人说：“我说嘛，饮酒多了谁不发癫？人一发癫，什么事做不出来，还可能坏了我们的好事。”

阿格还在朝前走去，他咕咕哝哝地说：“呃是……呃是……”

等到相互间只有十多步的时候，恶人发现他们只有四个人，就问："其他人呢？怎么只有你们四个人来？"

阿格一直往前走，结结巴巴地说："他……他……他们，他……他们懒人屎尿多，还在那……那……边，屙……屙屎……屙……尿尿……"

阿格显然想拖延穿包的时间。

就在相互间只有几步的时候，走在前面的那个恶人突然抬起拿短刀的右手指着阿格慌慌地说："不……不对……对……"

说时迟那时快。阿格把长剑从身后抽出，哈一声，使长剑向走在前面的恶人就是一剑，恶人连声音都发不出，一颗人头落了地，接着就是咕噜咕噜的鲜血喷涌的声音了。狗头和大头棒在阿格哈声发出的时候，也分别从两边绕开阿格的身子，直向恶人冲去，在恶人还弄不清发生什么事情的时候，就使尖枪分别挑了想转身逃窜的恶人。傩达走在最后，等他冲上去的时候，走在最后的两个恶人知道情况不妙，转身就向屯子逃窜。傩达什么人，三步并作两步，连追野兽都像飞人一般。傩达三下两下就追了上去，顺便挥起长剑，把逃在后面的恶人翘起的小腿给削去了。恶人嗷地嚎一声，没了一只腿，滚在地上呼天喊地。傩达不管滚在地上的恶人，继续飞一样的去追逃窜的恶人。

这个恶人因为走在最后，加上傩达四个人没有足够的人手一人对付一人，给这个恶人腾出了逃窜的时间。等到傩达起步追他的时候，这个恶人已经在五十步开外逃窜了。尽管离开得远，傩达还是想奋力要追上去，他相信他飞人一般的本领能够在半支香的时间内追得上恶人，把恶人了断。

阿格对大头棒说："狗头跑得比你快，你就在这儿把这个没死的搞掉，狗头跟我去追恶人。"

大头棒哦地应了一声，大声道："是，官人。"等阿格和狗头跑过去以后，他就向滚在地上的恶人走过去，把没了小腿的恶人给结果了。

屯子里的人听到吵闹声，已经有人起来了，许多人家点了松脂，松脂的火光从干栏的篱笆壁的缝隙里射出来，好像阑珊光芒。屯里人感到奇怪，家里的狗呢，怎么不见狗吠了？等他们走到干栏外面来，才发现，连家里的狗都不见了。他们马上想到可能遭遇了恶人了，忙把干栏阶梯收了，更不敢走到干栏下面来。家家户户把门口关得死死的，男人全都拿起刀剑，女人都拿起木棒，守在干栏里，准备跟恶人血拼一场。

傩达追的这个恶人也鬼马，眼见他要逃窜进屯子里了，他却突然改变了逃窜的方向，一个扭身就窜到路边的一条横叉小道上去。傩达追到这个岔口的时候，才知道那是一条走向屯子外面的另一条小道。傩达跟这个恶人的距离只有三四十步了，他们之间的距离越来越近了。恶人就算再有能耐，看来也跑不过傩达的飞腿。

这条出屯子的小道绕过屯子旁边的一座小石山，绕了小石山半圈以后又向外延伸，外面是一片比较平整的稻田。

恶人逃窜到绕小石山半圈的地方，跟傩达相距只有二十步左右了，他知道他跑不过傩达，向稻田方向跑很容易被傩达追上，最多跑到稻田的中间他就逃不掉了。他灵机一动，又一次扭身，钻小道边的荆棘蓬里去了，不见了。

傩达追到恶人消失的地方，刹住了脚步，吁吁地喘气，他弓身到处扫看，想弄清恶人钻哪里去了。傩达喘着粗气。恶人也喘气，却极力压抑着不想让傩达听闻。傩达的注意力在观察草丛和灌木丛是否摇动，以判断恶人逃窜的线路。他发现草丛和灌木丛没有摆动，没有沙沙作响，知道恶人没有逃窜到外面去，心想应该还躲在荆棘蓬里。

这时候，阿格和狗头也气喘吁吁地追了上来。

傩达指指荆棘蓬说：“恶人钻到荆棘蓬里面去了。”

阿格说：“好呀，反正他也跑不掉了。钻荆棘蓬照样也收藏不住的。来，狗头，拿尖枪往荆棘里捅。”

狗头应道：“是，官人。”接着就一下一下地往荆棘蓬里刺，刺的高兴了，狗头还一边刺一边骂，“恶人，我看你躲，我看你躲，看你能够躲得多久，你不做恶人我们怎么会追你，你能够躲得过一日，躲不过两日，躲得过三日躲不过四日。我看你躲，我看你躲！”

狗头一次次使力往荆棘蓬里刺。

傩达和阿格手握着长剑，左右巡看，用长剑撇开草丛和灌木丛，也用长剑不断往荆棘蓬里刺，慢慢地向前逼过去。

一枝香的工夫过去了，没见恶人的动静。阿格开始怀疑起傩达是否看错了。

傩达说："怎么会错，不会错的，我明明看见他钻的就是这派地方。在草丛和树丛里他想钻出去，肯定会沙沙地响，如果他慢慢挪，慢慢爬，估计不会弄出大动静来，他肯定还走不远，肯定还在这派地方躲着。"

傩达三人像卷禾缨一样，横扫了十多步远，却仍然没有发现恶人的影子。阿格再次怀疑起傩达来。狗头也有些泄气了。只有傩达，一直坚持自己没有错。

就在他们三个人一边往前搜索，一边唠唠叨叨地议论着的时候，突然一声哎哟大叫。恶人被狗头的尖枪刺中了。

傩达笑了笑说："我说是吗？"

阿格大声喝道："快出来，不然就刺死你！"

恶人带着哭腔说："望大人官人可怜可怜我，我家也有老，也有小。"

阿格说："别啰唆，爬出来再说。"

恶人仍然哭道："我大腿被刺中了，血流哗哗，我痛死了啊。"

傩达大声说："还说！，再不爬出来你就得马上死。我问你，你为什么做恶人，你们为什么杀人抢劫？"

恶人道："怪我跟错了人，听了坏人的话，起了贪心啊。"

傩达大声问："下灶屯二十多户人家是不是你们杀的？"

恶人绝望般地一边哭一边嗷嗷叫，说不出话来。他心里当然明白不过，追他的人什么都知道了，他欠了人命，他的死期已经在眼前了，再哀求也没有用了。

# 25　开口先说“宁”的地方

这一日，叫窑屯像过节一样，整个屯子洋溢在幸福和欢乐之中。全屯子的人都喜气洋洋，不论男女老少，大家都热热闹闹地挤在僠琓干栏前面的小广场上，都想亲眼看一看救命恩人。尤其是年轻的女人们，争着拨开人群，争着登上僠琓的干栏，争着挤到恩人的面前来。傩达一行人看见那么多年轻的女人挤进来，感觉诧异，不知所以。

年迈的僠琓捋捋花白的胡须，跟细师傅对了一眼，然后对傩达说：“这是我们这一带的风俗，你们对我们屯有恩，或者帮上了大忙，女人们都会争着想要服侍你们，并且希望能够留下一个英雄的种代。事实上，我们也希望我们的后代也能够像你们一样，都是大能人，都是大英雄。有了大能人，有了大英雄，才能够保住我们叫窑屯。大人和官人你们两个，包括你们带来的兵丁，每人都可以挑选上几个。”

阿格听了，笑得像山上的野山花，他呵呵地点点头说：“听说过，我听说过，我以前就听人说过……”

阿格的兵丁一听，更是兴高采烈，不能自已。

僠琓笑着说：“不单单我们屯这样，我们这一带都是这样的。”

傩达年轻，脸皮薄，听着他们论说这些，脸色马上变得像公鸡一样红。这样，傩达马上就想起了阿俏。一想到阿俏，傩达的心就抽紧了，不知道阿俏怎么样了。

一夜无话。

次日早上，一行人又启程，继续往上游去。阿格笑着说：“我们又在路上耽误了一日哦。”

傩达瞄了阿格一眼，知道他说的不是他心里所想的，对他微微笑了一下。

叫窑屯僠琓和细师傅带领全体叫窑屯人，把傩达一行人送到江边。欢送的场面热热闹闹，胜过赛竹排的日子，告别的声音，欢呼的声音激荡在山水之间。

僠琓对傩达说："你们继续往上去，不远的地方就是'宁'人的地方了。"

傩达不解，望着僠琓问道："什么人叫作'宁'人？"

僠琓笑着说："好，我说给你们听吧。那地方人，他们说话的时候，开口就先发'宁'这个音，大家将就叫他们做'宁'人。实际上，他们说的话跟我们说的相差不大，只是说话的音调有些儿变音。我们和他们之间的对话也很顺畅，他们说的我们听得出来，我们说的他们也懂。到了那里，你们会听到他们是如何说话的，他们说话往往先'宁'，再接着说意思来。甚至，说话中间还不停地发'宁'音。比如……"

傩达听了，忍不住呵呵笑出声来。

僠琓一边说一边左右看着傩达和阿格笑。有时候，三人竟开怀大笑起来。

如果真像僠琓说的那样，那地方的人既然有这个习惯，老"宁"地发音说话，也怪不得人家叫他们"宁"人了。

从叫窑屯开始往上游去，一枝香的工夫，大石山便退到了后面，江面两岸的山野好像也慢慢地矮了下去。继续往上游，一日后，江面两岸渐渐地出现了一马平川的景象，站在竹排上能够看到江岸很远很远的地方。傩达一行人是第一次见到这样的景象，尤其兴奋，大家都呼啊呼啊地欢呼起来。傩达也激动不已，叫把竹排撑到岸边，他说他想要到江岸上面去看看这样的从来没有见过的地方。感觉就好像一个人第一次走出山窿，看见一马平川，心胸豁然开朗一样。

竹排靠了岸，阿格也说要跟着傩达上去看看。兵丁们同样蠢蠢欲动。不得已，阿格只好做了安排，叫左手拐、鸡胸脯、钩鼻公留在竹排上把住竹排，其他人都可以跟着到岸上去看风景。左手拐、鸡胸脯、钩鼻公三人连连喊冤，说总是留他们三个看竹排，好事总是你们爽。

阿格笑了笑说："过一阵儿，我们看够了，从岸上下来以后再让你们三个上去看个够。"左手拐、鸡胸脯、钩鼻公终于点头留了下来。

牛骨被大灰狼咬伤，不能行动，自然没有机会到江岸上去看风景。

从大石山走到平川地带，来到这个他们从来没有见识过的地方，大家都情不自禁，啊啊地向天摇手，大声欢呼。那个激动的心情，是不能用心情豁然开朗来形容那么简单。

傩达也从来没有走出大石山地方，所以，一看到一马平川的平原地带，连心头都要蹦出来，要是阿俏也一同来有多好！阿俏肯定也没有见过这么平坦这么美好的地方！

一江两岸，一马平川，江水平磨磨的，几乎没有落差，不仔细看可能还以为江水不流动。兵丁们撑竹排悠然得很，感觉没怎么使力竹排就往上游冲去了，他们因此就闲了下来，有的互相逗笑打闹的时间。他们有的嘴巴痒痒，会吟诗唱山歌的就随口哼哼，不会的也跟在人家后面学着哼起了歌来。

在这样的江面上走，傩达发现一个有趣的现象，江水转弯的地方，一面是陡峭江岸，一面是平缓的沙滩。弯外是陡峭的塌方江岸，塌方江岸大多总直上直下，人根本无法攀登。而弯内这边肯定是平缓的白白的干净的沙滩。有的沙滩还很广大，要是僠王城旁边有这样的沙滩就好了。

在这样的江面上又走了一日，日头西斜的时候，傩达发现人家。那是右边一处有塌方的江岸，可能是因为时间长久，被雨水冲刷的缘故，塌方变成了一个陡坡。陡坡上居然着三户人家。从江面看上去，三户人家的干栏依陡坡而筑，高高地挨着陡坡，好像僠王城后园城墙边石壁上的哨岗亭。傩达叫兵丁们把竹排撑过去，把竹排停靠在江岸上。

一座干栏上的人家发现了他们，叫喊了一声，三座干栏里马上走几个人来，他们手上握着长剑和尖枪，看起来不欢迎傩达一行人靠岸。

阿格拿双手做成喇叭筒，对着岸边人家大声喊话："僠伯僠叔，你们大家都不要怕，我们是僠王派到蛇埌地方去公干的官兵，路过这里，我们想在这里停靠一个晚上，好用饭睡觉，请大家安心就是。"阿格说话是同时，从胸口处摸出通牌来，我这里有僠王的通牌，一阵儿你们都可以看一看。

干栏上一个老者说："'宁'你们为什么'宁'要在这边靠岸，'宁'你们可以'宁'到其他'宁'地方去靠岸。"

阿格和傩达一听，偷偷地笑了，头一次听到老者不断发"宁"音，自然想起了叫窑屯僠琓的话来，情不由衷了。

老者说："'宁'你们最好靠到其他'宁'地方去，'宁'我们大家互相'宁'不打扰。"

阿格说："当然，僠爷，我们当然可以停靠到对岸啊或者其他地方去的，但是，我们觉得还是停靠在这里好，跟你们在一起也可以顺便说说话，大家也互相了解了解，认识认识。"

阿格尽量忍住笑，慢慢地一句一句地说："我们不会打扰你们的。我们是僠王派来的官兵，我们可以在僠王的地盘上的任何一个地方靠岸。顺便，我们也想了解当地的民情，望大家理解呀。"

老者没有再说话，他拿起一根拐杖，拄着拐杖颤抖抖地从干栏上走下来。一个后生哥从后面扶住他，跟着走下来。老者沿着木条搭成的码头级，在后生哥的帮助下来到水岸边。

老者七十左右，额头布满皱纹，毛发像银丝从他的头上往下泻落。他颤抖抖地站在岸边，连手中的拐杖都跟着抖。江风拂着他的一头银丝飘飘洒洒，一时飞起来，一时落下来。

老者看了阿格手上的通牌后说："'宁'这么说，'宁'你们'宁'是官家的人啦？"

阿格仍然忍住笑，显出下气的样子来，慢慢地说："正是，僠爷，我们是僠王从城里派去蛇埌地方公干的官家人。路过你们这里，求在这里靠岸，也想大家都有个好照应。也想在这里过一夜，靠着人家，心里也安。"

老者说："'宁'好吧，'宁'你们就'宁'靠岸吧。"

说完，老者让后生哥扶他走上码头级，一边走他一边对干栏上面的人说："'宁'他们是官家的人了，'宁'我们就'宁'将就他们吧。"

晚餐相当丰盛，老者家人为了迎接侁达他们这些贵客，杀了一只山羊，另外的两户人家也拿鸡拿鸭拿腊肉过来搿餐。侁达也叫兵丁们从竹排提来半路上捉到的一只锅盖大的沙鳖和两条巴掌大的鲤鱼，加了餐。三户人家都集中到老者家里来，加上侁达一行十一个人。小小的干栏一下子集中了三十个人左右，显得很挤了。

晚餐过程中，老者详细了解了侁达一行人一路上的艰辛，他捋了捋银丝一样的胡须，呵呵笑着说："'宁'你们后生哥，'宁'就该敢做'宁'敢为，'宁'我们才有'宁'的安宁，'宁'我们的种代才有希望。"

老者又问到了个人的情况，当得知侁达就是大师傅的种代，老者特别高兴，他说："'宁'好多年前，'宁'大师傅到蛇埌地方去'宁'采挖七彩软石的时候，‘宁’他路过我们这里，‘宁’我们还饮了几杯。呵呵，‘宁’真是万幸啊，‘宁’万幸啊。饮酒的‘宁’时候，阿傩，大师傅还给我们‘宁’说了一个牛石的‘宁’神仙故事。你们‘宁’愿不愿意听听？”

傩达说：“真想听听，我们可能都还从来没听人说过这个故事呢。”

老者说：“‘宁’这是一个小神仙‘宁’想把石头变成牛‘宁’送给当地人的故事。”

傩达说：“真还没有听说过。请僪爷说来，让我们听听。”

老者捋捋银须，清了清喉咙，说开了。

话说天上有个小神仙，住在天界，每日无所事事，无聊得很。小神仙总时不时到人间来游历。看见人间许多苦难，就想要帮助人们。可是，小神仙的道行还没到家，想帮助人们也很勉强。一日，小神仙在天上见我们这地方依山傍水，景致不错，心就动动的想下来看看，就潜到人间来了，这才发现我们这个地方景色不错，却是穷乡僻壤，并不像他在天上看见的那样美丽。在这个穷乡僻壤，做什么都靠人力，犁田要人拉，犁地也要人拉。小神仙想，开山造田，靠人力谈何容易啊！这儿怎么连一头牛都没有呢？好吧，我得到别处去帮他们找牛来，帮这地方的人犁田犁地，解决劳力之苦。小神仙这样想，也这样做了。他知道天上干干净净，天上是没有牛的。除非要偷，偷吗，这个嘛，不是神家所为。怎么办呢，唯一的办法就是要利用自己的法力把什么东西变成牛才成。实际上，小神仙也有了些儿道行了，他完全可以利用法术让一些合适的东西变出牛来，就像猢猴能够七十二变一样。终于，小神仙在很远的一个地方发现了一些适合变成牛的石头。这些石头不大不小，正合适。小神仙把这些适合变成牛的石头一个一个地变成了一头一头的牛，然后把这些牛赶到一起，集中起来，就往这方赶来。这儿还有一个问题，什么问题呢？因为，石头刚刚变成牛，还不是真正的牛。这些牛还有一个缺点，走路的时候走路东歪西扭，木木的，像是木头做一样，也好像刚刚生下来的牛犊。这里面有一个秘密，小神仙把石头变成的牛如果能够渡过这条江，就可以变成真正的活生生的牛了。如果路上碰到人，如果有人说这些牛不是牛就麻烦了，这些牛将不可能变成真正的活生生的牛，会重新变回成石头。为此，小神仙一路上很担心，怕路上碰到人，赶牛的时候不敢在大白日赶，总是在入夜的时候才赶牛出发。第一日，天刚刚黑，小神仙就急着赶牛，路过蟠龙屯时被两个在江边洗澡的崽儿看见了，两个崽儿高兴地拍拍手道：嗨哟，那么多牛啊。小神仙听了非常高兴。到第二日，夜里路过巴莱屯地带时，不巧碰到两个放夜钓的男人，夜黑麻麻，这两个男人只看见牛的模样，以为就是牛了，很羡慕小神仙，大声说，多么肥壮的牛啊！听了两个男人的话，小神仙更加高兴。就在小神仙赶牛赶到大石山龙山江段对面，天就要光了，小神仙心急。不巧，这时候，小神仙遇到了两个早起的农人，小神仙上前作揖道：皤爷，请问赶牛渡江从哪里过好？白须老人说，水牛过江不怕水深，从哪里过都成。小神仙听了，连连道谢。就在小神仙把牛赶到江里去的时候，只听见另一个老人大声叫道：那是什么牛哟，好像石头一样。这一喊，牛竟就停在了江里，一动不动，重新变回了石头。

说到这儿，老者长长地叹了一口气。“宁”功力不到“宁”，做什么“宁”都难，“宁”你们说：“‘宁’是不是？”

# 26　都蛤节

天刚刚发亮，傩达第一个起来，走到干栏外面来，站在栏廊上面向平静的江面。江面上升起的水汽妖妖袅袅，一只水鸭带着一小群水鸭，耶耶叫着横过江面，把平静的江面划破成三瓣。东南方向，远远的眼睛所能看到的地方，江水从东边流来，然后转个大弯经过干栏面前向北流去。在不远的西北方向，江水又转了一个大弯往西流去。这样的风水格局，让傩达想起细师傅的话来。傩达感觉有些惊讶，一路乘竹排而来，竟然不知道这样的情况。现在，站在干栏这么高的地方，才发现是另外的一番景象。慢慢地，傩达省悟出一些道理来。说站得高、看得远不无道理。

这时候，老者手拄着拐杖咚咚地夯着干栏棚板走上前来，相互招呼以后，老者捋着下巴的银须对傩达说："'宁'阿傩大人，你看这'宁'江水流向，'宁'好风水啊。我们的'宁'祖先选了个好地方啊。那一次，'宁'大师傅也是'宁'带着一队人马到'宁'蛇埌地方去'宁'采挖七彩软石，'宁'路过我们这里，'宁'也在我们这里'宁'住了一宿，'宁'那日早上，'宁'他怎么说的'宁'阿傩大人你知道吗？"

为了听懂老者的话，阿傩集中精力，费了好大劲才弄明白了老者的意思。傩达谦虚地表示自己真不知道。

老者道："要是'宁'阿傩大人'宁'你想不想'宁'听听？"

傩达说："爷，我愿听详细。"

老者见傩达谦虚，呵呵笑道："大师傅说，这里，'宁'方圆太平整，'宁'风水好是好，'宁'少了大山，'宁'不能做'宁'僠王城哦。'宁'大师傅所以'宁'这样说，是因为，原先'宁'我跟他说过，'宁'这么好的地方，'宁'要是在'宁'这里筑僠王城，'宁'多宽阔，'宁'多好。大师傅就‘宁’丢给我这句话。”

傩达一听，就转身往后面扫看，这才发现，后面也是一马平川的地带，被江水环绕小半圈，更远的地方才是起伏的丘陵。

老者抬手指着上游眼睛所能看到的地方，对傩达说：“‘宁’那里，‘宁’是两条江水的‘宁’㈱江口。‘宁’大江东来，‘宁’细江西来，‘宁’在那里‘宁’合在一起。‘宁’你们去‘宁’蛇埌地方，要从‘宁’那里往右拐，‘宁’进入细江，‘宁’先往西去，‘宁’转向南边。”

傩达顺着老者的指引，一一看了，想起线路图也是这样画的，点了点头。

老者又说：“‘宁’你们往‘宁’右拐过去不远，‘宁’有一个那栏屯，‘宁’僐琓就在‘宁’那栏屯住，‘宁’我已经派人通知‘宁’僐琓说你们要经过‘宁’他们那里。‘宁’那栏屯今日好像‘宁’过都蛤节。”

傩达忙对老者表示了谢意。

出发的时候，傩达叫人把带来的食物从竹排上取了一些来分给“宁”人的三户人家，算是报答。

启程离开“宁”人家，傩达有种不舍的感觉，不知是因为大师傅曾经在此地住过还是其他的什么原因，他说不出道理来。或者，还可能是因为老者复述了大师傅的那个小神仙故事，已经深深地印在了他的脑子里，觉得老者也是有所指意，对老者产生了好感。按照老者的说法，没有真本事，你什么都做不成，不是半途而废就是前功尽弃。什么是真本事呢，傩达昨晚躺在老者的干栏里想了很久，是关于采挖七彩软石吗？是关于一路战胜艰险险阻吗？或者是说将来自己要接任大师傅呢？

日头中天的时候，傩达一行人来到了㈱江口，㈱江口宽阔得让傩达一行人目瞪口呆。两条江的㈱口竟然比下游的江面要阔三倍以上，大家几乎都不相信自己的眼睛。看到㈱江口，兵丁们更是高兴得大叫大喊，蹦蹦跳跳，好像自己的亲人在岸边等待他们，或者像是他们的任务完成了一样。

㈱江口让这些从大石山地方来的人大开了眼界。

在这么宽阔的㈱江口撑竹排，如果不紧紧地依着规则走，就很容易迷失方向。有老者的指引，傩达一行人一到㈱江口就开始贴着右边岸撑竹排，就算心野野地想到㈱江口中间去逛逛，也暂时收敛了，绝不敢鲁莽地让竹排离开右边岸。说实在话，要是没有傩达的阻止，依着兵丁们的心意，说什么他们就要到㹢江口中间去逛逛，感受一下㹢江口的魅力。别说，有些事情说起来还真没有多少人见过，或者说是有些神秘。就说这㹢江口吧，东来的是一条大江，西来的是一条细河，大江水和细河水在㹢江口相混在一起，是怎么相混的呢，相混的时候会不会有漩涡产生呢，在漩涡中间撑竹排是一种怎么的感受呢，是不是转螺螺的啊，等等，等等。一个跟水打过这么长交道的人，能没有心想到去探个究竟吗？

走了两支香的工夫以后，才发现江面越来越小，最后，发现这条江的江面比㹢江下游的江面小了很多，估计还不到下游江面的一半大。到了这个时候，大家回头看㹢江口，看到的却是一片水茫茫，那里是岸，那里是水，都分不出来了。

日头西斜的时候，傩达一行人发现上游的右边岸有吵吵闹闹的声音，知道那就是那栏屯了。又是两支香的工夫过去之后，他们的竹排来到了。老者说得不错，这里的人家也说“宁”话，语调虽然有些变化，却基本上还保留着那种说话的自然态。

“宁”人儸琓带着十多个人站在担水埠码头级的两边，成两排等着傩达一行人的到来。“宁”人儸琓站在最前面，他是个中年人，身体偏肥，人很热情。在接下来的交往中，傩达发现“宁”人儸琓爱跟人开玩笑，一张口就往往引人发笑，加上他满口的“宁”音，“宁”调儿，更加使人忍俊不禁。

傩达拱拱手作揖道：“劳烦儸琓和大家了，我们真是不想麻烦儸琓和大家，我们想利用天还没黑的这段时间继续往上游去，天黑了再在岸边作息。”

儸琓呵呵笑，一口“宁”话，他说：“大人官人，你们再往上去，上游人家稀疏，走一两日都不一定见得着一户人家。天黑的时候，前不着屯后不着店，伸手不见五指，不方便哪，还是留我们那栏屯一宿的好。过去，大师傅每每经过，都在我们这儿补充食物，换竹排。”

大师傅也是这样交代傩达，傩达之所以这样说，是跟儸琓客气，以探儸琓人心。现在，见儸琓如此说，就顺水推舟了。

走上担水埠的码头级上面，展现在傩达一行人眼前的是一大片平磨磨的稻田，那栏屯就坐落在这一大片的稻田中间。“宁”人儸琓告诉傩达，这里是平川的最后一站，继续往上游去，不远处就进入崇山峻岭地带了。那里的大泥山跟大石山地带相比，那大石头算什么，那简直是大巫见小巫，没得比的。

那栏屯到处是花花绿绿的盛装，傩达这才想起“宁”人老者曾说过，那栏屯正在举办都蛤节。从屯子到处盛装可以看得出，那栏屯把这个节日看得非同寻常。傩达见这样，更感到不好麻烦那栏屯人了。

傩达对“宁”人僠琓说：“我们来得不是时候。你们正是忙得团团转的时候，我们又要给你们添麻烦来了。”

“宁”人僠琓却哈哈地笑着说：“不不，我的阿傩大人，你们来得正好，你们官家使者的到来，我和我们那栏屯人都觉着脸上有光。”

都蛤节是那栏屯一个盛大的日子。那栏屯百十户人家，五百多口人丁，每一个人的脸上都洋溢着兴高采烈的神情。崽儿满屯子乱窜，呼呼哈哈。大人们身着盛装，脸上涂抹着神采，红蓝绿都有，就看各自扮演的角色。那些色彩画在脸上，连那栏屯人自己都认不出谁是谁来。傩达他们到来的这时候，那栏屯人全都在屯子中央的广场上等待着，等待着“宁”人僠琓发号施令。

过去，每年的都蛤节从早上就开始，活动整整一日。因为得到老者传过话来说傩达一行官人路过，“宁”人僠琓跟细师傅商量，决定把傩达一行官人留下来一起过节，才把都蛤节活动推迟到这时候。等傩达一行官人坐定，“宁”人僠琓马上宣布活动开始。

细师傅是一个中年人，听到“宁”人僠琓发出开始的号令，细师傅在神坛前面开始做法，他头箍上插了一圈的鸡翅羽，脸上同样涂抹着神采，显得严肃威煞。他右手上把握一把长剑，左手指上挂一对小铜铃。他口中念念有词，把长剑舞的银光闪闪，左手的铜铃有节奏地叮当响，清脆而响亮，配合着细师傅的步伐。一支香过去，细师傅手举长剑向上振臂，啊呼一声，广场两边的几十个铜鼓马上就咚咚敲响起来。等铜鼓声止住，细师傅再一次振臂，再一次啊呼，铜鼓又一次咚咚响起，紧接着再重复了一次。三次铜鼓咚咚以后，就是盛大的游行了。

那栏屯人的游行也很有意思。第一排出列的是蛤蝈黑旗旗手，紧跟着是长剑队出列，接着是尖枪对出列，然后是女人们怀抱禾把出列，然后是铜鼓手跟上，崽儿呼呼哈哈跟在后面。“宁”人僠琓相邀傩达一行跟着游行队伍游行。游行队伍围绕屯子一圈，然后回到中央广场来。只见，那栏屯一派富饶的景象，家家户户干栏底下都养牛，猪满栏，鸡鸭成群，除了三牲四畜，每家每户的干栏上有好几芭的五谷杂粮。

接着是趣味的游戏活动。八九种游戏同时在中央广场举行，让人目不暇接，眼花缭乱。每一种游戏的收获都跟食物有关，不是谷子就是鸡鸭等，大大吸引住了大家。也不管是那栏屯人，还是外来观摩的人，不管男女老幼，主要愿意，都可以试一试。

慢慢地，日头开始挂上了远处的西山头。“宁”人僠琓对傩达说：“平时，都蛤节早上开始，晚上结束，整整一日。现在，我们打算松脂照明，玩起来不更加热闹？”

有一个很有意思的游戏，把傩达吸引了过去。这是一个蛤蟆叼虫的游戏，人装扮蛤蟆，用鸡或者鸭装扮虫子，装扮蛤蟆者拿着一条草索做蛤蟆的信舌，向鸡或鸭甩过去，如果草索绞住鸡或鸭的颈或爪，把草索往身边抽回来，能够把鸡或鸭抽到自己的面前来的，就等于是蛤蟆叼到了一只虫子。游戏的收获鸡或者鸭就归游戏者所有。蛤蟆和虫子相距十步左右。这个游戏说难不难，很多人都能抱着鸡鸭高高兴兴回家；说不难吧，很多人都高兴而来扫兴而去。

“宁”人僠琓对傩达说：“我的阿傩大人，听说你身手不凡，能够战饿狼砍大蛇，还为我们一方平安把恶人扫地出门，想不想试试我们那栏屯的雕虫小技？”

傩达听着“宁”人僠琓满口镶嵌着“宁”音的话，忍住笑说：“那是人家乱说，我阿傩哪里有这么大的难耐。不过你们这个叼虫的耍法，我倒想要试一试。说不定还真不容易。”

按照规定，游戏者参加一次只能甩草索三次，绞不住鸡或者鸭就只能放弃。只要有耐心，规则允许可以重新排队再来。

傩达毅然站到了排队的末尾。

“宁”人僠琓紧跟在傩达的后面，风趣地说：“我跟着阿傩大人也排队耍耍，也想要黏黏阿傩大人的神气。”“宁”人僠琓转而对旁边的民众道：“大家注意啦，僠王城里来的阿傩大人也参加我们的叼虫比赛啦，大家欢迎啊。”说着话把手举到头顶，啪啪地带头拍起手来。

群众马上响应，一阵稀里哗啦的响动，有拍手，有击鼓，也有拿着东西敲击的。

出于礼节，傩达只好不断向群众拱拱手点点头作揖。

终于，轮到傩达出手叼虫了。傩达抓住草索，试了试手感，然后，向十步外的一只鸡把索甩出，草索没有绞着鸡，打在地面上，把鸡群吓了一惊，咯咯地跃到一边去。

“宁”人僠琓哈哈地说：“阿傩大人还不习惯，还不习惯。还有两次，再来一次，再来一次。”

傩达有些不好意思地对“宁”人僠琓笑了笑。举手甩草索，连着两次都没有收获。

“宁”人僠琓呵呵笑着说：“果然，我们阿傩大人再力，再恶，也恶不过女人织布的棒椎，力不过女人手上的绣锦针啊。呵呵。”

“宁”人僠琓说的是玩笑话，这句玩笑话很善，不知底细的人觉得刺耳。听僠琓的满口“宁”音“宁”调，傩达开怀大笑。

# 27　大洪水

傩达一行人从“宁”人僠琓那里得到了三架单层竹排，这三架单层竹排比原来的双层竹排大好多，差不多比双层竹排大一倍。“宁”人僠琓带人帮助他们把双层竹排上的货物搬到单层竹排上去，把双层竹排留在那栏屯的河岸上。“宁”人僠琓说，大师傅每次去蛇埌地方采挖七彩软石路过那栏屯，也是在那栏屯这里换的竹排。因为，从这里再往上游去，河水流量开始减少，河道越来越小，河床的落差越来越大，河滩也越来越多。在这样的河段，平静的水面也越来越短，双层竹排很容易搁浅，有浅滩的地方尤其如此。双层竹排不适合在这样的河道里航行，单层竹排是最好的选择。

从僠王城出发到那栏屯河段，傩达一行人只是行走了全程水路的少部分，大部分的路程还是在这条越来越难走，越来越小的河段上。

就像“宁”人僠琓说的那样，那栏屯就是大师傅每次去蛇埌地方采挖七彩软石行程中最重要的转换站，许多物资必须在这里补充，也只有补充好了物资才能继续往上游去。从这儿往上游去，几乎是渺无人烟，很难补充到食物。在几乎是渺无人烟的地方，即使碰到人家，也是单门独户的野蛮人家，他们跟地方集居人家少有来往，他们也不想老大远的跑到这边来。他们不谙世事，他们基本上不相信陌生人，语言上的交流还可能不怎么畅通。所以，“宁”人僠琓提醒傩达和阿格，跟这样的山野人家打交道，最好要多加小心为是。

这条河道，跟犻江口下游的江岸不同，这里的河道两岸几乎全是陡峭的塌方岸，河岸两边都是高大的泥山岭，想要寻找上岸的地方得要费一些周折。

“宁”人僠琓说的一点不差，他们往上游整整走了一日，居然没有发现河两岸有人居，连人影都没有。看看日头就要落山，傩达跟阿格商量，寻找了一个比较平缓一些的塌方岸停靠，生火做饭，并打算在平缓一些的地方休息过夜。

吃过晚饭，天也黑了，睡觉之前，阿格安排了值夜的四轮岗哨，前半夜两轮，后半夜两轮。

吊眼值的是后半夜的第一哨，半夜被狗头叫醒的时候他还睡着，被狗头叫醒了嘟嘟囔囔，对狗头很不满。狗头说你要骂就骂内官去，跟我有什么关系。吊眼咬牙切齿，爬到帐篷口想要给狗头一拳。狗头躲开了去，还嘻嘻地讥笑吊眼，钻他自己的帐篷睡觉去了。

吊眼无可奈何地手抓尖枪，钻出帐篷，站起来，伸了一个懒腰，长长的打了一个哈欠。抓着尖枪在岸边上围着帐篷和竹排巡逻了一圈，见没有异常情况，转到自己帐篷旁边来。吊眼感觉无聊，隔两支香时间又转了一圈，回来后就近挨在岸边的一棵小树上，背对同伴的帐篷，面向外面，拿眼警惕地在黑暗中左右扫视。

大约过了四支香时间，因为背挨着树木，吊眼开始眼困了，眼皮老耷拉地往下吊。他多次强打精神撑开眼皮，却总又耷拉下来，终于撑不住，最后竟就挨着小树迷迷糊糊起来。

突然一声狼嚎，把吊眼吓醒过来。惊醒过来的吊眼觉得伴随狼嚎，远处还传来从来没有听到过的轰鸣。吊眼胆小，感觉这个声音跟多日前大灰狼成群的从山上扑向他们的声音相似，他以为是狼群向这儿扑过来了，跳起来大喊："狼，狼啊，快起身，有狼啊，有狼。"

所有人都被吊眼的惊叫声吓醒了，纷纷钻出帐篷来，手中抓住尖枪长剑，问吊眼，狼？狼在哪里？吊眼，你说有狼，狼在哪里呀？

吊眼也懵懵懂懂的，无法回答同伴的疑问，只好提示叫大家仔细听那轰鸣声。

大家认真听了一阵儿，感觉吊眼说的有道理。看架势，狼群里的狼数量还可能很多，排山倒海一般。阿格开始安排兵丁做好搏斗准备。一说狼很多，大家的精神就很紧张，神经紧绷绷的。

傩达仔细听，感觉这声音好奇怪，觉得不应该是扑来的大群狼。不同的狼群好像有不同的领地，狼不会聪明到这个地步，涉过千山万水到这儿来寻仇。就算是寻到了仇人，也应该是悄悄地接近过来，不大会半夜的大老远翻山越岭做排山倒海的奔袭。

但是，那持续的轰鸣的的确确震动着耳朵。就算吊眼耳朵出风，傩达耳朵出风，其他人也都耳朵出风？这到底是什么发出的轰鸣声呢？

过了好久，什么事情都没有发生，那轰鸣却越来越响，真的就像是大群的狼扑过来一样。并且越来越近了，大家不禁越来越紧张，抓尖枪和长剑的手都颤抖起来，好像就真的又要迎接一场可怕的搏斗了。

好多日前，大家跟大灰狼进行了一场大搏斗，那时候是傍晚，还能看得见这是什么，那是什么。现在是半夜，凭人眼什么都看不见，相反，大灰狼什么都看得清楚，如此想来，大家不由得倒吸了一口冷气。

突然一声惊叫，大家以为谁被狼咬了，遽然紧张起来，惊问了才知道是左手拐发出的惊叫声，左手拐惊叫不是被狼咬，左手拐说："水！水哪！"

大家一听，都扑哧了笑了，紧张的心情马上就放松了。都呵呵地把左手拐当作取笑的对象。

"左手拐你是不是被大灰狼吓怕了，连踩到水都怕，想吓死大家呀！"

……

"不是，不是。"左手拐极力争辩道。

"不是？不是又是什么？"

"是水！水！"左手拐还是大声说。

大家又是一阵大笑。

左手拐气急败坏地嚎道："不要笑了，水水，水！"

大家笑得更加凶了。

左手拐跑到傩达的面前来，他这样做，是要寻求傩达的支持了。傩达当然不可能支持这种胆小的人。傩达在心里也讥笑左手拐的胆小怕事。

左手拐跑到傩达的面前，用手指着河大声道："是水，大人，是水！"

傩达不以为然地对左手拐说："左手拐，怕什么，有我们呢，水又不会咬死你。"

左手拐上气不接下气地说："大人，不是，是水，水！"

傩达说："知道了，是水。"

左手拐还是说："大人，水，水，水上来了。"

傩达正想喝退左手拐，见他说水上来了，以为是狼从对面游水过来了，大声道："大家准备搏斗！要紧紧盯住水面，借着水面的反光看水里有没有狼头在动。"

左手拐说："大人，不是，是水上来。"

突然，钩鼻公也惊叫了一声："水，水！"

大家以为狼上来了，问道："哪里？哪里？"

钩鼻公说："我踩着水了。"

大家松了一口气。

钩鼻公却继续说："我站在原地不动，水怎么浸到了我的脚眼来了？"

左手拐说："是啊，我也是这样的啊，大家却笑我。"

阿格问道："水自己上来？怎么可能？水自己有脚？"阿格突然醒了，说道："呕，我知道了，是不是上面落水，我们这里没有落水，这里却发了大水了？"

啊？傩达惊叫起来。

左手拐说："我说嘛，是水上来了。"

傩达赶快往水边跑，没跑出几步，双脚就踢到了水，傩达大声喊道："是发水大啦！"

听傩达这么一喊，大家这才明白左手拐和钩鼻公说的是怎么回事。

阿格急忙说："赶快，大家去拉竹排。"

大家一时急了，都挤在了一起。傩达喊道："大家分开，按照原来坐的竹排分开去拉自己的竹排。"

跑到竹排前面，大家才发现大水已经很大了。大家听到哗哗的轰鸣就是上游不远处河滩涨水发出的声音。左手拐发现水上来的时候，如果大家相信他，也就不会这么被动了。到了这个时候，大家这才明白。可是，有些迟了。

竹排已经被大水冲得歪歪的，漂往下游去了十几步远，绑住竹排的草索被竹排拉得紧绷绷的。吊眼、钩鼻公、大头棒和单的跑去拉自己的竹排，吊眼跑在前面，他发现自己的右脚踩到了绑竹排的草索，草索在滑动，簌簌往下游滑去，他心里明白草索断了，他想跳开已经来不及，被草索拉跌了一跤。他哎哟一声，顿坐在地上，他大声喊："快，快，索断了。"

钩鼻公问："我们的竹排索断了？"

吊眼大声说："断了，还问什么，还不赶快去拉住。"

钩鼻公几个人沿着竹排漂去的方向摸索草索，钩鼻公问道："索在哪里？"

吊眼来不及和钩鼻公说话，跳起来，向竹排跑去。

钩鼻公、单的、大头棒三人见了，也撒开双脚冲下去。

只听见吊眼大声喊："抓住了，我抓住了，快，快来帮我。"

吊眼双手拉住草索，却扎不住码，被草索拖拉着往下游滑去。钩鼻公、大头棒和单的追上来，跑到吊眼前面去，抓住紧绷绷的草索，要把竹排拉回来。突然，嘣一声，单的后面一段草索断了，钩鼻公、大头棒和吊眼在后面用力过猛，重重地跌倒在地上。单的一个人却还紧紧抓着草索，可是，他一个人势单力薄，敌不过大水的力量，被竹排拖拉着往下游滑去，想扎码也扎不住。突然，单的脚下碰着了一块石头，被石头绊倒了往前跌落去，啪一声，人被大水淹没了。

傩达见吊眼大喊的时候，知道发生了紧急情况，他叫手下两个兵丁把竹排往岸边使力慢慢拉，来不及解释，飞起双腿就往前追去，连续跳过吊眼、钩鼻公和大头棒三个人，想一下子跃到单的前面去，帮单的一把把草索拉住，或者把单的拉住。偏偏，单的被石头绊了一跤跌落水中。傩达想纵身跳起跃入水里去抓单的，因为不知道河道的底细，不敢轻举妄动，等他三步并作两步赶到单的跌落水的地方，已不见了单的的影子，傩达只好蹚入大水中去，挥臂划水去追赶被大水冲走的竹排。傩达默默地祈祷，希望单的在水里还紧紧抓住草索，那单的就有被救起来的可能。

傩达知道自己也已处于危险之中。想到竹排上装着两三担米和其他物资，为了大家两个月的食粮和衣物……他只得奋不顾身了。

# 28　夺命漂流

蹚到水里佛达才明白，这里的大洪水跟家那里的大洪水不同。这里的河面窄，落差大，洪水更加凶猛，滔滔大洪水翻江倒海，一浪高过一浪，像一座座大山，比家那边凶猛得多。佛达在翻滚的大洪水里，一会儿沉没在水里，一会儿又被推上浪尖，再从浪尖摔到浪谷，把佛达弄得没了脾气。佛达却还不知道自己有多危险，一心还只希望单的是个死梗老，一根筋，还死死地抓住草索不放。这样想，佛达觉得自己还有机会，只要一追上竹排，就能够顺着草索把单的从翻滚的水里拉出水面来，单的就有一线生还的希望。不然的话，没有十分了得的在水里搏斗的身手，在这滔滔的翻滚的大洪水里，只能是九死一生。

佛达手脚并用，顺着水势踩着水划着水，努力使自己浮在水面上。佛达明白，他只能顺从大浪的势头划水，不敢过分使大力，过度使力反而容易被大浪卷入水底。一旦被卷入水底，就算有好身手，存活的希望却微乎其微。

竹排就在佛达的前面，在两三竹竿远的水面上漂流。借着水面反光，佛达能够看得见起伏的竹排。他紧紧地盯着他前面的竹排，并时刻注意着大浪起伏的情况，注意着河道伸延的方向。他知道，尽管他距离竹排不远，想要马上追上竹排，抓住竹排根本很不容易，暂时只能看着竹排随着滔滔的大浪一起一伏。

一想到单的，佛达就很着急，他担心单的忍受不了大洪水的肆虐，已经放开草索，已经和竹排分开，他担心单的已经葬身大洪水。他还担心自己在没有追上竹排，拉住竹排之前，遇到河道急拐弯。大洪水在河道急拐弯的地方往往产生很多漩涡。人碰到大洪水的漩涡，会被漩涡卷入水底，人几乎没有机会逃命。大洪水漩涡像个恶魔，甚至能够把像竹排这样的大家伙掀翻直立起来，然后吞噬掉。

突然，傩达猛地发现自己被大洪水抬高了许多，好像身子高高在上，他心头一惊，赶忙到处看看，这才知道是大洪水的水头，大洪峰！如此，大洪水将更加大，更迅猛，比原先的冲力更大，瞬间就可能以排山倒海之势，横扫把河道两岸的一切物件，把河道两岸的物件全部吞噬掉。吓了一惊的傩达马上改变自然漂流的状态，想办法顺着水势使力踩水，双手同时使力划水，免得被水头掀起的浪头打翻。老班人的经验告诉傩达，水头前面的一段水面在水头的作用下，相对来说反倒平静了一些，他完全可以利用这个相对平静一些的水面来实现接近竹排的目标。这是一个一瞬而逝的瞬间，应该说这个一瞬而逝的瞬间给傩达一个接近竹排的机会，傩达可以利用水头的这个冲力加上自己踩水划水的努力，有可能接近竹排。

傩达发现，在水头的作用下，竹排起伏的幅度果然小了许多。但是，尽管他尽了力，却并没能像他想象的那样，能够很快就接近竹排。跟水头搏击了一会儿以后，傩达感到已经很吃力了，筋疲力尽了，还被水头呛了几口浊水。再这样下去，他自己都可能葬身大洪水。意识到这一点，他不得不放弃。使他失去了利用这个一瞬而逝的机会。

傩达开始意识到自己的处境已经很危险了。但是，想要自己顾自己的向岸边划去，或者是继续去追竹排，都是同样的危险。大洪水好像已经使他处于一种听天由命的境地，也许，单的早就葬身大洪水了……

就算到了这个时候，傩达的脑子里还时时刻刻地闪着这样的一个念头，如果他能够追到竹排，爬到竹排上面去，如果没有碰到大漩涡，很可能在下游的某一个地方，竹排有被大洪水冲到岸边的可能。这种可能性尽管微乎其微，还是有一线希望的。

这么一想，傩达的脑子里又闪过单的的身影。

单的是怎么的一个人，以及他的来历。傩达全然不知道。他知道的是，单的的一只眼睛盲了，几乎看不到眼球乌黑的部分，整个眼球白蒙蒙的。单的不大合群，可能是身体残疾的原因。单的总是孤言寡语，默默无闻，好像他们这一队人里没有他这个人似的。据这几日兵丁们聊天说的，单的小时候跟同伴玩耍，被同伴拿棍子捅中了一只眼，眼眶流血了，落下了眼病，后来就永远失明了。这样，单的看人就有种怪怪的表情，有时候甚至把身子侧着对着人，让人感到不舒服。

傩达觉得自己正处在危险之中，这样想，他自然觉得单的没有救了。傩达在心里叹了一口气，心情很沉重。从现实的情况看，单的的的确确没有生还的可能了，大洪水已经把他给吞噬掉了。也许，下一秒就轮到他傩达自己了。

不，傩达突然在心里自己对着自己大吼一声。傩达意识到，他的努力不能白费，他还可以借着大洪水水头的力量追上竹排的。这么想着，傩达就奋不顾身了。只要还没有死，他就还有机会！他不能够失去任何的一个机会。

他再次做出了最大的努力，继续踩水！继续划水！踩呀踩，划呀划，踩呀踩，划呀划……终于，傩达的努力没有白费！终于，傩达借着水头的力量接近了竹排！这是一个多么大的胜利！看见了希望的傩达继续努力划，努力踩！终于，傩达一个抓挠，就抓住了竹排的边沿，他紧紧抓住竹排边沿，怕得而复失！他紧紧抓住，然后慢慢地摸索到绑竹排的草索，发现草索软塌塌的……不用说，单的早就抓不住草索了……单的没了。他又长长地叹了一口气，算是为这个默默的同伴致哀……

傩达感到难过，他连为单的请一个细师傅，为单的做祭奠的机会都没有。

抓住竹排的傩达不敢马上就爬到竹排上去。怎样爬上竹排去，这是摆在傩达面前的难题。这样的情况下，全世界的智慧恐怕都没有办法帮助傩达解决这个难题。

试想一下，竹排漂在滔滔的大浪上面，极速地一起一伏，后面还跟着大洪峰，任何一个方向的力量都可能使竹排侧翻过来，然后使人沉入水底。竹排侧沉不是沉，是因为浮力不均匀发生的异常情况。侧沉的结果将使傩达的努力为止白费，那两三担米尽管有草索绑着，里面的米也会由于竹排的侧沉而哗啦啦倒落到水里去。两三担米意味着什么？他们一队人马到上游的蛇垠地方去，一路渺无人烟。当然，如果傩达爬上竹排，即使竹排侧沉，即使两三担米倒落水里，箩筐浸水，傩达完全有办法爬到竹排中间去，傩达完全有办法使竹排回复平衡状态，他的生命在竹排没有遇到大漩涡这样的险境的时候他可以用自己的努力使自己可能获救。但是两三担米没有了，就算没有全部倒落水里，也被水浸没了。

这么一想，傩达就放弃马上爬到竹排上面去的想法。他右手抓着竹排的边沿，顺着水势尽量让竹排处于平衡状态，这样做可能更加安全。另外，他还可以再寻找其他机会，等着竹排被冲到靠近岸边的时候，靠自己踩水划水的努力来把竹排慢慢地拖拉到河岸上去。

到了这个时候，傩达才想起来，或许是因为刚刚过去的时间让他太紧张太慌乱了，想不起这些了。现在，傩达想起来了，这个段河道没有急转弯，一路往上来的时候傩达是注意到了这一点的，一直到那栏屯都这样。没有急转弯应该就没有大漩涡。这样一想，傩达又充满了信心。

突然，傩达发觉被大洪水抬了起来，他心一惊，知道是大水头，以为会天翻地覆。一会儿，却并没有预想的那么严重。他往左右两岸看了一眼，发现水面慢慢地宽阔多了，大洪水真的很大。傩达又想到了阿格和那些兵丁，不知道他们的情况怎么了。竹排绑住了吗，竹排上的货物有没有损失，装七彩石的小竹筒盒子是不是保住了，帐篷都来得及收起来了吗？看现在的情况，大洪水应该淹过了晚上安帐篷睡觉的地方了。睡觉的地方原先就只是离水面两竹竿高啊。大洪水已经使河面增加了三竹竿以上了啊！呕，多可怕的大洪水啊，几乎是毫无前兆，几乎是无声无息，说来就来，没说也来！

不知过了多久时间，傩达终于又等到了一个机会。河道前面出现一个转弯。如果在这里做出努力，这个转弯很可能给傩达带来一个上岸的机会。

竹排一起一伏，极速漂到这个转弯的时候，傩达发现，漂流速度稍稍慢了一些，他和竹排应该是偏离了大洪水中心了，被大洪水稍稍甩到外弯来了。傩达心头一阵欣喜。竹排既然离了大洪水的中心，被甩出大洪水的中心了，自然就给傩达制造出了机会啦。傩达马上行动起来，一手抓住竹排边沿，一手划水，双脚配合着一齐踩水。果然，真是有了些儿效果，竹排往下一起一伏漂流的时候稍稍向岸边靠拢了一些儿。

傩达的信心大增。之后，下游如果现出现一个小转弯，他就能够做到力挽狂澜！傩达在心里祈祷着。

傩达高兴得还是太早了。一会儿以后，竹排好像又被什么吸住了一样，被大洪水反方向拖走。傩达心里发毛了，莫非这是一个反转弯，嗨，真是的。这大洪水好像有意跟他作对。

傩达觉得自己的努力又要白费了，他大大地泄了气。他不得不暂时歇一歇，观察水情。嘿嘿，那是什么？傩达发现前方不远处有一个巨大的黑色影子，那黑影一会儿大，一会儿小，好奇怪！不会是鬼怪吧？比起大洪水，傩达更怕鬼怪。偏偏，那黑影漂得很慢，好像在前面等着他一样。当傩达忐忐忑忑地漂近那黑影时，他那吊着的心终于放了下来。原来，这是一棵被大洪水冲走的大树，这棵大树像有人在水里举着一个大扫把一样。傩达目测了一下，觉得竹排漂流的方向和线路应该比较靠近这棵大树漂流的线路。

傩达不由得高兴起来。

这棵被大洪水掀翻的大树对傩达太重要了，因为枝枝丫丫的阻碍，有时候甚至刮着水下的树木和石头，大树漂流的速度比水面速度慢得多，如果竹排漂流的线路正好经过这棵大树的旁边，就算是有一段距离，也有获救的希望了。这个念头一出现，傩达马上想到了绑竹排的那一段草索，他马上摸索着转到吊着草索的方向，把草索检验了一下，感觉这段草索还很结实，他把草索绑在身上，等待去抓住这棵大树的机会。

很快，竹排就漂流到这棵大树的附近。傩达再次目测一下，发现竹排漂流的方向和线路跟这棵大树可能有两三脚抻的距离。当傩达和竹排离这棵大树不远的时候，傩达抓住这个机会，提前放开竹排，使双手划水和双脚踩水向这棵大树靠近，他只是划了几下，脚踩了几下，在大洪水的推动下，很快就靠近了大树，就在和大树擦身而过的时刻，他甩开手紧紧抓住大树枝丫，这一瞬间，傩达的身子被草索紧紧勒住。

傩达发现，被冲到前面的竹排往岸边方向摆了许多，这个意外的结果更增加了傩达的信心。

傩达怕小枝丫折断，双手轮换地往大枝丫上抓，经过不懈努力，终于抓住了一枝手臂粗的枝丫，然后死死抓住大树丫不放。大洪水的力量太大了，绑着竹排的草索勒痛了他，他觉得不妥，如此下去很容易把草索弄断。衡量了得失之后，傩达只好放开了抓住树丫的双手，他把希望寄予再次碰上一棵被大洪水冲倒的大树。

一支香时间以后，傩达又发现前面出现了一个黑影，傩达再次高兴起来。

可以想到的是，河道两岸本来就长有很多大树，每一次大洪水河道两岸都有塌方，许多大树就这样被大洪水冲下来，也有些大树被连根拔起。每一次河道弯曲，都会阻挡大树漂流，使大树漂流慢下来许多。

反复利用这个漂流的大树的阻力，每一次都可以使自己和竹排靠近岸边两三脚抻，这样做就可能离开了大洪水的中心，那是不幸中的万幸。越靠近岸边，在水面上漂流的树冠就更多。

经过不断的努力，傩达终于把竹排弄到了岸边。

傩达筋疲力尽地爬到岸上来，用草索把竹排牢牢地绑紧，坐在岸边上。傩达这才发现，小蛇啊老鼠啊等小动物都在岸边的水面上乱窜，爬到岸边来，往山上逃窜。它们根本不理睬，也不怕坐在旁边的傩达。傩达也懒得去理睬它们，他长长的透了透气，有气无力地望着大洪水。过了好久才发现，大洪水把他和竹排从右岸弄到左岸来了。

# 29　从头再来

傩达才感到，困极了，累死了，真想睡一觉。他浑身漉漉，还阵阵发冷。他想闭一闭眼，却因为身子湿冷得难受，闭不上眼。

傩达呆呆地看着黑麻麻的大山，他真想弄清楚大山里面藏着什么。天顶蒙蒙的，像一个不规则的锅盖罩在头顶上，憋得让人透不过气来。傩达把视线从大山和天顶收回来，扫看了一下大洪水的水面。这一看，竟把傩达吓得缩了头颈。傩达被吓了一惊，刚刚，水面还这么高，这时候怎么就低了这么多！刚刚，竹排明明还是平平正正的漂在岸边的水面上的，这时候怎么向下倾斜啦？连谷箩里的米都要倒出来了！傩达马上站起来，向竹排跑去，跑到竹排旁边才发现大洪水早就下降了不少，都有两脚拇了。嘿呀，才多长的时间啊，这么快水面就降下去了。

傩达赶快把草索解开，把搁在岸上一头的竹排推到水里，然后转身往上走几步把拉竹排的草索绑在一棵大树的根上。

绑好了草索，傩达转回过身来看一下竹排，他竟不由得哎呀呀地叫喊起来，这是怎么啦，竹排又有一小角搁在岸上了。不得了，这大洪水下降得也太快啦。

傩达只好再把草索解开，向竹排走去。地表面被大洪水浸过，地表面很滑。开始，傩达不注意，滑了一下，双手在空中划了划，草索丢一边去，人差点跌倒。这一下，又把傩达又吓得不轻，他赶快向丢掉草索的方向扑过去，怕洪水再把竹排冲走了，好在竹排的一角搁在岸上。傩达哆哆嗦嗦地在地上摸草索，摸到了草索，就紧紧地把草索抓在手里。这下，傩达不得不小心地一步一扎码地慢慢往走下去，走到竹排旁边，把搁在岸上的竹排推下水去。

傩达这才明白了，这地方的大洪水来得快，下降得也太快。他不再把草索绑在树上，他手抓着草索，水面下降一些就把竹排推下去一些，不让竹排搁在岸上。他不得不这样做，好像跟大洪水玩游戏。天开始麻麻光的时候，才觉得水面下降慢得了。

天光以后，傩达发现河道两岸有好些地方崩了塌了，没有崩塌的地方，野草啊，树木啊，好像被一个巨人从上游往下游捋一样，所有的野草和树木一律倒歪向下游。那些野草贴着了地面，树木歪歪扭扭，都向下游方向弯曲。傩达回头看了一下自己夜晚坐过的地方，跟大洪水的最高水位痕迹不过两拃脚，这时候竟有了三竹竿的距离。这么看起来，这场没有预兆的大洪水竟然从原来的水面涨到了四五竹竿高的程度，实在是太可怕了。更加可怕的是，从后半夜开始大洪水发威，到天光的时候洪水降落到低位，那能力，简直就是龙王才能办得到的事。龙王给你水，倾盆一样。小半夜以后，又把水几乎全都收了回去。哎呀呀，谁能够这样做啊。

傩达眼都大了。

傩达见水面降得慢了，弯腰把拉住竹排的草索绑在一棵歪斜的树根上。然后直起身来，看了看粘满泥涩的衣服，之后又看了看天，见天上已没有了大片的乌云，一些地方还露出黑蓝的天顶，他放心了。他在心里问自己，是不是马上把竹排往上游拖去，跟阿格他们回合。这个想法刚刚在他脑子里出现，他马上就否定了。他一个人，就算他有天大的本事，大洪水还没有完全退去，水还这么急，要把竹排拖到上游去，凭他一个人的力量根本不可能。再说，他现在也不知道自己和竹排被大洪水冲走了多远。想来想去，他觉得还是先寻找到一个比较缓的岸边，往山上攀登，到高处去瞭望一下，看看周边的情况，以认识自己所处的位置。只有这样，才好去决定下一步该怎么办。

傩达找到了一根木棍，把竹排推到水里，顺着水流沿岸边往下漂去，来到一个岸边缓坡，上了岸，绑好竹排，然后往山上攀登。

上山的地表面经过大洪水浸泡，滑得很。傩达往山上攀爬得相当困难，加上又饿又渴，他几乎想放弃往上攀爬的念头。可是，站在河谷，就好像蹲在水井里的蛤蟆，只能看到这么一小方天地，没有办法弄清楚自己所处的位置，实在不好下决心接着该怎么办。傩达只好咬着牙，双手紧紧抓住坡上面的树干、野草，一步一步往上攀爬。一支香以后，虽然没有攀爬到山顶，却能够看到下游方向广阔的天地。傩达站住，向下游看去，已经能够看得见平磨磨的平川大地了。平川大地的边沿地方，靠近这边大山不远的地方，一条红色的河道经过一个屯子。傩达估计，那应该就是那栏屯了。

看到那栏屯离自己所在的地方并不算远。傩达很高兴，心跳得快要蹦起来了。

从山上走回到竹排旁边，傩达却又磨磨蹭蹭起来。他又开始为往上游去跟阿格他们回合呢，还是往下游到那栏屯去寻求僠琓的帮助呢，而左右为难了。从他看到情况，以及他能够想到的来看，他估计摆在阿格面前的是两种选择：第一，这么个滔天大洪水，阿格可能以为傩达和单的都被大洪水淹死了，就好像现在的傩达以为单的已经死了一样。这样，阿格会怎样想呢？怎样做呢？傩达估计阿格会把傩达的责任承担起来，带领其他兵丁继续往上游，去采挖七彩软石。他不可能半途而废，半途而废的结果就是僠王的问责。于一个内官的职责，他不想也不敢选择这样做。第二，阿格也可能因为傩达不在而选择放弃，原路返回僠王城，采挖七彩软石毕竟不是他的职责，僠王问责的时候他可以把自己的责任推脱掉。这也说得过去，就算僠王问责他，他只不过是失去一个官职而已，也不会马上问斩，僠王的历史里没有这样的先例。现在，傩达自己面临的问题是，如果他只身拖拉竹排往上游去，阿格也选择放弃的话，他们将会在半道上相遇，佳大欢喜，然后再做打算。如果阿格担当起傩达自己的责任，带领兵丁继续往上游去。傩达要跟上去，凭着他傩达一个人的力量，将永远没有办法追得上阿格他们。这真真是个大难题啊，这如何是好。

不知如何是好的傩达真愁死了。他慢慢地扫视四处，视线落在了竹排上，当他看到竹排上的几担米，他便拿手拍拍自己的头壳，叫道："我真笨啊，我怎么就没有想到呢。没有米，阿格他们不可能马上继续往上游去的，即使想要担当起傩达的责任，他阿格也得先到那栏屯来找僠琓补充食物。没有食粮，他们将没有办法完成采挖七彩软石的任务。"这样一想，傩达心中有数了，他马上行动起来，解开草索，跳上竹排。

傩达身边除了竹排上少量的米，什么也没有了。长剑也因为想扑向单的，想要拉住单的的时候，丢在歇宿地方了。傩达只好用小树干当竹篙。好在，这时候的洪水还比较大，又是向下游撑竹排，不用多大的力就可以驾驶竹排，大不了河道上可能有凸起的石头。这也不怕，只要手上有木条，他可以拿木条撑住石头使竹排避开河道中的石头，顺利往下游驶去。

这一路顺风顺水，傩达几乎掩饰不住心中的激动。

傩达来到“宁”人僠琓家的时候，“宁”人僠琓正在家里吃早茶。一见到狼狈不堪的傩达出现在干栏上，“宁”人僠琓惊讶得张嘴合不拢来，老久才问傩达，问明了因由，他马上叫管家给傩达拿衣服，带傩达去洗澡。

“宁”人僠琓对傩达大声道：“哎呀呀，哎呀呀，洗了再说，吃了再说。”转身吩咐身边的家仆赶快加米煮饭，炒几个菜。

酒足饭饱之后，“宁”人僠琓侃侃而谈：“哎呀呀，哎呀呀，傩达大人，这下，你可见识了我们这个地方了。我们这个地方嘛，就这样的了，你永远不知道我们这个地方的老天在想什么哦。是不是？天好好的，看看，就给你们一个下马威了吗。”

僠琓没有问到阿格和阿格带的兵丁，很可能他以为阿格和他的兵丁敌不过大洪水已经葬身鱼腹了。这样想着，傩达心里有些难过，他难过不是因为阿格和其他兵丁，他相信阿格和阿格的兵丁会没有事。他难过是因为单的没了。

傩达面对僠琓苦笑了一下，他什么都不想说了，见“宁”人僠琓满嘴的“宁”调儿，心里本来好笑，却笑不出来。想起阿格和他的兵丁，傩达就把自己的想法跟“宁”人僠琓说了。“宁”人僠琓哈哈笑：“你这个后生，我的阿傩大人，这个时候你的脑壳怎么这样的简单，我看，眼见得就像你想的那样了。没有足够的米，他们敢去吗，想死啊。”

“你呢，我的阿傩大人。”“宁”人僠琓说：“你就在这里耐心地等着吧。饮你的酒，吃你的饭。你的那些手下，他们没有翅，飞不了。你就见就不见，天没黑，我保准他们就会给我老老实实来到这儿。你信不信？我的阿傩大人？他们一来到，我就让我的管家给你们再补充你们需要的货物，你们大势可以继续到上游去。继续挖你们的什么七彩软石。现在，你大势在我僠琓这儿，只管吃，只管饮。”

“宁”人僠琓说得不差，日头挂在西山头的时候，那栏屯红色的河段从上游驶来了两架竹排。一得到“宁”人僠琓家仆的报告，傩达就不顾一切地向河边跑去，“宁”人僠琓也跟在傩达后面跑。到了河边，见所有人和物资都安安全全，傩达这才把心放了下来。

阿格问傩达："单的呢？"

阿格不敢说他一直担心的话。一路上他以为傩达和单的都不在了，死在水里了，所以转回来了。

傩达摇摇头说："我也不知道，我在大水里追到竹排的时候，发现拉竹排的草索是空的。单的可能被大水冲走了。"

阿格瞄傩达一眼，不高兴地说："阿傩你怎么了，这么大的水，你跳到水里去做什么，你怎么这么戆。你看看，让我们几个担心得。我们都担心死了，单的没了，要是你也有三长两短，我怎么回去向僠王交代！怎么向大师傅交代！"

傩达看了阿格一眼，默不作声。

他们得从头再来了。

# 30 夜里黑手

天光以后，傩达就赶到河边去看，发现河水竟然清灵灵的了，他简直不相信自己的眼睛。这怎么可能呢，昨晚还混浊泥黄的河水，现在竟然就几乎清澈见底了，要不是亲眼看见，说给谁听谁都不会相信的。记起前晚后半夜的遭遇，到这个时候，也不过就一日一夜不到的时间，河水竟然从惊天大洪水到清澈见底，那是一个什么样的变化啊。傩达内心里觉得这就是神仙的力量了，神仙的力量在默默地主宰着这个天地，无论是谁，都没有办法与之抗衡。

这么一想，傩达就心安理得了。

有了“宁”人僠琓的帮助，傩达一行人重新换了新竹排，在竹排上装上了足够的食物和装备，然后继续向上游进发，到蛇埌去采挖七彩软石。

一场大洪水，使原来经过的河道两岸变得面目全非，好像拿了两支大画笔从上游河道两岸往下游捺，把河道两岸的山一分为二，上面一节的森林郁郁葱葱，下一节灰白得好像死去了一般。

来到前一晚歇息的地方，傩达叫兵丁撑竹排靠岸，跳到岸上一看，傩达发现，原来歇息的地方一点都认不出来了，这个地方已经被大洪水这双巨手挠的面目全非了，塌方的塌方，没有塌方的，上面的野草和树木都从上游方向往下游方向歪斜着，野草和灌木倒伏得几乎贴在岸边的地面上。野草和树木的表面覆盖着一层薄薄的干泥浆，抹都抹不掉。歇息时安装帐篷的痕迹也一点都不见了，就好像根本没有来过这里一样。

继续往上走，两日多时间了，大家都显得有些疲腻。因为，越往上去，河道的落差越大，想好好站在竹排上撑一下竹篙，想好好地坐在竹排上歇歇，却总是被百十步左右一道河滩把这种想法打破。百十步一道河滩，想安安然然地撑竹排根本不可能。想想都知道要难死人了。一遇到河滩，他们全体都得跳下来，到水里来拖拉竹排，把拖拉竹排的草索套在肩膀上，大家一齐使力把竹排往上拖拉。两日时间，已把大家的肩膀弄得脱了几层皮，把人弄得精疲力竭。更加使他们厌腻的是，都两日半了，居然没能在河道的两岸见到人家的屯子。哪怕碰上一户两户也好啊。

这日，日头往西斜去的时候，傩达一行人来到了一个河段的拐弯处。这个河段弯弯的，从东北方向进去，弯一下，从东南方向绕出来。可喜的是，这段弯弯的河道很长，落差却小，整段弯弯的河道没有河滩，水面很平静。难得碰上这么好的河段，大家心情舒爽了起来。

有人！钩鼻公轻轻地叫了一声。一路上因为经历了这么多事情，大家都有了经验了，要是有谁先发现了什么不对头的地方，以及认为不好的事情，都不要大声呼喊，要悄悄地告诉大家。钩鼻公这么轻轻地一叫，把大家吓了一跳，大家把着腰间的剑，紧握尖枪，弓着腰四处观察。

钩鼻公一手抓竹篙，一手指着拐弯处一蔸竹丛，小声对大家说："就在那里，刚刚还在水边做什么着，穿着黑色衫裤。一发现我们，就溜入那一蔸竹里去了。"

钩鼻公手指的那地方，也许是竹丛挡着，谁也没有发现有什么特别的情况。因为多次经验的教训，也因为大洪水的事大家错怪了左手拐，拿左手拐做讥笑对象，结果发现是自己错了。这些事刚刚过去，也就几日，大家还历历在目，自然再没有人敢拿钩鼻公开玩笑了。大家心里真的相信了，钩鼻公是真看见了人影啦。

傩达见那竹丛静悄悄的，就站直了身子，再往岸边四处仔细观察了一番，对撑竹排的兵丁小声说："撑快一些，大家都拿好家伙，准备搏斗，注意弓箭。不要把竹排撑得太靠近那蔸竹，远一些看看，看到底真是有没有人躲在里面。"一会儿傩达又说："这地方好像也没有人家啊，怎么会有人呢？"

慢慢地，大家也都站直了身子，到处扫视，见没有特别的情况，也说："是啊是啊，什么都没有啊。附近没有人家啊，怎么会在这里有人呢？"

左手拐道："钩鼻公，你会不会把畜生野兽当作人了啊。"

钩鼻公回嘴道："你左手拐才把畜生野兽当人。我明明看见那是个人，他是直着身子走路的。畜生野兽都四脚的，能像你我一样的吗。"

左手拐正想要跟钩鼻公争辩，傩达阻止道：“你们都不要争了。争也没有用。我们还是撑竹排到那里去，先看看情况再说。”

钩鼻公嘟囔着：“要是是野人呢，野人不也是像人一样直着腰走路的吗。”

听钩鼻公这么说，大家轻轻地哧了一会儿。

很快，竹排就撑到了竹丛正对着的岸边。大家对面前的竹丛仔细观察，发现大洪水过后的满是泥浆的岸上，有杂乱的脚印，许多脚印里还有一涡一涡的水。因为是烂泥溁，看不出是不是人的脚印。大家都认真地扫看了一遍，竹丛里的确没有躲着的什么野物。如果真有野物，从杂乱的脚印可以看出，这个野物可能是因为看到了他们，溜走了，上山去了。

阿格说：“说不定真像钩鼻公说的，是野人。”

傩达对阿格说：“我过去看看，看看到底是人的脚印还是什么野兽的脚印。”

阿格说：“带一个人跟去吧。这样，一前一后的，有什么好照应。”

傩达说：“好。”他转脸对黑二说：“黑二，你跟我。我们撑过去，我们一起上岸边去看看。你拿尖枪跟着我，我拿长剑，我们一起上去。我看前面，你注意我身边的情况。”

一到河岸，傩达首先跳下竹排，低头仔细观察留在河岸上的脚印，黑二站在傩达的身边，瞪大了眼四处扫视。傩达对岸边的脚印仔细辨认了一会儿，然后直起腰身沿着这些杂乱的脚印往上寻去，在河岸较高的地方，泥浆成型了，脚印比较清晰，一看很像是人的脚印，但是，仔细看才发现，这些脚印比较短，跟人的脚印有很大的区别。傩达还发现，脚印的脚拇指和脚小指分得很开，特别明显的是，脚趾都很长。

见跟在后面的黑二也伸过头来看，傩达马上提醒黑二，叫黑二注意周围的情况。黑二回答道：“是，大人。”

稍后，傩达问黑二：“黑二，这下我让你看看，轮到我注意旁边的情况。黑二你看看会是什么样的人，脚趾会那么长，脚拇跟脚趾分得那么开，你看看可能是什么人呢？”

黑二低头一看，倒吸了一口气，嘴呲呲地发出了令人背脊发冷的话来：“哎喏喏，我看应该是野人。刚刚，钩鼻公还说野人也可以直着腰走路的呀。”话没说完，黑二人早滑下了河岸，溜跑了。

傩达听了黑二的话，也吓得耳根发麻，他马上机警地紧握长剑，做好搏斗的准备，一边扫视周围，一边慢慢地往下面退去。

在傩达一边注意周围动静一边往下退的时候，黑二已经在竹排上嚷嚷开了：“啊呀，是野人啊！不得了！”

傩达说：“黑二，说什么呢！你真以为就是野人了？好吧，就算是野人吧。不过，大家不要大声嘈，你们怕人家野人听不见啊，说话要细声一些。”

傩达和阿格面对面站着，分析了一下情况，觉得在这里遇上野人并不奇怪。大山里人们就常常发现野人的踪影。年老些的兵丁也认为，只要不跟野人发生冲突，应该会相安无事的。

感觉野人没有什么威胁，兵丁们紧张的心情也就放松了许多。

牛骨说：“我细时候听人说，野人很精，在山坡地里发现单身女人，就要强硬跟女人交配，女人一有身，就会生个一身黑毛的野种代。”

钩鼻公赫了一声，说道：“牛骨你见过啊，说你牛骨，真是牛骨，专门拿这样的事来说。我怎么没听说过？女人自己上山坡种地？谁敢？这家里她没有兄弟了吗？”

牛骨哎呀呀了一声。笑着说：“你不信有女人也上山种地？你是真不见还是假不见，你是真不信还是假不信？比如抹猪屎家，他大舅脚蹩了……”牛骨发现大家都把视线投向他自己被大灰狼咬伤的小腿，他知道自己说人家蹩脚说漏嘴了，条件发射地使大家都联想到他牛骨那受伤的蹩腿了。他尴尬地笑了笑说：“呃，呃，他细舅又得了肺痨病了，他嬺佬不去种地谁去种地？是不是？大家说是不是？城里人谁个不知道？单单你钩鼻公不知道？”

牛骨说的是事实，抹猪屎的嬺佬的的确确得自己上山去种地。

牛骨反问钩鼻公道：“我说的是事实吧。”

钩鼻公无言以对，不出声了。

因为说到野人的故事，牛骨就联想到了自己的故事，他突然地就开始说起他自己的故事来。这个故事出自蓝云屯，大多数人都听人说过，只是牛骨把自己的故事说得有声有色，说得眉飞色舞，许多情节里又加油添醋，引得大多数兵丁听得入了神，甚至嗤嗤地小声笑起来。连黑二好像也不把心放在野人之上了。

过了这段弯弯的平静的河道，又把竹排拖拉上了一个河滩，看看日头落到西山后面去了，天阴沉沉地罩下来的时候，傩达说："我们寻个地方生火煮饭吧。"

吃过饭，歇息的时候又是四轮岗哨。吊眼仍然是值后半夜。照样，狗头把吊眼叫醒以后，吊眼仍然手抓尖枪巡逻了一圈，转回来后挨着一棵树，背向同伴的帐篷，面向外面扫视了一下。这个动作让吊眼联想到之前的大洪水，本就困困的反倒使他清醒了，使他一时不敢再合眼迷糊了。每一时，每一刻，吊眼都清清醒醒地前后左右地扫视着，查看着周围的情况……但是，最后……吊眼最后还是被困倦征服了，眼皮最终还是耷拉了下来，想睁眼都睁不开，就这样迷迷糊糊了……又是狼的嚎叫，把吊眼吓得惊醒过来。惊醒过来的吊眼惶惶地睁开眼，发现天已经麻麻光了。

吊眼惊醒过来，马上转身往同伴的帐篷扫一眼，视线触及河岸上的竹排。这一扫视，把吊眼吓得不轻，他发现竹排上的货物好像被人洗劫过一样，被翻得乱七八糟，连好多绑着物件的草索也被撕断了。

吊眼惊恐地嗷嗷大叫起来。

吊眼的惊叫把大家弄醒了，大家急忙爬起来，抓住尖枪长剑大刀就往外冲，大家头刚刚伸出帐篷外面，就被眼前的情景弄得惊呆住了。

经过认真查对，被弄得乱七八糟的货物有损失，但是损失不算很大。一路上采摘的野果，包括在河岸边采摘的牛奶果，大多数都被吃掉了，扔掉了。有些衣服被撕烂了，没有撕烂的也被翻得到处都是。米担被弄出来了一些，好多米落到河水里去了。还有一些物件被弄得落在竹排上，或者被弄到河水里被水冲走了。整理好物件以后，因为觉得损失不大，对继续往上游去不会产生多大的影响。

问题来了。这还真是大问题呢。这到底是谁跟他们作对呢？为什么作对的人又没有把所有的物件全部都弄到水里去让水冲走呢？难道夜里有一只专对付他们的黑手？这么一说，大家耳根马上发麻，忙看看周围，真怕想象中的黑手就在旁边。

大家说着说着，一会儿以后，问题的中心又集中到吊眼的身上了。

"吊眼，你怎么回事，我给你交班的时候还好好的，你也知道是好好的。你这到底是怎么回事，你想死啊？是不是你恼了我们了，把货物都弄成这样？"狗头起头对吊眼发动进攻了。

“是啊是啊，我们哪里得罪了你啊，吊眼！你怎么能够这样！”

“你怕了？吊眼？是不是你真怕了？吊眼，你是不是想回去了。你怕辛苦了？你这样做，是不是想逼我们放弃到蛇埌地方去采挖七彩软石，好逼我们早早地回去？你怕死，你怕辛苦，你自己回去好了。你要害我们做什么！再说，这是僪王亲自做的决定，你就不怕僪王知道了要你的人头呀。”

“吊眼，你好狠心哪，想不到原来你是这样的人，跟你一起这么久了，我们居然看不出你来，你真是狼心狗肺啊！”

……

吊眼有口难辩，想辩也不知道从何说。他心里毕竟有愧疚，他毕竟还是困得睡着了。这个当然不能说给大家听。毕竟，是在他自己当班的时候出的事。并且，总是他当班的时候出事。前几晚的那场大洪水，不也是他自己迷迷糊糊的时候来到的嘛。

傩达出面做了和事佬，毕竟损失不大，再深挖是谁这样做意义不大。他说：“不要说了，大家都不要说了。事情还不知道是怎么回事呢，怎么就怪吊眼了。照我看，吊眼不会做这样的事的。”

吊眼早被大家说得低了头，见傩达这么说，偷偷瞭了傩达一眼，心里很是感激。他终于鼓起勇气，辩解说：“我保证我没有做这些伤天害理的事，我只是困了，眯了一下眼……”

“吊眼，是你的岗呀，你眯什么眼。”阿格大声喝道：“像你这样老是眯眼，几日前，你一眯眼我们就被大水冲了。现在，你一眯眼，呢呢，又出了事了。你眯眼要把大家喂了老虎喂了狼啊！”

又是一阵嚷嚷的大吵大闹。

# 31　死亡

就因为这么一件事，说大不大，说小不小，在新的一日里使大家都过得很不好，心里很不平静。如果吊眼有意为之，那不过是小事一桩。如果吊眼说的是真话，就因为眯了一眼，竹排上的物件就不知道被谁搞得乱七八糟。这么说，就是大事了。那就是，有一样看不见摸不着的，无影无踪的，如影随形的，比如鬼魂……不知道是谁把鬼魂这个意思说了出来，大家一听，就毛发倒直，背脊发冷汗，一身鸡皮疙瘩。

偏偏，牛骨这时候突然浑身发冷，额头却像烧红的饭煲一样滚烫。把带来的所有被子都捂到他的身上来，他还说冷冷冷。阿格把大头棒叫到牛骨这边的竹排来。大头棒说牛骨这病跟被大灰狼咬有关。他解开伤口一看，就吓了一跳。牛骨的伤口里面已经溃烂得见了白骨，脓水把包扎的布条都湿透了，还洇到脚板上了。伤口周边到整条小腿红肿得像个大锤棒，伤口像张开的血盆大口。难为牛骨昨日还因为野人的话题谈笑风生，引逗得大家哈哈大笑，他那是苦中作乐，故作开心哪。

大头棒道："也怪我，这几日没有过来看看，都是因为恶人作的，搞得我们没得个空闲，还有那个大洪水，把单的收了，一个又一个的，把大家也搞得懵懂了。看来，我那些草药也不怎么有用。牛骨你也真是，都这样了，也不说一说。"

牛骨苦笑着说："我知道那不过是什么时候的事，我这样的人，生着是吃苦，要死呢也是吃苦，反正都是吃苦。医什么医呀，医也好，不医也好，都一样。"

大头棒说："牛骨你真是，连说话也不入肚。"

牛骨还是笑笑。牛骨的苦笑使大头棒很难过，大头棒要求竹排靠岸，他说自己要到岸边去采摘一些草药，好帮牛骨医伤腿。

阿格命令把竹排就近靠岸停住，让大头棒到岸边去采草药，阿格顺口叫黑二跟去。黑二因为野人的事心里忐忑，磨磨蹭蹭。阿格见黑二老大不愿意，就只好叫钩鼻公，钩鼻公瞥了黑二一眼，跳下竹排，跟着大头棒到岸上去。一枝香的工夫以后，大头棒和钩鼻公回来了，大头棒手上抓一大把草药，就在岸边生了火把草药煲了。

给牛骨洗刷伤口的时候，牛骨已经开始说胡话，中间还哼哼地叫，那声音好像是狗被人踢了一脚。大头棒听了，头皮发麻，知道牛骨已经病入骨髓，没有救的了。见傩达探头过来看，大头棒就把傩达拉到一边去。

大头棒左右看了看，对傩达说："牛骨伤口烂得见了白骨，脓水簌簌地流，看来难医了。如今，听他叫喊，好像又得了癫狗病，老哼哼地叫。癫狗病会沧人。你们大家，千万不能让牛骨抓着，他的指甲毒得很，更不能够让他咬中，被他抓伤咬伤都容易被沧上，沧中了就可能会发癫狗病的。他这时候也像癫狗野狗一样，牙齿痒，总想要咬人的。跟大家说，千万不要让牛骨抓中咬中呀。"

听大头棒这么说，傩达觉得耳根发麻，背脊都直冒冷汗。

傩达问大头棒，"你看，这个时候该怎么办好？"

大头棒说："目前要紧的是先把牛骨绑起来，把他的手脚绑得紧紧的，不要让他动，不能让他抓人咬人。我已经煲了药水，给牛骨先洗洗伤口，然后再拿些草药给他敷上，看成不成，看有效没有效。同时，阿傩大人，我觉得我们也应该要寻一个细师傅了。不是我多嘴，真的，我们得为牛骨的后事做些准备，免得临时临急的寻不到细师傅。按我看，牛骨的病是医不好的了。明摆着，眼屎一样白。"

傩达盯住大头棒看，一副不相信的神情，一会儿后却点了点头。又转身向阿格走去，把大头棒的意思对阿格说了。阿格点点头，马上叫了几个兵丁，按照大头棒的要求把哼哼叫唤的牛骨绑了个结实。最后，大头棒用帐篷布为牛骨在竹排上搭了一个小小凉篷子遮阴，细心地为哼哼叫唤着的牛骨刷洗伤口，敷药。

阿格说："什么都好办，只是，细师傅难寻啊。"

傩达转头看了一眼周围的大山，没有吭声，长长地叹了一口气。

阿格又说：“我的阿傩大人，你看，如果牛骨有个三长两短的，我们怎么办？”

傩达摇摇头说：“先继续往上游去吧，逢山过山，逢水过水吧。我看，反正牛骨还生着。到时候再说吧，听天由命吧。说不定，到时候我们会碰上人家的。”

竹排离岸，继续向上游驶去。一路上，傩达心里记挂的，无论怎么样都要寻找到一个细师傅，准备为牛骨安排后事。阿格提出一个相反的问题来，如果寻到了细师傅，而牛骨却没有像大头棒预想的那样，该怎么办呢？叫人家细师傅等着呀？要是大头棒的药力生效了，牛骨好了呢？

是啊，谁知道呢？

谢天谢地，这日中天过后，大家在河道左岸边上终于发现了两座小小的干栏。有干栏肯定有人家，有人家肯定能够寻得到细师傅。傩达那颗吊着的心放下了。

傩达叫上黑二，让他跟自己上岸，到干栏去见干栏的主人。

阿格笑笑说：“我的阿傩大人，你还叫黑二去呀？黑二这个人胆小过老鼠。甚至见到老鼠都怕。”

那是人家，黑二当然不怕。听阿格说这话，黑二反倒嘻嘻地笑着说：“内官大人，你把我黑二看扁了哦。”

兵丁们一阵哄笑。

傩达也笑笑说：“不要紧的，干栏上面是人家又不是老虎白眼狼，有什么好可怕的。是不是，黑二。”

让傩达和黑二感到意外的是，两座小干栏上一个人都没有。干栏底下，猪啊鸡啊鸭啊满栏，呜呜唤，咯咯叫。傩达估计，这两户人家看见他们一行人身上有剑有枪的，以为遇到恶人了，躲了起来了。可能因为躲得急忙，连家里的牲畜都来不及一起带走。

傩达和黑二只好走回来，把看到的情况跟阿格说了。阿格的想法一样，估计两户人家躲开了。

傩达说：“干脆，今晚我们就在这里吃饭歇息，等他们一回来再跟他们说。”

阿格听了摇摇头说：“我看，我们不能这样。人家以为我们是恶人，对我们防着呢。要是我们今晚还在这儿歇息，恐怕人家不敢回来，仍然躲在山上。这样，我们就没有办法见得到他们。我看这样吧，我留下来躲到一边去等他们。你们呢，照样往上游撑去，远离这里，寻找一个地方歇息，让躲在山上的人看不见你们，他们以为我们全部都走了。只有这样他们才会回来的。我看，他们肯定躲在山上的一个地方，他们看见你们把竹排撑走了，到看不见了你们的时候，他们可能就回来了。等他们一露脸，我再跟他们把事情说了，我想他们应该能够看得出我们没有恶意，只有这样，我们才能够跟他们商量着请细师傅的事情。"

傩达说："我留下来吧，你带他们到上游去。"

阿格说："还是我留下来得好。我是僠王的内官，我身上还有通牌。"

傩达说："你把通牌给我用用不就成了。"

阿格推了傩达一把，笑着说："哪能这样呢。你以为僠王看不见就能够这样做啊？人在做，天在看，这句话怎么说。去吧，你把他们先带到上面去吧。一见到这两家人回来了，我就把我们碰到的事情跟他们说说。等我把事情办妥了，我再顺着河岸边走上去寻你们。"

阿格留下来，傩达心里总感觉不是滋味，他不知道接下来会发生什么。

这一路往上游驶去，傩达跟大家一样痛苦。牛骨老迷迷糊糊地哼哼叫唤，有时候嗷嗷地大喊大叫，有时候又处于昏迷状态，完全没有了人的意识。有时候，他发了疯地挣扎着。有时候，又安静得像个卷着尾巴的病入膏肓的老狗，小声哼哼叫着。大头棒无奈地摇摇头，不断转头看看大家，不得不忍心看着牛骨翻天覆地地挣扎着。

不论大头棒怎样寻求大家的眼光，大家好像都像商量好了一样，都把脸偏向一边去，总不忍把脸转向牛骨，看到牛骨受苦的样子。大头棒知道，大家的心情都一个样，一肚子苦水，却又吐不出来。那个难受谁都说不出来。

牛骨躺在竹排上，拖拉竹排上河滩的时候，增加了重量，增加了大家的负担，还少了人力。大家得使出比平常多得多的力量，才能把牛骨躺着的那架竹排拖拉到河滩的上面去。日头挂西山头的时候，他们转过了三个河湾，上了两个河滩。从河道的水面上，老早就已经看不见那两座干栏了。

看看天将晚，傩达才叫大家把竹排靠岸，然后做饭歇息。

傩达叫人给阿格留下一份饭菜，把饭菜用竹筒装了放在水里泡着，以免饭菜臭馊。

这一夜，傩达吸取了教训，前半夜和后半夜两个岗安排两个人同时值岗。整整一个晚上都没见有什么事，只是因为没见到阿格到来，傩达心急得很，心头好像又压上了一坨物件，心沉沉的。整整一个晚上，傩达一点睡意都没有，睁着眼一直到天光。

天光以后，傩达越发心急，他真想回头到下游去寻找阿格。几个兵丁劝他，说好不容易把竹排拖拉到了这里，转回去恐怕也没有用。要是出事早就出事了，还是先在原地等着阿格长官的好。再说，牛骨还没有断气，急也没有用。

傩达想想也是道理。叫兵丁就地歇息，反正大家都辛苦了。他自己觉得烦闷难受，想自己一个人到山上去，捉几样野物来给大家的伙食添些营养。黑二道是主动想跟着上山去，傩达不让，说人多了把野物给吓走了，会捉不到野物，还白白辛苦一遭。傩达还拿老虎和狼来吓唬黑二。黑二只好留了下来。

傩达一到山上，心情就舒爽起来，几乎把心中的不快淡忘了。傩达这个人就是这样，他受不了那种安安静静地蹲在窝里享受的生活，总想着办法找些事情做做。傩达还受不了那种烦心的和难受的境遇，每当碰到这些烦心的事情，他总想要找个理由找个地方发泄，这样做才能使他自己好受一些。一旦走到山上，一旦看到乱窜的小野兽，傩达的心就跟着这些野兽走了，他就一心想着要去捉野兽了。好像，他并不知道牛骨正在受难受煎熬，甚至，阿格一夜没有追上来这个事，好像也没有发生过一样。

打猎对傩达来说，是轻车熟路的事情。他身上配着长剑，背着弓弩。一个多时辰过去以后，他就捉到了三只野兔，两只鹧鸪。他兴冲冲地走下山。

到了驻地，见到阿格，傩达高兴地把手上的猎物向阿格扬了扬，呵呵笑。

阿格本想责难傩达一下，见傩达这样，就没有出声。也没有跟着傩达笑，因为牛骨死了。

阿格说，请细师傅的事情那两家人已经派人帮着去叫了，那两家人说细师傅就住在山背那边那个屯里。不是很远，小半日的路，来回也不过是大半日时间。阿格估计，细师傅天光之前应该能够赶到这里。

阿格继续说："那两家人，怕我们半夜去袭击。他们的祖先曾经吃过这样的亏。他们很警醒地防备着我们，当晚都没有回家，躲在山上过夜。我蹲在干栏的旁边，也喂了一晚的蚊虫。你看，手臂呀，脸上啊，到处是红印。一晚又大半日呀，我饿得两眼直冒金星。天光的时候他们观察到干栏没有动静，就先派人落山来先看看。我见只有两个男人落山，知道他们是先来探看情况的，我就没有惊动他们。因为，两个男人都带着长剑，如果他们一看见我出现在他们的面前，就可能以为我要埋伏袭击他们，他们就可能不问青蓝黄绿的就要开杀。要是你傩达可就不怕他们，我呢，赫，我不行。我一个，他们两个，我敌不过他们。我仍然悄悄等着，大概四五支香的工夫，他们两家，十来口人全都回来了。当然，他们不相信我，所有男人都手握长剑向我冲过来。我把自己的长剑丢在地上，拿出通牌来，说我是僠王派到蛇埌地方去公干。他们不识通牌，半信半疑。我把我们的情况向他们说了。一个老者从后面走到前面来，盯住我看，说既然这样，他们会派人帮我们叫细师傅。”

# 32　两家人，一家人

埋葬了牛骨，大家一一向牛骨的坟山拜了三拜，转身向竹排走去的时候，黑二幽幽地说："不知道单的现在怎么样了。"

黑二的话，虽然轻声细语，一行人却都听到了。牛骨死了，入土为安了，大家心里稍稍得到了些许安慰。单的当时的那个情况，肯定是九死一生，不可能有生还的可能了，很可能在哪一段水面暴尸日头之下，魂魄无所归，跟一个孤魂野鬼没有两样。这个事，确实是大家的一个心结。

阿格驻足，对黑二大声说："黑二，这个呢我们不用忧，我想这么多日了，如果单的真的死了，我想也应该从水底下浮到水面上来了。只要浮到水面来，下游肯定有人看见，看见的人会把他捞上岸来的，就会寻到当地的细师傅把他安葬了。"

黑二小声地问："内官大人，我们这一路来，人烟稀少，要是没有人见到他的尸骸呢？"

这真是一个问题。他们肩负责任，不能转回头去寻找，派一个回头寻找也不可能，搞不好连派回头寻找的人都大命不保。阿格对黑二也是对大家说："这个，要你忧啊，不可能没有人看见。"

黑二低下了头，不敢吭声了。他觉得自己已经很过分了。长官没有勍他算是给他面子了。

阿格和黑二的对话让傩达触动很大，他为此思想许多。当然，人浸水死了不可能不浮到水面上，尸骸还发臭，很远就能够闻得到尸骸发出的异味，这都为人们发现他提供了帮助。但是，正像黑二担心的那样，如果单的正好在没有人烟的江面上浮起来呢，远处人家怎么会发现他的尸骸呢？问题是，职责所在，不允许回头循着江面到下游去寻找。要是身上没有担负这个职责，那没说的，他傩达一定会带着大家一起沿着江面一路到下游去寻找单的的尸骸。只是身不由己呀，也没有那个时间呀。

傩达突然想到了细师傅，就问道："哦，师傅，几日前的那场大水，把我们一个兵丁冲走了，估计不可能生还了。现在，我们要到蛇埌地方去公干，没有时间去寻。你能不能帮我们祭奠一下我们这个兵丁？"

细师傅说："生死还都不知道呀，怎么能够给他做祭奠呢，我的阿傩大人。这样的事是不能做的，从来也没有这样的先例。我们做细师傅的也不能够破了这样的规例。再说，你们怎么知道他死了呀，还是还生着呢？"

傩达简单地把当晚发生的事情跟细师傅说了，之后又说："我们估计，那样的大水，单的肯定迪不了，肯定是死了，说他能够生回来，那肯定是我们要自己骗自己了。"

细师傅听了，想了想说："当然，这样的大水，我估计他也是死定了。阿格官人刚刚说，下游肯定会有人发现他的尸骸的。"

傩达说："有人发现单的尸骸，这只是可能啊。我看不一定的，我们一路上来，有时候一日可以碰到一个岸边的屯子，有时候，两三日才碰到一个屯子。这几日来，都好几日了我们才在这儿碰上两户人家，那么长的河段，被人发现的情况是很少的，或者说根本就没有被人见到的可能。"

细师傅仰头看看天，良久，突然说："这样吧，我到下面的两户人家去一下。跟他们要一个细竹排，我顺着河面一路下去，看看能不能发现你们那个叫作单的的兵丁，如果见着了我一定专门为他做个祭奠，让他的灵魂有个宿处，免得他总做孤魂野鬼。顺便我叫人把这个叫作单的兵丁安葬了，了了你们的念想。顺便我也要到僠王城里去一下，拜访一下大师傅，再复习一下大法。"

傩达拱拱手说："如此，拜托师傅了。"

阿格也转过身来，拱拱手说："本官也拜托师傅了。"

细师傅说："嘿嘿，那是我分内的事。我们做师傅的，谁知道了谁都会去做的。至于你们的兵丁单的，你们就没使再挂心了，尽管一路到蛇埌地方去，完成你们的职责。"

简单吃了餐饭，告辞了细师傅，傩达想马上要启程往上游去。

阿格说："我累了，想睡一觉。"

傩达想想也好，让阿格睡一觉，叫兵丁也在原地休息一下。又说：“我不想睡觉，可是又没有地方去呀。”

阿格说：“你不想去那两户人家看看？人家帮了我们那么大的忙，说什么我们都得谢谢人家一下啊。”

傩达笑了。

傩达急忙把正撑竹篙的细师傅叫住，说也要搭他的竹排去向那两户人家表示一下谢意。

细师傅说：“我反正都去那里，我代劳就成了，大人何必再走一趟？”

傩达说：“他们在这里休息，我反正没有事情，又闲不住，正好也到处走一走。”

细师傅说：“好吧，那就上来吧。”

到了两户人家的地方，傩达才知道他们原来就是一家人。老者有一个姐姐一个妹妹，嬭佬尚健在。年轻时，三姐弟和嬭佬住在一起。姐姐有了男人以后，家里人为姐姐在干栏的旁边建了一座干栏，姐姐生了甥崽以后就和家里人分开过，搬到她那座干栏去住了。姐姐分开过只是一个形式，家里人还是帮着姐姐过日子，一日三餐也还是过这边来吃。到妹妹有了相好的男人时，按照习俗，家里应该再为妹妹在旁边搭起一座新的干栏。家里人为此认真商量过，觉得没有必要。这样，姐姐的男人过来走夜的时候姐姐到新干栏去住。妹妹的男人过来走夜的时候轮到妹妹过新干栏去住。免去了许多人力物力，还免去了许多麻烦。后来，嬭佬死了，姐姐的甥崽也大了，姐姐才带了甥崽分开来，住到新干栏去。老者就跟妹妹和妹妹的崽儿住在一起。实际上，老者年轻的时候，几乎每夜都到自己女人的屯子去走夜，把干栏腾出来给妹妹。白日里，老者就两头的帮着姐姐和妹妹打理农活，以及照顾甥崽。

听说细师傅要到僠王城走一趟，老者就为细师傅准备了好多吃用的物件。傩达去送细师傅，直等到拐弯了看不见细师傅了才转回来。

老者很热情。坐下聊了不一会儿，老者一听说傩达是大师傅的种代，就显得特别高兴，马上交代晚辈甥崽杀一只鸡招待傩达。他哆嗦着说：“阿傩大人，大师傅每一次去蛇埌地方采挖七彩软石经过这儿，都到我这儿来坐坐，都在我这里住上一日半日的，跟我饮几盅。呵呵。”

傩达正想插话，老者却又继续说：“大师傅那时来，只带两三个人，他们虽然也带长剑也带尖枪，却不同你阿傩大人，带的是一大队人马，还有一个官人。我们远远一看，不得了，把我们都吓着了，以为是恶人来了，急忙跑到山上去了。呵呵，呵呵。”

看起来，老者的确很高兴，傩达不想打断他的话盒子。老者继续说：“阿傩大人呀，大师傅一来，我就拿鸡拿酒待他。阿傩大人呀，大师傅也真能，饮个几盅他也不会醉。”

听老者说话，好像是在讨好傩达似，又好像是想显摆。不管怎么，他就是一个大热情。两人说着说着，酒菜就捧上来了。老者叫他的几个甥崽也坐着陪傩达喝酒，倒把傩达弄得不好意思起来。

酒足饭饱，老者谈兴却越来越浓。傩达说起几日前的那场大洪水，问老者，这里是不是落了大水？

老者说：“不落，我们这里也不落水。”他抬手往上游的方向指指，说道：“那上边，山那头，黑麻麻的，那头肯定是落了一场好大的水。”

傩达问道：“到底是哪边山落水了？”

老者又拿手指指上游的方向，说：“那上面的大山呀。就是那里落的大水。”

上面落水？傩达问：“上面落水怎么会有这么大的一场大洪水呢。”

老者捋胡须呵呵道：“这也算大？比这大的大洪水还有的是呢。”

这方不落水还有更大的大洪水？傩达瞪大了眼问。

“有啊。”老者呵呵笑，他笑得很自然，根本没有理会到傩达惊愕的神态，瞪大了眼睛的表情。

傩达若有所思地点点头，没有再追问什么。老者又把话题又转到大师傅上面来。

老者说：“阿傩大人，因为你是大师傅的种代，所以我跟你说一件事，大师傅成为大师傅之前有一个事你阿傩大人可能不知道吧？”

傩达回答说：“嗯，很可能的。我虽然是大师傅的种代，对他我真的什么都不知道，包括我是他的种代是最近我才知道的。那是因为僠王召见我，说给我听的。在僠王城里，在家里，我嬷佬我僠舅从来不对我说过这些。我从来也没有想到要知道这些，或者知道了想要沾什么光。”

老者捋胡须道：“这可是你阿傩大人说的。这么说，你连大师傅什么身世都不知道啰？”

傩达摇摇头，说不知道。

“好吧，”老者说，“都到了这个时候了，按说阿傩大人你应该知道了。这可能也是僪王派你去蛇埌地方采挖七彩软石的原因吧。”

傩达心想，来得真是巧，不然，连大师傅的身世自己将来都可能永远不知道呢。

老者说：“阿傩大人，你记住了，大师傅原来叫作笓大。”

以下就是老者说的大师傅也就是笓大的故事。

笓大的嬸佬四十多了还没有生个一男半女，白白浪费了她自己的年轻的岁月。他的男人见她不上身，她没有生养，没有留下种代，就离她而去，干脆不到她那里走夜了。

话说天无绝人之路。一日，笓大的嬸佬到江边去担水。见江面上漂来一个大桃子，透红透红的，就像一个仙桃。她就拾起来，掰开吃了，不久竟就有了身子。之后就生了个男崽，满月时请仙婆，起了名，叫笓大。

笓大这崽儿也真是奇怪，刚刚三个月就自己会走路了。人们啧啧称奇。更奇怪的是，笓大刚刚六个月就自己会说话了，个头还比同龄的崽儿高出一个头来。大家都说他是个怪崽儿。

笓大长到七岁时，就已经很有力气了，也很能吃，一煲饭粥才够他吃一餐。他和小伙伴们在屯子边玩耍，见树上有很多果子，大家都要争先恐后地想攀上树去摘果子。见大家都攀不上，笓大就说，让我来上。说着就捋衫袖，双手抱住树干往上爬了几手，把树干摇了摇，树上的果子就簌簌落下来。伙伴们高兴得啊哇啊哇叫，忙得不亦乐乎。长到十二岁时，他个头几乎跟大人一样了，他的饭量也就更大了。

嬸佬对笓大说，“崽啊，你吃得那么多，我不知道去哪里要那么多谷米来养你了。”

笓大说：“嬸佬，你没使忧，我吃得做得，明日我去砍柴跟人家换谷米。”

笓大打柴，用的担挑是碗口粗的木条，打一担柴够十户人家烧上一日。那个年月，兵荒马乱，恶人当道，恶人时不时地洗劫周边的屯子，弄得很多人家倾家荡产，不得安生，家破人忙。笓大想保卫屯子的安全，但是，在这荒山僻壤，人烟稀少的地方，他一个人的力量毕竟单薄，很难对付得了大批的恶人。就算把全屯的男人都动员起来，也往往不是恶人的对手啊。

一日，上山砍柴的路上，笸大遇到了一个白发银须的老人。老人见笸大愁眉不展，问他有什么不开心的事。笸大见老人很诚恳，定定看着老人，想说又不好意思出口。老人一脸微笑："说你说呀，后生人。"笸大觉得自己遇到了一个善良的老人，就把心事说了出来。老人安慰笸大说："呵，后生人，这不难啊，我来帮你想办法吧。"老人从口袋里取出一叠平展的薄薄的木皮和一支笔，吩咐道："后生人，你可以在木皮上画上你需要的兵马刀枪，等过一百日，这些兵马刀枪就会变成真人真马真刀真枪了，到时候你就有大队的人马了。"老人四处扫了一眼，把嘴伏在笸大的耳朵上，如此这般地。之后又大声说："后生人，这个事情你不能跟任何人说。"说罢，老人就飘然而去。

笸大知道，自己遇到神仙了。

从这日起，笸大每每打柴回来，就一个人躲到自己的房间里，关起竹榻门来画画写写，画兵马画刀枪，有时忙得连吃饭的时间都忘记了。他嬷佬感觉笸大行为有些奇怪，就问笸大，笸大总是不说。他画齐了所有的兵马刀枪，见嬷佬再追问时，他就说，一百日以后你就知道了。

笸大嬷佬很好奇，老惦记着笸大说的这件事。她老人家等呀等呀，直等到九十九日时，却憋不住了，以为差一日不要紧，就趁着笸大上山去大柴，不在家里的时候，把门打开，发现房间里并没有什么奇特之处，见笸大的箱笼摆在床头，就顺手把笸大的箱笼打开。让笸大嬷佬惊奇的是，箱笼里突然稀里哗啦地飞出好多画着兵马刀枪的木皮来，一直向干栏外面飞去，消失在茫茫的原野里。笸大回来见了，知道天机泄漏了，他欲哭无泪。他那么多的心血白费了，还欠了神仙一身债。

听完老者讲大师傅的故事，傩达感觉怪怪的。什么地方让他感到怪怪的呢？傩达说不上来。

# 33　危险一个接一个

看看日头差一竹竿就要挂到西面的山头，傩达急忙同老者和他家人告辞。老者要他的甥崽撑竹排送傩达回去，傩达拒绝了。老者坚持要送，大声道："让你阿傩大人一个人在这荒山野岭里走怎么成。山上没有路，阿傩大人你得走河边。河岸边又到处是直壁，直上直下的，有些地方都无处落脚，你怎么走？"

傩达说自己年轻，不怕走这样的路，拱拱手要赶快溜走。实际上，傩达是不想麻烦老者的家人。再说，他自己已经来回过一次，知道这段河道有两个河滩，两个人把一架竹排拖拉上河滩去是怎样的一种滋味。老者说的也是道理，傩达是官家的人，于理于礼，都是主人的本分，是应该的。傩达不接受他的好意，有傩达的道理，老者虽然说得轻松，似乎没有什么，可是却难为了他的人家。送傩达的是老者的甥崽啊，平白无故的怎好意思让人家受这份苦这份累呢。见傩达快快地溜走了，老者无奈地叹了一口气，自言自语地说："真是大师傅的种代，一个样，一个样，天不怕地不怕，还一身的蛮力。"

傩达乘竹排走过这段河道，心里有数，除了有两个河滩外，还有好几处直上直下的直壁，沿河道岸边根本没有办法走。傩达却相信自己，他觉得这些直壁难不倒他，他预想可以绕到直壁的上面去通过直壁。傩达跑一样地走到河边，回头时见老者和他的家人目送着他，他向他们挥了挥手，向他们告辞。

开头的一段河岸边还算好走，岸边和水面之间都有几脚拇的白沙滩，白沙滩很结实，走过去只留下一行脚印。走了两支香工夫，傩达遇到岸边的第一道直壁，印象里这道直壁最险。这道直壁在一个河道转弯的地方，直壁因为常年被河水冲刷，不断崩塌，直壁上连草都没有几棵，甚至连脚都没处踏放，根本不能够直接攀爬过去。偏偏，直壁下面是一个深水潭，水很深，黑黝黝的看不见底。河水还在这个深潭里有一个很大的漩涡，水在漩涡里起码转了一圈才转出来向下游流去。可以想象，这个河湾在大洪水时肯定相当了得，任何物件都逃脱不了这个大漩涡的。直接蹚水过去根本不可能了，游水过这个漩涡去呢，也会有一定风险。摆在傩达面前的，要么直接从漩涡游过去，要么退回去一段路，绕一个弯，寻找一个能够攀爬的地方攀爬到直壁顶上去，然后再寻找一个能够下到河岸的地方到上游去。

傩达仰头察看直壁，直壁大概有两竹竿高，直壁上面的山坡也不算陡。傩达倒退回去几十拃，终于在岸边寻找到能够攀爬的地方。傩达估计，从这个地方上去，再直接从直壁顶部，应该能够绕过直壁。

看起来简单的事情，真正做起来就很不容易。从河岸边往岸边是山上攀爬，虽然艰难，傩达还是攀上来了。到了上面，傩达才发现，上面的树木密不透风，就好像钻在原始森林里，连天空都很难看得到。在这样的森林中行走，如果没有森林行走的经验，绕来绕去，绕几次后就会连方向都可能迷失。河岸的边上是草丛和灌木丛，攀爬几拃后就是高大的树木了。往上游方向攀爬一会儿以后，傩达站住，想看看是不是到了直壁顶部位置。这才发现，他这个位置，河道被森林遮挡住，什么都看不见。既无法看到河道，也看不出攀爬到了哪个高度，更无法确定是否到了直壁的顶部。按照过去的经验，傩达告诫自己，别急着转身，死死记住上游方向，就算拐弯也要保持攀爬的面向。他默默记住上游的这个方向，不再往上攀爬，横着沿水平的坡度走，小心翼翼地使用长剑拨开草丛，从高大的树丛中穿梭着一脚拃一脚拃的沿着认定的上游方向走去。

行走了好一会儿，傩达发现前方发亮了，森林有些稀疏了，心想前面应该就是断崖，也就可能是直壁的顶部了。傩达慢慢地往前面走去，果然就是悬崖，也就是河道岸边的直壁。走对了方向，傩达心头一阵欣喜。傩达不敢继续往前走，怕悬崖上面的土层不稳定，怕走近了增加了直壁顶部的重量，使悬崖上的泥土倒塌下去。他明白，这时候还不能马上横过去，他必须继续往上攀爬一段距离，避开悬崖边沿。攀爬了十多脚拃以后，他又转身横着朝上游方向走。就在傩达转身往上游方向走去时，突然听到了嘶嘶的声音，声音很小，好像饭刚刚煮好时的声音。

傩达知道很不妙，却没有发慌。他断定有一条长虫正从身边经过，他不敢动，怕惊扰了身边的长虫。傩达慢慢地转头，拿眼四处扫视，这才发现右边两脚抻外的一棵大树上，离地面半竹竿高的树干上卷着一条手颈粗的至少三脚抻长的大眼蛇。大眼蛇高高地担着头，定定地盯着傩达看，嘴上喷着毒气，嘶嘶响，毒气青幽幽的，慢慢地四处弥漫开来。碰上了大毒蛇，傩达心头吓了一惊。大眼蛇不同大南蛇。大南蛇个大，吃人是为了饱食，没有毒。大眼蛇个头小，吃不了人，却极其恶毒，连喷出来的气都可以把人熏晕熏倒。傩达心里明白，他必须要跟大眼蛇保持一定距离，不然对自己很不利。他慢慢地把头偏开，尽量让自己的眼睛不正对着大眼蛇，瞭眼看住大眼蛇，慢慢地后退几脚抻。移动时，要慢，要轻，不能因为自己的移动让大眼蛇有所动作。等到离大眼蛇有足够的距离，觉得相对安全了以后，傩达才定眼看住大眼蛇，并做好随时跟大眼蛇搏斗的准备。

大眼蛇好像也意识到了什么，也慢慢地从树干上往下曲卷着爬行。傩达以为，大眼蛇没有向他飙过来，而是向下爬行，看起来大眼蛇好像是要爬到地上来，然后逃掉或者向他发起攻击。奇怪的是，大眼蛇滑到与人差不多高的距离以后，没有再往下爬行，它担头定定地看着傩达，嘴里嘶嘶喷着毒气。

傩达和大眼蛇相持了一会儿。傩达不动，大眼蛇也不动。大眼蛇只是撩动嘴里的长信子，嘶嘶喷毒气。傩达终于明白，这条大眼蛇存心要跟他过不去。想想，也不奇怪，手颈粗的大眼蛇，应该有了好多个年头了，经历的事情也很多了，说白了它根本上就不怕傩达，还成心要跟傩达拼一拼勇气。

拼了！一股莫名的火气从傩达心头升起来。因为，再这样僵持下去，傩达就吃大亏。日头已经开始挂西边的山头了，天很快就要黑了，天一黑对自己更加不利，他看不见大眼蛇，而大眼蛇却可能看得见自己。不能再这样等下去了。

傩达观察了一下地形，发现这里的树木密度不算大，树干比较粗，有利于长剑的舒展。傩达紧紧握住长剑，坚定地慢慢地向大眼蛇挪走过去。他不知道，他这样做，大眼蛇会马上会伺机向他发动攻击的。

傩达自己的山林经验和长辈的说教告诉他，大眼蛇攻击人有两种可能，一是从树干上飙起来直接向他攻击，二是可能会爬到地面来向他攻击。傩达想不明白，他没有侵犯到大眼蛇什么，他这么个大个子，大眼蛇又不是大南蛇，他不是大眼蛇能够吞得下的，攻击他傩达当然不是为了吃食，它为什么还要平白地攻击人呢。

当傩达靠近大眼蛇到大约两脚拃的时候，大眼蛇把蛇身突然从树干上展开，扭曲着长长的蛇身凌空而起，嘶嘶地向傩达飙过来，它张着嘴巴，喷着毒气。傩达侧身移步偏开，提起长剑，向大眼蛇横着就砍过去。他感到长剑被蛇身击中，手往下沉了一下，长长的蛇身就被一分为二，蛇血星星点点地撒在傩达的身上。傩达没有理会身上的蛇血，他知道凌空的蛇头会带着一截蛇身继续向他攻击，他立刻再次侧头往旁边偏开。不巧，移动过程中，他反倒被凌空的蛇尾碰到了右手臂，右手臂被紧紧地绞住了。蛇头带着一脚拃长的蛇身照着傩达刚刚站着的地方飙飞过来，撞到一棵大树上，大眼蛇将就死死咬住大树皮不放，蛇身扭动着要缠住大树。

傩达放开长剑，慢慢把蛇尾从手中解开，丢在地上。想不到蛇尾还能在地上打滚。傩达拿长剑回转身，用长剑的尖端向大眼蛇头刺去。大眼蛇见了，要再次向傩达飙过来，却只飙出半脚拃的距离，就啪地掉在树根旁边。傩达倒转长剑，刺住大眼蛇的蛇头，直到大眼蛇不动为止。

杀死了大眼蛇，傩达松了一口气。他马上继续往前走。从森林密布的山坡上走到河岸边的时候，日头已经落到西边山背面去了，河面开始阴暗了。

傩达拓着斜坡，一直拓到河边来，把身上的蛇血洗干净，起身继续往上游走去。

傍晚时分，许多小动物纷纷跑到河边饮水，一见到傩达，就警觉地直起身子来，发现傩达没有做出要侵害它们的动作，它们继续饮水，饮饱了水就赶快离开。如果是在平时，傩达很可能就要从背上取出弓弩来射杀一两只小动物，眼看天就要黑了，傩达没有打猎的心情，只想加快步伐向上游走去。

走着，走着，眼前出现的情况让傩达感到有些奇怪，前面的这个河段光溜溜的，看不见一只小动物在河边饮水嬉戏。回头看，身后面的河段却非常热闹，傩达的脑子马上出现了一个疑问。他不由得把长剑从腰间拔了出来，蹑手蹑脚地往前走去。

傩达是个惯在山里走动的人，这种奇异的情况让他觉得可能又有事情要做。转过一个小小的河湾，果然有个庞然大物出现在傩达的眼前。

这是个什么呢？傩达从来没有见过。

只见这个庞然大物一身长毛，同傩达一般高，身子比人粗，腰很长，腿很短，能像人一样直着身子行走，脸部有些像犸猴。傩达马上想到，这应该就是人们平常说的野人了。这个庞然大物正在使用两爪往嘴巴喷水，一会儿以后，它大概是饮足了水，又慢慢地走到比较深的水里，好像是要洗澡。它不断地在水里甩头，把水甩得四处飞溅。它在水里玩了很久，玩得好像很高兴，没有上岸要走的意思。傩达都急坏了。

傩达匍匐在河岸边一丛草丛里，注意观察着这个野人的动静。傩达只希望这个野人快快离开河面，回到山上它的巢里去。

野人好像在水里玩得特别高兴，没有马上离开的意思。傩达有些心急，却又没有办法。眼见天就要麻麻的黑下来了，傩达想到要吓唬野人，可是，用什么能够把它吓跑呢？傩达想了想，却想不出个好的办法来。听说野人一巴掌就能够把人扇晕，打死，那样的力量，除非老虎，恐怕狼豹也未必能够把它吓跑。想到此，傩达只好听天由命了。

不知道过了多长时间，天马上就要黑下来了。阿格他们没有见到傩达，这个时候一定很着急。他们可能以为，要不是老者留傩达吃晚饭，就是傩达遭遇到了意外的情况。

嗷，天真黑下来了。

哦，谢天谢地，野人终于从水里慢慢地走上岸来，一边抖着身上的水，一边慢慢地移动，一点也不急。傩达没有其他办法，只能忍受着野人的折磨。等野人走到岸边，走进草丛树丛去，看不见野人的影子和脚步声时，天已黑麻麻了。

深山里的天，天一黑几乎就真的黑麻麻的，连河岸边白闪闪的沙滩都变得灰黑灰黑。好在有岸边的沙滩做照应，不然真不知道怎么走才能回到原先的歇息地。

山里的野物还处在饱食之后的兴奋中，周围不时传来野兽和鸟儿的鸣叫声。河面却相对安静了，傩达甚至都能听得到自己的双脚踩在沙滩上的沙沙声。不一会儿，傩达就接近了野人刚刚走过的河岸，为了以防万一，傩达手握着长剑，小心地观察岸边好一阵儿，确认没有大的动静，才手握着长剑轻轻地走了过去。

不曾想，野人并没有走远，它竟然就在岸上离水边不到三十脚拂远的地方。听到有声响，傩达马上就想躲起来。奈何，野人的眼力比傩达要好，傩达还没有看见野人，野人却早就看见了他。

傩达哪里知道，野人早就观察到傩达在河边沙滩上的一举一动。

# 34 野人

傩达本以为，野人走了这么长时间，不见了野人后，他又等了这么长时间，按说，野人应该早就走到山上它的巢里去了。再说，野人不傻，它不会把巢安在河道边，那样做很危险，一场大洪水就会把它们一锅端。

傩达走过这段沙滩的时候还轻手轻脚，小心翼翼，预防意外。可是，傩达万万没有料到，危险竟然就在他眼前。就在傩达走过这段野人刚刚经过不久的沙滩的时候，黑暗中他听到岸上面一股呼呼的风声平地而起，好像排山倒海一般，呼呼地向自己扑下来。傩达登时全身发毛，肝胆发怵，他知道情况不妙，不由自主地扭转了一下身子，往发出呼呼声响的岸上一看，一个巨大的黑影像一座山一样向他压了下来。傩达惊出了一身冷汗，他马上意识到，这是野人！野人竟然就等在岸边的灌木丛里，在傩达走过这里的时候向他发起了攻击。

傩达的这一个扭身动作救了他自己。他扭身的时候，因为双脚掌都正陷在沙里，为了平衡身子的原因傩达的右脚要向前迈出去，一时危急，被沙地绊着了，身体失去平衡就顿坐在沙滩上，还差点就跌倒在沙滩上。正在这时候，只听一阵风呼地压过来，左边耳朵早被野人的利爪抓破了，痛得傩达撕心裂肺的痛。傩达大嚎一声，来不及捂住耳朵，见野人又要弯下身来使双爪向他左右开弓，眼见得左边爪就要扇下来。傩达知道野人双掌的厉害，急忙忙往旁边闪开并滚到一边去。要是被野人爪子扇着，恐怕头颈不保，就算是长剑，不是被扇断，也会被扇飞一边去，就算握得再稳，也可能被震爆虎口。

傩达这灵机一动的滚一边去，为自己创造了一个机会，他顺势挥起长剑，横着向野人的右手砍过去。只听到嗷一声大嚎，腥臭的野人血和腐臭的野人口水贱到了傩达的脸上，难耐使傩达几乎憋死过去。傩达顾不了那么多，他知道他砍中了野人的右爪，砍中野人右爪的同时又往边上滚了一滚，躲过野人左爪的攻击。野人受了伤，疼痛使它更加恼火，它马上向傩达冲过来。傩达不敢直起身，坐在沙地上可以与野人形成高低差，使野人的攻击难于生效。野人向他冲过来，他又就地滚几滚，他用滚动的方法来跟野人保持一定距离，以免受到野人意外的攻击。

傩达知道，只能这样了。在到处是荆棘的河岸，在一道狭窄的沙滩上和野人搏斗。他跑不过野人，敌不过野人，他只能被动地滚来滚去。逃窜只有死路一条，要主动地跟野人拼命。

这也是傩达的性格。他天生就总想主动出击。经验告诉傩达，主动出击也不是蛮要，要看对象。能够大山压顶的，他一下就压过去。对方强大得撼不动，就使巧劲地主动出击。现在，使长剑对野人，他同样没有优势。他不敢拿长剑直接去硬碰硬。他知道切菜使用什么刀，砍骨头使用什么刀。野人就是一块硬骨头，他却只有一把切菜刀，他知道自己砍不了这块硬骨头。所以，与这个野人搏斗时，他使剑不敢硬砍，而使用抽砍的方法。在强大的敌手面前，这种断杀的方法使傩达躲过许多凶险。

野人没有一刻的停顿，连续地不间断地向傩达冲过来，向傩达发起一次次的攻击。

傩达做好多重准备，想在迎接野人攻击自己和自己向野人攻击的同时做好了滚到一边去的准备。就在野人还没有弓腰要扇他的时候，傩达又一次挥长剑向野人的大腿横砍过去，同时滚到一边去。野人又是嗷的一声大嚎，越发愤怒了，跳将起来，想用身子压死傩达。眼见得情况十分危急，傩达就急忙向水边滚去，滚动的时候又使长剑利刃正向野人，在野人泰山压顶的时候，长剑被压入沙土去时，从野人身子下面把长剑抽拉出来，然后继续往水面滚去。只听野人又一声嗷的嚎叫，野人的一双小腿被傩达片开了两道口子。野人痛得一下子没有办法站起来。等它站起来的时候，却颤颤抖抖的，痛苦地嗷嗷大叫大喊。它的攻击力已经没有那么大了，神态也没有那么嚣张了。

野人颤颤地站在那里，它双爪比画着继续向傩达发出嚎叫，一脚挎一脚挎向傩达逼近过来。傩达见有了机会，马上也从水里站起来，一边拿长剑对着野人，一边往沙滩上退去。傩达一脚拚一脚拚地移动到岸边上来。野人向前一脚拚，傩达就往后退去几脚拚。傩达眼紧紧地盯看着这个巨大的黑影子，心头怦怦地跳，连喘气都喘不过来。

野人好像仍然不在乎傩达手中的长剑，好像也不知道傩达手中长剑的厉害，好像也不在乎右爪和小腿受伤。这些伤对他来说只是轻伤，与它跟其他动物搏斗的情况比起来，那只是小小的伤痕，它根本没有把傩达看在眼里。

野人步步紧逼，一脚拚一脚拚地向傩达逼过来。突然，野人双爪同时地挥舞，嗷嗷号叫着向傩达猛冲。傩达一下子没有反应过来，但是，他凭着自己的灵活机动，马上再次偏到一边去，见两次受伤的野人好像没有什么事，就计划着给野人致命的打击，可是，除了手抓着长剑，傩达一下子也想不出更好的对付办法来。

跟傩达比起来，野人的颈部位置太高，挥长剑不容易砍着野人的颈项，倒容易被野人的双爪挡开或者抓住。傩达最怕被野人抓住长剑了，那样的话，他将可能失去主动权，赤手空拳根本不可能跟野人较量。野人的小腿有马面骨，长剑容易跟马面骨硬碰硬，砍不到一定深度，伤害不了野人。刚刚，偶然的抽剑，可能没有割断野人小腿的脚筋，没能使野人的攻击力减弱许多，只是使野人的行动有所减缓。转到野人后面去砍野人小腿的脚筋也不现实，风险更大。现在，唯一可能的就是使长剑砍野人的大腿，野人大腿肉较多，使长剑砍得更深，更容易切中野人的大血脉。只要砍中野人的大血脉，大量喷血才能使野人失去攻击力，甚至还有可能致野人于死地。不过，使长剑去砍野人的大腿风险很大，野人的一双爪太厉害了。为了使长剑砍中野人的大腿，必须使巧劲。为了使出巧劲，傩达调动双脚，在后退中不断左右跨动，使身子不断地左右摆，让野人跟着左右摆动着地向自己攻击。傩达摆动的动作越来越快，致使野人的左右开弓的方法总是落空。这更加惹恼了野人，它火冒到头顶，竟然嗷嗷着就直直地向傩达直冲过来。傩达抽身斜刺地横开砍过去，同时把长剑横着抽了一下，正割中了野人的大腿。奇怪的是，这一抽剑的成效也不是很理想，野人仍像没有事似的仍然向傩达嗷嗷地冲过来攻击。傩达估计，慌乱中把长剑抽砍得太快，虽然割中野人的大腿，却割得太浅，没有切中野人大腿的大血脉。野人只是更蹩了一些，竟没有什么大碍。见野人直直地嗷嗷冲过来，傩达没时间去多想，他在把长剑抽回来的同时，横开着跑到了水里，快速地转到另外一边去。

野人转过身来，傩达又快速地跳到沙滩上。傩达扎稳码，看见野人走路开始摇摆的更厉害了，知道野人的攻击没有原先那么猛了，就拿长剑对着野人，准备跟野人做最后的搏斗。野人仍然没有把傩达放在眼里，还是一脚掮一拐地向傩达逼近，双爪不断挥动着，等到只有两三脚掮了，野人一个猛冲锋，张开双爪向傩达扑过来，企图把傩达扇死掐死打死。傩达想不到受伤的野人竟然还有这么大的冲力，没有偏到一边去的预备动作，野人扑过来时想着要躲开，却已经来不及了。时间也由不得傩达多想。说时迟那时快，傩达只好将计就计，把长剑直直对着野人的肚子刺去。野人没有躲闪，要用双爪把长剑扇开，却因为迟钝了些，产生了时间差，长剑深深地刺入野人的肚子。野人紧紧地抓住长剑，使傩达抽不动长剑，让傩达想剖开野人肚子的想法落了空。长剑抽不回来，傩达只好放弃长剑，又是向水边滚几滚，躲开了野人。

野人双爪抓住长剑，要把长剑从肚子拉出来，血水染红了剑柄。野人痛苦得扭歪了脸，张牙舞爪地向傩达大声嚎叫，愤怒到了极点。

傩达没有了长剑，一时手足无措，东张西望的时候才觉到背上有弓弩，他马上从背上取下弓弩，抽出弓箭，张好弓箭准备随时向野人发射。

野人没有继续向傩达发动攻击，它双爪抓住刺入它肚子里的长剑，想把长剑拔出来，可是不知道什么原因，它无论怎么拔都拔不出来，它转身向岸边的山上，一脚掮一拐，一脚掮一拐地挪动着，慢慢地向山上走去。

等到野人的影子完全消失在眼前以后，傩达才长长的透了一大口气。傩达怎么都弄不明白，野人怎么会一直守在河岸的灌木丛里等着自己。按说，野人没有发现他呀，如果发现了他，见傩达孤身寡人的它早就发起攻击了，不会藏起来等傩达路过的时候发起攻击，它怎么可能像人一样的玩起阴谋诡计来。

傩达一动不动地站在水边，回想着刚刚发生的这一场搏斗，心头仍然怦怦地跳个不停，喉咙一阵阵发紧，直到半支香的工夫过去，傩达才慢慢地清醒过来。没见了野人的踪影，他马上迈开脚步，双手紧抓住弓弩，快步向上游方向走去。

好在走不到五百脚掮远，转过一个河湾，就看到了伙伴们点的篝火。傩达大声呼叫几声，等到阿格呼应了，他就站在原地，等着阿格和兵丁们拿火把过来。

身后面的山上，传来了狼的嚎叫。傩达猜测，狼群很可能闻到了血腥的味道，嚎叫声此起彼伏。傩达马上想到，受伤的野人，很快就要成为狼群的美食了。

不一会儿，阿格和狗头举着火把，循着傩达的声音来到傩达的面前。他们见傩达浑身是血，吓坏了，忙问傩达怎么回事。傩达把碰到了野人，并跟野人搏斗的事说了。说到野人双爪向他扇过来的时候傩达住了嘴，他这时候想到耳朵受伤了，他抬手摸了一下左边的耳朵，这才发现耳朵只剩下了一小半，还滴滴答答地往下滴血。

阿格问："阿傩大人，你杀死了野人没有？野人在哪里？"

傩达转身指指背后面的大山说："走了，走到山上去了，大概在山上呢。"

阿格发现傩达的手上只抓着弓弩，就问傩达："阿傩大人，你的长剑哪里去了。"

傩达勉强地笑了笑说："插在野人的肚子里，它带走了。"

阿格说："怎么，你戆啊，你怎么不把长剑抽出来？"

傩达球了阿格一眼："你去抽啊，它不把你扇死才怪，能够迪走已经是万幸的了，还想长剑？"说着，傩达转过头去把没了一边的耳朵亮给阿格和狗头看。

阿格和狗头见傩达的耳朵少了大半，唏嘘不已。傩达说："你们看看，这是什么，野人一巴掌扇过来，我是偏开去却偏不及，耳朵不见了是吗。"

阿格拿火把仔细照了照傩达的头壳，抖抖头说："哎呀，那么一扇就这样了呀？野人真是厉害哦。"

傩达摆摆手，摇摇头，啧啧着嘴说："要是迟一点点，躲不及的话，怕是我这个头早跟我这个身子分开了，丢在那边的河水里喂鱼了。"

阿格笑笑说："这么说，你的长剑插在野人的肚里。野人也受伤了。"

傩达说："你这是说废话呀阿格。真是的，野人没有受伤我能够站在这里吗。"

它受伤了还能跑到山上去？阿格抬手指着后面的大山，因为听到狼嚎叫，继续说："这么说，野人受了伤，合该狼群一顿好吃的了？"

傩达无力地点了点头，然后又苦笑了一下说："起码我们可以睡一个安稳觉了。"

傩达跟野人搏斗丢了大半个耳朵的事，把大家都吓住了。整整的前半个晚上，谁都不敢自己钻到帐篷去睡觉，统统围在傩达的旁边，又怕又想听傩达跟野人搏斗的经过。傩达说得口干舌燥，几乎没了力气。阿格见傩达这样，撇撇嘴，叫大家去睡觉，说道："阿傩大人受伤了，也累了，让他睡睡觉，明日好继续往上游去。"完了对岗哨说了一声，醒呃，看谁再马虎，野人可不客气。

失去了三个同伴以后，竹排上的人从每架四个人减少到每架三个人。大家的情绪虽然有些低落，却并没有失去勇气。相反，因为傩达跟野人搏斗经历的鼓舞，使大家的情绪空前高涨起来。无论是撑竹排，还是上河滩拖拉竹排，都没有谁说疲劳啊……

## 35　进退两难

从歇息地重新启程，傩达一行人驾三架竹排往上游进发，仅仅过去小半日，日头还在偏东方向的时候，从东南方向飘过来一大片乌云。不久，开始起风了，整个天黑得好像就要入夜，一场大暴雨眼看就要来临。

想起不久前的晴天大洪水，大家心有余悸，闹哄哄的要寻找躲避大洪水的地方。

阿格对左手拐说："左手拐，你快点拿蓬来盖住火种，看来一阵儿就要落大水了。水要是把火种淋黑了，想再去寻找火种就难了。没了火种再寻不到人家，我们就得饿肚。"

左手拐嗯地应了一声："喔，都想着怎么躲避大水，我差点忘记火种了。"他急忙走到火种桶旁边，用雨篷把火种桶盖好。

傩达说："阿格，我们这个位置很不好，在这个地方待着时间长了不是计。你看，两岸都崚崚的，没有我们靠岸的地方啊，万一发了大水就背时了。"

阿格说："靠是可以靠的，只是一落大水，就会有大洪水涌来。大水一来，这么崚的岸边我们站也站不住，竹排就更没有办法停靠了，不小心大家甚至可能都被大洪水冲走。我们得赶快寻到一个不那么崚的岸边停靠才成。"

傩达说："嗨，怎么就正好来到这么崚的地方呢。今朝一路上来，好像大多是这么崚的河岸。阿格，按你看，我们是继续往上走呢还是退回去呢？按我看，往上去，当然有可能寻得到比较平缓的岸边，只是，我们不知道在哪里，不知道还要走多长时间。"

阿格说："我也在想，再上去多长一段路才会有比较平缓的岸边呢？"

傩达摇摇头说："谁知道呢？不好说。万一寻找不到平缓的岸边就惨了。我倒想，我们是不是还是回到昨晚我们住的地方。"

傩达和阿格商量的结果，觉得还是回到原来歇息的地方，这样做比较保险。那里的地势比较平缓，大洪水在那里不会掀起大浪，大洪水流的也不会很急，方便竹排停靠，人也有落脚的地方。

狗头一听说又要回到原来的地方去，哎哟哎哟地叫喊，额头皱皱地说："又要回去啊，那么，这小半日算是白辛苦了。我的大人，你们看，我们把竹排拖上了三个浅水滩了呢。大人，你们说拖竹排上滩几难啊。我看，说不定上面不远的地方，可能就有适合停靠竹排地方。"

兵丁们也和着狗头，嘈哄哄起来。

阿格抬手叫大家静下来，说道："谁敢肯定说上面不远的地方一定有可以落脚地方？"见兵丁们不吭声，就严厉地看了狗头一眼："狗头，你敢肯定上面不远的地方，一定就有比较平缓的河岸吗？"

狗头低下了头，小声说："官人，细人的不敢说一定有，不过如果有呢，我们的辛苦就不会白费了。"

阿格大声道："如果有，如果有，有你个狗头。狗头你敢说一定就有？如果没有呢，如果没有呢？哪个敢拍胸膛敢说一定有？要是一时寻不到这样的地方呢？你想让我们通通被大洪水冲走，浸死了去？"

狗头惶惶地说："官人，细人不敢。"

阿格喝道："你说你不敢，你刚刚的说的什么？没有影子事没有把握的事你不敢肯定你为什么还这样说？"

兵丁们见狗头挨骂，都纷纷别过头去，不敢看阿格一眼。狗头呢，头垂得更低了，不再敢吭声。

阿格转过身去，哼哼道："在阿傩大人的面，我让你们几分。这段时间，我让你们随便说话，你们说着说着就说惯了，现在，你们什么都敢说了，还敢顶撞我们了。你以为你们现在就可以随便说了啊。你们什么身份！啊？记住，有些，该说的我让你们说，不该你们说的，你们不要乱说。就像现在这个事，你们根本就不知道上面附近的一段水路有没有平缓的地方——当然，这样的岸边肯定有，有多远？一日路还是半日路，或者是几日路？你们不知道，我们谁都不知道！可是，马上就落大水了。怕辛苦？怕辛苦连命都不想要了？"

狗头频频点头认错："是、是、是，官人。"

傩达觉得阿格口气大了，本想说阿格几句，又觉得不好说。狗头毕竟是阿格的兵丁，阿格怎样教训他的兵丁，那是阿格的事，跟傩达没有关系，即使有关系，关系也都不大。像这样的事情，傩达一般都懒得去理会。

说话间，雨水真就嘀嘀嗒嗒地落了下来，大家急忙戴上笠帽，披上蓑衣。这是从僠王城里出发一来，他们碰上的第二次下雨。开始，雨水如小指头大小，稀稀疏疏的滴嘀嗒嗒了一会儿，之后，越下越大，不到半支香的工夫就如倾盆一般，哗哗地落下来。阿格便扯着喉咙大喊："快快快，快向下面撑竹排，回到昨晚地方去！"

大家忙着转身，头做尾来，尾作头，一鼓作气就把竹排往下撑去百十脚拃远。很快地，河道两岸就哗哗地吊下来无数的瀑布。只一支香的工夫，河水马上完全混浊了，水位也上升了许多。

看着两岸哗啦啦响的黄色瀑布，傩达意识到问题的确严重，如果不能在三支香的时间里把竹排撑到早上启程的地方，一路两岸直壁，那是十分危险的。傩达大声对阿格说："我们必须赶在大水头到来之前赶到那里。"

阿格说："知道！我所以唬狗头，是怕大家再磨磨蹭蹭，再过一阵儿，恐怕什么都可能发生了。"说话间，阿格发现竹排就要冲落第一个河滩，就大声叫道："大家注意啦，前面就是河滩到啦，大家注意中间拱起的那球石头！"

平时，在平缓的河道，傩达和阿格是不用抓竹篙撑竹排的，现在的情况，他们不得不上阵了。傩达抓了一杆竹篙，他怕黑二掌控不好竹排的方向，就对站在竹排前头撑竹排的黑二说："黑二，前面就要冲滩了，你到中间来，我到前头去。"

黑二回头看了看傩达一眼道："大人，这怎么成，哪能让你大人在前头撑竹排，冲滩在前头很危险。"

傩达向竹排前面移动过去，大声对黑二说："黑二，你不要啰唆。是你熟水还是我熟水，我过的独木桥比你行的路还长。你快快偏开，你再啰唆我把你踢到水里去。"

黑二只好颤抖地乖乖向竹排的中间位置挪动过来，与此同时，傩达也已经移到竹排的前头。两人同时相向移动，是为了平衡竹排，以免发生倾斜。

傩达和黑二刚刚对调好位置，阿格所在的竹排就已经接近河滩了。阿格在河滩的前面稍稍磨蹭了一下，让傩达发现了。傩达心里明白，阿格心中没有底，不知道怎么做才好。一路来都是拖竹排上滩，上一次大洪水过后，他们也只是顺流而下，水不大不小，没有冲过浅滩，对他们来说，冲浅滩是第一次。傩达对阿格说："阿格，不要怕，记住，冲滩之前看好，不要正面对石球，万一，在冲滩时正面对上石球，不要死顶石球，死顶是顶不住石球的。碰上这样的情况，竹篙顶住正面石头的时候，要顺力使竹排撑偏向到一边去。如果碰上旁边有石球，只要轻轻地顺手撑一下就成。"

见阿格还是有些犹豫，傩达又说："你不要怕，你们先落去，注意水滩中间的石球。你们落到水滩底下以后。我们再开始冲滩，一个一个地来冲滩，不能急，不能一起来。"

见阿格点点头，傩达又转身对后面跟着的兵丁大声道："你们可要记住啦，冲滩不能够一架竹排接着跟一架竹排，必须要分开冲滩，等前面的竹排冲到滩底下以后，跟在后面的竹排才能冲滩。"然后，再把刚刚跟阿格说的话又对后面的兵丁重新说了一遍。傩达转头向前看的时候，发现阿格带领的竹排差不多已经冲到河滩的底下了。

之前从河滩下面往上拖拉竹排的时候，傩达知道这个河滩的水道较直，比较容易冲滩。最难冲滩的是离目的地最近的那个河滩。河道弯曲不说，最主要的是水道中间到处有凸起的高过人头的大石头，好像趴在水中的妖怪，等着要把冲滩的竹排击个粉身碎骨。

轮到傩达所在的竹排冲滩了，傩达提醒身边的黑二和钩鼻公，前方由他把控，他要求黑二和在末尾的钩鼻公注意水道两边的石头，黑二和钩鼻公虽然很忐忑，但是，真到冲滩的时候，他们按照傩达的不时提醒，很快地就顺利地冲过了第一个河滩。接着，第三架竹排也成功地冲了下来。

雨水下得越来越大，河两岸大山上，奔泻而下的瀑布像泰山压顶一样地轰鸣着。随着河道水面的升高，水流也越来越急。半支香工夫以后，傩达一行人又顺利地冲过了第二个河滩。

傩达一边撑竹排一边注意观察河道的两岸，他发现河水升高得很快，从开始转头算起，河道水面升高有半竹竿高了。

小半支香的工夫以后，他们的前面出现了一道长长的，弯弯的，白花花的，哗哗地轰鸣着的河滩水道，这就是他们要冲下去的第三个河滩。由于水面升高，水流加快，已经看不出水道原来的样子了，只看见整个河道里白花花的一大片。尽管这样，傩达还清楚地记得，他们把竹排拖拉上这个河滩的时候，河道中到处是犬牙交错的一人多高的大石头矗着。这时候，这些石头已经被升高的水面盖过了，河道中间的大石头在激流的冲击下，翻起白花花的浪花。看着这种严峻的形势，傩达叫阿格和后面跟着的兵丁，把竹排撑到岸边的地方靠边停一下。之后，傩达把自己的想法跟他们说了，提醒他们注意这个河滩的险恶，提醒他们特别注意河道中的大石头。

傩达指着翻起白浪花，掀起大浪的地方道："那里，水底下肯定就是早上我们上来的时候看到过的那些大石头了，千万不能让竹排正面往翻起白浪的地方冲过去，一旦被正面的石球撞击，竹排很可能散架，人身都难保。"

傩达这么一说，把兵丁们吓得不轻，抖抖着双手对傩达说："要不，大人你一架一架地帮我们把竹排撑到河滩下面去……"

阿格嚎道："大胆，你们真是，指挥起阿傩大人来了！"

兵丁们连连说："不敢不敢。"

傩达笑了笑，他没有反驳阿格，也没有答应兵丁们。他知道，要冲这个河滩，连他自己都没有把握，更不用说这些水上经验很少的兵丁。

傩达说："我们没有时间了，我们不能这样做的，就算和黑二、钩鼻公冲滩到了下面，我也没有办法走到这里来啊。大家看看，这两岸几崚呀，从山后面弯着走来？那得要好半日不止呀，那时候大水头早到了，你们也没地方扎住竹排啊。这么崚的河岸，我没法来回得走，你们也走不到下面去？是不是？我们有了冲两个河滩的经验，大家只要胆大心细，肯定能够冲得这个河滩。"

傩达又说："好吧，我和黑二、钩鼻公先冲滩。实际上我也不敢说我们就能冲下去。如果我们成功了，对你们冲河滩肯定有帮助，心中也有数。"

傩达回头叫黑二和钩鼻公道："你们两个，要准备好了，我们马上就要冲下河滩去了。"

"等等，"阿格伸手招了招，对傩达说："我看我们还是等一等的好。阿傩，按照我的看法，现在的水还落得这样大，水面肯定越来越高，如果水面高过河中间的石球很多了，河水就不会翻起那么大的大浪，水面跟大石球的距离就多了一些。我们的竹排吃水不深，应该能够从水面上冲下去而不会碰上这些大石球的。"

傩达见阿格说得有理，点了点头，又觉得不妥，对阿格说道："但是，水升高到一定程度以后，水流就更加急，水流急了对我们就更加不利，水面在这些大石球的作用之下还会形成更大的浪花，还可能形成大漩涡。那太危险了，大漩涡甚至能把竹排旋到水底下面去。"

阿格说："危险是危险，我总觉得比现在这个情况好一些。起码，我们不会碰上石球。"

傩达眼定定地看着长滩，想了一会儿才点了点头。最后，傩达下了决心地说："好吧，按照你的方法去冲滩，可能更加保险一些。"

# 36　命悬一线的冲滩

冲了急滩，锚好了竹排以后，傩达心里仍一直跳嘣嘣，一直心有余悸。因为选择了阿格的建议，时间又不允许傩达充分思考，对自己的冲滩办法心里也没底，不得已的情况下也就只好采用阿格的冲滩的方法了。到了这时候，傩达也觉得阿格说的有道理。上一次大洪水刚过，在洪水落下了好多的情况下，他曾带着兵丁驾竹排一路往下游，直到那栏屯，应该说阿格是积累了一些冲滩的经验。

冲滩开始，傩达提出还是让他先带黑二和钩鼻公冲滩。像第一个和第二个冲滩的方式一样，要一架一架的分开来冲滩，不能够同时出发，免得竹排被洪流冲撞在一起，造成可能的翻覆。傩达和阿格意见一致的是，觉得河道岸边水流相对河道中间来说没有那么湍急，沿河道岸边向下冲滩应该比较好，比较稳当。

不曾想到，不论哪一种冲滩的方法，都好像没有办法逃避危险。

离河滩口几十脚掬的上游，水流还是比较平缓的。所以，刚刚开始撑竹排沿着河岸边往下驾驶竹排的时候还算很顺利。当竹排来到河滩口，由于水流落差太大，竹排前头被高高抬起，瞬间又跌入浪谷，插入浪里，竹排就开始了大幅度颠簸。傩达感觉身子直往前倾斜，站立不稳，顿觉坏事，就大叫一声："大家都坐落来。"

傩达的喊声还没落下，黑二在竹排中间，颠簸中竟一个趔趄，身子往前倾就摔倒在竹排上，钩鼻公站在竹排后面，双脚被竹排颠离了竹排，啪一声，屁股颤抖抖地顿在竹排上，差点打了仰铲。水从竹排的缝隙往上溅，把三个人的身子都给弄湿了，笠帽也差点掉落到水里。钩鼻公大声骂黑二，"丢人，让你站在中间，站也没有站像，差点还把我们倾到水里去。"

黑二眼咩咩看钩鼻公一眼，眼球道："你恶，你怎么也顿到竹排上！"

"撑什么牙花，醒水呃！"傩达大声道。

就在竹排跌落浪谷，傩达三个人顿坐在竹排上，他们都还没有来得及反应的时候，竹排的前头又被从浪谷中掀起来。傩达又大喊一声："手要抓紧竹排……"

傩达的喊声刚刚落下，就听到河滩上游阿格啊啊的呼喊声，傩达来听不清阿格他们喊什么，心想可能要面临危险。经验告诉他，危险应该是来自岸边，因为，大水已经把河道中间的大石头覆盖过去了，竹排不容易跟河道中的大石头撞上。这么一闪念，傩达就不管天翻了还是地覆了，手拿竹篙转身就往岸边上撑，转身的同时他发现竹排前头的一角就要冲到了岸边的一块大石头的边上。傩达马上明白，阿格他们提醒他们的就是这块大石头了。想使竹篙撑大石头已经来不及，竹排前头的一角已经跟岸边的大石头发生了冲撞，只听见嘣一声，三人身子往前趴去，傩达的头脑好像也被炸开了一样轰地响了一下，抖抖头正眼看竹排，见竹排没有散架，看后面，见黑二和钩鼻公都紧紧趴在竹排上。心里头立刻谢天谢地大声喊。嗷，真得好好地感谢"宁"人僠琓的竹排工，把竹排绑的这么结实，要不然，就是竹排散架，人被卷入恶浪中去。

接着，更让傩达想不到的是，竹排被岸边的大石头撞上了以后，马上发生了倒转，头做尾来尾做了头，那个快，把人给转晕了。傩达喊声不好，叫黑二和钩鼻公快快转身，以适应竹排的驾驶。就在他们都正在转身的时候，竹排又被洪水涌起托到浪尖上，又一次高高地抬起前头，接着又被浪头摔入浪谷。三人一时仰一时伏，前仰后翻，一时间内竟没有办法保持身子的平衡，更别说要去控制竹排的方向了。

这种情况如果继续下去不得了，时刻有可能被洪水冲撞得竹排散架，人员殇亡。

这时候，又转来阿格和兵丁们嗷嗷的大叫声。

傩达知道外面的人怎么着急都帮不上忙，想要救自己还得靠自己。在与大洪水搏斗的紧张时刻，时机往往一瞬而逝。傩达定了定神，让自己稳住，觉得必须要改变这种被大洪水摆布的不利的情况，觉得竹排靠近岸边容易被岸边的大石头撞击，被撞击的竹排即使没有散架，三个人的生命也时刻处于危险的境地。

傩达大声对黑二和钩鼻公道："齐齐拿竹篙，不断撑岸边，使竹排跟岸边保持几脚拂远，使竹排不跟岸边的大石头相撞才成。"

黑二和钩鼻公听到傩达这么一喊，也从晕头转向的状态中马上清醒过来，齐齐抓住竹篙对着岸边撑，黑二觉得坐着不好使力，就站起来，钩鼻公大声喝道："黑二，你想死啊！"黑二吓了一惊，回头看了钩鼻公一样，马上坐下来。傩达见钩鼻公大声喝黑二，也往后瞭一眼，觉得钩鼻公说的有道理，就说："钩鼻公说得对，我们要把所有的注意力全部集中在竹排的前头上，撑岸边也不能使死力，要顺顺来。"

经过努力，竹排总算比较顺利地往下漂去了几十脚拂远。偏偏在大家觉得比较顺手的时候，黑二使力过猛，致使竹篙的尖端深深插入岸边的黏土里面去，被雨水浸泡的黏土很黏，把竹篙的尖头绞住了，不使大力拔不出来。当黑二想使大力要拔竹篙，由于竹排往下的冲力太大，他竟被拉离了坐着的状态，身子斜斜地摔在竹排上，连叫一声都来不及。钩鼻公发现黑二有危险，也没来得多想，嗷一声大叫把自己的竹篙拔出来，同时就把竹篙往前挡在黑二前面，想让黑二抓住竹篙，避免掉落水里。奈何，钩鼻公坐着使不上力，黑二还是重重地向外斜斜地摔了出去，他手上的竹篙也掉入水中。就在这千钧一发的时刻，听到钩鼻公大叫的傩达转过头来看，发现情况紧急，就丢了手中的竹篙，身子往后一仰，平躺在竹排上，伸出双手，刚好抓住了黑二的一只脚掌。只听啪一声，黑二摔倒在竹排上，上身落在水中，双手在洪水中胡乱打水，下身却还在竹排上。钩鼻公见黑二半截身子落水，就挪动屁股移动到黑二的身边，想抓住黑二的另一只脚，想和傩达合力把黑二拉到竹排上来。钩鼻公不知道，他这样做，反倒使竹排向黑二这边侧斜了过去，另一边眼见就要翘起来。就在竹排就要翻覆的时候，傩达大声喊："钩鼻公，快退回去！你想死啊！竹排要翻了。"

钩鼻公见竹排一侧翘起，知道大事不好，赶快移到原来的地方，使竹排平衡。

傩达大声喊道："钩鼻公，你撑岸边，注意石球。我拉黑二。"

钩鼻公大声答道："是，大人。"

傩达换手，翻身，使自己匍匐在竹排上。他使双脚插入竹排的缝隙中，跪了起来，使力慢慢拖拉黑二，使黑二露出湿漉漉的头来，黑二呛了几口浊水，双手胡乱抓住竹排的边沿。

见黑二得救了，傩达再把黑二往竹排里拉，使黑二趴到竹排的中间位置，他坐了起来，发现自己的位置倒转到了前面，靠近了岸边，就对眼直直的不断咳嗽的黑二说："黑二，你先就这样躺一下。"

傩达转头，发现竹排又要撞上岸边前面的一块大石头，傩达赶快抓起竹篙，却没有来得及顶住大石头，竹排的一角已经撞到大石头上了，又是嘣一声，见竹排没有散架，傩达再次谢天谢地。竹排撞上大石头后再次倒转，又来了个首尾对调，傩达和钩鼻公只好赶快转身。

傩达目不转睛地看着前方，不是用竹篙撑岸边，对钩鼻公说："钩鼻公，看准了，我们不能再让竹排撞中石头了，竹排受不得了那么多次冲撞。再撞一次，我们恐怕都得喂大鱼了。"

钩鼻公说："放心，大人，要不是黑二刚刚这样，我们不会让竹排撞中石球的。"

傩达说："钩鼻公，要记住，现在只剩下我们两把竹篙了，我们不能像黑二一样，使死力把竹篙捅入岸边的泥土里去拔不出来。这样做很危险，即使放手丢开竹篙能够一时保住命，没有了竹篙竹排就由不得我们了，我们也只能听天由命了。"

"是的，我知道，大人。"钩鼻公说。

见到这触目惊心的一幕，看在眼里的阿格马上想到了紧急措施，他叫每个人都用草索绑住身子，再把草索绑到竹排上。

阿格说："我们大家游水的本事，跟阿傩大人相比，那是小巫见大巫。现在，我们大家把身子跟竹排用草索绑住绑好，一旦谁跌落水里，谁都没有办法去救，得自己顺着草索攀着抓住竹排边沿。抓住了竹排，就有救了。无论怎么样，竹排都浮在水面上。要是屎泼尿淋地滚落到大水里，没有这条索，就只有喂大鱼了。"

阿格的话，让兵丁们胆战心惊。

阿格一边看傩达三人冲滩一边说教兵丁，见黑二竹篙粘住岸边拔不出来，就马上叫兵丁们把竹篙的尖头脱去，使竹篙撑岸边的时候不至于插入泥土太深，容易拔出来。最后，见傩达三人终于冲到了滩底下，阿格和兵丁们才松了一口气。

阿格马上招呼竹排上的狗头和左手拐，放开竹排，离开岸边，跟保持一定距离，一边向下游撑去，一边做好冲滩的准备。

开始冲滩的时候，阿格坐在竹排的中间，一边拿竹篙撑岸边一边不断提醒前后的狗头和左手拐，要求他们要适当使力。有时候使大力使大力的喊，有时候使死力使死力的喊，有时候轻点使力轻点使力的喊。阿格指点得明白，狗头和左手拐听得明白，操作得也很明白，只是，狗头和左手拐仍然弄不清楚使大力是多大的力，使死力又是多大的力，使适当的力又是多大的力。当狗头和左手拐用错了力头，又是千钧一发时，阿格就大喊大骂。

所以说，任何的准备，任何的说教，真碰到实际情况的时候，得靠个人经验，靠个人的灵活，靠个人的悟性。

竹排有时被涌上浪尖，有时又跌落浪谷，一起一伏的已经把狗头和左手拐吓得够呛。阿格叫喊他们往岸边撑竹篙的时候，他们弄得手忙脚乱。眼见冲到岸边的一块大石头的边上，阿格喊道："狗头，使死力撑。"狗头甩过竹篙，拿竹篙头顶住前方的大石头，死死地顶住，不让竹排靠近，把竹排前头撑离岸边远远的，左手拐没有得到阿格的提示，不知道该使大力还是使适当的力，只是轻轻一点撑着，却想不到竹排竟被洪水冲着倒转，贴着了岸边，倒转的竹排尾部一角就撞到大石头上，把他们三人吓了一惊，眼见竹排又要发生倒转，却在大洪水的冲击下又摆转了一下，竹排前头撞到岸边上。阿格知道这样下去很危险，就叫大家一起使顺力撑住岸边，使竹排离开了岸边几脚拇的距离，顺着激流往下冲去。

冲到河滩底，阿格对傩达说，因为黑二的事故，使他学得聪明了一些，把竹篙尖头全部脱去了，不然，要是遇到黑二这样的情况不知道该怎么办。说自己没有傩达的能耐，肯定要喂大鱼了。说得黑二脸白一阵儿，红一阵儿。

最后轮到第三架竹排冲滩了。

大头棒成了这架竹排的主心骨。吊眼明明是看着岸边，让大头棒总觉得他是看着其他地方去。鸡胸脯整个人弓着腰，胸脯凸出，整个的就是一个残疾人。他们两个人，合起来只能算一个。大头棒这样说，只是说说，是说句玩笑。事实上，当他们跟野兽搏斗的时候，那个准劲，那个狠劲，连大头棒都不得不服。

根据阿格的安排，大头棒要坐在中间，说是为了坐镇。有了坐镇，两头就好指挥了。当然这是大头棒自己这样认为的，吊眼和鸡胸脯却不这么看。

顺顺利利冲滩冲到一半多的时候，由于三人操作不当，竹排前头差点撞上前面的大石头。吊眼正在准备操作，把脸转向一边去，以便看准岸边的大石头，他正要拿竹篙去死顶大石头的时候。大头棒在后面见坐在前面的吊眼把头转向河道中间方向，没有想到吊眼的特点，以为吊眼分心，去看河道中间的大浪，想叫喊要提醒吊眼又来不及，他就马上站起来拿竹篙往前倾伸出去要撑住大石头，由于使出的力量太大，一时收不回竹篙，身子被冲滩的竹排往后带下去，身子嘣的仰翻，重重地摔倒到鸡胸脯的身上。鸡胸脯没想到会这样，被大头棒砸得火冒金星，啪一声，两人摔做了一团，竹排的前头翘了起来。吊眼一看就吓住了，他怕大头棒和鸡胸脯跌落水去，第一想到的就是救他们两人。注定这样了，因为吊眼没有足够的水上经验。他立刻站起来，转身跨几脚拚来救大头棒和鸡胸脯。吊眼的这一错误动作，使竹排前头翘了起来，竹排尾部沉了下去，三人竟就簌落落地滚在一起，齐齐跌落到惊涛骇浪之中去。偏偏，竹排翻覆过来，尾部被激流反着冲向前去，整架竹排就像翻盖一样，啪一声把三个人打压在激流之下。

这个突发的情况，把在河滩下面看着他们冲滩的人都吓戆了。

# 37　花斑大老虎

好在，阿格在观看傩达三人冲滩的时候，悟出了一个小小的办法，马上交代兵丁们要用草索把身子绑紧，并把身上的草索跟竹排紧紧地绑在一起。大头棒、吊眼、鸡胸脯跌落激流以后，因为有了这条救命的草索，经过九死一生的跟大洪水的搏斗，终于把小命捡了回来。小命是捡回来了，却因为手上没有了竹篙，竹排在岸边冲滩的时候常常跟大石头冲撞，把他们三人弄得他们浑身是伤，脱了几层皮，竹排上的全部物件也早送给河里的鱼了。

能把小命捡回来，总算是最大的安慰。

就在傩达一行人继续乘着三架竹排顺着大洪水往下，来到早上出发的歇息地不久，上游的大洪峰排山倒海般地汹涌而至，河道水面在一枝香的工夫里一下子就上升了两竹竿还高，让大家倒吸了一口凉气。想到上游两岸陡峭的岸边，没有落脚的地方，想要把竹排绑好锚住简直比登天还难。再说，区区草索哪能耐得住这么厉害的折腾啊。

来到原来的歇息地以后，大雨继续下了大概小半日时间。倾盆大雨停了以后，西边的日头光闪闪冒了出来，三四枝香的工夫以后大洪水开始回落，到挨晚的时候，水位竟落到跟之前差不多，河水甚至也清澈了许多。

大头棒忍住痛，到附近去拾了一大把草药来煲水。大家都用药水洗了一个热热的药澡，才使热辣辣的伤痛减少了许多。黑二说自己也受了伤，非要大头棒也给他一些药水洗澡。大头棒本想拿黑二开个玩笑，想到包括自己在内，三人都差点喂了大鱼，心头笑笑的说不出来。

因为大头棒三人捡回了三条小命，也觉得是自己的方法起了大作用。阿格特别开恩，不要大头棒和吊眼、鸡胸脯三个人值岗。他们三人高兴得哈哈大笑，给黑二、狗头、左手拐、钩鼻公四个人扮鬼脸，还说痛是痛了点儿，被免了值岗，反想是赚了。傩达听他们这么说，连笑都笑不出来。这一晚，受伤的三个兵丁睡得特别沉着，他们实在是累坏了。

傩达和阿格计划第二日早上要重新撑竹排出发，不曾想，到差不多天光的时候，又听到轰隆隆的声响。傩达不知道又发生了什么事情，爬起来往传来响声的方向看，原来又是一场大洪水。河道白浪滔滔，大洪水簌簌地漫上来，差一点就跟前一日差不多了。傩达估计，在上游的某一个地方，半夜里肯定又下过一场大雨，这场大雨还不小，时间也不会很短。兵丁们天光后爬起来起来一看，都密密伸舌头，瞪大眼，之后又是乐乐的了。好在黑二和钩鼻公值岗的时候没有困着，没有眯眼，及时把竹排随着大洪水的上升，一下又一下地拖拉上来，不然，三架竹排又可能都被大洪水冲走了。

这样，想要早上启程的计划就只得搁下了。

傩达见没有事情可做，心就痒痒起来。他带上那位老者送给他的长剑和自己的弓弩，对阿格说："阿格，水大了，我们没有办法到上面去。我反正也没有什么事，想到山上去看看，看能不能捉一两只野物来。这两三日来，大家也没有吃到靓野物了。我去看看，捉只把给大家解解馋。"

黑二在旁边听了，大概也心痒痒的了，站起来想走到阿格跟前，想磨说阿格，要跟傩达上山去猎捉野物，又怕傩达不会让他跟着去，摇摇头苦笑了一下，又坐了下来。

阿格把黑二的动作看在眼里，知道黑二想做什么，见他想行而又止，知道黑二不敢说出口，怕挨骂。阿格觉得，傩达独自到山上去，很不安全，怕他再碰上狼群或者野人什么的，就对傩达说："我的阿傩大人，你一个人上山去，不带随从，这样不太好，山上什么情况都可能发生。我看还是让一个兵丁跟着你去比较好。两个人也好有个照应。黑二，是不是想跟傩达大人打野物去？"没等黑二回答，又说："阿傩大人，我看，让黑二跟你去吧。"

傩达笑着摇摇头说："没事的。我打野物从来不爱让人凑热闹。当然，如果是跟我㑚惯了的人，我还是会很高兴的。因为，我们配合得很好。我想怎么做，一伸手，一抬脚，人家就知道我想什么了，该怎么行动就怎么行动。反过来也是，对方的一举一动，我也是心领神会的。我们这样的配合，野物没有办法溜得了。但是，不会打猎的人跟着去，只能妨碍我，甚至可能把野物给赶跑了，吓跑了。"

阿格说："我怕你碰上狼啊，老虎啊，豹啊，毒蛇啊这些恶毒的家伙，你一个人应付不过来，万一有什么的好有个照应。"

傩达说："这个嘛，我的内官大人，你就没使忧心了。"

歇息地后面的大山叫作牛头山，是附近这一带最高最大的一座大山，牛头山的山头向西凸出，使河道在这里转了一个大弯，也因此在这个地方造就了一个冲积河滩，使傩达他们有了一个落脚歇息的地方。一个壮汉，如果从牛头山山脚往上爬，到山顶得要半日的工夫。傩达不是去爬山，是去打猎，他不会费上半日的工夫登到牛头山山顶去。

牛头山西面山麓，西北面和西南面分别有两条长长的旁臂从山顶直伸到山脚，使西面山麓中央显得凹了下去。牛头山从山脚到山顶都覆盖着密密麻麻的原始森林，这些森林遮天蔽日，密不透风。傩达花了几支香的工夫才进入密不透风的牛头山西面山麓。傩达知道，在这种形势的山麓里，既背风又有充足的光照，会有很多的野物在这儿生栖着，应该是一个很好的打猎场所。

傩达一边观察一边来到山麓腹地地带，已经是日头中天的时间。一路上到处雀儿啾啁，鸟飞蝶舞，满眼的好风景，傩达都不去多看一眼。他小心翼翼地悄悄地摸索着走，拿眼仔细扫视着周围的大树草丛，想在这些大树里草丛中寻找到一两只合适的野物。他双手拿着弩弓，做着发射的准备，他不动声色，眼观六路耳听八方，注意着身边的任何动静。傩达在一个地方转来转去，没有发现较大一点的适合的野物。他站直了身子长长地透了一口大气。

转来转去，因为没有见到比较大的野物，傩达感到很奇怪，这个地方，这种情况，跟这个原始的森林山麓好像不太相称呀。让傩达更奇怪的是，连最鞆人的白头乌猿都不见一只？

傩达心里虽然存着这样的想法，不过他没有继续往深处去想。他继续往其他地方转去，仔仔细细地搜索。突然，傩达闻到了一股浓烈的气味。他觉得这个味道非同寻常，他吸了吸鼻子，感觉这股味道好像是日头暴晒发酵什么活着的野物而发出来的，有时候又感觉像是野物死了很久留下来的骨骸，因为被日头照射发热了而发出的气味。傩达隐隐觉得，附近肯定有大野物存在，或者说有大野物在附近活动。

傩达马上高兴起来。他躬了腰，蹲了下来，又慢慢地转折身子，仔细观察周围的情况，做好发射弓弩的准备。弓弩随着傩达的视线慢慢地移动着，只要发现适合的野物，他的手指扣一下机关，箭头就会嘶的射出去。但是，他转着身子观察了很久，却仍然没有发现野物的影子。嗨，难道又是毫无收获啊？难倒真是野物的尸骸发出的味道？

傩达感到越来越奇怪了，这是怎么一回事呢？这么好的地方，怎么会没有一只大一些的野物呢？除了松鼠这些蹦蹦跳跳的野物，难道没有大一点的野物在这里活动吗？那么，这一股浓烈的气味又是从哪里传过来的呢？

傩达辨别了一下方向，觉得自己还是在牛头山山腰的这个山麓里转悠着。确定了这个信息以后，傩达又开始轻手轻脚地移动到另外的一个地方去，他慢慢地一边走一边观察着周边的动静。这时，一股热风吹来，傩达再一次闻到了差不多一样的气味。傩达马上蹲下来，慢慢地转身搜索着，不丢开任何一个地方，任何的一个的节眼。突然，傩达发现后左侧的两棵大树根部的缝隙里，有一对亮晶晶的眼睛，这双亮晶晶的眼睛一映入傩达的眼帘，傩达的心里就是一阵惊喜，就在他想扣机要发射弓箭的时刻，却又天马行空的突然想要看一看这到底是什么野物。他暂时停住射箭的动作，继续仔细观察。

看仔细了，傩达反而立刻倒吸了一口凉气。

这双眼睛的周边，是黄黑镶嵌的黄黑花纹。这样的花纹傩达很熟悉，这是一只花斑大老虎哪！

傩达的头发登时直了起来，背脊嘶嘶地冒出了冷汗，双腮发麻，直到耳跟，手和腿也都抖动了起来。阿格那贱嘴，说说，就说中了，果然就碰上了。

一时的颤抖对傩达来说，仅仅是下意识的反应。傩达毕竟是跟森林打过交道的人，那种发冷发毛的情况很快就就在傩达的身上慢慢地消去，接着而来的便是对付这只花斑老虎的想法了。

傩达毅然地从腰间抽出了长剑。

傩达手握长剑。长剑在他的手上微微发抖。傩达发现，黄黑镶嵌的花纹正在慢慢地移动着。他看到了这只花斑老虎的腹，肚，以及后臀部。遗憾的是，那双亮晶晶的眼睛消失了。傩达清楚，他失去了一次让老虎变成单的的机会了。

老虎走了。不，应该说老虎转移了。老虎已经在傩达的视线内消失了。

傩达觉得这头花斑老虎好像不想长时间跟他对视，它可能要选择另外一个位置来观察傩达，寻找一个对傩达下口的机会。傩达一想到这一点，浑身又起了鸡皮疙瘩。

傩达开始责怪自己，刚刚，在发现这只花斑老虎瞪着自己，观察着自己的时候，为什么不立刻把弓箭发射出去，把它的一只眼睛射盲呢？老虎一旦移动了，机会就有可能失去了，机会稍纵即逝。傩达再也找不到老虎的眼睛了，找不到黑黄镶嵌的花斑了。不能把这只花斑老虎射瞎，他手上的长剑，很难对这只老虎有杀伤力。射中老虎身上的其他地方，反而更容易激怒老虎，使自己一下子就处于不利的境地。

现在就转回去？到歇息的地方去？这也算是一个好的想法，但是，却不是个很好的办法。这一只花斑老虎会紧紧跟在自己的后面，无时无刻地在寻找时机，它随时可以从背后对自己发动攻击。那么，怎么做才好？

这样想着，傩达又有些心慌慌的了。

傩达转而又想，如果硬是不回去呢，情况又会怎么？傩达鼓起勇气，进行鼓励自己，并且不断提醒自己。让自己不要害怕，他自己对自己说，害怕只能给这只老虎制造更多进攻的机会。

最好的办法是一边退回去，一边回头观察周围的情况，随时迎接这只花斑老虎发动的进攻。老虎不会再走到空地来和自己四目相对，成为傩达的目标。现在，这只花斑老虎躲在暗处观察，他失去了对这只老虎发动攻击的机会。

种种迹象看来，这只花斑老虎很长时间没得一顿饱餐了。

有时候傩达想，悄悄地等待和观察，也许就是机会。有时候傩达又想，他看不见老虎，老虎却可能盯着看自己，或者正悄悄地向自己接近。想到这，傩达心头就怦怦地跳，连握长剑的手都抖动起来。

老虎在悄悄地移动，肯定会发出轻微的声响，这个微动的声响尽管很小，他应该能够听得到。他那眼观六路、耳听八方的本领，不会因为被野人挠去大半边耳朵而减弱吧？

傩达都不大相信自己的耳朵了。

怎么办呢？等待吧，也许，等待才是最好的办法。

# 38　凶恶的大家伙

跟凶恶的花斑老虎打交道，对傩达来说这是第三次了。

之前的两次，傩达不是一个人跟这样凶恶的花斑老虎单打独斗。那时候，傩达有两个或者三个同伴，相互间分工合作。记得第一次，傩达和同伴在山上打猎，发现虎视眈眈的花斑老虎时，大家就聚集在一起，几个人之间保持一定距离，手握长剑，一起朝向花斑老虎，相互鼓励，拿长辈的经验来说教同伴，从中获取对付花斑老虎的办法。不论花斑老虎移动到什么位置，他们都齐齐地拿眼睛定定地跟花斑老虎对视着，几双眼睛跟一双眼睛对视会产生什么效果，大家都明白，他们自己一旦胆怯，很可能成为花斑老虎的美餐。他们还算幸运，到最后也没有受到花斑老虎的攻击。也许，花斑老虎还没饿，他们与花斑老虎的相遇可能只是偶然，就像在街上跟陌生人擦身而过一样。那两次，傩达和同伴慢慢地移动着脚步，时时刻刻做好跟花斑老虎搏斗的准备，一边警戒一边退着走到山下去。好在，半道上花斑老虎就隐去了，不见了。从始至终，大家也弄不懂是什么原因。事后，就用花斑老虎没饿和自身臭嗳来调侃，嬉笑。花斑老虎也许真是没饿呢，或者他们根本就不是一道美味，或者他们身上臭嗳？呵呵。

有了两次跟花斑老虎打交道的经验，傩达有一些跟花斑老虎打交道的办法，最终能够稳住了自己。

对这只凶恶的花斑老虎，傩达心里明白，他这时候看不见花斑老虎，不会像之前那样，花斑老虎自己撤走了，他明白这只花斑老虎一直跟踪着自己。他不能拿之前跟花斑老虎的遭遇跟现在相比较。现在，他只有一个人。一个人要跟花斑老虎单打独斗，力量的悬殊，可想而知。就好像猫和老鼠。现在的情况是，这只花斑老虎真是饿了。傩达肯定，这只花斑老虎就躲在离他不远的某一个地方。在那个地方，他看不到它，它却能够紧紧地盯着自己，监视着他的一举一动。从那股不时闻到的气味可以断定，这只花斑老虎不会放弃他这道可能的美食了。

这样想来，傩达不禁又颤抖了一下。

傩达曾经想要爬到附近的大树上面去。按说，他这样做应该更保险一些。他觉得自己可以在树上等着，等到花斑老虎走开了，他再从树上下来，避免跟花斑老虎发生正面冲突。但是，这个办法是不是真有效呢？傩达不敢肯定。如果这只花斑老虎真是饿了，一定想要把他当作美餐，花斑老虎就可能逅在大树底下不走。对就要到口的美餐，这只花斑老虎等得起。相反，他傩达等不起。当然，傩达希望这只花斑老虎跟着他爬到大树上去，那样最好，他可以用弓弩把这只花斑老虎射落，甚至可以置花斑老虎死地。最让傩达不安的是，这只花斑老虎的老巢可能就在这里附近的某一个地方。如果真是这样，想想都害怕，在人家的家门口，就算爬到树上去又有什么用呢。居于这样的考虑，傩达只好放弃爬上树去躲开这只花斑老虎的念头。

随着时间慢慢溜走，花斑老虎迟迟没有出现，让傩达有些心急起来。让傩达更感奇怪的是，这么长时间了，始终不见花斑老虎发动进攻，都把傩达都搞得糊涂了。这只花斑老虎到底怎么回事呢？应该说，花斑老虎不会放弃的。在这样等待的煎熬中，傩达虽然手颤脚颤，心却反倒越来越淡定起来。他知道他没有其他办法避开这场搏斗，心中倒是有了一种视死如归的泰然。

生死搏斗——就在傩达手颤脚颤的时候发生了。事情的发生是从傩达听到背后哕的一声响开始的。

听到沙一声响，傩达的第一个反应不是回头去看背后发生了什么，去看是不是花斑老虎扑过来了，而是头也不回地赶快偏到旁边去，同时反手往背后抽长剑，然后再猛地转回身来，也不管能不能抽中花斑老虎。傩达知道自己无论如何警惕，都有可能看不见、发现不了这只花斑老虎。而这只花斑老虎要袭击他，可能就是从他的后面或者后侧面扑过来，并且距离不会很远。草丛和树丛为花斑老虎提供了天然的保护，使傩达很难发现花斑老虎的藏身之处，而花斑老虎却可以轻而易举地利用树丛草丛来接近他。无论怎么样，傩达早就做好了迎战花斑老虎的准备。他告诫自己，无论发生什么，他都不能回头看……

赢，往往属于有准备的人；输，往往是因为没有准备，没有防范，或者防范错误。

傩达抽回长剑的时候，没有感觉到原以为的沉沉的手感。傩达知道自己的第一个回合，反手抽剑击落了空，他意识到自己太自以为是了。实际上，花斑老虎没有傩达想象的那样具备电闪雷鸣的攻击力量，他背后盲目出手，却因为出手太快了反倒做了空，白白失去了一次很好的反手抽剑，片击花斑老虎的机会。

碰到这种情况，如果是一个在心理、本领都没有充分准备的人，花斑老虎肯定早就把人扑倒在地上，同时张开血盆大嘴死死咬住人的颈项，使跌倒了的人一点都不能挣扎，鲜血从被扑倒的人的脖子上像喷泉一样狂喷到附近的草丛里和大树根上……几分钟后，花斑老虎就开始撕裂人的肉体，吧嗒吧嗒地嚼着人肉，人就这样的成了花斑老虎的美餐。

当时，只听见哗啦一声响，像突然刮起的一股大风，在耳边呼呼的，傩达身边的草丛和矮树丛都齐嚓嚓地往前面倒去，一些枝丫还刮着了傩达。花斑老虎扑到了傩达的身边，傩达如果不预先有所准备，偏开身子，他的这条小命早就归了西了。花斑老虎扑了空，马上转过头来，向傩达抓挠着再次扑过来。傩达还是没有回头看，也没有时间来得及回头看。傩达知道看这一眼要用多少时间，很可能就在他想看这一眼的瞬间，花斑老虎的利爪就撕开了他的皮肉。傩达成功地横着穿过两棵大树中的缝隙，跑到一边去，跟花斑老虎拉开了一短的距离。

花斑老虎两次扑了空，却没有气馁，它摆了一下尾巴，调整好姿态，伏下头来，瞪眼盯了一下傩达，慢慢地迈开爪子一步一步向傩达逼近过来，它龇牙咧嘴，丝丝喷着气。看得出，它没有吃到傩达，已经愤怒到了极点，随时准备着再一次跃起向傩达扑过来。

人的世界大多是因为别人侵害了自己而愤怒。禽兽世界却不然，它们大多是因为吃不到猎物而愤怒，而猎物却少有愤怒的资格——人就是这种少有愤怒的猎物。在花斑老虎的眼里，傩达是它的猎物，它对傩达愤怒。面对这个花斑老虎，傩达成了十足的猎物，傩达对花斑老虎没有愤怒，他想的是怎样设法逃命。花斑老虎想吃他，天经地义，遵循着天定的法则。猎物有一种逃避的心理，傩达虽然是人，却也没有走出禽兽世界的怪圈。

两次的较量中，傩达认识到这只花斑老虎身手不凡，动作很敏捷，它可以连续做出扑食的动作，这就很了不起。傩达在应付着这只花斑老虎扑来的时候脑子也在不断地转，如果花斑老虎再次扑腾过来，他还能不能像刚刚那样横跨过旁边去躲开呢?

在傩达还没有想好躲避方法的时候，花斑老虎又发动了进攻。它逼近傩达到只有五六脚拇左右时再次伏下头来瞬间一跃而起，龇着牙嚎叫着向傩达扑过来。傩达没有他法，只好重新使出抽长剑片刀术，侧身横着偏开，同时举长剑往身后抽去。这一次，傩达定了定神，在花斑老虎扑过来时，他先偏开几脚拇，盯准花斑老虎，甩手举长剑，在跟花斑老虎即将接触的时候，往旁边抽剑，只感觉长剑被压得沉沉的，也不知道抽着了花斑老虎的哪一个部位。慌忙中傩达顺便跑到一边去，他转回头一看，竟发现这个花斑老虎十分了得。花斑老虎跃起来扑到地面上的时候，身子却也已经向着傩达这边又拐着扑过来。它能够这样做，可以肯定它腾空的时候发现傩达往斜边里躲开了，它竟就在空中做了转身的动作。见花斑老虎这么快就扑了过来，傩达没有时间准备应付的办法，只能挥长剑跟这个花斑老虎搏斗。傩达把长剑舞动的银光闪闪，竟把花斑老虎吓得惊呆了，扑过来的时候竟在半途上刹住了爪子，在离傩达两三脚拇远的地方停住了。

傩达这才发现，他刚才的一长剑抽中了花斑老虎的下巴，把花斑老虎下巴的一块皮给削去了，鲜血正从花斑老虎的下巴涌出来，射到草地上。傩达觉到有些可惜，如果自己动作稍稍慢的那么一点点，只要那么一点点就可能把这个花斑老虎的颈项给抹得鲜血直喷了。

趁着花斑老虎一时呆住，一时还没有醒过来的时候，傩达继续把长剑舞得天花乱坠，反着向花斑老虎逼过去，让花斑老虎眼花缭乱，使它一时不知所措。接着，傩达恨恨地在花斑老虎的头上抽拖了一长剑。傩达使力过了头，只听嘣一声，他手臂发麻，长剑一分为二，他吓得目瞪口呆。

花斑老虎大概也被这一剑击得有些晕乎，竟把头甩了甩。傩达知道自己没有资本跟花斑老虎拼搏了，就趁着这个机会，横向一边去，跑到一棵树下，把手中的那截剑收到剑壳里，腾出双手抱住身边的大树簌簌地爬到树上去。

这样做，实际上是无奈之举。

等花斑老虎终于清醒了过来，它就嚎叫着冲到大树根下，在树根下转了几圈，它的头皮被傩达撕开了一个口子，见到了白骨，白骨又被鲜血掩盖住了，鲜血还迷住了它的眼睛。花斑老虎试图往树上攀爬，都爬到了一人高了。傩达马上从腰间抽出那截断剑，向花斑老虎不断挥舞。花斑老虎刚刚吃了傩达长剑的苦头，大概知道那截断剑不好惹，只好又转头跳到地面上。花斑老虎没有走开，仍然在树根下转圈，不时抬头盯着傩达看。它不厌其烦地在树下转着圈子，不断发出嚎叫。花斑老虎是不死心，要逅在树底下，估计是吃不到傩达这餐美味就不想走了。

傩达见花斑老虎跳回地面了，吊着的那颗心终于暂时放了下来。傩达抬头往上看，见树上有一个大枝丫，就爬到这个更高的枝丫上去。傩达站在枝丫上，时不时看看下面。见花斑老虎没有走去的意思，看看手中的那截短剑，叹气地摇摇头。

听到树冠上几只麻雀叽叽喳喳叫，傩达这才想到背上的弓弩。居高临下，傩达想到了弓弩的一个好用处。他把背上的弓弩取下来，装上弓箭，等待着花斑老虎抬起头来。

原来以为没有多大用处的弓弩，在树上却是一种有强大杀伤力的工具。傩达嘶嘶地苦笑了一下。

# 39　血口大嘴巴

事后，傩达给大家说这起碰上花斑老虎的故事，当阿格听到傩达说因为长剑断了，心就慌了，慌不择路，急急忙忙中就攀爬到树上去躲开花斑老虎，听到麻雀喳喳叫才想到弓箭能够发挥大作用，就嘿嘿地讥笑他。

阿格说："大家都说你阿傩大人胆大包天，怎么也狼狈到这个程度？"

见傩达嘿嘿笑，阿格摆了摆手说："阿傩大人，刚开始你不是曾经想过要爬到木上去么，要是一开头就爬到木上去，你利用弓箭就实拿能够打败这只花斑大老虎，就不会有后面那么多惊心动魄的，让人尿飙的事情来。起码，要是你一开始就爬到大木上去，你就不必费那么多周折，还险些丢了小命。这个教训，大家可要记住了……"

等阿格充分发表了自己的意见，傩达也笑呵呵地对阿格说："阿格你腰骨没痛，你站着说话不知道人家腰骨痛的苦，你没得肺痨病以为人家搕哈抵力是诈计。如果你阿格大人当时在场，我看你早就吓破了胆，吓飙了尿，还顾得上什么爬木不爬木？"

阿格哈哈道："我没有你阿傩大人说的那么衰吧？"

傩达又说："阿格，你以为我说大话呀？说实在话，当这个大家伙向你扑过来的时候，你根本就没有时间去想该怎么样，你的第一个反应就是先抵挡或者逃窜。没有那个时间去想那么多。"

阿格听了，呵呵了几声，他看了一眼傩达，笑着掉过头去，又若有所思地嘿嘿了一下。

当时，傩达想到弓箭的作用以后，就从背后取出弓弩，慢慢地往下滑落，滑落到一竹竿高的地方，用拿弓弩的左手揽着树，站在一树丫上，使脚啪啪地拍打树干，引逗花斑老虎的注意。正在大树下转来转去的花斑老虎听到啪啪声，抬头往上看，当花斑老虎抬头看见傩达就在不很高的地方，兴奋极了，它一下子就跃到树根底下，提起前爪直起身，张着嘴龇着牙，刹刹地喷着粗气，嚎叫着，使前爪抓扒树干，把树皮哗啦啦扒落下来。傩达利用这个绝好的时机，拿弓弩瞄准花斑老虎的嘴巴，嘣地放了一箭……傩达之所以要逗引花斑老虎，目的就是想让花斑老虎张开大嘴巴，然后把弓箭射入它的喉咙里去。这一着够毒辣。如果成功，花斑老虎就算当场不死，也不可能在这里作威作福，威胁傩达的人身安全，在这里做山霸王了。

但是，这一箭没有达到傩达预想的目的。因为，傩达站在树丫上，双手还揽着树干拿弓弩，没有把握好准头，这一箭发射出去，竟射偏了，刺中了花斑老虎的肩胛。花斑老虎中箭后痛得大叫大嚎，瞬间就跑到外面去了。傩达以为花斑老虎被箭射痛了，跑了，就簌簌从树上滑落下来。就在傩达刚刚落到树根，脚还没有站稳，这只肩甲上带着弓箭的凶恶的花斑老虎又嗷嗷地冲回来了。傩达一见，慌忙又爬到树上去。愤怒透顶的花斑老虎重新直立身子，趴在树干上又抓又挠，撕肝裂肺般的嚎叫着。傩达吸取了第一箭的教训，再次把住弓弩，他告诫自己，要稳，要稳……嘣一声，扣机向花斑老虎发射弓箭，偏偏，在扣机的时候又把弓箭射偏了，箭头直直地射入到花斑老虎的眼窝了去了。这一箭，虽然没有达到傩达的目的，却歪打正着，射中了花斑老虎的要害。这下，花斑老虎甩了甩头，嚎叫着在大树下狂奔，之后跑开去了。

花斑老虎做惯了山大王，它绝对想不到人这个小小的物种有多么的厉害。傩达的这一箭给了它一个很好的教训，虽然不会置它于死地，却使它失去了一只眼睛，使它再不敢小看人。这只花斑老虎大概还有一些智慧，知道继续跟傩达搏斗下去，下场有可能更惨，就咆哮着跑走了。

启程向上游进发的时候，兵丁们拿吊眼开玩笑，说："单的不在了，阿傩大人把这只老虎射成单的，跟我们吊眼有得拼了。"

吊眼见大家拿他开玩笑，也不恼，他知道恼也没有用，反而引来更多的不快，他干脆哈哈地跟着大家笑起来。

两日之后，日头中天的时候，傩达一行人发现上游河岸边上有三座干栏，大家一扫那沉闷心情，呼呼哈哈地活跃了起来。几日来，撑竹排，拖拉竹排上河滩，生活实在单调得很，大家连话都懒得说。看到岸边有了人家，大家的心里头就觉得暖暖的了。

傩达一行人把竹排靠了河岸，发现河岸边的灌木丛里有几架竹排，狗头头一个跳到岸边，想把竹排拖出来看看，被傩达禁止了。

大家从河岸爬到上面去，这才发现三座干栏围着的小院子空空如也，没有一个人，连一只狗都没有。干栏的底层倒是热闹，牛，猪，鸡，鸭等等，叽叽喳喳，呜呜呀呀。大家心里明白，这三户人家又是害怕他们，急急忙忙地跑到山上去了。

阿格吩咐兵丁们，到干栏上面去，看干栏里面有没有人。兵丁们应了一声，四散开了。

不一会儿，兵丁们纷纷报告，大多数人说没见到人。到靠山脚那座干栏去的吊眼说发现了一个老女人，并且只有独独的一个老女人。

傩达和阿格向那座靠山脚的干栏走去，爬上干栏，走入厅邸，第一眼就看见了吊眼说的这个老女人。只见老女人翻着一双浊眼，像没事一样的正努动着嘴巴嚼着什么。她的嘴唇及嘴唇的周围血红血红的，好像一个血口大嘴巴，乍看，把人吓了一跳。待傩达和阿格看清楚以后，才明白这个老女人正在嚼槟榔、嚼篓叶。让傩达想起了城里的许多女人，她们也爱嚼槟榔篓叶，把嘴巴弄得红红的。这司空见惯的事，在这样的深山老林里，在空空如也的干栏里，在没见到其他人的情景之下，猛地看见这个老女人努着血红的嘴巴，傩达和阿格还是吓了一跳，嘴里也不由得抽了一口冷气。

老女人的脚旁边，搁着一个火盆，火盆里没有生火，湿漉漉的，灰黑灰黑的。老女人时不时把嘴对着火盆吐着血红的口水，血红的口水落在火盆里，口水的红色消失了，被火灰吸了去，变得灰黑灰黑。

阿格跟老女人打招呼，老女人不知道是假装还是有意，说话颠三倒四，显得神经好像不怎么正常。阿格费了好大劲，都不能从她的嘴里了解到什么，只好对傩达摇摇头，一起从厅邸走到干栏外面来。

阿格双手扶住干栏，转头问傩达："阿傩，我们还要不要跟这几家人见见面，想办法补充一些谷米？我们前面的路还很长呢。屋里的孀婆，不知道是真这样呢，或是见了我们才假装这样。"

傩达说："我们管他是真是假。我们的谷米不多了，我们必须想办法跟这几家人见见面，想办法跟他们兑一些食粮。我们翻了一架竹排，丢掉了那么多货物，那么多米。我觉得要紧的是谷米。再不补充，过不久我们也会断米没食的。”

阿格小声对着傩达的耳朵说：“我们是不是再来一下，诈计的往上游去，等他们回来了再跟他们见面？”

傩达笑笑说：“你觉得在这里会有用吗？”

阿格也呵呵笑着说：“应该有用的吧。”

傩达说：“那，你阿格官人又要喂一次蚊虫了。”

阿格说：“不一定，可能在没天黑的时候他们就回来了，就算还不回来，我估计天黑以后他们肯定就回来了。”

诈计定下来。阿格避开老女人偷偷潜伏到一边去，傩达招呼兵丁们，继续往上游撑竹排，到这三座干栏看不见的河段，再靠岸歇息。

这三户人家当然不知道阿格就埋伏在他们干栏的旁边，他们从山上回来的时间比阿格预料得还要早。傍晚的时候，这三户人家看见三架竹排往上游去了，不见踪影了，以为傩达一行人都走了，就回来了。当然，阿格跟他们对话之初，人家仍然保持警惕，持怀疑和敌视的态度。阿格已经积累了相当的经验，轻车熟路，很快就打消了他们的顾虑。

这一晚，阿格没有喂蚊虫。反被人家盛情招待着，还香香甜甜地在人家的干栏里睡了一个晚上。

三户人家中，年纪最长的男人五十岁左右，听阿格说到上游去采挖七彩软石，就问怎么没见大师傅？怎么没见通牌？阿格见他也认识大师傅，就拿出通牌来，还把傩达的身份说出来。和傩达见面的时候，阿格一说起傩达就是大师傅的种代，中年男人就哎哟哎哟地拉住傩达的手傻傻地笑，笑得让傩达都不知所措。

中年男人说：“蛇埌离这里已经不远了，没有多少路了。我这里呢也没有多少事，我带你们去。”

傩达微笑着对中年男人说：“僠叔，没使麻烦你了。我们有大师傅的线路图，我们自己会寻找到地方的。你看，那么远的路，我们不是到了这儿了吗。”

想到下灶屯的遭遇，傩达又继续说：“僠叔，你们这里只有三户人家，顶事的男人不多，我们不能麻烦你，这里的人更加需要你，你是他们的主心骨。”

中年男人傻傻地笑着说：“我怕你们不识路。再说，僠王的事就是我们的事，大师傅的事我们也应该担当的。”

阿格插话道：“这个嘛，僠叔你更不使忧了。我们有阿傩大人呢，阿傩大人什么人，大师傅的种代啊。我们阿傩大人小时候整日山林里转，山高路远都不会在话下的。不要说有线路图了，就是没有线路图，主要大师傅跟他说过的事，他都能够一五一十地做得来。所以，不论什么情况，我们都能把那个有七彩软石的地方找得到。僠叔你不知道吧，几日前，阿傩大人独自一个人到牛头山里去打猎，碰到一只大老虎，他只身一个人跟大老虎搏斗。”阿格弯腰用手拍拍傩达腰间的长剑：“阿傩大人你把这截剑抽出来，亮给僠叔看一看……阿傩大人一长剑照大老虎的头砍下去，嘣一声长剑断了。阿傩大人就用弓箭射大老虎……阿格指指自己的肩膀：一箭射中大老虎的肩胛……阿格又指了指自己的眼睛：一箭射中大老虎的一只眼睛，呵呵，大老虎怕了，跑掉了。”

阿格见傩达没有抽出长剑，就跨前一脚掕，走到傩达的身旁，抓住傩达腰间的长剑手柄把那半截剑从傩达腰间抽出来，然后把断剑递给中年男人看。

中年男人看了一眼那眼前这半截剑，再一次抓住傩达的手说：“哎呀呀，哎呀呀，真是神啊。真是大师傅的种代啊。阿傩大人，你一个后生哥，竟然敢跟大老虎搏斗，是我，我脚都颤了软了，走不动了，不要再说搏斗了。我们住在这儿，经常有人死在那些大老虎的口里。还有狼啊，豹啊，许多人都受到过它们的侵害。我们这儿的男丁，没有几个人能够活到我这个年龄。就算能够活到我的这个年龄，不是蹩的就是瘸的。要是阿傩大人在我们这儿就好了，我们的男丁就会有更多一些了。”

阿格笑着说：“你们自己要练本事啊，男丁不练成一身本事，怎么可能敌得过老虎呀狼呀豹呀的侵害，怎么可能有阿傩大人这样的体魄，不练怎么可能有阿傩大人这样的本领呀。”

中年男人频频点头道：“是、是、是，官人说的有道理。”

傩达指指阿格笑着说：“你们看阿格官人，都把我阿傩捧上天去了。”

听傩达如此说，阿格倒显出严肃的样子来，认真地说：“本来就是这样的嘛，我的阿傩大人。我还没有跟僠叔说你阿傩大人跟野人搏斗跟大南蛇搏斗的事呢。”

中年男人问：“阿傩大人还跟野人大南蛇搏斗过啊。啊哈，阿傩大人，你真是了不起啊。要是我们见到野人，不要说搏斗，手脚早就软了，早就瘫在地上了，魂魄早就飙走不知道飞到什么地方去了。”

傩达不好意思地说：“僠叔，你没使听阿格官人说，他这个就爱乱说。”

“我乱说？”阿格抬手指指傩达，歪头呵呵地笑着说：“我的阿傩大人就这个不好，说他有英雄事迹他还不好意思，还说我阿格乱说。僠叔你去问问我的那些兵丁，看看我说的是不是真的。”

傩达不高兴了，说：“阿格官人，你还说呀。你不说这些你死得了呀。”

阿格哈哈大笑，“好好好，好好好，我不说了，我不说了。”

中年男人说：“阿傩大人，你丢了你那半截剑吧，我送给你一把。”

傩达正要张嘴说什么，发觉背后有些异常，转身一看，一个血口大嘴巴正对着自己张着，咯咯笑。

# 40　奇怪的地方

补充了充足的食物，大家意气风发，又高高兴兴启程往蛇埌地方进发了。

启程前，中年男人说，像他们这样的一队人，驾竹排走水路到蛇埌地方去，大概还得要两日左右。中年男人笑着说：“如果是我，撑一架小竹排，加上拖竹排上摊用去的这些工夫在内，我一日就到了。”

可不是嘛，他们的竹排是大竹排，竹排上面还装了那么多货物。

两日时间，傩达一行人又碰上了三场大雨三场大洪水，好在河道两岸没再那么陡峭，那么逼仄，随便哪个河段都可以寻找到靠岸停泊和上岸歇息的地方。兵丁们笑着说：“碰上这样的水路，太爽了。”

这一日，中天刚刚过去不久，傩达一行人刚刚把竹排拖拉上一个长长的河滩，傩达发现，几百脚拇外的上游就是一个𤞤江口。看到𤞤江口，傩达知道蛇埌地方到了。

这个𤞤江口，从下面看，左边是一条大河，右边是一条小河。𤞤江口内湾里有一座白闪闪的光秃秃的白沙山包，很出奇，很好玩。看得出，这座白沙山包是因两条河流发大洪水冲积而形成的白沙堆——只是，这座白沙堆很大。

看到这么好玩的白闪闪的白沙山包，大家都很兴奋。傩达叫大家把竹排停靠在白沙山包旁边，刚用竹篙把竹排锚好，兵丁们就纷纷跳上岸，兴奋地朝白沙山包跑去。不承想，跑在前面的人刚刚跨出几脚拇，脚就深深陷入白沙里去，没有谁能跑得动。

大家这才发现，白沙山包表面很松软，脚踩下去就会没到脚小肚，甚至没到膝盖，白沙山包上面的白沙还簌簌地直往下滑落，没过膝盖，没过大腿，想把腿脚从白沙里拔出来，没有其他人的帮助谁都办不到。见到此情景，大家只好回到起点，变跑为爬。可是，没爬上一脚拂，上面的白沙就会簌簌地流下来，把人又推到水岸来，让大家很窘。

真是奇怪的白沙山包。

试了几个方向，大家才认识到，要想直直地爬到白沙山包顶上去，根本不可能。这个情况让大家很扫兴，只好摇摇头放弃攀爬。白沙山包水岸边的地方倒是可以行走，兵丁们沿着白沙山包傍水的边沿转了大半个弯，来到白沙山包边沿，河道的岸边，这地方泥沙掺杂泥土，比较硬实，兵丁们争先恐后爬到岸上面去，都想第一个看到这个白沙山包的顶部。

绕开白沙山包，爬到河岸上面以后，大家的视线反倒被㺋水口以南方向一大片由两条河流冲积成的平原地带和两座干栏吸引住了。这片不算小的冲积平原，由㺋水口北面向南伸延，一直到南面的一座大山脚下去。

这片冲积平原南北方向宽，东西方向窄。靠近㺋水口这边，也就是冲积平原的北边，大约五十脚拂的地方有两座干栏。这时候看过去，根本看不见干栏里有人活动的迹象。两座干栏就是两户人家，看得出，这两户人家是看见傩达一行来了，不知道是什么人，先躲开去了。大家七嘴八舌，估计冲积平原从北到南，大概有三支香以上行走的距离，从东到西，估计也有一支香左右行走的距离。冲积平原的最南端是一座大山，黑奥奥的。大山的西南方向，更远的地方，也就是右边小河的上游方向，是一座更大的大山，层层叠叠，一层比一层高，灰黑灰黑的，山顶被云雾盖住，看不出山顶的样子来。

这样的景象，让大家看得忘乎所以了，大家指手画脚的，兵丁们几乎忘记了自己的身份和所负的责任了。

傩达取出线路图，指指右边不远的地方对阿格说：“我们要挖的七彩软石大概就是离我们几百十脚拂的这个地方了。”

阿格把头凑过来看线路图，然后又把视线移到傩达刚刚指着的那个地方，点了点头说：“看来，应该就是那个地方了。”

傩达使脚踢了踢脚下的泥土，发现冲积平原表层泥土由红土和泥沙混合形成，很疏松。他觉得，在这样的地方，采挖七彩软石应该不会很困难。

傩达转身对兵丁们说：“我们已经到地方啦，大家休息一下吧。”

兵丁们一阵欢呼，呼啊呼啊地叫唤了好一会儿。

不知是谁先回转身子往后看了，呼喊一声，大家马上转过身来，看见身后面的白沙山包，这才注意到，白沙山包几乎孤立地耸立在他们的身后。河岸和白沙山包的顶部，几乎是同在一个水平面上，中间有一段凹下去的脊背。从他们站着的地方，要走一小段下坡路，到了坡底以后，继续走就要爬白沙山包了。看到这个情况，大家才明白，无论是谁，根本没有办法爬到白沙山包顶上去，除非要冒着被白沙湮没的危险。大家经历的危险太多了，刚刚到了地方，谁也不想马上去冒这个风险。

经历了千辛万苦，总算到了地方。兵丁们的心情马上松懈起来，三三两两的到处转悠，想看一看这个的环境。阿格吖嘱兵丁们不要走远，并安排三个兵丁开火煮饭，兼着看守竹排。他和傩达沿着右边的小河河岸，向认定的采挖七彩软石的地方走去，想先熟悉工作环境。

转了一圈，回到停歇的地方，已经是傍晚时分。不久，饭做好了，大家一边吃饭一边聊天，大多是刚刚的观感。综合起来，大家就基本上掌握了整个地方的一些基本情况。大河是一条泛着白沙的河流，小河是一条到处铺满河卵石的河流。沿着大河一路往上游走去，河道两岸是白白的沙滩，卵石很少，如果碰到转弯，湾内就是白沙滩，湾外就是直壁。湾内的白沙滩很干净，很松软，走在这样的白沙滩上很舒服很惬意。湾外的直壁一般都很陡，根本没有办法沿河岸走。大河水清澈见底，可以看得见河里的大鱼小鱼自由自在地游荡。沿着小河往上游去，河道两岸有大大小小的冲积平地，水岸两边布满了大大小小的河卵石，几乎没有什么像样的沙滩，就是有可以称为沙滩的，也只是一些不同颜色的砂石，颗粒很粗，却很亮丽。河卵石大多数是青绿色的，这些青绿色的河卵石表面有许许多多奇奇怪怪的图案，许多河卵石泛白，反射着日头的光泽，晶莹剔透。这些白色透明的石头很好看，很好玩，拿两块这样的石头对磕，就会产生火花。吊眼和钩鼻公两人从冲积平原北面一直走到南边的大山脚，发现冲积平原上基本是野草和灌木丛，高大的树种都比较少，他们还发现冲积平原有大把蛇，各色各种的蛇都有，这些大蛇小蛇，有些他们根本就没有见过。他们说他们不得不常常给这些蛇让路，怕踩着毒蛇后悔一辈子。

吊眼和钩鼻公突发奇想，这个地方的名字是不是跟蛇有关？听到这个说法，大家都说，这个地方有大把蛇，奇怪呀。

傩达拿出两块白色的亮晶晶的石头，展示给大家看。他一只手拿一块，让两块白色的石头擦着敲击，发出黄色的火光来，靠近了闻，可以闻到烧糊和辛辣的味道。兵丁们又议论开了，这地方怎么这样怪呀，什么都有！又说："这下我们可以不用死死保护火种筒了。"

傩达说："哎哎，那可不成。我觉得还是要认真保存火种筒好。虽然，这两块石头能够擦出火花，但是要擦出火来还能够烧着那就不是件容易的事。你们看看，我擦了这么多次还不能擦出火来。"

第二日天光以后，傩达就往那两座干栏走去，发现干栏还是空空的，就只好垂头丧气地走了回来。阿格见傩达这样，就猜到了几分。

阿格问："还没见到他们？"

傩达摇摇头说："没有，看来还是怕我们，不敢回来吧。"

吃了早饭，三架竹排开始从大河这边绕过舺水口，驶向右边的小河。在傩达和阿格昨日勘探过的地方靠了岸。

傩达指着左岸边上被大洪水冲崩的直壁，对兵丁们说："大家看，就是这里了。昨晚，我和阿格长官试着撬开几块岸边的大卵石，发现卵石底下也有一些不同颜色的软石，这些彩色的软石很软，有一些甚至可以用指甲刮出石粉来。这应该就是大师傅说的那些七彩软石了。"

兵丁们随着傩达手指的方向看左边岸的直壁，又看看脚下的卵石。黑二干脆就蹲下来撬开脚下的河卵石，果然发现一小块蛋黄色的小石头，他把这块小石头抠出来，发觉真的很软，跟傩达说的一样。

黑二说："怪呀，天下那么大的地方，怎么就这个地方有彩色的软石？怪呀！让我们好一餐辛苦！"

傩达微笑着从黑二的手中接过这块蛋黄色的软石，亮给兵丁们看，还拿指甲刮了刮，黄色的粉末落到手心里。

傩达说："这是七彩软石的一种了。"

大家纷纷搬开脚底下的石头，哎呀哎呀地惊呼捡到了不同的彩色软石。

傩达叫大家走近岸边的直壁，叫大家仔细看。大家马上惊呼起来。

只见直壁上镶嵌着各色各样的软石头。看得出，这面直壁主要由红沙土和河卵石组成，许许多多的各色的扁状的小石块镶嵌在这面红沙土的直壁上，用挑子就可以把这些各色小石块从直壁上挑出来。

很快，采挖彩色软石的工作正式开始了。

阿格安排鸡胸脯和左手拐在河里捉鱼兼做饭，其余五个人先在河岸边砍竹子扎做梯子。直壁有三人高，没有梯子就没有办法挑挖直壁上的七彩软石。

做扎好梯子以后，阿格把兵丁分做不同的工种。钩鼻公和狗头，大头棒三人负责挑挖七彩软石。黑二和吊眼负责把七彩软石洗干净，把洗干净的七彩软石铺在河岸边晒干，并把晒干的七彩软石收拢起来。最后，由傩达和阿格把晒干的软石跟带来的软石样本进行对照比较，分类放到不同的竹筐里。

钩鼻公、狗头和大头棒，每人腰间都邦挂一个小小的竹囊，他们搭好梯子，爬上直壁上去挑挖七彩软石。一时间，直壁上的红泥土和小石块簌簌落下来，打在梯子上啪啪响。

刚开始时，黑二和吊眼还没有七彩软石要洗，就在河岸边选了一块比较平坦的地方，把一张篷布铺在岸边上，为晒七彩软石做准备。

大约三支香工夫后，钩鼻公第一个从梯子上下来，他把腰间里装满了七彩软石的竹囊解下来，然后递给旁边的黑二。黑二叫吊眼一起，把竹囊中的各色软石倒在河边，把空竹囊扔给钩鼻公，然后蹲在河边上开始洗这些七彩软石。

不一会儿，大头棒也从梯子上下来了，他叫道："吊眼，过来。"

吊眼站起来，过来接大头棒的竹囊。再过一会儿，狗头也从梯子上下来，他走到黑二和吊眼的身边，把装满了七彩软石的竹囊递给他们。钩鼻公、大头棒和狗头，每挑挖满一竹囊，就借机说站在梯子上脚麻了，挨着梯子歇一会儿。

傩达拿出七彩软石样本，认真端详了一下，然后走到黑二和吊眼这边来，试着比对黑二和吊眼洗好的软石头，发现湿的软石头和干的软石头色差很大，搞不清楚哪些跟样本更加接近，他不由得摇摇头，叫阿格过来看。

阿格没有马上到傩达那边去，他先走到直壁前，仰头看直壁上的七彩软石，之后，他对傩达说："阿傩，你先看看吧，我想，我还是到岸边四处去走走看看，看看有什么情况。"

傩达哦地点点头。

阿格的本职就是保护，他到处去走走，算是警戒，保证大家的安全。

日头中天的时候，钩鼻公、大头棒和狗头分别挑了两竹囊的七彩软石，共六竹囊。傩达很高兴，他估计，按照这样的情况，一个月不到，他们就可以班师回朝。

日头西斜的时候，黑二和吊眼见铺在篷布上的七彩软石有部分晒干了，就取回来交给傩达。傩达把七个样本一列摆放，把晒干了的七彩软石跟样本进行对比分类，把分类出来的七彩软石分放到七个不同的竹筐里。

阿格转回来，见岸边晒了好多七彩软石，连连称赞，然后又对傩达说："我刚刚到周边去看了看，也走到南边大山脚去了，也没有看到特别的情况。"他见竹筐里已经有了不少的七彩软石，脸上堆满了笑，他问傩达："怎么样？我的傩达大人？我们采挖的七彩软石成色如何？"

傩达笑着说："很不错，跟样本相同的我都分开放了，跟样本颜色都对不上的，我专门放在一个竹筐里。"

突然，一个声音从远处传过来，把傩达一行人吓了一跳。那个声音很大很亮，只听那个声音道："你们是什么人，敢到这里来挖七彩软石！"

刚刚，阿格还说没有发现什么特别的情况，更因为看不见喊话的人，大家开始人心惶惶的。

# 41　只认通牌的哥大

阿格马上命令兵丁们拿起身边的兵器，以应付不测。

听得出，那声音是从细河的西面传来。傩达站起来，向发出声音的地方扫了一眼，没见到人，估计喊话的人躲林子里，就大声喊道：“我们是僠王派到这里来挖彩色软石的。你们是谁呀？我说，你们不要怕，出来跟我们见面吧，我们好好说话。”

阿格压低了声音对兵丁们说：“你们大家，不要都面对西面看。一个人负责观察一个地方，你——负责看住东面，你——负责看住南面……一发现情况马上报告。大家都要做好搏斗的准备。现在，我们还不知道喊话的人是什么人。话说的难听，万一我们碰上恶人，我们就会有麻烦的。所以，大家都做好搏斗的准备。”

傩达估计，喊话的人应该就是猗水口上人家。他见兵丁们手颤脚颤，连抓着的尖枪长剑都颤抖得厉害，就笑着对阿格说：“阿格大人，我们没有必要这么紧张吧，你看他们，这样，反倒把人家吓怕了。我估计，这个喊话的人就是住在干栏上的人。如果真是住在干栏上的人家，我们这样，人家哪里还敢出来跟我们打照面呀。我看，还是叫大家放松一点，看一下情况再说。”

阿格对傩达说：“阿傩大人。一路上我们吃了不少亏。不做好搏斗准备，怕万一有事了来不及呀。好，阿傩大人既然这么说，大家都把长剑尖枪收起来吧。阿傩大人说的是，我们把长剑尖枪握得这么紧，如临大敌，让人家见了会害怕的，以为我们是恶人呢。不过，大家要时刻警醒，不要太不以为然。对方如果真是恶人，一旦发生情况能随时把长剑抽得出来，随时能够拿得起尖枪进行搏斗。”

傩达见没人回答，就再喊道：“我说，刚刚喊话的人，你们听清楚了，我们是僠王派来的，是大师傅叫来挖彩色软石的。我们不是恶人。你们出来吧，出来了我们好好说说话呀。”

好几炷香时间过去了，仍然没见有人露头，周边是死一样的肃静。

阿格凑到傩达的耳边道：“算了，我估计他们也不敢站出来。他们见我们有长剑，有尖枪，又这么多男人。我看，我们暂时就这样吧，收拾物件，转到大河那边去。”

傩达转过头来，拿异常的眼神看阿格，说道：“阿格，你这是怎么啦？今早我们不是说将就过这边来住吗？免得来来去去的麻烦。现在，你怎么又想到要搬到那边去呢，怕？”

阿格说：“这不是怕不怕的问题，阿傩大人。现在的情况不同了，你看看，这条细河太小，两岸又都崚崚的，真要有事，我们就像盎里的虾公，任人捉。”

听阿格这么说，傩达也觉得有道理。大河两岸比较开阔，看得较远，有事情发生的话大家有舒展的余地。

左手拐和鸡胸脯生火做饭都做到一小半了，阿格一个命令下来，只好灭了火，收拾好搬到竹排上去。

日头在西山顶上落到后面去以后，傩达一行人正坐在沙滩上吃晚饭。这时候，坐在冲积平原边沿上值岗哨的吊眼发现了一个情况，发现一个男人从冲积平原的东南方向走来，吊眼急忙把这个情况做了报告。

傩达和阿格感到奇怪了，刚刚，在细河听到的喊声是从细河西边传过来的，现在，来人却从东南边走来。那是细河两岸呀，这是怎么一回事呢？

阿格问：“来人有多远？”

吊眼说：“大概离这儿有两三百脚拇吧。”

傩达自言自语道：“奇怪了，刚刚，明明是在西边喊话，人怎么反倒从东南面走来？”

阿格想了想，跟傩达咕噜了一下，觉得有这样几种可能。

一是两座干栏人家跑到西边山上去，他们就躲在西边山上，他们觉得那边比较隐蔽，好躲藏。那个方向也就是刚刚有人喊话的方向，奇怪的是，他们这样做又很容易暴露他们藏身的地方，这应该不是常人的做法。

二是他们躲在东南方向，特别是平原尽头的南边大山的方向。南边大山黑森森，也很容易躲藏，也就是喊话的相反方向。也是这个人现在走来的方向。他们这样做，也容易暴露藏身的地方，这好像也不是常人的做法。

三是他们躲在其他更偏一些的方向，跟喊话的方向和这个人现在走来的方向都不同，这样做可以防止我们搞偷袭。如此，这才应该是常人的做法。

听了阿格的分析，傩达笑着说："以前，人家说你阿格鬼马，这么多日，我也没见你阿格怎么鬼马。听你这么一说，我才知道你阿格真是鬼马。我以为很简单的事被你说得那么复杂，搞得我头都晕了。"

阿格笑笑，然后转头对兵丁们命令道："你们大家，马上做好准备。我们不知道人家什么来头。他人从这头来，我们要预防人家声东击西，预防人家从其他地方杀过来。"

傩达听到阿格又下命令了，竟就扑哧笑了起来，他指着阿格笑着说："我发现，跟阿格长官，时时紧张得手都发颤。"

阿格笑着说："有准备总比没有准备的好。"

阿格的话让傩达想到了跟老虎周旋的情景来。傩达笑着点了点头道："是，阿格，知道了。"

傩达赶快把竹筒碗和筷子放下来，然后拍拍手，叫阿格一起，走到冲积平原上面来。做瞭望的吊眼见了，马上站起来，站在傩达和阿格旁边，盯着来人。

这时候，来人正在二百多脚拇外，快步地向这边走来。傩达双手做成传声筒，握在嘴上大声问道："请问僠叔，你是不是住在干栏上的主人？"

来人没有回答。好像没有听到傩达的问话，或者根本就不想理睬。他并没有停住脚步，仍然保持着原先的速度向这边走来。

傩达见来人不回答，就不再发问，只是拿眼定定地看着来人。

阿格转过头来跟傩达耳语道："看这个人的行动，就知道他心里头有计，他肯定早做好了各种准备，可能早就布置人在各个方向准备攻击我们。当然，即使没有这样的行动，起码他已经做好对付我们的准备，我们得小心才是。"

傩达一听，条件反应地转头看了看各个方向。阿格也跟着他转身，眼睛扫视着周边的树丛。因为没有发现异常情况，就向兵丁们下了一道命令："你们大家，注意周围的情况，哪有不对头，马上报告。"兵丁们齐齐地应了一声。

来人在五十脚拂开外停住了脚步。天将晚，天空有些迷蒙，看不出他的真实年纪。他腰间配着一把长剑，他却没有用手握住剑柄，反而双手交叉在背后，叉着双脚，他大声问道：“喂，生面人，你们是大师傅派来采挖七彩软石的吗？”

来人给傩达的感觉，他是一个胸有成竹的人，他虽然没用手握住剑柄，一旦有事，他抽剑的动作会很快地。傩达回答道：“是的，我们是僠王派来的，是大师傅派我们来挖七彩软石的。”

来人又问：“怎么才能让我知道你们是僠王派来的，是大师傅派来挖七彩软石的呢？”

傩达说：“你今日已经看见了，我们除了采挖七彩软石，我们什么也没有做啊。”说着话，傩达指着斜对面的干栏说：“包括那边的干栏，干栏里的东西，我们也没有动一根毫毛啊。”

来人说：“这些，我看到了，不然我也不会来跟你们说话。”

傩达问道：“刚刚，是你在那边喊话吗？”

来人不动声色地说：“不错，是我对你们喊话。”

阿格附在傩达的耳朵边小声说：“这个人的架势好大，好像他一个人能够把我们九个人打趴在地似的。”

傩达转头给阿格一个微笑，同时对阿格点了点头。

傩达说：“既然这样，你喊话时，我们都回答了，你为什么又不出声了呢？你看，我们不是恶人，我们只是担着僠王分派的责任来到这里。你还有疑问吗？你问吧。”

来人说：“以前，大师傅来的时候会带一个什么通牌来。我们跟大师傅都很熟，他每次来还是把通牌亮给我们看。我可是见过通牌的人，看通牌我就识得你们是不是僠王派来的了，就知道你们是真是假了。”

傩达说：“我们当然带有通牌。”傩达同时转身看了阿格一眼。

阿格对傩达点了点头，迈开大步向对方走去。

来人见阿格走的自自然然，手也没有握着腰间的剑柄，他也摆出泰然的样子。

阿格走到离来人两三脚拂的地方，从胸口取出通牌来，亮给来人看。来人盯住阿格手上的通牌，看了一会儿，才哈哈地张开双手说：“果然就是大师傅派来的人，是僠王派来的人。都这么多年了，你们这才来一次啊。欢迎啊，我的大人。”

他抓住阿格的左手，拉着阿格的手哈哈大笑着，然后向倠达走过来。到了近前，倠达才看出来人是个近五十岁的人。

来人问阿格：“大人，大师傅怎么没有来呢？是不是年纪大了来不了啦？”

阿格点点头说是。

到了倠达的面前，阿格说：“这是我们的倠达大人。本内官叫作阿格，是僠王的内官，这次专门护送阿倠大人到蛇埌地方来采挖七彩软石。大师傅年纪大了，不能来了，僠王就派倠达大人来。阿倠大人是大师傅的种代，以后是要接班做大师傅的。”

“哦呵，是吗？”来人高兴地大声说：“一看就看得出来。这个身材，这个体魄，就应该是大师傅的种代。”来人突然压低了声音自我介绍道：“倠达大人，阿格内官，山民我叫作哥大，附近人家都叫我哥大。呵呵，大家哥大。”

倠达问：“哦，哥大，附近还有人家吗？”

哥大指着大河上游方向说：“有啊，从大河撑竹排上去，半日左右就到了细崚屯了。细崚屯有二十几户人家呢。我们这里的僠琓就住在细崚屯。我们的僠琓还不知道你们来。明日，我去叫我们的僠琓来见你们。”

倠达哦地应了一声，点了点头。倠达问：“哥大，这干栏是你们的吗？”

哥大点点头，笑着说：“是啊。”

哥大指着下游的河滩说：“昨日，我们一发现你们拖拉竹排上滩来，见你们尖枪长剑的，怕你们是恶人，就全都迪上山了，连猪呀鸡呀鸭呀一样都没有来得及赶走。一般来说，可能的话，我们会带走一些畜生的。”

倠达问：“你们每一次碰到恶人都要迪上山去躲吗？”

哥大说：“当然啦，不然，就得等死了。”

倠达说：“我真不了解，恶人明明就是为了财物来的，他们为什么抢了财物还要杀人灭口呢？”

“哦大人”，哥大说：“他们抢财物的时候我们都看见了他们了呀，知道他们是哪个屯的人了呀。如果不杀人灭口，他们以后怎么在这世上活下去。实际上，做恶人的人，他们可能就是哪个屯里的一些人啊，或者是一些屯里居心不良的懒人啊。”

傩达哦哦地点了点头说："原来是这样啊，我以为生成就有恶人呢。原来呀，恶人平常也装做好人，躲在好人堆里。他们为了私己，做杀人放火灭口的勾当，真是防不胜防啊。"

傩达又问："我们上滩的时间很长，你们怕我们是恶人，这么长的时间你们完全可以带走一些畜生的呀，你们为什么不带走呢。"

哥大说："如果时间足够我们当然可以带走一些。可是，你们都已经开始上摊了呀，如果再把这些鸡鸭猪牛带走，那怎么得了，能够带走要紧的都不错了。再说，这些鸡鸭猪牛不是人，不会禁嘴，恶人来近了，这些畜生发出声来，恶人就知道我们躲在哪啦。"

傩达觉得很有道理，哦哦地点了点头。

傩达说："你们这样，虽然迪过了恶人，但是这些畜生不是被抢走了吗？你们回来吃什么呀？难道再重新养这些畜生呀？"

哥大说："只能这样了呀，我的大人。一般地说，不是很毒辣的恶人，他们抢到了我们留给他们的鸡鸭猪牛，他们就可能不理我们了，还可能把干栏给我们留下来。如果他们没有捞到什么，可能就恨死我们了，不但要把干栏烧了，还可能因此发誓要追杀我们，把我们斩尽杀绝啊。"

傩达若有所思地点点头说："怪不得我们一路来，碰到人家总不见人，只见干栏底下有猪牛鸡鸭。我们都感到奇怪，原来是这样啊。"

傩达又问："哥大，你现在相信我们了吧？"

哥大点点头，笑着说："相信，当然相信了呀我的大人。"

阿格笑着插话道："哥大，你既然相信我们不是恶人，确实是僠王派来的了，你该叫你的人回来啦。"

哥大是是地点点头，退了几脚挎，笑着说："大人，官人，我现在就上山去，叫大家都回家来。"

# 42 哥大和哥大

哥大是一个很不错的猎人。

和哥大相识的二十多日里，每隔两三日，哥大就来约傩达到附近的山上去打猎，算起来有七八次了。每一次上山打猎，他们都满载而归。兵丁们的伙食不断得到改善。傩达笑呵呵，心满意足。兵丁们也都笑抹了牙，笑哈了嘴。当然，他们也有碰上老虎豺狼的时候。傩达记得有两次碰上了老虎，有三次碰上了狼。好在每次都有惊无险，他们都巧妙地避开了野兽的攻击，免受伤害，有时还把这些凶恶的家伙赶得夹着尾巴跑了。

因为还要在蛇埌地方住上一定时间，傩达一行人就在冲积平原的边沿，靠大河这边搭了三间茅寮屋，正好每三个人一间。刚刚来到的那些日子，哥大一定要他们住到干栏上面去，傩达借故说自己这边人多，住不下。哥大说有什么，我们各家挤一挤就成。傩达又以不打扰他们为由，死也不肯住到哥大他们的干栏上去。

在蛇埌地方住上七八日以后，大家发现这两条一大一小的河流很有意思。如果大河早上发大洪水，到了晚上就可以看到河水逐渐清了。而细河每次发大洪水，最多四炷香工夫就能清澈见底了。

细河水还有一个很奇特的地方。把脏衣服和脏毛巾放在细河水里漂洗，搓几下就能把衣服和毛巾洗得没有了汗臭味，污渍也很容易被洗去，而且，毛巾越洗越白，比使用洗手果效果要好得多。

隔三岔五，特别是明月当空的晚上，哥大就支上他的姐妹甥女，叫她们带上独弦琴到茅寮屋这儿来，招呼大家一起到白沙滩上去，她们把独弦琴插在白沙滩上，弹奏出美妙的天籁之音，还热热闹闹地时常吟诗对唱……

就这样，大家都爱上了蛇埌地方。有些兵丁甚至说，都不想离开蛇埌地方了。

有一次，傩达和哥大到细河上游的山上去打猎，想到细河有那么特别的地方，就问哥大，哥大只是呵呵地笑着说：“谁知道啊。大人，你看那山，最高的地方，那叫作乸山，细河的水就是从乸山流出来的，哗啦啦地，很清，一直就这样的啊。”

傩达问：“哥大到过乸山吗？”

哥大说：“去过呀，那时候我还后生，一帮人沿着细河，一直到过乸山。赫赫，乸山啊水清清的，哗哗地好像从天上落下来一样。大人，那是怎样的一座大山啊。从这里看上去，觉得不怎么样，不怎么崚，不怎么陡。到了山脚才知道，那个崚啊，那个陡啊，那才叫作崚，那才叫作陡。你想要爬上山去，你以为单单弓着腰就能直爬上去呀？不不不，谁也不能直直下来，必须要绕着弯儿，弯来曲去地走。一些地方，还要侧着身子走，甚至要背贴着山才能走，有好多地方根本就没有落脚的地方，都是直上直下的石壁啊！你们在细河见到的那些白色的，亮晶晶的水晶石就是从乸山上冲下来的，乸山上有很多水晶石。”

傩达说：“哥大，我试过，拿两块水晶石互相磕擦，会擦出火花来，还有燶味。”

哥大笑着说：“是吗，大人？公山上水晶石更多呢，到处都是。”

傩达转头四处看：“哥大，哪是公山？”

哥大呵呵笑道：“大人，公山在乸山的背后。从这儿看，公山让乸山挡住了。”

傩达笑着说：“一公一乸，这个世界也真这么巧。”

哥大说：“是啊，到这儿来的人，都会问，为什么这座山叫作公山？那座山叫作乸山呢？这个啊，怎么说呢……大人，你看看，我们这是在乸山的北面，是吧。乸山的北面到处是山，高高矮矮，大大细细，山连着山。这些山，不论大山细山，高山矮山，老辈人说都是乸山生出来的崽山啊。就像鸡乸带仔，一巢起码十多只，几巢下来，满世界都是鸡仔了。公山呢，公山那边就不同了，公山的北面是乸山，和乸山相对，公山南面山脚下几乎是平磨磨的平原，平得望不到尽头。就是说，乸山到处是崽山，公山那边没有崽山。”

傩达觉得很有意思，笑笑说：“真有这样的事啊？真让人不敢相信哦。

有可能的话我想到公山去看看，看是不是像哥大你说的那样。”

“所以啊，我的大人。”哥大笑着说：“你们后生哥，也该出去游历游历，到外面去看看世界，那真是一个大啊。我没有上过岜山时，不知道天有多高，地有多大有多厚，当我爬上岜山，爬上公山，呵呵，大人，你说我看到了什么，我往我们这边看，所有的大山细山层层叠叠，好像就在自己的眼皮底下，好像就在自己的脚底下啊。就好像，一大堆崽儿依偎在你的面前一样。当我爬山公山，啊哈，那是一个什么样的景象啊，前面好像有一块石板，平磨磨的。大人，你知道那尽头有什么吗？”

“什么呢？”傩达好奇地问。

哥大说：“那大石板平磨磨的尽头的地方，你会看到一堵无比平直的墙！”

傩达问：“尽头的地方是一堵墙？”

哥大笑笑说：“呵不是，大人。我听说那是大海。在公山上看，真像一堵看不到尽头的墙。”

傩达说：“哦，原来是这样。哥大，听你这么说，我心都毛毛的了，心就痒痒的就想要到岜山上面去，想要到公山上面去。说真的，哥大，我真是想马上就要去看一看。”稍稍停了一下，傩达又很向往地说：“哥大，你能不能明日或者后日就带我爬到岜山上去？然后再爬公山？”

哥大说：“不能啦，我的大人，我老啦，爬不动啦。不过，我大姐的崽儿，也就是我的甥崽，跟你差不多，也是你这个年龄了，我叫他带你去吧。”

傩达问道：“哥大，你甥崽去过岜山吗？”

哥大说：“我曾经带他沿着细河边到岜山脚下去过，但是，没有带他爬上岜山去。不过，到了山脚，再上去就是了。他也正好跟大人你一样，年轻力壮，应该能够带你上得到岜山上去。山上呢本来也没有路，靠的完全是个人摸着爬啊。就算一时走出路来了，过后一段时间，还不是又让草木给遮盖了？”

傩达是个说做就做的人，听哥大这么说，就决定要爬上公山岜山去看看，却又担心哥大的甥崽不愿意去。

哥大说：“大人，如果你真是想要去爬上公山岜山去，今晚我回去就跟我的甥崽说。这个大人你尽管放心，他想去那就不用说了，就是他不想去也得要他带你大人去。”

傩达说："那怎么成，他不想让你哥大强迫他去，那使不得，路上出了事怎么办？"

哥大说："大人，这个你一千个放心，一万个放心。他什么人，能够陪着大人去看大世界是他的福分，他怎么可能不想去不愿意去呢。"

傩达还是叮嘱哥大："哥大，不论怎么样，你回去以后，不能为这个事去强迫你的甥崽。"

哥大呵呵地笑着说："大人你这个人真是，你根本不了解我们这些山人的心。能够跟你们这些大人在一起，能够带你去看公山乸山，对我们来说是巴不得的呢。你大人怎么反倒这个也担心，那个也担心呢。"

吃过晚饭以后，哥大叫他的甥崽过来见傩达。哥大的甥崽毕竟没见过世面，没见过像傩达这样的大人，竟像个姑娘一样显得羞羞答答的样子。来到茅寮屋旁，竟扭扭捏捏了一会儿，才问傩达大人在不在，值守岗哨的吊眼努努嘴向河边，说道："阿傩大人在河里洗身呢，那就是啊。"

哥大甥崽向吊眼道了千谢万谢，然后走下河岸的陡坡，向傩达走去。

走到傩达的身边，他先自我介绍，他低着头，羞答答地说："大人，我叫哥大，我僯舅叫我来寻你。"

傩达一听，瞪大了眼，问道："什么？什么？你说你叫什么？你也叫哥大吗？"

哥大微微地笑了，却还是羞答答的样子。从他的表情可以看出，他知道傩达疑惑的原因，他微微地笑着说："是的，大人，我也叫哥大。大人，我嬷佬生了我们四兄妹，三男一女。我是大哥，所以大家就叫我做哥大。"

傩达听了，呵呵大笑，把含在嘴里的水喷得四处飞溅。傩达呵呵道："你叫哥大，你僯舅叫哥大，是不是这样？人家在你家叫声哥大，你应呢还是你僯舅应？"

哥大还是羞答答的微微地笑着说："是这样，我嬷傣生我嬷佬五个，我嬷佬是大女，我僯舅是大崽，所以我僯舅叫哥大。大人叫哥大的时候，大多数情况是叫我僯舅，我僯舅自然就应啦。崽儿叫哥大的时候肯定是在叫我，自然是我应啦。相反呢，不大不小的，或者一定想要指定是我还是我僯舅，大家一般都会指谁叫谁。指着我僯舅叫哥大，我僯舅应。如果指着我叫哥大，我就应。大家都是这样叫的，所以分得很清楚的，不会乱。"

傩达泡在水里嗯嗯地应着，笑着密密点头。

哥大说：“我僠舅叫我明日带大人上公山嵧山，叫我来跟大人说。大人，你看怎么样，明日能不能去。如果能去，那么我就带大人去。如果明日不能去，看大人选哪一日去。”

傩达笑着说：“我们明日去吧。”

哥大说：“好，大人。吃的呢，你大人没使准备，由我嬚佬在家里帮我们准备就成了。要到嵧山上去，我们需要准备几日吃的，落嵧山南边上公山，再准备几日吃的。大人，你这儿就没使再要做什么准备了。明日一早我就过来你大人。我们一起出发上公山嵧山。”

傩达问他：“哥大，爬公山嵧山这样的大山是很辛苦的，哥大你怕不怕辛苦？”

哥大说：“不怕的，大人，再苦我也要去。男人不去练练筋骨怎么成。要不，将来怎么能够保护家里的老小呢。”

傩达说：“好的，有你哥大这句话我就放心了。哥大你回去对你僠舅说，就这样了。还帮我多谢你僠舅。只是，我们两个人一起去，怎么好意思要让你家准备两份吃的？”

哥大说：“没什么的，大人你放心。我们该准备什么我们自己知道该准备什么，大人你可能并一定知道要准备什么，我还有我嬚佬我僠舅帮我准备呢。哦大人，就这样了，明日我过来叫你哦。”

傩达说：“好吧，哥大。麻烦你了。哥大，你回去帮我向你僠舅说声多谢啊。”

哥大说：“得，大人。大人，如果没有什么了，我就回去了。”

傩达定定地看着哥大的身影，心里忍不住想笑。结果还真是忍不住，噗噜地就把嘴巴前面的河水笑得喷飞开了。

哥大个子也还算健壮，去公山嵧山应该没有问题。傩达很满意哥大的体魄和心态。

去公山嵧山，哥大家里帮着准备吃的，不需要傩达准备什么。这一晚，傩达就闲得跟大家一样，天黑以后不久就睡觉了。

这个夜岗是左手拐和狗头当班。半夜的时候，傩达被值夜的狗头叫醒。当时，傩达正睡得迷迷糊糊，懵懵懂懂，以为又出了什么事。狗头摇摇头对傩达说："大人，是这样，叫大人起身不是我们这里有了什么事情，我们这儿好好的。只是'宁'人僠琓派人来，说要见大人。我问他有什么事，他不说，只说僠琓交代，事情紧急，一定要见大人，或者见了阿格官人再说。我说阿傩大人睡觉了，阿格官人也睡觉了。他说事情紧急，僠琓交代，到了一定要马上见大人和官人，见了大人和官人才能说。大人你看，我没有办法，只好把大人你叫起身了。"

傩达迷迷糊糊地跟着狗头走出茅寮屋，月光下站着一个瘦瘦弱弱的小男人，狗头把这个人介绍给傩达，然后站在一旁。

傩达问他什么事。他说："大人，我是那栏屯僠琓的家仆，叫硬颈的就是。"

傩达哦地应了一声，问道："你真是硬颈？那么，硬颈，僠琓叫你来传什么话呢？"

听傩达这么一问，硬颈就泪水哗啦啦地流下来，竟就呜呜地哭起来了，他呃呃噎住了喉咙，说不出话来。傩达只好由着硬颈哭，默默地站着不说话。硬颈呃呃哭着说不出话来的这个时间里，傩达脑子转了转，就是有些不明白，僠琓的一个家仆，那栏屯那边有什么事，跑到这里来哭，直至说不出话来呢？难道，那栏屯遭遇了不测？

# 43 晴天霹雳

等硬颈哭够了，心平缓些了，没了呃呃噎着了，傩达才问道：“硬颈，你说说，到底什么事？”

硬颈抬起头来，呃了一声道：“大人，僠琓说僠王城出大事了，我们那栏屯也出大事了。我们那栏屯还好，只是被烧光了，抢光了，人倒是没有什么事。我们僠琓说僠王城被烧光了，抢光了，杀光了，没有人了。”

啊！傩达眼大了，他不相信自己的耳朵，他双手颤抖地抓住硬颈的胸口把硬颈促了促，大声吼道：“你硬颈到底说的是人话还是鬼话，什么被烧光了？什么被抢光了？什么被杀光了啊？”

后半夜的天空，傩达的吼叫像一只发怒的狼一样，震得星空都颤颤地抖。

傩达这一吼叫，感觉天好像要塌了，把阿格和兵丁们都弄得醒了惊了，都以为遭到了袭击，急急忙忙地翻身起来，抓了长剑尖枪，都在相互询问发生了什么事。

阿格手抓长剑，冲出茅寮屋来，见外面没有大动静，就大声问道：“狗头，什么事？”

狗头听闻，急忙走到阿格的身边，附在阿格耳边小声地把硬颈的话传述了一下。

阿格不相信地看着狗头，问道：“真的假的？”

狗头低头说：“内官大人，看硬颈那伤心的样子，这事可能是真的。”

阿格一脸严肃地向傩达的茅寮屋走来，见傩达歇斯底里，就没有去打扰他。见傩达身边站着一个小男人，估计就是硬颈了，他把硬颈拉到傩达的茅寮屋里去，点上松脂，不吭声地看着硬颈。硬颈见阿格这样，泪眼又婆娑起来，低着头，不敢吭声。光亮下，阿格看清了这个小男人，觉得有一些印象，只是不敢肯定真是在“宁”人僠琓那里见过他。

阿格盯住硬颈问道：“你是硬颈？”

硬颈答道：“是，大人。”

阿格又问：“你看到了什么？”

硬颈答道：“大人，不单是我，我们那栏屯人都看见，我们那栏屯被恶人烧光了。”

听了这话，阿格不说话了，他静静地盯着硬颈看，把硬颈看得低下了头。

从这个自称硬颈的人的表情看来，他应该没有说假话，他似乎也没有必要冒着死的可能来骗他们，应该就是“宁”人僠琓派他来报告了。但是，阿格又转念一想，谁知道呢，世间这么复杂，硬颈如果被恶人收买了，想要骗人也不是不可能的啊。那么，这个叫硬颈的小男人的目的是什么呢？

静默中，硬颈突然抬头看了阿格一眼，小声地说：“大人，我饿了，我真是太饿了，大人能不能给我一些吃的？从昨日到如今，我撑竹排撑得急，把竹排撑翻了，吃的全部掉水里了。我只好饿着肚撑了一日一夜的竹排，差点都饿得晕倒了。要不是我硬颈颈硬，早就撑不了竹排了。”

阿格不出声地盯着硬颈，想看出他的异样表情来。想不到自己反被硬颈的这几句话说得心头发酸。阿格终于感觉到，自己的心并没有自己想的那么硬。

阿格对外面喊道：“狗头，你去看看还有没有些吃的。”

狗头在外面应了一声，不一会儿，只听狗头说：“官人，煲里还有一些粘煲舌的饭粑。”

阿格说：“你把饭粑统统拿过来。硬颈说他饿了。哦，你就连带煲都一起拿过来吧，有多少给硬颈多少。硬颈好像真是饿了。”

硬颈感激地看了阿格一眼。

不一会儿，狗头拿着一个竹筒碗走进来。阿格见了问道：“不是叫你带饭煲一起拿过来吗？”

狗头嘿嘿笑了一下说：“内官大人，就这些了，我都把煲舌刮净了。”

阿格向狗头招招手，叫狗头把饭粑拿给硬颈。之后，又对狗头说：“狗头，你过干栏那边去一下，你去喊哥大过来。”

狗头哦地应了一声，转身走出去，出门之前又对硬颈说：“硬颈，你在你僠琓那里侍候人，你来到我们这里你升格了，要我侍候你了。”

阿格说：“狗头你少废话，叫你去叫哥大呢，磨磨蹭蹭做什么。”

狗头是地应了一声，缩了颈，向硬颈眨眨眼，出去了。

阿格见硬颈狼吞虎咽的，就先让硬颈吃，没有再去打扰他。阿格从茅寮屋走出来，见傩达在小院子里像只愤怒的狮子，迈着大步走来走去，兜圈子。阿格走过去，伸手拍拍傩达的肩膀，小声地说：“阿傩，说难过谁都难过。事情这样了，难过也没有用。我知道你很着急，想马上飞到僠王城去看个究竟。但是，我们离得这么远，着急也没有用。等我慢慢地搞清楚了情况我们再做打算，说不定不是那样一回事呢？”

傩达大声说：“还有什么好说，明摆着，眼屎一样白。只是我们现在怎么办？要人没有人，要什么没有什么。无论怎么，我们还是先要想办法马上就打回去！”

阿格说：“打回去？我们靠什么打回去？靠你，靠我？靠我的那几个兵丁，我们有几个人？靠我们几个人就能够跟人家相拼？说实在话，我们都不知道那些恶人是从哪里来的，现在不知道还在不在僠王城那儿，我们去跟谁打？”

傩达转身对阿格说：“那么，阿格你说，我们怎么办？”

阿格说：“硬颈饿了，差点就饿昏了。我已经叫狗头拿了剩饭给他吃了，等他吃了我再去问硬颈。等我把情况搞清楚了，我们再定计策。顺便，我已经叫狗头去喊哥大了，想叫哥大过来商量一下我们下一步怎么办。”

傩达怒火攻心，心里烦，对阿格挥挥手说：“好吧，阿格，就按照你说的去做吧。不过阿格，你去问硬颈，我估计问来问去还不是这么几句话？又有什么用。”

阿格见说服不了傩达，只好由着他了。阿格重新回到傩达的茅寮屋。

硬颈吃了饭粑，精神好一些了。见阿格撩开门帘走进来，硬颈小声说：“官人，你们水缸在哪里，我口渴了，我想饮一些水。”

阿格说：“门口旁边呢，你自己出去饮吧。硬颈，饮了水你马上回来，我还要问你一些你看到的情况。”

硬颈说：“是，官人。”

就在这时候，哥大腰间佩着长剑走了进来。

一路上，哥大已经问过狗头，已经粗略知道了事情的来龙去脉，他知道阿格肯定有重要事情要跟他说，所以在门外见傩达走来走去转圈的时候，也不敢多嘴，怕惹傩达心烦。

阿格见哥大来了，不等哥大说话就对哥大说："哥大，你马上去通知你们僠琓，叫他马上组织一大队强壮的精兵人马，要他亲自带队日夜兼程向僠王城进发。我知道你马上要问为什么，狗头大概也跟你说了。哥大，说多了也没有用。你就告诉你们僠琓，就说我们的僠王城出事了，有恶人洗劫了我们的僠王城，连带沿江一带的屯子都遭了殃。哥大，你要对僠琓说好，我要你们一定日夜兼程，不得有误。一路上，夜晚最多只能睡六炷香工夫，要尽快赶到僠王城去，快快去救我们的僠王城。"

哥大挺了一下身子，应了声："是，官人。"

哥大正要转身，阿格又把他叫住："哥大，你现在去细崚屯，撑竹排太慢，如果有山路你最好走着去，如果有马更好。你告诉你们僠琓，今晚一定马上组织起一大队人马来，天光之前一定要出发。"

哥大又应了一声："是，官人，我马上就去细崚屯。"

哥大转身出门的时候跟硬颈撞了个满怀，弄得双方都哎呀呀地叫出了声。

等哥大出了门，阿格说："硬颈，你辛苦了，你没使站着，你就坐在这个禾秆礅上吧。我问你，你们那栏屯的事情是怎样发生的？"

"哦，官人。"硬颈仰头看了阿格一眼，说道："是这样，五日前那日，日头西斜的时候，我正在干栏上侍候僠琓饮茶，一个后生哥急慌慌地冲进来，这个后生哥我熟悉，是下游僠爷的甥崽……"

阿格打断了硬颈的话，问道："硬颈，你说的僠爷，是下游那个离你们那栏屯不远的那两家人的那个老者吗？"

硬颈说："正是他，官人。那个后生哥叫作阿生。阿生一进来就急慌慌的把发生的事情的大概说了。僠琓听了还半信半疑，那后生哥见僠琓迟迟疑疑，就哭了跪了下来，说僠琓再不带人走上山去躲，恐怕就来不及了。僠琓还是犹犹豫豫，不成想，那后生哥就大声嚎哭起来，把僠琓弄得六神无主。僠琓咬了咬牙——我们僠琓做得对极了，要是再迟疑一些时候，我们那栏屯就完了。连我硬颈，也不会站在官人你这里了。官人，你是知道的，我们那栏屯平磨磨一片，想要跑到山上去，得跑上半日的工夫。想想看，如果像倭琓开始想的那样，先派人去看看，打探一下，等到出去察看的人回来的时候，人家也来到我们那栏屯家门口啦，哪里还能迪得上山去？”

阿格说：“你们倭琓也真够胆，凭一个后生哥的话，就要全屯那么多人到山上去躲。”

硬颈说：“官人，都是阿生的功劳，阿生那时哭的，那简直是哀求了。要不这样，我刚刚说了，我就不能站在这里跟官人说话了。”

阿格说：“好，硬颈，你继续说吧。”

硬颈嗯地应了一声，继续说：“官人，当时我们倭琓见阿生哭得凄惨，心想肯定是发生大事了，也没有再派人到下游去察看，统统都把人赶到上山去。反正是二选一，不是被阿生骗就是真有事。如果是被骗，最多是全屯人辛苦走一趟，被人劫去财物，辛苦一年。如果真是有事，那就不用说了。是不是这样，官人？”

阿格点点头说：“硬颈你真是聪明，不枉你在你倭琓跟前服侍那么些日子。哦，硬颈，你继续说吧。”

硬颈又应了一声，吞了一下口水，继续说：“我们大家都跑到南山去，也没能带多少物件出来。慌慌地跑到山上以后，天已经黑了。从山上回头看，远远地可以看得见我们屯。朦胧中，大家见屯里好像没有什么事，就乱哄哄起来。倭琓说，就算没有事，也得要等到天亮以后没有了事才能够回去，家里的财物如果被贼人趁机洗劫了，我倭琓赔你们大家就是。倭琓这么一说，大家才安静了。按我看，倭琓这么说也是很勉强，他也心痛那些财物啊，谁的财物比他多？上到山上以后，倭琓禁止生火，派人到处巡逻，怕谁弄出火来。那一晚，真是难熬啊，蚊虫叮不说，心里头的折磨更使人难受。半夜里，好多男人都睡不着。不知道是谁先看到了火光，吵吵嚷嚷的把大家都吵醒了，大家定睛一看，果然，我们屯不一会儿就到处是火光了，火越烧越大，烧红了半边天啊。”

阿格的心也收紧了，开始沉重起来，脑壳好像也麻木了。

硬颈继续说：“这下，大家才不得不服倭琓的决断了。有些事就是这样，以为没有事的吵得凶，真是有事了，大家就没说的了。阿生当时睡在倭琓的旁边，这时候他说话了，他说倭琓你看是不是，我说是嘛，你们还不相信。倭琓说，阿生，你没使说了，你就是我们屯人的救命恩人了。”

硬颈说话间让阿格想起了下灶屯的事，他问硬颈道："硬颈，我问问你，你们僠琓怎么知道僠王城出事了？"

硬颈说："官人，说实在话，我真是不知道僠琓是怎么知道僠王城出事了的，我只是来传我们僠琓的话。"

阿格说："但是，硬颈，总得有根有据才能说僠王城里出事了啊，不然就是死罪啊是不是？你把你见到的其他的事说来我听听。"

硬颈说："官人，我实在不知道僠琓是怎么知道僠王城出事了。我是下人，僠琓叫我怎么说我就跟你们大人怎么说。"

阿格站起来，在硬颈面前走来走去，然后还围着硬颈转着几个圈子。硬颈惊讶地看了阿格一眼，又急忙低了头。他看得出阿格并不相信他，以为阿格发怒了，怕大木棒在不觉间落到自己的头壳上来。

阿格突然站住，把硬颈吓了一惊，还以为大木棒要落来了，他心抽得紧紧的。却只听见阿格说道："硬颈，你继续说吧，天光以后你们看到了什么了？"

硬颈心虚虚地说："呃，天光了以后，我们大家这才发现，那栏屯已经黑漆漆一片，青黑色的烟把我们那栏屯的天空遮住了。我们看到，从犸江口到我们那栏屯的河面上，密密麻麻的到处是竹排，那栏屯和长长的河岸边好像爬满了蚂蚁，到处是人。我们还隐隐约约地听到人的呼喊声。就这样，官人。"

阿格坐下来，问道："就这些了？硬颈，没有了？"

硬颈说："官人，没有了。官人，再就是僠琓要我撑竹排到这儿来寻你们，告诉你们僠王城出事了，要你们赶快回僠王城去。"

阿格又重新站起来，还是在硬颈面前走来走去，最后，停在硬颈的面前，又问道："硬颈，天光以后，你还看到什么？比如，像我们僠王的黑色蛤蝤旗这样的。"

硬颈哦地说："哦，是了是了，他们也有旗帜，虽然远，我还是能够看得出来的，他们到处插着这样的旗帜，差不多每架竹排上都有，旗帜是白色的。"

阿格听了，眼眶张开得大大的，突然仰脸朝屋顶，嗷地大叫了一声，拿手摸住硬颈的膊头拍了拍，叹了一口气说："这就是了，五十年的仇恨了啊，我们不去报，人家反要来灭我们来了。僠王啊僠王，我们怎么这么戆啊，有仇为什么不报啊，你以为你不去寻仇就相安了啊，这不，人家不是还是要来灭我们啊，人家是不灭我们心里不痛快啊。”

阿格说完了这话，就不再理睬硬颈了。他从茅寮屋里走了出去，他那几句没头没尾的话把硬颈弄得莫名其妙。

# 44 一场大浩劫

三架竹排一路狂奔，日夜兼程，夜里睡觉的时间不超过六炷香时间，连早餐和中餐也在鸡啼时一齐做了，真个是马不停蹄，人不歇息。

两日以后，一行人赶到了那栏屯。欣欣向荣的那栏屯，变成了一片乌黑的废墟，一些刚刚搭成的茅寮棚子孤零零地立在屯子的边沿。面对这一惨状，大家一声不吭，站在竹排上默默瞭望，眼前没有了错落有致的干栏，没有了鸡啼狗吠，屯子已经巢毁卵破，谷物和畜禽全被抢劫一空。

河岸边，几个年老的男人坐在担水埠的码头级上，见傩达一行人来到，向他们招了招手，说僠琓有事情交代。硬颈说这些老人是本屯人。这些老年人告诉傩达和阿格，说僠琓已经带精壮的男人拿了长剑刀枪，去僠王城了，叫他们不用在半中途停顿，直接向僠王城进发。

硬颈说："大人，官人，我也跟你们一起去。现在，屯里只有老人、女人和崽儿了。"

硬颈见傩达和阿格默不作声，觉得是默认了，兴奋地向几位老人挥挥手。傩达和阿格看了一下硬颈，然后向老人们拱拱手，向他们道别。

从那栏屯开始，一直到僠王城，两岸原来郁郁葱葱，通通都被烧掉了，或者被踩踏得不成样子，成了瘌痢头。所有屯子都被烧成一片焦土，还多出了数不清的新土堆来。傩达和阿格猜测，这些新土堆应该是先期到达的"宁"人僠琓带细师傅带人把被杀的人埋葬了。大家的心像被吊了起来，越来越沉重。"宁"人僠琓说僠王城被烧光被杀光，应该是一种猜测，如此的浩劫，不由"宁"人僠琓不这样想。

傩达希望，但愿是"宁"人僠琓的猜测。阿俏和阿俏家人，他的家人……真希望只是猜测。

出发去蛇埌地方之前，傩达已经知道阿俏的肚子里有了种代了，如果“宁”人僠琓猜测错了，再过一段时间，就会有人在他背后说这个崽儿就是他傩达的种代了……傩达不敢再往下想了。

往蛇埌地方去，明明知道前途困难重重，傩达和他的队伍无所畏惧，经千锤百炼，挺过来了。现在，几个谷箩竹筐里装着七彩软石，可以说是满载而归了，而傩达的心却像被掏空了一样，前途好像是深不见底的深渊。

五日以后，三架竹排风驰电掣地进入僠王城的河段。看到被糟蹋的江水两岸，烧焦的土地，密密麻麻的新土堆，大家的心都碎了。

傩达眼泪汪汪，眼前蒙眬，他看不见任何东西了，他的精神恍惚了，心里的最后希望消失了，心被撕裂了崩溃了。

竹排靠岸，“宁”人僠琓站在码头级上迎接傩达一行人。傩达头脑一片空白，好像没了思想，人像没了魂魄，走路都颤抖抖，双脚沉重，他硬撑着向上迈上一级，却突然向前倾倒，头磕在了码头级上，顿时就失去了知觉。

傩达醒来时，发现自己躺在一间小小的茅寮屋里，身边没有一个人。他想了一下，之前的景象历历在目。他勉强地爬起来，感觉头重脚轻，他颤抖抖地走到茅寮屋外面来。见十几脚捭外，阿格和“宁”人僠琓正与几个不认识的人说话，就颤抖抖地走过去。

身边，周围，一片焦黑，到处是灰炭，虽然是在僠王城里，傩达却几乎看不出地方来。天，怎么回事啊，我家呢？整齐划一的王宫干栏呢，怎么全部都变成了灰烬，怎么都变成了焦土！傩达心很痛，很难受。浩劫啊，连附近的大石山也遭了殃。原先郁郁葱葱的大石山被烧得乌黑，光溜溜，好像不曾长过一草一木。

终于，傩达看出了自己家的位置，就直直地从阿格身边向那里走过去，连阿格好像都不认识了。一路上，大把人在搬运烧焦的尸骸，尸骸臭气直冲鼻子，让傩达透不过气来。除了这些被烧焦的尸骸，僠王城里再没有任何物件要搬运了。

阿格和“宁”人僠琓跟在傩达的后面，一直到傩达家所在的位置。傩达站住了，看见空无一物的焦土，他跪了下来，嗷嗷大叫，然后抱头抵住焦土，大哭起来。

阿格和“宁”人僠琓站在傩达的旁边，默默地等着，把脸别到一边去眼眶泅满了泪水。

傩达哭够了，抽搐地站了起来。阿格迎着他走过来，“宁”人僠琓跟在后面，向傩达介绍他旁边的几个人。

原来，这是从山弄赶来的几个僠琓，他们的屯子不靠近江边，或者在江河的上游，他们的屯子没有遭到大浩劫。是“宁”人僠琓派人通知了他们，他们才知道发生了这场大浩劫。像“宁”人僠琓一样，他们也把精壮男人都派过来了。

傩达问阿格，他嬶佬、嬶傣和僠舅以及兄弟姐妹的尸骸在哪里，他想去看看。

听见傩达问，“宁”人僠琓低着头说：“大人，我带人来到僠王城的时候，整个僠王城全被烧没了，街面上到处是一堆堆被砍杀的尸骸，少的一堆二三十人，多的一堆成百十人，被烧焦得不成样了，因为堆成一堆堆，根本无法认不出谁来，连僠王也认不出来。实在没有办法，就交代细师傅祭奠把尸骸葬了。真是对不起啊，大人。那一带，都是新坟堆，也不管那是谁跟谁了。”

傩达闭住眼，听完“宁”人僠琓的话，心痛得把头转到一边去。好一会儿，傩达才把眼睁开，他看住“宁”人僠琓好一会儿，没有说话，摇了摇头，转头对阿格说：“我现在想去蟠龙屯看一下。”

阿格万万想不到傩达说出这样的话来，最后才想通了。阿格低下头，走到傩达的身边，搂住傩达的膊头，使劲捏了捏傩达的膊头说：“阿傩大人，蟠龙屯在僠王城的下游，那里的情况和僠王城是一样的。我目前了解到的情况是，沿江一带，都一样，都遭了殃了。阿傩大人，使我心酸的是，我们的僠王一点防备都没有啊。没有防备才遭了这样的大浩劫啊。”

阿格说着，泪水竟禁不住地流了，滴在地上。好一会儿，他才抬起头来，仰头看天，然后叹了一口气大声说：“僠王啊僠王，今日这场殇啊，什么时候能抚平。僠王，你该明白了吧，五十年前人家打到我们家门口，想灭了我们！被我们的先人抗住了。那时候我们死了多少精壮男人啊！那是我们的仇，应该是我们要向他们报仇！你不带我们去寻仇，以为人家不会无缘无故来打我们，以为会万事大吉！呕，僠王，你真是戆啊，你真是傻啊……”

阿格大声对天说着话，大家定定地站着，连傩达都呆住了。说着，说着，阿格停住了：“哎，不说了……阿傩大人，再说也没有用，城里有许多事情要做，哪家不都这样。现在，人手很少，事情多。阿傩大人，如果你一定要去，我知道我也拦不住你。只是，你一个人我们不放心。下游的几个屯子，我们都派了人去收尸骸了，都有我们的人在守着。可是，也不敢说一路上就很安宁，我看你还是带一个兵丁跟你去吧。”

傩达摇摇头说：“我自己去就成了。”

阿格说：“不，我叫钩鼻公跟你去吧。这么长的水路，有个人陪着，也免得你心里烦厌。”

傩达见阿格这么说，不作声了。

钩鼻公得到命令，就来到茅寮屋等傩达，傩达说：“钩鼻公，你来了，我们到江边去吧。”

担水埠码头人来人往，人们从山弄源源不断地赶到僠王城来。人们把尸骸摆放在平地上，由细师傅为这些死去的人做了祭奠，就近埋葬了。

傩达带着钩鼻公来到江边，站在码头级上呆呆地看着江面，心潮翻滚，思绪万千。钩鼻公从江岸的草丛中拉出一架竹排，把竹排推到水里，叫傩达上了竹排，拿竹篙点了一下岸边，竹排离岸，向下游驶去。

傩达本来也想拿竹篙撑竹排，突然间没有了这份心情，就干脆坐在竹排中间，脑子空空的，胡思乱想。

竹排驶到仙洞的下面，傩达叫钩鼻公靠岸停一下，他沿着小小的阶梯级走上去，在仙洞的下面点了香，跪拜了，然后退着走了下来。

经过蓝云屯江面，傩达见许多人在屯子里忙碌，本来也想上去看一下，叫钩鼻公停下竹排正准备靠岸，转而又不想上岸了，叫钩鼻公继续把竹排向下游撑去，搞得钩鼻公都不知道怎么回事。不过，钩鼻公始终也没有多说一句话。

竹排来到蟠龙屯的时候，已经是傍晚，屯子里有十几个人正在忙碌，一个细师傅模样的人从担水埠码头级走来，问傩达和钩鼻公有什么事。钩鼻公把傩达的身份说了，细师傅急忙偏到一边去，给傩达让出路来。然后跟在傩达后面，上了码头级，向屯子走去。

细师傅说：“大人，这里的尸骸我们全部处理好了，也都为他们做过祭奠了。现在，大家正在挖井，明日就可以安葬了。”

傩达嗯地应了一声。

走到码头级上面，见钩鼻公和细师傅还跟在后面，就回身对他们说："钩鼻公，你就在这里歇歇吧，不用再跟着我来。细师傅，你去看看，能不能给他……哦，他叫钩鼻公，细师傅你给他弄一些吃的来吧。"

细师傅听了，马上说："是，大人，我给你们要一些吃的来。"

傩达说："我就不用了，你给钩鼻公弄到吃的就成了。"

细师傅又应了一声："是，大人，我马上就去办。"

傩达直直地向阿俏家的干栏方向走去，因为屯子被烧成焦土了，看不出原来的样子了，加上天就要黑了，靠印象已经很难找到阿俏家所在的地方了。傩达在屯子里转了几转，才基本确定了阿俏家的大概位置。

这应该就是阿俏家的地方了，一看到两堆黑奥奥的火灰，傩达眼水就哗哗地流落下来，想起和阿俏的点点滴滴，恩恩爱爱，他的心像被蛇咬了一样的痛。傩达坐在地上，嗷嗷地大声哭了起来。

细师傅拿吃的送给钩鼻公，钩鼻公刚刚接过细师傅送来的饭菜，正准备扒吃，远远地听到傩达的哭声，就吃不下了，呆呆地捧着饭碗。

细师傅往哭声的地方看去，问钩鼻公："你家大人为什么到这里来哭啊，他有亲戚在这儿吗？"

钩鼻公说："不不不，我不是阿傩大人的家仆，我只是僠王的一个兵丁……"

"你是一个兵丁？"细师傅退了一步，恶恶地对钩鼻公大声道："你们当兵丁的怎么了，白吃饭啊，那么多人都被杀死了，你们做什么去了！这么大的浩劫，你们既然没有死，真是奇怪啊！"

钩鼻公忙往外撇撇嘴说："细师傅，哪里啊，这段时间，我们十个兵丁跟傩达大人和阿格内官到蛇埌地方去采挖七彩软石的呀。我们千辛万苦的，前前后后已经去了五十多日了。'宁'人僠琓派人去报告了，我们才知道发生了这场大浩劫的啊。我们才刚刚从蛇埌地方赶回来的呀，我的细师傅。"

细师傅听明白了，许久才哦地点了点头，他说："原来是这样啊。"

过了一会儿，又说："要不要我也拿一些吃的东西给大人送过去？"

钩鼻公拿住筷子的手往外挥了挥，说道："送去吧，送去吧。我想，傩达大人也饿了。不过，我想傩达大人一时也吃不下的。"

细师傅说："不管吃得吃不得，我先去拿给他了再说。"

当细师傅拿着吃的送到傩达的面前，傩达感激地看着细师傅，却又摇了摇头，表示不想吃。

细师傅说："大人，身子要紧，吃了饭什么都好办。"

傩达仰头呆呆地看着细师傅，好一会儿才从细师傅手中接过竹筒碗，对细师傅说："细师傅，你们在这里总共有多少人？"

细师傅说："带我，我们总共有十六个人，他们刚刚吃过了饭，正在轮流挖井，明日就可以准时安葬这些尸骸了。"

傩达说："细师傅，我吃了饭，我们就到码头级那边去吧，你带我去看看那些尸骸。"

细师傅说："所有的尸骸都用白扣布包着了，今日已经为他们做了祭奠了，不能够再打开了。"

傩达听细师傅这么说，长长地叹了一口气，说道："阿俏，对不起啊，我来迟了。"

傩达突然说："细师傅，明日安葬的时候，我们可以到场吗？"

细师傅点点头，说道："成啊。"

# 45　废墟

傩达脸色灰土，神色发呆，被钩鼻公带回僠王城来。

江面上有许多竹排，有些竹排载三五个人，有些竹排载木材和竹子，或者新割的茅草，从四面八方赶到僠王城来。钩鼻公扶着傩达，一脚㧐一脚㧐走上担水埠码头级上面来，傩达惊讶地发现，多日前他住过的那一排小茅寮屋不见了，展现在他眼前的，是一座新起的，漂漂亮亮的干栏。在这座新起的干栏周边，许多正在搭建的干栏好像雨后的竹笋，也正拔地而起。

这些，是阿格和各地来的僠琓带领大家做出来的，让心里颓废到极点的傩达，看到了些儿的希望。

这日天刚刚亮，傩达就起来了，他走到干栏外面来，眼前面正在建起的新干栏，触景生情，心头又酸酸起来，嫲佬、嫲傣、僠舅、兄弟姐妹，还有阿俏，还有阿俏的家人，还有大师傅，还有他熟悉的伙伴们，以及曾经活生生的整个僠王城的人们，包括僠王，许多官人、兵丁……他们都离他而去了。

阿格起身见傩达挨着栏廊，就走到傩达的身边，对傩达说："阿傩，你看，再过一段时候，我们的僠王城又是热热闹闹的了。曼特人想灭了我们，他们灭了的，不过是一个僠王，连带受此连累的人，包括你嫲佬和你的家人，兄弟姐妹，我嫲佬我的兄弟姐妹。但是，我们有广大的地方，我们不会被他们灭了的，我们也绝不可能被灭得了的。"

见阿格提到了世仇曼特人，戳到了傩达心里的痛处，心头的死结，他心中的怒火骤然升腾起来，他问阿格："阿格，你告诉我，曼特人到底是什么人，他们为什么要这样做，我们哪里得罪了他们，好好的为什么想要把我们斩尽杀绝。你跟我说，他们在哪里，我马上带一队人马去，把他们全部都灭了！"

阿格伸手搂住傩达的膊头，说道：“阿傩，说来话长。其实，我和你一样，也没有机会经历过以前那场大战。那时候，我们都还没有出生。我的年纪虽然比你大，发生那场大战时我也还没有影子。老班人说，那是一场伟大的战争，我们的先辈，为了保卫家园，战胜了曼特人，那是一桩五十年前的战争。我在军队里做事，才听我们的前辈说起五十年前的这场伟大的战争。我了解那时候的一些情况，也了解曼特人的一些情况。你阿傩呢，你这个年纪，只知道玩，整日就混在山上，不是打猎，就是捉雀，像犸猴一样。你不知道这些不奇怪。”

傩达见阿格说自己像犸猴，不好意思地低下了头。

阿格见傩达不好意思，就继续说：“不过，阿傩你正因为这样，就练出了一身比我们军人还厉害的本领，没有你阿傩这身本领，我不敢说我们能够到得了蛇埌地方，也能够顺顺利利地回到这里来。”

傩达转过身来，接住阿格的话说：“阿格，我们回来是回来了，僠王城却没有了，我们的嫷佬和家人，兄弟姐妹没有了。”

阿格慢慢摇头说：“是的，我和你一样，心里头非常难过。但是，如果单单只是难过，时间长了人就颓废了，那我们，如果都颓废了，就惨了。”

阿格指着眼前正在建起的干栏，对阿傩说：“阿傩你看，不久，一座新的僠王城又再建起来了。”

傩达忧郁地说：“阿格，我们的僠王呢？我们的嫷佬和家人呢，我们的兄弟姐妹呢，还有已经死去了的全城的人们呢？”

阿格说：“阿傩，我、你不是还站在这儿嘛。只要有人在，僠王就在！只要有人在，僠王城就在。好吧，我还是把五十年前的那场伟大的战争给你说说吧。”

傩达看着阿格说：“你说吧，阿格，我听。”

阿格把视线转到江边，用沉重语调说：“五十年前的那场战争，现在已经没有多少人知道了，没有多少人知道是什么原因发生战争了。五十年前的事，没有谁再能够说得清楚。反正，五十年前我们和曼特人发生了战争，战争不是在我们和曼特人之间的中间地带发生，战争发生在我们的地盘上，战争就发生在我们的僠王城上。”

傩达愤怒地说：“真是欺人太甚，曼特人竟一次次地打到家门口来。这次，还把我们的僠王城和许多屯子给烧光杀光了，杀的几乎片甲不留啊。这个仇不报，怎解得了心头的仇恨！”

阿格清了清喉咙说：“听老班人说，五十年前的那场战争打了两三个月。曼特人那时就想要灭我们了。我们的先辈，誓死保卫僠王城，誓死保卫家园。双方就在僠王城的边上杀得天昏地暗，尸横遍野，血流成河。最后，曼特人见后援紧张了，就撤了兵了。之后呢，我们就安安然然地建设家园，果真平平安安地过去了五十年。本来呢，他们打到我们家门口来，还有沿江那么多屯子，打死了我们那么多人，这笔账是应该要算的。可是，我们的僠王没有这样想，觉得仇家宜解不宜结，多一事不如少一事，觉得自我安然好过自寻烦恼。所以，五十年了我们也没有去跟曼特人寻仇，不去寻仇也罢，连防守都放松了，以为我们不去惹恼人家，难道人家还来惹我们？我们的僠王说，冤冤相报何时了。僠王以为我们不去跟曼特人寻仇，人家就不会无缘无故地来跟我们对敌。好啊，就这样地相安了五十年了。想不到，我们没去跟人家寻仇，人家曼特人却总觉得五十年前的事不解恨，非要灭了我们才解恨。看起来，这样的想法毫无道理，这不是无缘无故生出来的恨嘛。按我看，就像有些人在街上看见了一条狗，看见这条狗他觉得不顺眼，不狠狠地踢一脚不解恨。这踢一脚还好，恐怕还想要把这条狗置于死地而后快。曼特人就是这样的人。阿僠，你想想看，曼特人对我们的这个恨，来得奇怪不奇怪？人家根本就没有冒犯你啊，你凭什么要踢人家？为什么还要把人家斩尽杀绝？不解恨的这些人踢了一脚还不过瘾，踢了这么一脚还不解恨，还要踢第二脚，第三脚，直到把这条狗踢死了，碾到地里去才解恨。看呀，我的阿僠大人，这世界多么没有道理啊。可是，没有道理的事情却偏偏发生了。”

僠达咬咬牙说：“无论如何，这是深仇大恨啊。阿格，这深仇大恨怎么能够不报！僠王真戆真傻啊。”

阿格紧紧地抓住僠达的膊头，点点头说：“是这样，阿僠，我想，全靠你了。阿僠，我的大人。”

僠达转头定定地看着阿格：“怎么说呢，阿格。这也是你的仇啊，你家里人也遭了大浩劫了啊。”

眼泪一下子洇满了阿格的眼眶，阿格仰头看天，摇摇头，咬咬牙说：“可是，阿僠，你得为我们拢起头来呀。只要你阿僠大人拢起了这个头，我阿格坚决地站在你的左右。”

听了阿格的话，再看着眼前的那些正在兴建的干栏，傩达突然想起一件事来，他对阿格说：“阿格，我觉得有件要紧的事情，必须要做了，你帮我把我们的细师傅通通给我叫来，我要交代他们做一些事情。”

阿格说：“你看，这不就是了嘛。阿傩，你想做什么事情你说。现在，那些细师傅还都在为我们逝世的人做祭奠呢，他们还很忙。如果你阿傩要做的事情很紧急，我就叫他们快快地把那些情办完。”

傩达就把去蛇埌地方的路上，那位老者说的关于大师傅的故事说给阿格听。阿格听了，也觉得这件事情要紧，就走下干栏，去跟各地来的僠琓商量去了。

傩达转身回房间来，走到装着七彩软石的谷箩旁边，一个个地掀开谷箩上面的簸箕，各色软石映入他的眼帘，他定定地盯着这些彩色软石——他知道自己该做什么了。

吃了早餐，阿格回来了，对傩达说：“我已经跟各地的僠琓商量过了，等细师傅做完了他们的事情，再集中起来，我们再跟细师傅商量你说的事。现在，我们先到处去走一走，看一看。”

僠王城原来有两层城墙，现在正按原来的方式进行重建。从这些建筑可以看得出，当年的僠王是想通过城墙来保护整个城市的安全。外层城墙是城市的城墙，包括了除王室成员以外的贵族和所有平民的人居。内城墙是王宫城墙，专为维护王室贵族打造。城墙用料全部都是用成百上千年的老树木，裁成了一截一截，矗立着埋入地里，埋入地里的部分有一人多深。原来的用作城墙的树木全都被曼特人推倒了，堆在一起，上面放上被杀者的尸骸，放火烧了，把人烧焦了，有些被烧得只剩下一堆白灰骨。原来的城墙也已经变成了深沟。沿着内城城门的位置走进去，当时让傩达弯来弯去才走到的中央三层干栏的位置，僠王办事定夺的地方，如果没有阿格的指引，傩达根本就不知道在哪里了。有了阿格的指引，又因为没有了其他干栏的阻挡，傩达和阿格只用不一会儿的工夫就走到了。

当时的僠王城里最高的三层建筑，在傩达和阿格的眼前，已经成了一堆火灰。当年的威严和辉煌，也随着这把浩劫的大火烟消云散了。

傩达对阿格说：“大师傅的地方，我也来去过好几次，遭此一劫，我认不出在哪里了。阿格你带头，我想过去看看。”

阿格指着不远处说：“那不就是了？”

傩达抬头看哪地方，不相信会这么近，四处看了看，见附近被烧得焦黑的石山才相信了。

阿格指着靠石山旁边的一堆火灰说：“那就是当时我带兵丁驻守的干栏了，也是一堆火灰了。现在，什么都化成了灰了。”

阿格对傩达说：“阿傩，跟我来，我们到上面去看看。”

阿格说，他当时驻守的干栏旁边，内城在这里有一个小门，这个小门当然由阿格带兵丁把守。走出这个小门，有一条小路沿着石山脚边往石山上绕去，上山的地方凿了一级一级的码头级，可以弯弯曲曲地绕到石山上面。走到半山腰的地方，有一处山洞，站在山洞口，就能很清楚地看清楚僠王城内的一切活动。谁做什么，哪里有什么活动，站在这个洞口都能够看得清清楚楚。

傩达说：“原来，僠王偷偷地专门监看我们这些人啊。”

阿格说：“那还用说，不然，僠王不怕有人从中作梗啊。当时，我不知道，经过这次浩劫，我才看得出来了。”

傩达说：“哎呀，僠王的小心眼还真多。”

阿格说：“是呀，他总是防着我们大家。对曼特人呢，他倒是放松了，以为曼特人不会自己寻麻烦。偏偏，曼特人就是爱做杀人放火这种麻烦事。”

傩达若有所思地点了点头：“真是这样的。这个世界，就是有这样的人。”

阿格说：“是呀。”

傩达转头看了看其他地方，说道：“哎哎，阿格，我也在这里走来走去几次了，我当时怎么没有看见这个地方有个小门呢？要是我知道内城有这么个小门，我一定要爬到这个山洞来看看的。”

阿格球傩达一眼，大声说：“你真想啊！轮到你啊！就算你偶然经过了这里，你想从小门出来，我那些兵丁也不会让你通过，我也不会让你通过！”

傩达说：“我硬要上去。”

阿格说：“我不会让你上去。”

傩达说：“你不让我上我打翻你，打跌你滚落山去。”

“你打翻我我也不能让你上去。”阿格坚定地说。

“丢。”傩达说：“我打翻你了你怎么还能不让我上去？”

阿格说：“当然，你可以打翻我，但是，我的心里还是不让你上去的，我还有那么多兵丁守着。还因为，僠王会因为你知道了这个山洞把我剪了。”

傩达说：“僠王有这么可恶？这个山洞又不是他一个人的，为什么不让人去看看？”

阿格说：“事实就是这样。僠王的权利大过天。”

傩达说：“可恶！僠王有这么可恶吗？”

阿格说：“就是这样。如果阿傩你有一日也做了僠王，你的权利也是大过天的。”

傩达说：“我不会去做这么个烂僠王的。”

“我这是做个比方说。”阿格说，“现在，石山被烧光了，这条小道就露出来了，大家在较远的地方都能够看到了。”

傩达说：“刚刚，你没有说给我听之前，我就没有看见。”

阿格说：“你阿傩不就是粗心嘛。有心人什么都能够看得见的。”

# 46　重整旗鼓

各地来的细师傅，有二十多个。见到在下灶屯碰见的那个细师傅时，傩达才想起曾经托这个细师傅为单的办的事来。因为这场大浩劫，一段时间里把傩达弄得整日精神恍惚，竟把这个事情忘记了。傩达刚刚见到这个细师傅并正要跟他打招呼时，这个细师傅已经向傩达走了过来。

细师傅说："大人，你们在去蛇埌地方路上交代我办的事情，我已经办妥了。这段时间因为太忙，没碰见过你，也没有时间去跟你说。那日，我们分开以后，我在来这儿的水路上，发现了单的的尸骸，因为大洪水退了，当时就搁在岸边上，已经发臭了生虫了。我在很远的地方就闻到了臭味，我循着臭味寻去，单的尸骸就搁在江边上。我见衫裤跟你们的兵丁一个样，就断定是单的了。我用白扣布把单的的尸骸盖上，继续往下游撑竹排，寻到了岸边人家，叫他们帮忙，该做的我都做了，好让单的入土为安。"

傩达拱拱手向细师傅表示了感谢。

细师傅见傩达向他拱手，两眼就泅出了泪水，竟噎住了，一时说不出话来。傩达紧紧抓住细师傅的手，千言万语却不知道说什么好。

好一会儿，细师傅才压低了声音轻轻地说："想不到，真是想不到啊，来僭王城见过大师傅后，才不过二十多日，就发生了这天大的浩劫，真是造孽啊。大人，我们不能没有大师傅啊，我们也不能没有僭王啊。没有了僭王，没有了大师傅我们大家就是无头蚊蝇了啊。"

听细师傅这么一说，傩达就心头一个震痛，眼泪不由得泅满了眼眶。自从发生这场人间大浩劫以来，傩达一直沉浸在悲痛和悲愤之中，倒从来没有想到过这样的事。一个小小的细师傅反而先他而想到了。直到这时候，傩达仍然想不明白，僭王真的这么重要吗？大师傅真的这么重要吗？

让傩达想不到的是，两日以后，二十多位细师傅来到傩达住的地方，嚷嚷着要当着傩达的面通过一个决议，要推举傩达为大师傅。傩达拱拱手，要求细师傅们放过他，表示自己没有资历，没有能力，无论如何都做不了大师傅。细师傅们不依不饶，无论傩达怎么推辞，细师傅们就是不答应，傩达怎么都推辞不了。就这样，傩达接任了大师傅的位置。接任仪式也同时举行，二十多位细师傅，齐刷刷跪在傩达面前的左侧，人们偏开处，三十多位仙婆手拿仙琴三弦款款走近来，也齐刷刷地绞脚坐在傩达面前右侧。到了这个时候，傩达才意识到，细师傅们早就在底下议好了，要在这个时间，天时地利，逼傩达就范做大师傅，因为有仙去的僠王的话在先，傩达也不得不就范。一时间，仙乐悦耳地齐奏起来，震撼着人们的心灵。一个年长的细师傅为傩达点头开张，这是一个重要的时刻。要是往常，点头开张应该由卸任的大师傅为接任大师傅实施，现在算是特事特办。经过一系列仪式，傩达正式地成了大师傅，也就有了通天的本事了。

当日，傩达带领二十多位细师傅，带上采挖来的红色软石，向僠王城旁边的仙住花山进发。遇着的路人马上靠站住，眼见傩达接任了大师傅职责，开始了重大行动，面上都露出了欢颜，心里充满了希望。

傩达已经是大师傅了。成了大师傅的傩达才有资格进入仙住花山的仙洞，细师傅们也只有在大师傅的带领下能够踏入这个仙境。仙洞是仙住的地方，没有通天的本领就没有进去的资格。

傩达第一次走进这个神秘的地方。

走进仙洞，大家这才发现，先辈遗留的神迹已经被可恶的曼特人破坏殆尽。从细师傅们的叙述中傩达才知道，仙洞内有一条两竹篙长的一人高的大石板，侧立在仙洞的里边，大石板的面板上雕刻着历代僠王的人形雕像，涂上红色的色彩。如今，这条长长的大石板被可恶的曼特人推倒了，里面的人形字也被可恶的曼特人凿掉了，还把这块长长的大石板砸碎，胡乱散落在仙洞里面。

细师傅们悲痛万分，心里滴血，纷纷掩面而泣，嗷嗷声震耳欲聋。傩达受到感染，眼眶里泗满了泪水。

傩达和细师傅们到仙洞去，一住就是五十多日。

一开始，一大帮细师傅手拿砍刀到江边去砍竹子扎做楼梯，做好后送到仙洞里去。几个细师傅从里面走出来，用木盆盛满水，把水送到仙洞里面去。之后，每一日，都有一个细师傅，一日好几次，专门到江边去取水。两个专门做饭的细师傅，每日只管做饭，一日两餐，做好了就送到仙洞里去。人们不会闲谈，不会去问，细师傅们也不会跟人们道说他们做什么，今日做什么。天机不可泄露。这中间，大师傅傩达和一个细师傅整整十多日不见影子，大家以为他们一直在仙洞里，没有露面。

在僠王城里，阿格忙得团团转，到处奔波，指挥着二十多个僠琓，到处转。各地的僠琓带领他的人马，不是搭架子做干栏，就是挖沟整围墙，到处都是忙碌的身影。阿格说，这些重建僠王城的人们，除了一定想要回屯里去的，大多数人都将在僠王城里定居，成为僠王城的新居民。阿格没有去过问傩达的事，仙住花山仙洞那里缺什么，需要什么，那是傩达和细师傅的事情，他们自己会解决，阿格不能插手。阿格知道傩达做的事关乎僠王城的千秋大业，以傩达的能力，没有什么他办不成的事。

十几日后，傩达和那个细师傅出现在人们的面前。只见傩达和那个细师傅身上都挂满了竹筒，他们的衣服和竹筒外表染上了斑斑点点的红色，很沉重的样子。斑点的色彩有些暗，像猪湿色，好像是树木或者藤类的汁液溅上的。他们两人比十多日前更瘦了，更黑了，人却精神了。他们从码头往上走的时候，人们都不由得都停住脚步，偏到一边，默默地给他们让路，这是一个奇异的景象。虽然不敢去多想，人们仍然觉得很奇怪，这些竹筒里装了什么？

五十多日后，人们发现，仙洞南北两头的洞口都被细师傅们用竹榻封住了，并在仙洞门口放置一个大香炉，叩拜以后，傩达和细师傅们全部都撤了出来。之后，傩达每日早晚都带细师傅们到仙洞洞口来，在香炉上点香火叩拜。

一来二去，人们也都习惯了，觉得好像是固定的仪式。

人们终于从阿格那里得到了确切的口信，这样子的日子，有一百日。人们开始数手指，等待一百日最后一日的到来。

僠王城的重建日新月异，许许多多新干栏已经矗立起来了，不到半年的时间里，就有了僠王城的雏形。许多人家从遥远偏僻的地方搬到僠王城来居住了。倒是僠琓们，他们分成了两拨人。在屯子里没有产业的僠琓，当然愿意放弃僠琓职位，到僠王城来住，这是他们求之不得的事。有产业的僠琓，都不太愿意来僠王城来住，屯子里有自己的利益，到僠王城来住以后，管理上往往鞭长莫及，怕管不好原来的产业，他们当然不愿意放弃实拿的利益。

只有僠王宫城没有动工。一眼看过去，还是烧焦的黑不溜秋的悲惨情景。傩达和阿格与僠琓他们商量的结果，觉得既然还没有僠王，不如先把僠王宫城的重建放一边去，以集中力量放在更加重要的事情上。

僠王城下游的几个屯子没有僠琓了，人丁也没有了。僠琓们建议派出新僠琓，派人丁去驻扎，不能让这些屯子空着。傩达和阿格也觉得这是个相当棘手的问题，这些屯子没有人驻守，万一人家趁机占去了，怎么办？

偏偏，一股不知道是什么来历的人扎住到蟠龙屯里去了，他们还理直气壮地说这就是他们的地盘。这件事报到阿格这里来，阿格连忙找到傩达，两人马上又召集僠琓们来商量。一些僠琓开始说风凉话了，说是吗，不是早说了嘛，看看，麻烦事终于来了，这下子可怎么办好啊？我们还没有僠王呀。僠王城也才刚刚重建着呢。

阿格说："别说闲话了，我们不是没有僠王嘛。"

僠琓们说，这段时间来，我们原来不是也没有大师傅吗，而现在却有大师傅了，我们为什么不能向师傅们学呢。按我们看，阿格官人你得马上招兵买马，把军队建立起来，马上训练出一支军队来。以你阿格官人的才智，你阿格官人肯定能为我们大家训练出一支强大的军队来，把那帮占住蟠龙屯的人赶走。至于重建僠王城的事，留给我们这些僠琓好了。至于僠王，我们觉得大师傅兼当僠王是再合适不过的了。这样，我们僠王人就可以神人相通了，我们僠王人就更加强大了。

一听到蟠龙屯这个名字，傩达的心就隐隐作痛，见大家这么说，就拱拱手说："大家可不能这么说，我被迫做了大师傅，还要我做僠王？世间哪有这样的事呀。当前，要紧的是收复蟠龙屯。有僠王我们要收复，没有僠王我们也得要去收复。我想，要收复蟠龙屯少不了要动刀动枪。我如今是大师傅了脱不开身，早上和晚上都得到仙洞去叩拜。再说，这个时候我更不能粘刀光血腥。蟠龙屯这事，得阿格官人亲自带兵去收复了。"

阿格说："当然是我去了。不过，我们的兵丁早被曼特人杀死杀光了。我身边只有七个兵丁了。大家想想，这七个兵丁能做什么呢。带我在内，我们总共也只有八个人，要我们八个人去对付人家三四十个人，那不是拿鸡蛋去碰石球吗？”

“宁”人僪琓说：“照阿格官人这么说，我们得把蟠龙屯让给人家了？”

阿格说：“我不是这个意思，我只是说，我们的力量敌不过人家，马上就去收复蟠龙屯恐怕不是好的办法。当然，能够在这群人还没有站稳脚跟的时候把他们赶走最好，奈何，我们现在没有这个实力。”

傩达说：“阿格官人，占住蟠龙屯不过三四十人吧，你带上一两百人精壮男人去，就是吓也要把他们给吓倒！”

阿格说：“我的大师傅，我们这些人都没有受过训练啊，十个人恐怕抵不住人家一个人，不能白白地让大家去送死啊。我有个看法，大家看行不行，我们现在就从各屯子征收一些兵丁，由大师傅和我阿格一起亲自训练，把这一批新兵丁训练成强壮精兵。等大师傅百日拜之后，我阿格就带领这些兵丁去收复蟠龙屯。”

傩达说：“阿格官人，你想把我变成万能的呀。只是，我的看法，还是先把占住蟠龙屯的这帮人赶走。”

阿格说：“好吧，就听你大师傅的。从明日开始，我们就开始征收兵丁，先征收三百五十个精壮男人，由我们现有的老兵丁做队长。我做他们的长官，统领这支军队。我让每一个队长带五十个新兵丁，先训练几日，让大家掌握基本刺杀本领，起码有模有样，让人家一看，我们像一支不错的军队。我们先把占领蟠龙屯的外族人打败再说。”

# 47 惊世骇俗

阿格带领两百人马向蟠龙屯进发，到蟠龙屯之前，叫左手拐、吊眼和大头棒三队人马上岸，通过旱路包抄蟠龙屯。阿格和狗头带一队人马从水路直达蟠龙屯。占住蟠龙屯的外族人见阿格只有五十人，狗胆壮了，决计要搏斗。这时候，左手拐、吊眼和大头棒带领三队人马呼哈一下冲出来，外族人正绝望时，阿格反开出水路来，给了他们一条生路。

四位队长很抵触，阿格解释道："我们刚刚从大浩劫中走出来，此仇宜解不宜结。"

百日拜这天，僑王城的新居民，边远地方各屯子的僑琓和德高望重的代表，天刚刚发亮就聚集在城内的广场上，举着换成的蛤蟈三角黄色旗帜，缓慢地向仙住花山仙洞方向行进。

原先的小径，已经修成了一条长长的大道。大道的一头是僑王城前面的广场，另一头是仙住花山仙洞口，洞口前面安放一个大神坛，神坛前面是一个香案，香案的中间安置一个大香炉，香案前面平摆一张大木台，大木台里头整整齐齐地摆放着五大碗各色糯米饭，外头摆放三种大牲畜。

一阵咚咚声从僑王城传出，一队红脸赤身的祭师携铜鼓从僑王城向仙住花山仙洞方向开过来。三十面铜鼓，咚咚响，震天动地。他们通过广场的人群通道，一字形从在大道的左边排开，一直延伸到仙洞口。他们头扎蛇皮箍，身挂芭蕉蓬，一边迈着蛤步一边击鼓，脸齐齐朝向仙洞。

铜鼓声刚刚止住，天籁之音又从僑王城传出。三十个仙婆，红脸装扮，怀抱长柄仙琴，款款而来。她们身着凤仪大礼服，头戴花福巾，两耳挂铜铃，叮当作响。她们也通过广场的人群通道，一字形在大道的右边排开，一直延伸到仙洞口，跟携铜鼓的祭师一一对应。她们绞脚而坐，也齐齐朝向仙洞。

仙琴声音停止的时候，仙洞洞门徐徐地打开，广场上的人群一声高呼，齐齐面向仙洞方向跪下来。就在这时，仙琴齐奏，铃锒齐鸣，伴着铜鼓的擂响，把整个新生的僠王城带入了神仙境界。

只见一队红人从僠王城走出来，他们红面赤身，连蓑衣都染成了红色。红人穿过广场，人们双手高举，齐齐地呼啊一声，从地上站起来。

原来是大师傅傩达和二十个细师傅，他们就是红人。红头，红脸，红手，红脚，连身上穿的衣服和披着的蓑衣都涂上了红色。他们左手执一对铃锒，右手舞一把长剑，一脚捎一舞动，一脚捎一抖擞，和着节奏，左一脚捎，右一脚捎，叉着走。他们面向仙洞，一起一伏，整整齐齐。

傩达感觉自己在经历血与火的洗礼。他的至亲，他的好伙伴，僠王，官人，大人，一一从他的脑际闪过，他们的灵魂在这血与火的洗礼中升华，重生。他和细师傅们每向仙洞走出的每一脚捎，就是僠王城人向前走出的一大脚捎，就是僠王城人走出的新希望。

僠王城人看到，这不仅仅是一个神圣的仪式。大师傅和细师傅们，将给僠王城人带来勇气，带来新希望。

傩达和细师傅们随着神圣而优美的韵律行进着，广场上的人群跟着舞蹈起来，他们一面欢呼，一面律动，好一个大场面。那仙乐，如天籁之音。那铜鼓声，如战士前进的步伐。曾经的苦难和悲怆，在天籁之音和铿锵的步伐中，将迎来新希望和美好的日子。

傩达的身后，是一股涌动着的红流。冲刷着世间许多恩爱情仇，荡涤着世间污泥浊水。这股红流，能使逝去人的孤魂有居所，能使活生生的世人得到安慰，能使活生生的世人把痛苦和悲伤抛弃，面临新生和新世界。

阿格领着他的队伍，也满脸赤红。他们举着长剑，抓着尖枪，最后一排全都掌牛角号子，他们随着傩达的每一个叉步，吹一下号角，喊一声嗨。震天动地的号角和嗨声，震撼着每一个兵丁的心灵，升华起视死如归的悲壮情怀。

傩达来到仙洞口，带领着细师傅原地走叉步，把香的细师傅把手中的香火分发给傩达和每一个细师傅。傩达带着细师傅，走着叉步来到神坛前跪下来，头抵地，嘴里念念有词，叩拜三下。

突然，鼓乐停止。

广场上的人们被突然停止的鼓乐吓了一跳，呼号和舞蹈随之也停止了。

只见红人神情肃穆庄重地一个一个地走入仙洞去，当最后一个细师傅在仙洞门口消失以后，仙洞门口的两扇大门在他们的身后就徐徐地关上了。

人们这才注意到，日头已经中天。

一队担米粥的队伍从僠王城鱼贯般地来到广场，人们从腰带上解下竹筒碗，等待着粥担从面前走过，慰劳自己饿了的肚子。

仪式还没有结束，吃饱了肚子的人们没有回家去，大家散开在广场的周围，在树荫下和茅草棚里歇息。

一个天真的崽儿问身边的大人，红人大师傅和细师傅为什么没得粥吃？

大人们掉给崽儿一个笑脸。大人说，做师傅的，不论是大师傅还是细师傅，从昨晚天黑以后就没得吃的了，他们得要净身一日一夜，等祭拜排场都做完了，红人师傅才得吃粥吃饭。

崽儿哦哦地点点头，若有所思，不情愿地说，我大了我不做师傅。身边的大人捂着崽儿的嘴巴说，崽儿不能乱讲。

时间走得很慢，日头挂上西山头的时刻，人们再次开始在广场上聚集，排着队到仙洞口的神坛去上香，上香过后，大家又回到原地。当仙琴和铜鼓震天齐鸣时，人们再次热烈地呼号和舞蹈起来。这时，仙洞口的两扇大门慢慢地打开了，洞口出现了两个红人细师傅，接着又是两个，接着又是两个……细师傅面向仙洞背向大道，迈着叉步，左一脚擀，右一脚擀地退出来，最后退出来的是僠达大师傅。大师傅带领细师傅跪在神坛前面磕头祈祷，直到香炉上的香火不再冒烟，才站起来。就在红人师傅们站起来的这一刻，人们一阵高呼，铜鼓和仙乐也一同响起来。欢呼声伴随着鼓乐声，震天动地，翻江倒海。

僠王城的人们等待着的就是这样的一个日子，那是九十九日之后的最后一日……

就在这惊天动地的时刻，平地一声震裂心肺的巨响，随着这一声巨响，仙住花山好像被神力从天上切割开来一样，正好从仙洞中间分开，一分为二。靠江边的一半矮了下去，接着一股浓烟升腾起来。人们好像被吸过去，惊吓得嘴张着合不拢……

震耳欲聋的大师傅僠达抬起头来，看到这惊人一幕，呆住了，脑子一片空白，思想停顿了，他只感觉整个人儿好像被吸附过去……眼前浓烟滚滚，裂开的缝隙一直延伸到他的胯下，一股洪流滚滚地从下往上喷，向傩达的脸面溅上来……他闭住了眼睛。

红人傩达感觉身子坠入了深渊，人却可以在翻滚的洪流里面舞动。又感觉自己轻飘飘地升腾起来，他觉得自己能通天了……

退过来，大师傅！一声大叫把傩达吓得他惊醒了过来，他猛地睁开眼，发现自己被一个红人拉住。他一只脚吊在空中，一只脚站在直上直下的石壁之上。他吓得毫发直立，转回头看，发现拉住他的红人正是那个他曾经委托去寻找单的的细师傅。

浓烟慢慢消散的时候，广场上的人群不禁啊地大声惊呼起来，只见那仙住花山只剩下了一半，矗立的半边仙住花山竟然直上直下，形成了探头直壁！直壁的半山腰处，红彤彤的好一大片，有人，有牛，有狗，有大象，有铜鼓，有独木舟，有环手剑……直壁上的人形狗兽，竟栩栩如生，好像在直壁上自由舞蹈。

# 后记

2016年7月15日下午，土耳其伊斯坦布尔会议中心，第40届世界遗产大会，花山岩画文化景观成为世界文化遗产。

骆越先民在陡峭石壁上，用巨大赭红色蹲式人形记录距今约2500年前的祭祀场景。

谨以此文，献给花山。